獵帝

詩念——著

目次

引言

秦淮河初遇，離昧是雲遊道士，慕容雲寫是落魄皇子。
一句讖言：「男生女相，鳳生龍命。」將他們捲入龍鳳之疑、皇權之爭。
雲寫十八年隱忍，同室操戈，終於問鼎天下。
離昧追查身世，撥開重重迷霧，卻走上帝王寶座。
也曾盟誓造福蒼生，也曾榻上魚水情濃，也曾共遊醉臥紅塵。
當巔峰對決、挽弓獵帝時，可還記得，當年相約話酒桃花樹下？

第一章　雨點江南，墨汝點眉

清越年間是金陵的鼎盛時期，素有「十里秦淮」、「天朝金粉」之譽。兩岸飛簷漏窗，畫舫淩波，加之人文薈萃，成江南佳麗之地。

清越帝慕容雪弄下令，上元節在秦淮河上燃放小燈萬盞，華影璀璨。如今是斌朝定陶十六年，雖政局不穩，金陵繁華如舊。

這日正是上元夜，花市燈如畫。

一玄衣少年剪手立於河堤，月色如水，映出修長的眉、清雋的眼，有種清冷的雅致。他不過十二三歲，然眸光清冽，如沿劍鋒劃過的水滴，凝著隱約傲氣。

眼下的秦淮河碧陰陰的，厚而不膩，是女兒的胭脂所凝，香豔迷離。

少年脊背硬挺，身姿越發孤標卓然。這樣的紙醉金迷、濃酒笙歌不是他想要的，他要的是天下的權柄！只有握了生殺大權，才有資格醉臥美人膝。

他是當朝四皇子——慕容雲寫。

江南是個富碩之地，那些人是想藉江南胭脂讓自己沉淪吧？

慕容雲寫細薄的唇，勾出冷嘲的弧度。

忽見華貴畫舫中一隻小舟穿行，舟約莫九尺長，六尺寬。舟頭是一個道者，大抵十五六歲，一身素白裏衣外披藍褐輕紗，頭戴逍遙巾，手反剪著卻不見傲然孤高，倒有一股恬然清氣，風骨靈秀，像幅清淡畫卷，一紙墨淺淺。

他一時恍惚，來江南這麼多日未見山水，卻在這一個人的身影裏看透風景。

江南風骨，天水成碧。

見道者一字的眉微蹙。

「若世間皆如江南，方為上善。」

他忽被打動，對黑暗中的人微一點頭。

舟上人在渡口停下，採買了日常所需，黑衣人走了過來。

「先生，我家爺有請。」

他體格魁梧，面容剛毅俊朗，眼透精光，顯然是個高手。

道者張口欲應，手被小童拉了拉。

「貧道於此處未有熟人。」

「我家爺歎先生所歎，故請一茶。」

道者似被觸動，對小童頷了頷首，隨黑衣人來到門前，湘竹門簾背後是窗戶。時天剛破曉，一線晨光透窗射入。

道者看見一個人側倚軟榻，清素雪衣，肩骨清標，長髮舒鬆委曳，身影慵慵地掃過天空。

或是聽到腳步聲，他仰起頭，脖頸頎長，形如孤鶴。

臉與過窗的光呈一線，道者恰可看到他側臉骨骼，似用最好的玉，刀雕劍琢而成。唇極薄致，如沾水桃花，瑩潤媚麗。

一時間自負風雅的道者竟也驚豔得忘了腳步。

要何等樣的人，才能如此完美地將雋傲與清嫵融於一身？

「先生請！」黑衣男人掀開竹簾。

「離昧來訪。」道者慎重地道，有種進少女閨閣的緊張。

榻上人攏了攏舒散的衣襟，起身斟茶，動作如行雲流水。遞了一杯給道者，見他慎重接過，盡情一飲。

「如何？」詢問，聲韻有梨花沾水的雅致，亦有劍破秋水的清銳。

道者瞑目細品，香馥如蘭，味甘而雋永，乃虎跑泉水煮的西湖龍井。

「醉人。」

「怕是人先醉吧！」

笑容玩味。

道者恍惚，他的笑竟似花落清流般令人心醉。果然是人已先醉了嗎？側首一吟，清笛入耳。

「醉臥紅塵一水間，這茶亦是紅塵一水。」

他斜倚窗前，笑意慵慵。手指沾了茶水在竹案上寫下：「雲寫」，一筆一畫瘦勁姿媚，端逸有格。

道者淺笑，也寫下：「貧道離昧」，行筆優柔婉妙，結字疏朗勻稱，穩重之中寓含飄逸。

兩人相視一笑，各盡盞中茶。

三年後，黔西，初春。

仲夏以來，地上便再未下過一滴雨，龜裂的土地、乾涸的池塘，冬麥、大豆等作物皆乾死，農民欲用淚澆灌，苦於眼中無水。孩子的唇乾裂，老人的皮膚脫下一層層細屑。白骨露於野，千里無雞鳴。

「公子，這裏會有水嗎？」深山老林裏，衣衫破爛的小童問前面的男子，他形容不雅卻沒一絲狼狽，眉宇斂含清氣，是道者離昧。

他原是北邙山一脈，俗家名喚段閱。父親是員外，信仰道教。小童子塵亦非出家弟子，是他撿的棄嬰，離昧八歲時二人同上北邙求道。

「書上記載涪陵水便是發源於這座香爐山。」離昧篤定道，拉著松樹向上爬。

子塵奄奄道：「盡信書則不如無書。」

並不是他不信離昧的話，只是找了這麼些日子，累了，小孩子難免會有些抱怨，且眼看著水只剩幾口，乾糧也要吃完了，更是急躁。

離昧道：「你看一路走來樹是不是越來越高大茂密？」

「是又怎麼樣？」

子塵趁機找個地方坐下來，他不明白公子這麼瘦的身子怎麼能走這麼久的路，他一個會功夫的人都累了。

「有水的地方樹木才能茂盛。我們按照此一直走，一定會找到的。」

子塵低聲咕噥：「就算找到，我們的乾糧也吃完了。你看這山裏連個鳥也沒有，我們吃什麼啊？」

離昧直視著他的眼睛：「鄉親們把最後兩壺水讓我們帶著，我們就這樣回去嗎？」

子塵低下頭：「可……可是……」

看到離昧的腳，鞋早破了，又用衣服裹起來，依然有血滲出來，染紅了他所站的土地。

「公子，我揹你吧！」

離昧笑笑拍拍他的頭：「你別拖我後腿就行了。走吧！」

向山上爬去。

「公子，你好歹歇息一會！」子塵痛惜。

離昧怎會不明白，艱澀道：「我們多耽誤一會，就會有更多人渴死。」

子塵只得跟上他。忽見離昧腳下一滑，順手巴住一塊石頭，哪想那石頭年久風化，竟一下裂開了，大大小小的石頭一起向他砸來。

「公子！」

子塵閃身過去，離昧已被石頭砸中，身子沿著陡峭的山坡往下滾。子塵幾個騰挪才拉住他，藉著一棵松樹避開石頭。

「公子，你沒事吧？」

離昧頭被石頭砸中，流了不少血，昏昏混混，聽子塵喚勉強睜開眼。子塵趕忙拿出隨身帶的藥替他止了血，將最後幾口水餵他。

「公子，我們還是回去吧！」

離昧喝了水稍有精神：「我剛才是怎麼了？」

子塵看了看他摔倒的地方：「你被青苔滑倒了。」

「什麼？」離昧眼神一亮，「你再說一遍？」

子塵不解：「你被石頭上的青苔滑倒了。」

離昧猛然推開他，如有神助般地跑到摔倒的地方，果見一塊青石覆滿青苔，青苔上還有一道滑痕。

「有青苔的地方肯定就有水。看！前面有個山洞！」

他們疾步向上爬去，果然青苔越來越厚，到洞口聽到裏面有水聲，二人一怔，接著不知哪來的力氣，拔足狂奔，直到一個水潭前！

離昧喉間一哽，張臂匍匐在水潭邊，憋噎半晌才驚叫：「有救了！有救了！我們找到水源了！子塵，我們找到水源了！」

子塵連捧幾捧喝了，猶覺不夠，「撲通」一聲跳到水潭裏，埋頭在水裏像老牛一樣大口大口地喝。不想喝得急了嗆住，一邊咳一邊還不停地往嘴裏灌，還不忘打手勢讓離昧快點喝水！

離昧拿出繩投入水底，撿根樹枝在地上寫寫畫畫一陣，眼睛清亮得如沁出的山泉水。

「以這個水量夠村子裏的人用了，沿著水脈開挖，至少可解方圓百里的憂患，快做好記號，我們這就回去告訴鄉親們好消息！」

「公子！你先喝口水啊……」

寂靜無人的山道，兩匹馬疾馳而過，馬蹄捲起一路黃塵。

山路曲折，下坡的拐彎處驀然出現一道木樁，尖銳的木頭正對馬頸！馬上人眸色一厲，一聲長嘯，但見兩馬四蹄踏風，縱身一躍，輕巧跳過木樁，穩當落地。

二人駐馬，只見兩旁皆是崇山峻嶺，地勢極為複雜。

「這裏已是黑峽寨的範圍。」

言者身著白衫，雖一路疾行衣袂不染點塵。聲音輕靈，細看竟是個著男裝的女子。

身旁黑衣男子會意：「洛陽唐證，拜會黑峽寨的各位好漢！」

他聲音雄渾，如驚雷在群山之間迴旋。

片刻山路上出現一隊人，為首之人書生裝扮，二十來歲，儒雅斯文，全不像土匪之流。

「原來是洛陽唐大俠，久聞大名，幸會！不知這位是何人？」

唐證道：「黑峽智囊徐夫子的名字唐某早有耳聞。」指著身邊女子，「此乃江南南宮楚。」

徐魏道：「黑峽寨何幸，竟得唐大俠與南宮公子同來？」

黑峽寨素未與江湖人往來，不知來意如何。

唐證開門見山：「為一筆大買賣。」一閉口，卻有聲音直入徐魏耳中，「奪習水縣贓款。」

徐魏臉色一變，十指握成拳：「二位請隨我見大當家！」

黑風寨建在大山深處，極其隱蔽，山崖溝壑，大有「一夫當關，萬夫莫開」之勢。

徐魏直接帶他們來到密室，大當家張栓坐在虎皮椅上，身材高大雄壯，一臉絡緦鬍子，帶著大野莽漢的氣息。

徐魏道：「大當家，這兩位就是洛陽唐大俠、江南南宮公子。」

張栓一抱拳：「明人不說暗話，到底是一樁什麼買賣？」

唐證一字一頓道：「劫縣衙。」

張栓冷冷道：「徐先生，匪不與官鬥，這規矩你清楚吧？」

南宮楚摺扇一撤，笑意嫣然：「大當家不願做這單生意也成，只是半個月後，這兒連西北風也沒有了，兄弟們可喝什麼呢？」

張栓、徐魏臉色齊變！這人什麼來頭，竟將寨裏缺糧的消息都打聽得如此清楚？

南宮楚歎息：「可憐黔西一旱六個月，百姓餓死過半，貴寨就是藏了金山、銀山到這時也要吃空了。如今有這些貪官，不取白不取。」

張栓一拍桌子：「我是粗人，南宮公子有話直說！」

「朝廷知黔西大旱早已下發賑災糧款，然百姓依然餓死，錢糧全被貪官私吞。故請寨內兄弟取這些財，以黑吃黑，他們必不敢上報。」

張栓問：「搶誰？」

南宮楚道：「習水縣令張冒。」

張栓聽聞看向徐魏，只見他雖極力隱忍，臉上忍止不住抽搐，狠狠一拍桌子：「好！老子搶了！」

四人商議完行事計畫，南宮楚應邀留在山寨。唐證策馬回去，見行驛書房燈還亮著，敲門，聽裏面人許可推門而入。

青燈下，一玄衣男子伏案臨卷，雪白的臉微有倦色，薄唇輕抿，眉間一點朱砂像浸了血般紅豔——這人正是慕容雲寫。

「爺，一切均如所料，皆已辦妥了，只待後天行事。」

「嗯。」男子低應了聲，「做得乾淨點。」

「是！」唐證恭敬道。

見他放下筆，拍手命侍女打水來，悄然退下。

張家村，破舍。

「公子！你怎麼就起來了？你要多休息幾天！」

子塵進門看到離昧坐在破桌上寫字，急忙奪他的筆。

離昧信裝入信封中：「你隨我去一趟縣衙。」

「你去那個地方幹嘛？」提到縣衙子塵立時一臉憤恨。

離昧憂心道：「如果這樣取水，這個水源怕不久就會乾涸，而且還會因為搶水而出事故，需要縣衙維護開挖，這才是長久之計。哎……這乾旱何時才是個頭啊！」

「可是他們會理你嗎？你忘了上次……」

離昧打斷他，「這次已經找到水源了，他們總不至於見死不救吧？走！」

子塵又是氣惱又是歎息，知道勸不住，只能跟著他去了。

縣衙離鄉村很遠，他們到時差不多未時，可縣衙竟早早關門了。無奈只好來到縣令府中，向守衛的道明來意。那人上下打量了離昧一陣，露出一個令人十分不舒服的笑，伸出手。

子塵早窩了一肚子火，憤然要打他，離昧攔住，將一塊碎銀子遞給他。

守衛掂量掂量：「這還差不多。等著！」

不一會跟著一人出來。那人腦滿腸肥，八字眉，小小的眼睛，撚著兩根鬍子上上下下打量著離昧，對守衛說：「不錯！」

守衛對他點頭哈腰一陣，對離昧道：「這是我們師爺大人，你隨他去見老爺吧！」

離昧跟他進去，子塵隨後，卻被守衛一擋：「縣令府豈是容人隨便進的，你在外面等著。」

「你！」

子塵恨不得一腳將這人踹飛，被離昧擋住，眼見他隨那腦滿腸肥、不懷好意的人進去，又急又氣，恨恨得跺腳。

離昧只覺越走越偏僻，狐疑問：「施主，敢問這是何處？」

「自是接待你的地方！」

離昧聽他聲音，脊背一寒：「縣令大人可是在此處？」

「大人正忙，就由我來接待你。」

他看著離昧，兩隻眼睛幾乎瞇成一條線，搓著兩隻手向他靠近。

離昧退後一步，正色道：「施主，貧道此來是獻水源圖，開挖水源以救難民。請施主帶路，功德無量。」

「難民？哪來的難民？這兒水多著呢？只是像你這樣清秀的美人卻少。只要今兒你陪了爺，明兒我就請大人挖水，保你榮華富貴，享之不盡！」

離昧知對這等人多言無益，轉身就走，立時有幾個人攔住他，將他丟進房子裏。胖子關上門一步一步靠近。

「到了這兒你插翅也別想出去！」

離昧臉色鐵青：「貧道是男人！」

「爺就喜歡男人，你今兒就……」

步步逼進。離味昂然而立，並未退縮，待他靠得近了，手一彈，一股霧氣升落，胖子搖搖昏過去。

此時窗戶輕吱一聲，子塵探進頭來，狠狠踹了胖子幾腳：「死豬！」

「好了！我們去找縣令。」

子塵啐一口：「那狗官正在聽歌舞呢！公子，這幫狗官都是一個樣，才不會管百姓的死活！去了也是白去，我們還是回去吧！」

「來都來了，不試一下怎麼行？」

「可是我們怎麼去呢？沒有人帶是不可能見到他的！硬闖也不行。不如這樣，公子你把信寫得恐怖一點，我用飛鏢放在他頭邊，這些人都怕死，說不定一嚇還真成功了呢！」

離味輕斥：「胡鬧。你這一嚇我們還出得了這府嗎？你也看出這裏守衛很森嚴。」

子塵吐了吐舌：「那你說怎麼辦吧？」

這時忽聽門外有人叫：「師爺，大人叫你呢！」

兩人一驚，子塵趕忙學胖子的聲音將人擋回去。從窗戶出了房間，避開守衛來到一個房間，可聽見裏面絲竹歌舞，透過窗見一個肥肥胖胖的人坐在紅紅綠綠中間，就是縣令了。離味就要過去，突然一個人叫：「有刺客！保護大人！」

接著就有箭向他們射來！幸好子塵反應靈敏，及時拉過他。

「貧道尋得水源，請大人救百姓！」

縣令一聽「刺客」臉都白了，結結巴巴：「殺！殺了！都給我殺了！」

箭接二連三射來，子塵拉著離昧左藏右躲甚是狼狽，不由憤恨：「你這狗官，那麼多百姓渴死了你不救，反倒隨便殺人！有沒有天理！」

眼見圍過來的人越來越多，抱著離昧一縱身跳到屋頂上，將他安置在角落裏，自己跳到廚房裏，尋找食用的油四散倒開，一把火燒著。

離昧從屋頂上看去，四周的衙役都向這裏集來，唯有一處巋然不動，心想必有異處；又見不少難民裝扮，卻並不面黃肌瘦的人向那裏靠近，好奇不已。

「公子，我們走！」

子塵抱著離昧突飛出去，還不忘將手裏信一扔，灌了內力的信像劍一般狠狠地刺到縣令的肩膀上。接著，他足點屋簷，幾個縱跳消失在夜空中。

大旱了這麼幾個月，房屋一點即著，衙衛哪裏還顧得著他二人，紛紛去救火，卻沒發現一隊難民裝扮的人悄悄靠近府庫。

遠處的高樓上，玄衣男子負手而立，見火起薄唇一抿，笑容冷涼。

「蕭滿，你以為將我驅出朝野我便奈何不了你嗎？」

忽見火光之中一個白影躍出，身姿輕逸，皎若滿月，不由一怔。

黑峽寨滿載而歸，看著一箱一箱的金銀珠寶，土匪們眼睛都紅了。

「兄弟們！我們發了！這些錢夠我們花幾輩子了！」

唐證長刀一橫，壓住銀箱：「大當家，這銀子你動不得！」

此話一出，四周殺氣凜凜！

南宮楚道：「不瞞各位，這些錢並非張冒的，而是黔安侯蕭李的。」

黔安侯蕭李乃是君后蕭滿之兄，任樞密副使之職。當朝由樞密使掌管軍權，但誰都知道樞密使不過是個擺設，真正掌權的是蕭李，得罪他就是十個黑峽寨也擋不住。

「胡說！黔安侯的錢怎麼會放在張冒這裏？」

南宮楚道：「因為張冒本叫蕭冒，是蕭李的堂弟，將錢財放在這個廢物手裏為了出其不意。」

張栓、徐魏都怔住了，若真如此，等待他們的只有一死了！

「你們到底是什麼人？」小嘍囉迅速將他們圍起來。

唐證怒聲厲斥：「洛陽唐證、江南南宮楚，行不更名，坐不改姓！劫此銀不為其他，唯恨官吏魚肉百姓耳！我等誰無父母妻兒，焉忍易子而食？」

激奮的人群忽然寂靜了下來。

唐證將刀一收，慨然而誓：「我二人並非貪念這些銀錢，只要大當家一句承諾：救濟難民直到黔西下雨，災難解除。倘若銀錢有多，任兄弟們分取，倘若不夠，我自會想法弄來，斷不教兄弟們白白勞累！」

有人道：「如今得罪了黔安侯，自身都難保，還顧及他們？」

唐證輕蔑道：「只要守諾，黔安侯算什麼！」

徐魏悄聲對張栓道：「唐證和南宮楚聯手而來，他們身後之人必然不凡，如今朝局混亂，正好尋棵大樹好乘涼。」

張栓能帶弟兄們打家劫舍，卻不懂這些權謀利害，一向倚重徐魏，何況此時又沒退路，只能憤恨地一拍桌子：「媽的！老子就再信你們一回！若再敢耍什麼花樣，任你身後是天皇老子，老子也先讓你嚐嚐我拳頭的厲害！」

一拳捶下去，偌大的石桌竟然粉碎！

唐證心知他這是給自己下馬威，眼眸一凝，併掌如刀，一揮，但見一道冷光如電沒入山邊石頭，石頭竟然毫無動靜。

眾人驚疑，忽聽「轟」的一聲響，一米高厚的岩石竟從中裂開，猶如刀削！

這功夫比之張栓又高一層！眾人齊齊變色。

唐證一字一頓道：「今日之言，但有違逆，猶如此石！」

南宮楚道：「既已結成盟約，便不必見外。這一箱財寶留下，其他的兄弟們盡可抬進去。事不宜遲，還請大當家將山寨裏的糧食分些給百姓，徐夫子帶些伶俐的人，隨我去江南購買糧食。」

山寨裏的人大都是因天旱走投無路來投奔，親朋好友仍在受難，聞此事豈有不助之理？很快便商議妥當。

二人離山寨，策馬而歸。南宮楚以扇遮面，瞧了瞧日頭：「咦，都中午了，也不留我們吃個飯。」

唐證快馬加鞭：「爺還等著我們回稟。」

南宮楚跟上，笑吟吟道：「阿粗啊阿粗，原來你發起火來還真有幾分大俠的豪邁，以前怎麼沒發現呢？」

唐證嗤之以鼻：「妳未發現的事還多著呢！」往她馬屁股上甩一鞭，「少廢話！快走！」

南宮楚怒笑：「喲喲，給你點顏色你還真敢開染坊！……」

習水縣令家失火，燒死一百零七人，其中包括縣令和師爺，知縣吳傑暫代縣令行事。吳傑雖不是人人稱讚的好官，也曾阻過張冒作惡，百姓們頓時生出希望來。

「公子，我們離開這裏吧！」

再聽他這麼唸往生咒下去，子塵覺得自己就要往生了。

離昧道：「我們闖下這等大禍怎能離開？況旱災未解，豈能一走了之？」

子塵無奈：「那我們怎麼辦？難道要自投羅網？公子啊！那些都是為虎作倀的壞人，我們是替天行道啊！」

離昧問：「子塵，你可發現有什麼不對？」

子塵撓撓頭：「什麼不對啊？」

「你只在廚房放了一把火，廚房與其他房屋並不相連，怎麼會燒了整個府邸？」

子塵恍然：「是啊！那一百多人不是我燒死的？難道我們走後又有人放火？這個狗官到底得罪了多少人啊？」

「你進府時可發現有什麼異常？」

子塵想了想，搖搖頭。

「你再想想西角花園有奇怪嗎？」

子塵細想：「那兒衙役似乎比別處多些，大概有七八十人，而且瞧他們眼中神光內斂，想必武功不俗，應該不是一般的衙役。」

「這就對了。昨晚你放火之後，所有人都去救火，唯獨那裏的人不動，那假山必然有異。」

子塵讚歎：「公子，你真細心！」

離昧沉吟：「失火之時，有一群人扮作饑民靠近假山，想必這火是他們放了，人也是被他們殺的。」

「那假山裏有什麼呢？」

「知道那些人是什麼人，就知道山裏是什麼東西了。」蹙眉自語，「如果那些人都是高手的話，能悄無聲息地殺死他們，會是什麼人？」猛然抬頭，目光清利，「黑峽寨！」

「啊？」

「這兒只有黑峽寨有能力悄無聲息地殺死那些人，而土匪喜歡的，是錢！如果沒錯，張冒將貪污的錢藏在那個假山下面！」

子塵頹然：「才出貪官府，又落土匪窩，這真糾結！」

離昧起身，毅然道：「我們去黑峽寨！」

子塵一驚跳起：「公子，你不是說真的吧！」

離昧出門，發現村民們都拿著盆袋著往村口跑，很是奇怪。拉住一個問，才知道村口竟然有人發糧食！他和子塵跟著過去，只見村民們圍成一圈，有人高呼著：「大家別搶！都有份！排好隊來領取，都有的！……」

子塵高興地連蹦帶跳：「公子！真的有糧食了！真的有了！再也不用挨餓了！我也去分點糧食去！」

離昧見百姓們分到糧食歡天喜地地離開，終於露出久違的笑容，望望天，默默祈禱快些下雨。

忽見不遠山坡上一個玄衣人正俯望人群，身影頎瘦單薄，卻自有一股淵停嶽峙的凝練之氣。

離昧一時為其風姿傾倒。恍覺自己被一道清淺溫寧的目光包圍，竟有些臉紅心跳。他是誰？好生熟稔。然尚未識出，那人便驀然轉身，衣袂一拂，越過山坡而去。

離昧悵然而立，久難回神。

當天便得知官府開挖治理水源，半個月後一條小溪通過村裏，村民們飲食問題終於暫時解決了。村莊裏漸漸有了生氣，離昧看著鄉親們展開乾皺的笑臉，覺得世間最快樂之事，莫過於帶給別人快樂。

子塵端了一盆水過來：「公子！公子！快點來喝水！」

離昧見那麼一大盆水，啞然：「我是牛嗎？」

子塵大喝一口，滿足地咂咂嘴：「哎，幾個月沒有好好喝一口水了，真憋屈！我再多喝幾口！」直接把頭伸到盆裏做牛飲狀。

離昧哈哈一笑，捧起盆傾江傾海地倒來。

帝都，鳳藻宮。

宮裝女子聽男子講完雲寫近來行動，嘴角露出一絲莫測高深的笑：「潛伏的蛇，終於忍不住露出水面了嗎？」

她就是當今君后蕭滿，七皇子慕容雲育的生母。立於她身後的是其兄蕭李，官居樞密副使。

蕭李恨恨道：「這個四皇子平日裏看起來像丟了魂一樣，沒想到行事如此陰損，竟聯合山賊來劫我銀子，我非滅了黑峽寨！」

蕭滿手一抬做了個禁止之勢：「急什麼？正好看看這條蛇有多毒。」

蕭李憤然拍手：「張冒就這麼白死了？」

蕭滿嫣然一笑：「一顆小棋子，能引得慕容雲寫出手，已是他的榮幸。」

蕭李奇道：「我就不解了，一個活不過十八歲的病秧子，妹妹為何這麼在意他？君上再昏昧，也不會把皇位傳給個短命鬼！」

蕭滿眼利如刃，幽幽自語：「慕容雲寫，慕容雲寫，哼！你若真甘心，就不會露出爪牙。既然露了，我就要看看你的爪牙到底有多利！」

蕭李歎息，他知道蕭滿始終放不下與鍾子矜的那段過往，如今鍾子矜死了，只能轉移到她兒子這裏，無奈勸諫：「死者已矣！妹妹還是專心對付太子和三皇子，眼看春闈將至，人才可不能全被太子拉了去。春天一來，韃靼就退兵了，到時三皇子回朝，朝廷又將風起雲湧。」

蕭滿道：「欲速則不達，育兒還小，此事還須徐徐圖之。況君上如今正是壯年，最忌諱皇子結黨，我們何必蹚這趟渾水？且讓他們鬥個你死我活豈不好？」

蕭李明白她欲坐收漁翁之利，不再多言。

有風過窗，吹得珠簾鳴脆，微冷中帶著春的氣息。

蕭滿忽歎道：「春天來了，是播種的季節，黔西大旱，農民家裏怕是沒有糧種了吧？」

蕭李眼中忽有陰毒的光芒閃過。

終於迎來幾場雨的時候，已近三月。

乾裂的土地已經濕潤了，正是播種的好時候，徐魏派人將種子分發到各戶，農民們喜極而泣。

苦難一過，心也開闊起來，見兩岸「碧玉妝成一樹高，萬條垂下綠絲絛」，時有燕子穿行其間，呢喃唱著春歌，也禁不住淺淺一曲〈桃花骨〉：

桃花結子年復年，髗骨又鑲幾遍？紅塵紫陌這千般，一萬年前，削骨成笛有誰見，曲高和寡難言，一竿篙，舞盡平生願。

傾盞獨酌在江畔，此生碌碌幾番。夢裏猶歎枕席寒，詩詞賦難，憑爾醉後荒唐言，臥風聽雨簷前，君一顧盼，與有榮焉。

他聲音溫潤舒徐，伴著初春微微的小雨，柔靡之中蘊含清新之意，只聽得人毛孔都舒鬆起來。

驀然回首，身後一人執傘而立，看著歡舞的人群。他沒有加入他們的熱鬧，卻加入了他們的歡樂。

清湛的眸潤如天街小雨，頰邊梨渦盛了酒般醉人。

他含笑：「是你。」

他莞爾：「是你。」

到此竟找不到語言了，唯靜眼相望。

可是這般的喜悅卻遮不住他臉色的蒼白，眉間奇異地鎖著一枚朱砂痣，如梅映霜雪，帶著說不出的媚惑清冷之意。

一身黑袍越發襯得他形銷骨立，兩片薄唇似欲滴血。

離昧知道，這種容色是不正常的，果見他以巾帕掩唇，極力壓抑卻止不住低咳。

「可是受了風寒？」

「舊疾罷了。」

慕容雲寫收了巾帕，聲音略顯低啞。抬眼看著離昧，這人一如三年前般詩意，恍若「雨點江南墨點眉，薄衫欲染草色濃」。

離昧關懷：「春風依舊寒涼，少出門為宜。」

他眉頭微舒，像是聽進去了，又帶著小抱怨：「悶久了。」

離昧莞爾：「我陪你走走吧？才發現這兒景色不錯。」

兩人並肩而行。

春雨洗著柳葉，那翠色恨不得滴下來似的。初融的河面流水淙淙，時有燕子掠水而過。離昧回頭，見木屐在草地上印下一行腳印。

是自己的腳印，那麼他沒有穿木屐？果見他白色的鞋底沾了泥，已然浸濕了。

他在青石上坐下，脫了木屐鞋襪：「寒從腳底生，穿上吧！」

慕容雲寫定眼而視，不知是介意穿別人的鞋子，還是不想讓他替自己受凍。

離昧溫煦一笑：「我忽然想小時候的雨，……那是染著青色的，還有點小涼。」赤腳踩在草地上，「就像這般，初春三月，赤腳踏過被雨水沾濕的草地，稚嫩的腳趾微紅著。」

春雨頗涼，果然不一會，他的腳趾頭就變紅了。

這樣的童年，是雲寫從未體會過的，不由得入神。

離昧呢喃：「也像流水沖出門前小小的溝壑，孩子們捧著泥沙築起一座座的土城。」笑意未退地看著雲寫，「你可以想像嗎？小小的幾個孩子蹲在小水溝前，露出一圈白白的小屁股……」

慕容雲寫神色微窘，見他將鞋放在自己腳邊，含笑而視。敵不住他的好意，脫了沾濕的鞋襪換上，只覺一陣溫暖從冰冷的腳趾傳開，直透心底。

離昧一時興起，連傘也一併放了，連袂赤腳而行，折一枝新柳信手揮舞，悠然隨興，物我兩忘。

春雨細如牛毛，沾在他頭髮上，白白的一層，連睫毛上都似挑了一串水晶。他的長相很平凡，但看起來無比的舒服，清新入骨。

不知哪來的一瓣梨花，如輕盈的蝶落在他肩頭上。

慕容雲寫合傘，幾步外，一樹梨白如雪，間綴著新碧的葉子，清透可人。風拂過，梨花攜著春雨零零落下，一時兩人肩上、髮上皆是梨花。

他失神地望著離昧，只覺他容含詩意、眉目欲染。

離昧亦凝視著他，容色憔悴，像被風雨摧殘的梨花。然，清雋冷涼的眉眼，別有高潔。

「縱被春風吹作雪，絕勝南陌碾作塵。」

「嗯？」慕容雲寫並未聽清他吟的是什麼。

離昧倜促一笑：「梨花香，早下秧。你聽，山中布穀鳥都在催了，布穀布穀，趕快種穀！」

慕容雲寫眉角微蹙，如有隱憂，沉吟一陣：「你知農事？」

「我雖道者，並非餐風飲露，還須憑一雙手種糧糊口，卻談不上『知農事』。可是有什麼為難之事？」

慕容雲寫嚴肅道：「經去年大旱，這一季農事關乎整個黔西百姓生死。」

離昧心裏也是一緊，暗暗打消離開黔西的念頭，要看著農民將秧栽到田裏。好在這些年他跟著師父種田，也學了不少經驗。

這時他們已到行驛外。

「爺，您回來了！」

唐證迎來，頗是詫異地看著離昧，接到雲寫的眼神，命人燒水給離昧洗腳。

不一刻丫鬟尋詩便端來熱水，並為他準備了一雙新鞋襪，離昧總不好讓他再脫了鞋子，只好穿上。

隔著竹簾便聞到一陣茶香混著藥香，是雲寫在煮茶，案角放著一碗藥。

他勸誡：「喝藥時不要喝茶，這樣有失藥效。」

雲寫充耳不聞，斟了兩杯，端起欲飲，他下意識地按住他手腕。

慕容雲寫抬頭，薄薄的唇抿成一條紅線，清湛的眼帶著冷色。

離昧一怔，這般實在不是一個客人的做法，可看著他紅得異樣的唇，卻固執地堅持下去。雲寫放下茶杯，怎麼會有這般固執又溫柔的眼神？

看著碗良久，竟似惱怨道：「藥太苦。」

離昧愕然：「這人，竟怕苦？」見旁邊還有幾個橘子，眼睛一亮：「稍等。」讓尋詩找來一塊乾淨的白紗布，到了廚房。

半盞茶的工夫離昧端了茶杯放在他面前，他狐疑地掀開，雪白的瓷杯裏，一種黃澄澄的汁液印入眼簾，帶著橘子的清甜。

「這是？」

「橘子汁。喝完藥再喝些這個便不會苦了。藥也涼了，你趕緊喝吧！」

雲寫端起藥碗一仰而盡，漱了口後再喝點橘子汁，嘴裏果然清爽了不少，眉也舒展了。

離昧含笑：「我便告辭了。」

雲寫指著案上茶：「茶已煮了，不讓我喝，待如何？」

離昧便坐下來，但也不能白喝茶，他素來是嘮叨人，便將春天病人須注意的事情說起來，又一一告知丫鬟尋詩、問臘，竟似春雨般綿綿不絕起來。

尋詩、問臘偷偷看了眼慕容雲寫，暗忖：「主子平日裏最討厭嘮叨，能說一個字，絕不說兩個，怎麼今日竟忍受得住了？」

連門外的唐證都疑惑地向門內張望。

一壺茶喝完，慕容雲寫才意識到今日聽得話多了，眼神冷淡地盯著他：「你還是不說話的時候看著舒服。」

尋詩、問臘、唐證齊齊一震，寒意像條小蛇爬過脊背：「爺這句話怎麼竟如此弔詭？」

離昧也是一愣，半晌尷尬地咬了咬唇：「不早了，我該回去了。」行了個道禮辭去。

走到門口時，忽聽慕容雲寫幽低的話語：「我記住了。」

離昧又是一愣：「記住了？記住我說的話了嗎？只怕這個人記是記住了，卻做不到吧？」苦笑著搖了搖頭。

待他走後，慕容雲寫對唐證道：「收拾行裝。」

唐證憂心問：「這便要走？爺，眼看春種時間就要過了，若真任由發展下去，黔西的百姓怕真沒法活了！」

慕容雲寫拿過架上寶劍，黑色的劍鞘上蟒紋猙獰霸氣，他眉頭蹙如冷劍，眼中的光芒卻比劍還冷冽寒涼，一字一頓：「寶劍於鞘中，敵忌之，須示之以刃……」

「錚」的一聲，寶劍出鞘，只露半點鋒刃！他眸間寒芒一霎間斂藏。

「……卻不能盡顯鋒芒！」

第二章　情如洛水，梨花似夢

慕容雲寫的話給離昧提了個醒，第二天便去秧田裏看秧苗長勢如何。看了四五塊田只有一兩個稻種發芽了，有些奇怪：「村民們下秧前後相差近十日，怎麼回事？」

「這些稻種可有區別？」離昧問。

「俺那稻種是自己家去年留的，他們都是公家發的。」

離昧心頭一驚：「把稻種拿給我看看！」

兩相比較，公家發的比自家留的稻種飽滿一些，但離昧卻看出來，這稻種是熟的！他神色凝重的對村長道：「迅速召集村民，看誰家還有自留的稻種，收過來！」

村長知道事情不妙，幾欲痛哭：「若有稻種誰還會種這些！就算有了好稻種，已經過了下秧的季節，今年……」

離昧果斷堅定道：「你先在村裏收稻種，我去黑峽寨走一趟，只要有稻種，我保證會按時栽秧！」

正巧這日黑峽寨送糧來，離昧與徐魏早相熟，見所有稻種皆是熟的，知道有人故意為之，心裏一沉。

離昧沉聲問，「重購一批稻種最快何時能到？」

徐魏道：「半點不耽擱也須十日！」

離昧苦道：「來不及了！」

徐魏憤然：「是誰竟在糧種上動手？好生惡毒！我們一路小心翼翼，是在哪個環節上出了問題？」

離昧果斷打斷他：「多想無益！借我兩匹快馬！」

徐魏帶他去馬廄，離昧挑了兩匹策馬而去：「這邊還須你多催催，我再去別處想想辦法。」

離昧首先想到的是慕容雲寫，來到行驛時，雲寫正要上馬車。

「你要走？」離昧竟忽感失落。

慕容雲寫微一頷首，見他半晌無語，問：「何事？」

「稻種被人煮熟了，你可有什麼途徑弄來好的糧種？」

他從慕容雲寫的舉止、穿著可看出身世不凡。

慕容雲寫搖頭，眼神冰冷無情：「愛莫能助。」

離昧臉色一白：「你……」

所有陳述利害的言詞，在對上慕容雲寫蒼白無血的臉時，啞然了。

病成這樣的少年，實在讓人不忍苛責！

「你保重！」

他調轉馬頭，揚塵而去。

忽聽唐證揚聲道：「離先生，狡兔三窟。」

狡兔三窟？離昧不解，忽然想到傳言張冒的錢財是黔安侯的。要去黔安侯府？

對！黔安侯府！那裏一定有可種之糧。去那裏快馬三日即可來回，當下也唯此一法。

離昧來不及叫子塵，星夜兼程，兩馬輪換，一日便到了黔安侯府外，門衛見他滿臉風塵、衣衫寒素，拒絕通報。

離昧情知，人誤農一時，農誤人一年，半刻等不得，急得來回踱步。這時一個錦衣玉帶的男子走過。離昧見到他腰間玉笛，躬身一大禮：「施主，可否將玉笛借與貧道一用？」

錦衣男子隨興地搖著冠上流蘇，眉角輕挑，笑容明燦又帶著點邪氣：「道士？名號？」

離昧誠懇地看著他：「貧道離昧。」

他滿頭珠玉在陽光下熠熠生輝，卻遮不住眉眼的俊朗。離昧從未見過有人能將邪氣與陽光融合於一身，甚是奇特。

「遠離愚昧？愚昧有什麼不好？有道是大智若愚。」

錦衣人忽湊近離昧，懶洋洋地問：「道士借笛子做什麼呢？」

離昧拉開兩人距離：「貧道為求糧種而來，然形容不佳，不得見黔安侯公子。聞知他素喜音律，故想以一曲引他出來。願公子念黔西百姓之苦，借玉笛，則功德無量。」

錦衣人不屑一笑：「我上輩子就已功德圓滿了！這輩子就免了吧！」又湊了上來，嗅了嗅，痞痞地道：「我道哪裏香，原是你身上。」

離昧眉一蹙，面露薄暈。

錦衣人甚是得意：「就為這香，笛子借你了。」

離昧連退數步，做一揖，橫笛吹奏。笛聲清越空靈，帶著新春綠草初發的喜意，聽得錦衣人恍然失神，路邊行人紛紛駐足聆聽。

離昧連吹兩曲，坐在路邊歇息。他疾行一天一夜，飯也來不及吃一口，此時已精疲力竭，若非強力支撐早就昏睡過去。

曲停良久，錦衣男子才回過味來，連吹了幾聲口哨：「嘖嘖，想不到你笛子竟吹得比你身上的香味還好！」倚在樹幹上，雙手環胸，「你身上是什麼香味？剛吹的是什麼曲子？」

「未有香，未有名。」

他前晚一時興起而做，還來不及取名。

他仰首沉吟：「好清淨絕塵的調兒，通透素淨，像水洗的梨花般，就叫〈梨花調〉吧！」

離昧一愣之後莞爾：「竟未曾想過得遇知音，就叫〈梨花調〉吧！」

錦衣公子打了個響指，拊掌而笑：「好！就衝你這『知音』二字，你想要多少糧種任你取！」

離昧愕然，半晌：「……你是？」

錦衣公子眼角一挑：「蕭灑。」

原來他就是黔安侯公子！

離昧行禮：「多謝蕭施主，春耕一刻也誤不得，還請……」

蕭灑一揮手：「既為知音，必有一飲，來！」

離昧一愣，已被他執手拉入府中，直奔酒窯。好容易喘過氣來：「蕭……蕭施主……春耕一刻……也誤不得……」

蕭灑似不耐煩，隨手指著身後酒罈：「好吧！這有十罈，就以十天為限，你喝剩多少罈，我便讓他們幾天送糧。」

離昧結舌，十罈酒？怕不要醉死人？

蕭灑提起一罈酒，拍開泥封，懶洋洋地喝一口，似笑非笑地看著他。

離昧一咬牙：「我會在六個時辰內喝完這些酒，你先讓糧車上道，倘若我做不到，再回來不過費了點勁而已！」

「爽快！」一拍手，有人進來，「速去備好糧種，送到黔西。」

離昧釋然一笑，提起一罈酒，拍開泥封長飲，覺得這酒味也太淡了些。再喝了口，根本沒有酒味。疑惑地望向蕭灑，後者已經笑得倒在地上了！

「你……」

蕭灑連連揉著自己的肚子：「哈哈，你還真信了！十罈酒？不喝死也得淹死，你還真當自已是李白啊！」

離昧無語。

蕭灑忽然認真地看著他：「你是想一口氣喝完，然後醉死？」

「……」

「哎哎……我又被當成一回壞人呢！」聳聳肩，「好了，今兒也玩夠了。瞧你這樣，先吃點東西休息一下吧！」

「多謝！」

離昧實在不能明白這大少爺的惡趣味，但他能給糧種已是天大的好事了！

離昧走後管家問：「少爺，你怎麼就答應給他糧種了？君后那裏怎麼交代？」

蕭灑漫不經心一笑：「時令已過，便算給了，也於事無補。他既與慕容雲寫有交情，我們何不賣個順水人情？」

管家憂心：「只怕此事就是四皇子的主意。」

蕭灑揚揚眉：「管家，姑姑本意就是試慕容雲寫的深淺，他若真連此都識破，倒還真不能小覷了！」

「依少爺看，這人是四皇子的人嗎？」

蕭灑有一下無一下地把玩著流蘇上的珠玉：「我倒很想知道呢！」

溫潤、執著，不畏生死，一心為民的人，既好籠絡，又難籠絡。

離昧吃飽喝足，換了衣衫睡了一覺起來，感覺神清氣爽，見桌上有筆墨，想到蕭灑喜歡那曲子，便寫下相贈，問蕭灑何在，侍女帶他到書房。

蕭灑正埋頭在案上寫著什麼，嘴咬著纓絡上的珠玉，倒給他那俊朗的臉上增了幾分孩子氣。

「蕭施主。」

蕭灑抬頭，看到離昧一霎愣怔。早上初見他，蓬頭垢面，卻從容自若、目光溫潤。此刻再見，爽淨如初夏清荷，令人無端喜愛。

「好曲贈知音，還請收下。」離昧被他盯得窘迫，「蕭施主可奏一遍，看看有何處須修改嗎？」

蕭灑有些心不在焉：「……阿離……師承何人？在何處修行？修行幾載？今年貴庚？」

「家師長北邙山長雲道長。八歲拜師，至今已有十載。」

「俗家姓啥？何名？」

「姓段，段閱。今日勞煩施主，這是所購糧款字據，待湊齊貧道定然送來。農事一刻耽誤不得，貧道告辭。」

蕭灑挑挑眉：「糧種我著人先送過去了，我還有許多樂理上的問題想請教，阿離便留兩日，當是謝我解黔西燃眉之急，如何？」

「等秧種下，貧道再來造訪，屆時多叨擾幾日，一起探討曲藝不遲。」

蕭灑略有不快，沉默片刻，洋洋而笑：「便一日。」

離昧想他幫此大忙，再堅持實在不合情理，自己快馬，等糧種到時他也到了，便應了下來。

「這曲〈梨花調〉是從何來的靈感？」

離昧想到雲寫嘴角不由浮起清淺笑意：「昨日漫步河堤，忽見一株梨花如雪，興起偶作。」

他眼睛一瞇：「不知陪阿離的是何人？」

「嗯？」

蕭灑輕佻地問：「阿離這樣子，想必陪伴的是位佳人了？道士也戀紅塵嗎？」

離昧微窘：「並非佳人，只是有兩面之緣的施主。」

他一臉興味：「哦？何等樣的人能讓先生想到梨花時想到他？」

離昧覺得他問得奇怪，可就算如此，他的眼神除了輕佻之外，竟坦蕩得令人全無戒心。

「他叫雲寫，也不是何等樣的人。」

蕭灑了然一笑：「哦！是他啊！豈止是佳人，絕色佳人也不足以語之啊！阿離竟有些福氣，難得難得！」

離昧臉頓時漲得通紅：「勿要胡言。」

「胡言？你臉都紅了呢！」

離昧薄怒，忽見他一臉的惡趣味，知道他又在調侃自己，垂目，眼觀鼻子，鼻觀心。蕭灑自覺無趣便轉了話題。

第二日一早梳洗罷，侍女道：「先生，我家公子有請。」

離昧隨她前去，遠遠地便聽到一陣絲竹聲。穿過一個月洞門，只見一個小山坡像覆滿雪似的，陣陣甜香隨風而來，沁人心脾。

「咦，這兒哪來的梨花？」侍女疑惑道。

朝陽緩緩升起，灑在梨花上，如一片片雲霞。

忽聽一聲口哨，抬頭，見蕭灑側倚在亭欄上，笑容燦如雲霞。

他來到亭中，只見七八個侍女倚欄而坐，或撫琴，或彈琵琶，或吹簫，一群白衣如雪的女子正在梨花林裏起舞，姿影翩翩，美輪美奐。

蕭灑折一朵梨花漫不經心地把玩：「這些都是黔州最好的舞伎、樂伎，於梨林處，聽梨花調，觀梨花舞，風流何如？」

離昧沉默不語。

一位舞伎笑著奉承：「我們都好說，難得的是這些梨花，一夜之間移栽至此，可見公子何等中意先生。」

離昧詫異地看著蕭灑。

他灑然一笑，意氣風發：「多嘴。阿離的曲音之妙豈是這一山梨花可比的？舞樂開始吧！」

絲竹奏響，舞伎衣袂如雲，蕭灑連連叫好。

見離昧低著頭，臉上青白交加，問：「怎麼？不喜歡？」

揮退舞女：「既然先生不滿意，你們都滾吧！」

離昧臉上更陰晴不定，欲言又止。

「你有話但說無妨。」

離昧深吸了口氣，銳利又悲憫：「你可知黔西去年餓死多少人？你可知『易子而食』是何意？」

蕭灑下巴一仰，瞇起眼角。

他聲音沉而鈍，如一把鋼刀劃在心頭：「一千三百五十九人！不包括那些被吃掉的孩子！……父母不忍心吃自己的孩子，和別人互換著吃……」

抽出昨晚蕭灑送他的那支玉笛，眼睛一閉，壯士斷腕般果決：「既是靡靡音，此生不為曲！」

於石案上一磕，玉笛碎為兩截。

蕭灑腳下未動，身子倏然移到離昧身前，詫異不已：「絕交？」

「非也！只是哀痛所愛，竟成奢華之源。」

蕭灑訝異地看著他，忽然拊掌而笑：「哈哈，離昧道長，你枉作灑脫，卻不知這世間奢華本在人心裏，不是你斷笛絕簫便能拒絕的。你這道士好生單純！」

最後一句不知是讚歎還是鄙夷。

「任世間繁亂奢華，我自心素如梨花。」離昧指著漫山梨花，「你並不懂它們，你也未曾懂過我的曲。」

一揖，長身而去。

蕭灑猛然拉住他，語氣咄咄：「好個『我自心素如梨花』！我不懂，你為之寫曲的那人可又懂了？」

為之寫曲？他是說雲寫？

「我不懂他。」

「倘若是他，你會如此苛求嗎？」

離昧不解了。

蕭灑負氣般問：「同是王公貴族，你可會嫌棄他不知人間疾苦？還是他很憐憫蒼生？」

離昧想到雲寫拒絕幫助心裏難受，又想到他蒼白如雪的臉和壓抑不住的咳，禁不住歎息：「他那般病入膏肓的人，怎忍去苛求呢？即使不救人也無可厚非，他為自己活著已甚是艱難。」

蕭灑已知道離昧此來必不是慕容雲寫的意思，因為離昧這般人，有時將事情看得很明白，但卻不願意去相信。

他看得見白，也看得見黑，更能從這黑中看出白來。就像一朵蓮花，可遠觀而不可褻玩。

他突然有些不忿，這個人真的染不上一點黑嗎？

離昧到時糧種已到了，村民們圍在一起議論紛紛，晚了近十日，等這批稻種發芽，先種的都要插栽了！

離昧問：「村長，坑可挖好了？」

「挖好了。」

他雖不知道離昧要坑做什麼，還是讓人挖了幾十個井口大小，兩米來深的坑。

離昧揚聲道：「大家聽我說，現在我們只能讓稻種早些發芽，大家將坑裏墊上濕稻草，用不燙手且偏低一點的水把稻草浸濕，稻種用麻布袋裝好放入坑裏，每天加適當的水，這樣稻種就能提前發芽。」

在離昧一一指點之下，過幾天稻種果然發芽了。看著村民們提著麻袋奔走相呼，離昧疲憊的臉笑得異常溫潤。

不遠處，那張邪氣又陽光的臉，看到他的笑，忽然變得有些恍惚。

村民們將稻種撒在秧田裏，撒一層稻殼灰，眼見秧苗一天天長高，懸著的心終於放下來了。

離昧休息了幾日，便和子塵離開黔西，走時數百百姓灑淚，相送十里。

乘舟而下，這日一場春雨剛罷，兩岸桃紅如染、綠葉似洗，他們泊舟岸邊稍歇。子塵去農家化齋飯，他在山路上隨便走走。

一股槐花的香味飄入鼻端，分外清甜。離昧不知為何尤其喜歡槐花的味道，只是槐花五月才開，此處怎會有槐花香？

尋步到了山窪處，見一樹新槐雪白，滿地落槐清冷，槐花樹下一人背對他而坐，玄衣標勁，脊背清拔。

離昧走近，那人覺察脊背一挺戒備起來。

「貧道欲取槐花數束做膳，打擾施主否？」

見那人脊背微鬆，淡漠地「嗯」了一聲。道了謝。

此處地勢偏低，槐樹長在水潭邊，潭水泛著熱氣，竟是一處溫泉，難怪槐花會如此早開了。

這槐樹起碼有數十年，長得十分高大，只有一枝被雨壓低垂，可以摘到，而不巧那樹枝又在那人前面。

他也不覷探，繞過那人摘了幾束含苞欲放的槐花。清涼的水順著手臂一路滑到液下，忍不住一笑，聞一聞，手上都帶著槐花的清甜。

「為何不看我？」

聲音清冷中帶著壓抑，好生熟悉。

離昧不敢置信地回頭，只見男子烏黑的眼瞳幽亮地看著他，眉間一點朱砂斂住萬千風華，竟真的是慕容雲寫！

「非禮勿視，貧道豈敢冒昧？」

見他不吱聲，一隻手一直緊緊握著另外一隻，指縫裏有血滲出。原來竟是受傷了！

「可容貧道一看？」

「你會醫術？」

離昧汗顏：「家師是大夫，貧道不才，只略會些中醫調理之術。」

慕容雲寫鬆開手臂，上有一道一寸來長的劍傷，幸而沒有傷及筋骨，但流血過多會危及性命。傷成這樣，他竟然還能將脊背挺得如此直！

「須及時包紮。貧道舟上有些草藥，施主且稍等！」

慕容雲寫站起身子：「同去。」

只是這裏離小舟有些遠，他似乎流了不少血，走得動嗎？

果然慕容雲寫一站起來，就感覺到一陣頭暈。

「我揹你。」

慕容雲寫搖頭，只將手搭在他的肩頭上。二人相扶回到舟上，他很快處理好傷口。子塵回來了，他在農家化了些米、麵。

離昧想正好可以做槐花飯、槐花餃子：「子塵，那邊有棵槐花樹，你去採些槐花來。若是碰到雲施主的人，也請他們過來。」

慕容雲寫搖搖頭：「不用。……可否隨舟而去？」

「不知施主欲何往？」

「順流而下。」

「正好同路。」

子塵很快便採了槐花回來，離昧就著河水淘米、洗花，慕容雲寫坐在舟沿上看著。

「也喜吃槐花飯？」

「北邙山後有棵大槐花樹，每年會開很多槐花。家師做的槐花飯是一絕，施主若有閒暇可去吃些齋飯。」

「可得真傳？」

離昧笑了笑，捧了捧手中的水滴：「真傳倒沒有，不過貧道別無長物，只能以此一飯回敬施主之茶。」

慕容雲寫皺了皺眉，那枚朱砂痣便像是被鎖住了，只讓人無限不忍。

離昧有些彆扭。雲寫執拗地看著他。

「好吧。」敵不過他的眼神，「雲寫。舟上並無他物，只能吃些素食了。」

「隨君便好。」

離昧將槐花蒸上，尋了個軟枕讓慕容雲寫靠著，自己躺在舟頭欣賞風景。船尾炊煙，船頭人臥，慕容雲寫看著身邊躺著的人，此時手臂痛楚難當，可他竟有心去羨念。他這一生從未活得如此愜意過。

「可曾有煩惱？」

離昧笑道：「煩惱又如何？人生百年不過浮雲而已，更何況幾縷愁思。」

枕著雙臂，頸上佩戴的某物滑出衣領。

慕容雲寫眼眸驀地一懍，這圖紋……！他竟會有刻著這種圖紋的東西！目光一時冷厲，一時悲愴，一時憤懣，變幻莫名，再抬起時已一派平靜。

「為何出家？俗姓什麼？在何方？」

離昧是個毫無戒心的人：「師父見我有慧根，要收我為徒，父親仰道就依了。俗家姓段，就在北邙山下，我並非出家弟子。」

洛陽？段家？段員外家在洛陽並不算顯赫，與蕭滿、圖紋都扯不上關係，可他怎麼會有？

他深知，看似無關，有時恰恰相關。

「你叫什麼名字？」

「段閱，閱讀的閱。」

「出家之人，有什麼忘不了嗎？」

「忘不了？」離昧一時迷茫，「沒有忘不了的，只有記不起的。」手不自覺地就撫上那塊殘缺的銅鏡，「似乎我該記住一些人，但卻沒有記住，這種感覺與生俱來……」自嘲地笑了笑，「或許是過奈何橋時孟婆湯喝少了吧。」

慕容雲寫同病相憐：「我也如此，似乎遺落了什麼，很想找回，卻無從著手。」

離昧起身，誠懇道：「一定會找到的！」

雲寫疑問：「真的？」

離昧想他看起來雖成熟，到底比自己小，給他勇氣：「真的！我們一起尋找，找到為止！」

雲寫穩穩道：「一起找，不找到誓不甘休！」

離昧想：「果然是凡塵中人，執念比出家人要深。」

又不忍打擊他，遂也應和道：「不甘休。」

雲寫頷首：「那便好！」

最怕離昧意志不夠堅決，讓離昧來探查這個祕密，豈不比他去探查好一些？

「觀君之舟，乃是鐵製，鐵遇水而沉，緣何而浮？」

離昧笑笑，舉簡單的例子說明：「可知鐵為何沉於水，而油為何浮於水？倘若各取一升的鐵水、水、油，以秤秤之必然會發現，鐵重於水，而水重於油。因而鐵遇水會沉，油則會浮於水面。」

慕容雲寫點頭。

「鐵為實心，必然沉於水，倘若是空心則未必。將鐵的體積擴展到一定程度，就可以浮於水面了。」

「何種程度方可浮起？」

這倒有些難以說明了。

「稍等。」

從艙內拿出一個長方形的物什，四周是木框，裏面固定著一根根小木棍，小木棍上穿著木珠，中間一根橫樑將算珠分成兩部分。

離昧指物介紹：「此為算盤，用來相助算術運算。每根木棍的上半部有兩個珠子，每個珠子當五，下半部有五個珠子，每個珠子代表一。」

慕容雲寫對此物甚是感興趣，眼越發灼然：「此物如何運用？」

「用起來倒也極其簡單，只需要竹桿上撥動珠子，比如要算加減，四十七減十二。先在鄰的兩排算珠上撥出一個四十七，再於七這一排上減去二，四這一排減去一，則是三十五，如此一目了然。」

慕容雲寫何等聰明之人，一看便懂了，試用了幾次並未出錯，離昧點頭嘉許。

「加減之法甚是容易，乘除卻要記口訣了。」

「是何口訣？」

離昧於是邊撥算珠邊唸：「倘若是相同兩個數相乘，口訣是：一上一，二上二，三下五除二，四下五落一……」

「現已學會乘除之法，算出何時能鐵片沉浮便簡單了。就以一升水為標準，我曾秤過一升水重一斤，同樣是一升物什，重於一斤的就會下沉，輕於一斤的則會上浮，與其相等的則會不上不下。」

慕容雲寫頷首：「所以你改變鐵的體積以達目的？」

離昧讚賞地點頭：「我曾秤過一升鐵水約莫有八斤重。」

慕容雲寫蹙眉凝思，旋及眸間一閃：「倘若將一升的鐵體積擴展到原來的八個大小，則便可以懸浮？」

離昧莞爾：「孺子可教也！」

言罷覺得自己唐突了，見慕容雲寫恬然一笑，心頭一顫，從未想過男人也能笑出酒渦來，且那樣清、那樣純，像不小心將槐花掉到水裏，擊起水紋一波一波散開。

聽到雲寫羞赧地咳嗽才回過神來，尷尬不已，好在雲寫已步入船尾吃飯去了。

子塵揭開鍋蓋，米飯香、槐花香撲鼻而來，聞得人陶陶然。鹹魚蒸好了，槐花飯、鹹魚就著酒是最好不過的。

離昧見慕容雲寫蹙眉抿唇，下顎堅毅冷傲，似突然換了個人。

「有憂何不一訴？」

慕容雲寫謹謹而道：「先生世外之人，可知這世間爭名奪利、權謀算計？如何才能出類拔萃、脫穎而出？」

這倒是千古一個大問題啊！離昧思慮片刻指著一條魚道：「可曾觀賞過魚？知魚為何能在水中沉浮自如？」

慕容雲寫搖首。

「蓋因魚腹之中有鰾。鰾者，可大可小，收縮自如。水面有危險，則將魚鰾內氣迅速壓出，沉於水底；俟機而動時，魚鰾內適當納氣，懸於水中；而待風平浪靜之時，則立時深吸一口氣，鯉魚躍龍門！」

慕容雲寫眼神凝如針劍：「男兒胸懷亦當如魚鰾，可沉、可懸，亦可高躍！」豁然開朗。

小舟並不大，多了個人更顯侷促。天色已晚，慕容雲寫因失血過多身體虛，早早便睏了，離昧指著烏篷內唯一的床。

「小舟敝陋，只能在此將就一晚。」

他與子塵平日裏睏了便睡在此床。

床很乾淨，可是慕容雲寫介意子塵也睡過：「你睡何處？」

「我在舟頭看看風月。」

慕容雲寫見天上黑雲陣陣，不見星月：「今晚有雨。」

離昧道：「無妨。這烏篷可以撐大，足可避雨。」

尋一個小灣將船泊了，便仰躺舟頭。

慕容雲寫也在距他不遠處躺下。

離昧將軟枕塞在他脖子下：「夜裏小心，別碰到傷口。」

又對子塵道：「你也早些休息吧。」

舟泊下來時，慕容雲寫已經睡著了，離昧輕輕放下烏篷，又尋了件自己的厚衣服為他蓋上，熄了燈。

半夜果然下起了春雨，起初沙沙如牛毛，繼而越來越大，打得烏篷劈哩啪拉地響。

離昧手枕著脖頸感覺一股微微的涼意，不過他喜歡這種感覺。慕容雲寫似乎比他怕冷，雙手抱在胸前，身子微彎，裹緊衣衫。怕雲寫傷著手臂靠過去分開兩手，雲寫似感覺到溫暖向他移了移身子，接著又移了移，最後竟鑽到他腋窩裏安睡起來。

他渾身一怔，僵立難動。見雲寫睡容恬淡，盡是滿足，那般冷漠寡言的少年，睡著時也追求溫暖。還是個孩子，僅比子塵大三兩歲的孩子。

他的心化為春被，與雲寫相貼著躺下。

追求溫暖是人的本能，無論那個人表面上多麼的涼薄冷酷。

離昧知道雲寫性情驕傲，次日早早起來備好海鹽。

「手臂可還痛？」

「好多了。」

慕容雲寫單手漱了口，離昧擰了帕子給他，擦了擦臉，解下束髮的冠。

雨後的清晨，朦朦霧氣縈繞著岸邊的湘妃竹，黑衣如夜的男子坐在舟沿，長髮披散，臨水洗漱，神情恬淡如霧，骨骼清致如竹。

離昧一時極具遐想地問：「莫非是秦淮水神化成？」

慕容雲寫手中木梳一頓，目光清如似水，囈語般道：「若為水，當長繞君側。」

離昧心怦然一跳，倉皇下舟。

慕容雲寫看著他的背影，怎麼都覺著有些落荒而逃的意味，莞爾一笑，花落清池。

子塵已在山岩上做好了早餐，慕容雲寫披髮下舟。他的頭髮又黑又柔，只是及不上離昧的。不光他，怕天下再也沒有比離昧頭髮好看的了，髮長七尺，油光可鑑，匹練一般垂下，似在他淡逸的生命裏加上濃墨重彩的一筆。

吃飯披著頭髮多有不便，況他還只能用一隻手。

離昧壓下尷尬：「我來。」

以指為梳替他束頭髮，手不小心碰到他的耳朵，又是一顫，臉上禁不住泛起了薄暈。

本來他背著慕容雲寫是不怕發現的，偏生子塵眼尖，眨著大眼睛像看到什麼稀奇的事一般：「咦，公子，你也有臉紅的時候？」

這回不光離昧，連慕容雲寫的臉也紅了起來。

兩日後，慕容雲寫見一隻白鴿盤旋舟上，在一個渡口喊停，徑直下了船，衝離昧一抱拳：「告辭。」

離昧愣住，不知是為他離開得突然，還是突然地離開。雲寫再未多話，頎長的身影沒入綠野。

子塵不忿道：「連句謝謝也沒有，白養了這兩天！」

離昧苦笑：「走吧。」

慕容雲寫進入林中，白鴿落在肩頭，片刻又一黑衣人至。

「爺。」是唐證。

接著一陣銀鈴般的巧笑，一人落在他前面。

「爺，黔西之事已辦俐落了。」是南宮楚。

雲寫頷首。農事若未定下，離昧定然不會離開黔西。

「蕭灑是何動態？」

「如爺所料，他們之意在試探我們，後一直派人監視離先生。不過，離先生那種人，任是蕭灑也對他起不了戒心。想不會將糧種之事與我們聯繫起來。」

慕容雲寫沉聲道：「蕭灑好對付，難的是蕭滿，不可大意。」

南宮楚柳眉一挑，笑容曖昧：「這幾天倒讓我發現了蕭灑的一個特殊癖好。」

唐證道：「什麼癖好。」

南宮楚摺扇一撒，半掩面：「好男風。」

兩個男人一怔，南宮楚上下打量著唐證：「像那種雄健粗獷、剛毅俊朗……」

唐證大怒：「放屁！」

「……他不喜歡。」一雙杏眸無辜眨動，「阿粗，你兇什麼？」忽弔詭一笑，「難道以為他喜歡你這樣的？」

唐證古銅色的臉頓時變成青紫色，雙拳緊握：「放屁！」

南宮楚鄙夷地揮揮扇子，似要搧走他的粗話：「真是個阿粗！咦，你臉紅什麼？難道被我說中了……」

眼見二人又要爭執起來，慕容雲寫眉宇一聳：「說正事。」

南宮楚銜唐證挑釁地揚揚眉：「他府中門客甚多，其中一些確有才華，另一些或是清秀纖麗，或是豔勝女子，蕭灑與他們走得甚近，外面那些風流之名不過是為了掩飾其斷袖之癖。」說著偷眼看看慕容雲寫，無不試探地道：「離先生能借到糧，想必也與他的姿色、氣度有關。」

慕容雲寫臉色沉了下來。

唐證白了她一眼，無聲道：「找死啊！」

南宮楚正要回擊，聽慕容雲寫低喃：「斷袖？」

見眼眸半凝，顯然在琢磨什麼計策，兩人皆沉默不語。

片刻，他鳳眸一睜，將一張紙遞給南宮楚：「速造一枚同樣的鏡子，查出此紋來處、洛陽段家和此事有什麼關係。」

「是！」南宮楚接令而去。

「京中有何動態？」

「黑峽寨之事報上朝廷，朝臣為出不出兵鎮壓爭執不休。關陝來報，韃靼已經退兵，按例再過兩個月三皇子便要返朝。」

慕容雲寫果斷道：「不會出兵。」

黑峽寨搶奪官府之事，無疑在看似平靜的水面投下了一枚石子。如今軍權雖掌握在樞密副使蕭李手中，但三皇子慕容雲繹長期鎮守關陝，關陝軍馬皆是其親信，並不聽蕭李調遣。黑峽寨易守難攻，反會被其牽制住；便算攻下，也無甚所得。蕭李軍隊一動，三皇子黨在朝中勢力便占了上風，更何況在慕容雲繹即將返朝的當頭？太子慕容雲書自也不希望蕭李動，有雲繹與蕭李相互牽制，他才能安坐太子之位。

「父皇身體如何？」

「昨日春狩依舊挽弓射箭，晚上去了羅嬪處。」

見他神思不屬，問：「爺，我們是否要回京？」

再這樣下去，只怕要吃別人的殘羹冷飯了。

慕容雲寫以手叩玉，清音不絕：「他要強半生，不會甘心這麼放手權位，沉不住氣，便是自取滅亡。」

帝都，御花園。

陽春三月，草長鶯飛、花紅柳綠，卻掃不除宮殿中的沉鬱之氣。

花徑上，蕭李道：「蕭灑來信，黔西秧種按時下地，一個叫離昧的道士為此奔走，與慕容雲寫並無關係。」

「饒是如此，依然不能掉以輕心。」忽換上一副慈悲樣，「春天來了，這孩子一向體弱多病，讓他好好去探望探望。」

蕭李不贊同：「妹妹何必為一個病秧子大費心思？」

「哥哥呀，明槍易躲，暗箭難防。兔子尚懂出洞以前查看有沒有潛伏的敵人，你怎麼就不明白？」

蕭李詞窮。

「叫小灑多注意那個離昧，慕容雲寫身邊的人一個也不能疏忽。」

「好。」

一個粉雕玉砌的小公子走過來，一身勁裝英姿勃勃

「兒臣給母后請安。」

蕭滿雍雅的臉頓時堆滿慈愛：「皇兒免禮。」

蕭李道：「老臣見過七皇子。」

「舅舅何必多禮。」

這小公子乃是七皇子慕容雲育。當今聖上現有四子。太子慕容雲書，是孝慈皇后所生，年三十一歲，膝下兩子三女，長子慕容洛十五歲，次子慕容渭十二歲。

二皇子慕容雲演是當今皇后蕭滿所生，只是慧極早夭，九歲便歿了。

三皇子慕容雲繹是穆妃所生，二十六歲，膝下一子二女，長子慕容淮九歲。穆妃之父是先朝御史，為官剛正不阿，有人恨之欲食其肉，有人敬之為其立祠。

四皇子慕容雲寫年十五，其母是鍾妃鍾子矜。鍾子矜出身並不好，但長得傾國傾城，君上得她後棄六宮粉黛；自生慕容雲寫後健康大減，後多次懷孕皆流產、早夭，在雲寫七歲時便去世了。慕容雲寫遺傳了其母七分容貌，亦遺傳了其病症，出世時醫生便斷言他活不過十八歲，君上因此對他特別愛憐。

七皇子慕容雲育，才十二歲，是當今君后所生，素來聰明伶俐，很得君上喜歡。

君后拉著雲育閒嘮家常：「怎麼衣服都沒有換就過來了？」

雲育笑容燦爛：「剛從獵場回來，想母后了，就過來了。」

君后貼身侍女笑道：「恭喜娘娘，昨兒君上又誇獎我們皇子了呢！」

「是嗎？」

「昨兒群臣獵物豐富，君上高興，就指著一匹寶馬說：『你們誰的馬跑得慢，朕便將此馬送與。』幾位將軍都想得到寶馬，賽馬時都慢悠悠的，君上不快。我們皇子說：『何不讓他們互換著馬騎？』這樣還真行，高下立見。君上賞了我們好多獵物呢！」

另一個宮人說：「當時那麼多人，就只有我們皇子想出了辦法。」

慕容雲育收了笑容，不驕不卑道：「大家只是看我小，讓著我罷了，沒什麼值得誇耀。」

蕭滿見此滿意地點點頭。

「孩兒獵了一隻狐狸，命人做個手套給母后戴。」

蕭滿摸摸他的頭：「你有心了。」

「母后，兒臣想請求母后一件事。」

「說吧。」

「今年春闈，我也想參加。」

「我兒為何做此想？」

慕容雲育眼神堅定：「三年前，四皇兄奪了榜首，我也要試試。」

「不必如此。」

慕容雲育倔強道：「母后是怕兒臣考不贏四皇兄嗎？」

蕭滿眉微蹙，思考利弊後道：「母后是怕你鋒芒太過。你若堅持，去求你父皇吧。」

「謝母后。」

第三章　桃花浸酒，釀君風流

這日離昧泊舟隱者山下。隱者山，顧名思義，隱士居住的山。

這裏確也住著一位隱士，複姓即墨，單名一個「拊」字。

離昧曾問：「拊者何意？」

答曰：「吾意取蜉蝣之『蜉』也，奈何眾人皆以為扶持君王之『扶』，後以煙火人間慟拊掌之『拊』。非吾意，非吾意也。」

此話自有淵源——

即墨一姓本來自上古，是北爵一族的姓氏。慕容氏祖先建立王朝後封四爵，東爵歐陽氏，西爵竹氏，南爵南氏，北爵即墨氏。

即墨家書香門第流傳近千年，清越帝之子仁斌帝一統中原之後，實行「柔道」治國，重賞功臣、聯姻、鼓勵退休、鼓勵交權。

四爵保留爵位世襲制，收爵王手中權力，漸漸淡出朝野。

即墨拊的祖先是輔佐清越帝打江山的即墨酣，百舒四儒將之一。天下定時，北爵即墨酣與南爵南覓相繼辭官歸隱，即墨酣當日便攜其妻景唐兒在此隱居。

即墨拊此人好《老莊》學說，為人灑脫，自有風度。時常與三五文人隱客飲酒清談，然酒量不佳，酒醉便發狂，或捫虱而談，或跣足狂奔，或長嘯以訴，說到人生不盡如意時便拊掌長哭，故人將其名中「扶」改為「拊」，戲取外號曰「瘋酒先生」。他聽聞之後長笑受之，曰：「吾以後便名即墨拊，拊掌之『拊』，字落拓，號瘋酒先生。」

離昧極其欣賞即墨拊的氣度，因而每次雲遊必然要在他這裏盤桓數日。

隱者山是一座高而險的山，即墨拊所居之處更是險絕，背倚高山，前臨危崖，左側瀑流，唯右側一條羊腸小路蜿蜒陡峭。所謂：「桃李不言，下自成蹊。」

二人沿路而去，但見道路兩旁樹高蔽日，雨是昨夜下的，此時路面才微濕。山裏空氣猶為清新，離昧忍不住一聲清嘯。嘯聲清遠綿長，帶著新雨草木的清意，讓人聽了只覺心也如這山林般一碧如洗。

他這一嘯不久山裏便有一聲清嘯相和，清越疏狂，底蘊綿厚，大有「天頂地底當自歌」的豪邁。

離昧一笑，繼續沿著山路走，不久便見一個人跣足披髮，衣襟不扣地跑來了。

離昧禁不住朗笑：「拊兄拊兄，今日可是又醉了？」

即墨拊三兩步過來，攜手上山：「君來我心之喜猶勝醉酒。」

離昧高笑，拍拍即墨拊渾圓的肚子：「如此且把你的好酒盡贈與我，你看著我沉醉便罷！」

即墨拊約莫三十來歲，長眉俊目，氣質磊落，眉宇間自有一股說不盡的儒雅高岸之氣，是即墨家千年書香的沉澱，也是高野林泉清氣的滌蕩，讓人一看便想到崖邊白瀑，瀑邊青松。身形清瘦，唯一與之不副的便是因長期飲酒而微圓的肚子，離昧沒少用此打趣他。

即墨拊亦摸著肚子，哈哈一笑：「這倒是極好，我家有瀑，瀑流釀酒，你們但飲得下直須飲，飲得我這樣的肚子，看如何再來打趣我？」

離昧哈哈一笑，執一根樹枝有意無意地揮打著路邊的水珠。「世人皆道即墨公滿腹詩書，卻不想原是一肚子的渾水。有負清聽，有負清聽啊。」

兩人一路言笑上了山，早有一婦人於崖前擺放好了酒。

離昧前往笑言：「嫂子，離昧又來蹭酒蹭飯了。」

那婦人是即墨拊的妻子徐氏，舒眉秀目，溫婉大方，不同於尋常女子，因而離昧言語間並沒有凡俗的客套。

徐氏一笑：「早為你備著呢！他這些年來別的沒長，酒量見長，離弟可別也灌了一肚子渾水才好。」

便去廚房準備些野菜和子塵吃的糕點。

即墨拊拍開酒罈上的泥封，替離昧倒了一碗，子塵立馬捧起碗來接酒，離昧擋住：「拊兄可是上輩子欠了子塵酒，怎麼每次都想著還？」

又被擋住了，子塵憤懣地瞪了離昧一眼，狠狠地咬著糕點。

即墨拊見此哈哈一笑，大是讚賞地拍拍子塵的肩膀：「這小鬼有潛力！有潛力！」

離昧不由苦笑：「拊兄啊拊兄，我一個花道士也就罷了，何必再搭上子塵？我這衣缽未傳，可別先傳了酒缽。」

即墨拊拊掌長歎：「方外之人還如許計較，庸俗啊庸俗！」

離昧也不介意，含笑舉盞，少抿細品。酒體醇厚、香而不豔、郁而不猛，入口微有焦苦，但苦不留口，回味悠長，過杯留香，直歎：「好酒好酒！」

即墨拊朗然豪笑，忽一移身坐到離昧身邊，殷殷地問：「離弟可又收到了殘卷？」

所謂的殘卷如《河圖》、《洛書》、《老莊》等，一向為玄理之人最愛，有許多人搜尋，離昧亦有此好。

離昧心知他急迫故意戲言，上下打量著他：「我道拊兄這般是為了離昧，卻原來是為書卷。醉翁之意不在酒，不在酒啊。讓離昧白開心了一番。」

即墨拊乾笑：「嘿嘿，喝酒喝酒。」

離昧連飲了兩碗道：「拊兄這般可是想用酒灌滿我的肚子，然後讓我將詩書吐出來？不過此次卻讓拊兄失望了，那些殘卷太過玄妙，我縱有過目不忘之本事也記不下。辜負了你的美酒！」

即墨拊臉一黑，奪過離昧的酒一仰而盡：「沒書還來討我的酒喝！不給了！」

抱著酒罈就要走。離昧哈哈一笑，也不見他如何動作那罈酒便回到懷抱裏，一揮袖半本殘卷擲到即墨拊面前。他舉起酒罈大吞一口酒，清冽的酒水直流入喉中，二三兩的酒被他一氣飲下，然後一掄袖擦嘴：「好酒！痛快！」

即墨拊早已迫不急待地看起殘卷。徐氏端來野菜難得見丈夫有酒不飲，禁不住一笑：「嘗嘗這剛挖來的野菜。」

離昧執箸而笑：「苦菜烈酒，正是當飲時候，多謝嫂子！」

一手提壺，邊飲邊吃，果然爽快至極。吃到酣處忍不住拍桌而唱，他拍得極有技巧，只聽脆響不斷，如清簧裂筑：「北冥有魚，其名曰鯤。鯤之大，不知其幾千里也。化而為鳥，其名為鵬……」

一改平日淡煙含水之態，聲音清亮，伴隨著瀑流之聲，直透雲霄。

「……朝菌不知晦朔，蟪蛄不知春秋……」

聲音忽而飄逸瀟灑至極，忽而又隱含鬱鬱。

即墨拊也被他吸引住，拊掌相和：「藐姑射之山，有神人居焉，肌膚若冰雪，綽約若處子，不食五穀，吸風飲露……」

唱到興起之處便長身而起，揮襟展袖，跣足而舞：「乘雲氣，御飛龍，而遊乎四海之外……」

他的舞極好看，姿態舒徐，形影疏豪，一襟一袖俱是灑脫豪邁，配以儒雅高岸之貌，腴臞相間的身材，只覺將山雲水氣都籠到他的衣衫裏。

離昧拿起一個酒罈拋給他。他接過哈哈一笑，對著酒罈長飲一口便又拋給了離昧。一罈酒被二人兩三口就飲完了，再欲開酒時，卻聽一聲清涼的聲音傳來：「如斯婉約人，竟也舒豪至斯？」

離昧看去，只見叢林中人玄黑衣衫鑲白襟，腰帶亦是白色，本是極醒目的搭配，可穿在他身上讓人只覺淡薄。

骨骼清標，氣質涼薄，樹木映得他眉眼皆碧，脊背上都帶著山林水澗的清氣。

「慕容雲寫？他未走？」離昧想到剛才自己的疏豪都被他看去了，竟有些羞赧，略頷了頷首。

慕容雲寫徑直於桌前坐了下來：「即墨兄，雲寫亦來討一杯酒，可乎？」

半天不見回答，好奇觀之，即墨拊竟抱著酒罈倚在石頭上睡著了！

離昧大窘，指著即墨拊道：「我道你酒量真的增長了，沒想到只半罈就醉了，豈不負了你這一肚子的渾水？」

見他睡得人事不醒，苦惱：「你倒好，一醉了之，我卻還要將你搬回去，喝這麼點酒真是不划算啊！」

慕容雲寫道：「瞧睡得悠然自得，隨他去吧。」

正對了離昧的主意，拍拍即墨拊的肚子：「拊兄，你且睡，這些酒兄弟替你喝了。」替慕容雲寫倒了一杯，又想到他手臂上的傷痕，「你不能喝酒。」

慕容雲寫端酒飲下，白淨的皮膚如薰如染。

離昧不禁想到方才所吟：「藐姑射之山，有神人居焉，肌膚若冰雪，綽約若處子……」自覺好笑，一口酒哽在喉，幾乎沒有嗆住。

慕容雲寫似明白他所想，涼薄的眼變了變，隨手翻了翻離昧搜尋來的殘卷，淡然問：「逍遙遊，何謂逍遙？」

清談論道乃是文人才子們慣喜之事，離昧揮袖而答：「所謂逍遙者，乘天地之正，御六氣之辯，以遊無窮。無功、無名、無己！」

慕容雲寫一手執盞，看杯酒傾斜：「這便是你的逍遙？世外之人嗎？生於人世，又怎麼能稱為世外呢？」忽然抬眼，錚錚而言，「離昧，我不許！」

離昧愕然：「……你醉了。」

慕容雲寫果然是一杯就倒的人，伏桌酣眠，離昧脫了外衣給他披上。

即墨拊倒醒了，慵慵地問：「離弟今近又遇到什麼事情沒？」

離昧沉歎：「哎……去年黔西大旱，百姓餓死無數，官員卻醉生夢死，這世道……」

「朱門酒肉臭，路有凍死骨。無論何時，這些都是存在的。」即墨拊一改往常不談政事的態度，「離弟既有憐蒼生之懷，何不入仕？你繪的黔西水系圖我已看了，甚是周詳省力，若以此修建水利，黔西必然不會再受旱澇所困。然，手中無權無錢，縱再好的計畫，也只是一張圖紙而已！」

離昧歎息：「拊兄所言我何嘗不曉？只是官場勾心鬥角，我無半分招架之力，想幫百姓怕比如今更難。」拊掌悲歌，「滄浪之水清兮，可以濯吾纓；滄浪之水濁兮，可以濯吾足。如果不能憑才報效國家，不如歸隱於酒墨。」

即墨拊看看慕容雲寫，又看看他：「這世間有一種大勇：明知不可為，而為之！」

離昧似被觸動，啞聲反覆低吟：「不問對與錯，只問值不值。若為社稷謀，殞身亦何辭？」初似置疑，漸轉堅定，「若為社稷謀，殞身亦何辭！」

即墨拊長聲一歎：「蒼生何辜！」拍拍離昧肩膀，「離弟可擇良主，則蒼生有救。」

離昧苦惱：「拊兄知曉，我敬的人，不以國為日，不以君為月，唯憐蒼生，是像屈子那樣的『哀民生之維艱』，像墨子一樣兼愛眾生。像北魏賈思勰，著《農政全書》解萬民之餐食。只是天下求名者，豈有這等胸懷？」

即墨拊見慕容雲寫肩膀一顫，對離昧肯定一笑：「有！定然有！」

兩人舉杯對飲，胸懷坦蕩。喝了半罈，即墨拊再度醉去。

雲寫酒意散了些，睜開眼，兩人遂與徐氏辭別下山。

前腳剛走，即墨拊便醒來，看著慕容雲寫背影：「好在離弟過來，否則我又要醉上十天半個月。」

慕容雲寫敬即重墨拊才華，時常來請他出山。即墨拊與他交情匪淺，不好拒絕，只能裝醉。雲寫耐性極好，一等就是十天半個月，即墨拊只能躺屍。

徐氏不解：「你與他說了什麼，這回他竟走得這般乾脆？」

即墨拊輕鬆一笑：「既得美玉，自不會戀我這塊頑石。」

徐氏憂心：「你又何苦累了離弟？他實在不應該捲入朝廷漩渦，他並不適合勾心鬥角啊！」

即墨拊臉顯憂色：「他放不下，就只能拿起。今日早入漩渦，總比來日被強行捲入的好。望他能早日明白，身邊的是一群狼，而不是一群羊。」

「越說越玄乎！」

即墨拊指著二人：「你瞧，一個男生女相，一個鳳生龍命，偏又都出身非凡，怎能不玄乎？且處在如今這個時世，風雲要起了！」

徐氏訝然：「鳳生龍命？你說他們之中有個是女子！誰？」

離昧婉約柔和、灑脫從容，慕容雲寫清皎俊秀，寡薄寒媚，看起來都有些像女人又都像男人。而鳳生龍命，是指這女子將來會生龍子，還是這女子將來會當帝王？

即墨拊靜默不語，直到看不見二人行蹤了，才再度感歎：「謝聞，十年前，我曾問你：『既知雙龍並世，何不斬其一？』你道：『天下大勢，合久必分，分久必合，此為蒼生之劫。便算斬了此因，還會有別的因，而結果都是一樣，不如盡人事，看天命。』望這些年你所付出會有回報，能化解蒼生的劫難。」

謝聞？有經天緯地之才的前朝白衣宰相謝聞？那是一個神話般的存在，慕容雲寫、離昧與謝聞有什麼關係？

「雙龍並世？是他們？」

即墨拊只是一搖頭，揚袖而去：「哎……人啊，總是在滿眼的人間煙火裏，尋求著不食人間煙火。可歎可歎！」

下了隱者山，慕容雲寫又跟著離昧來到小舟裏，撩起衣袖任離昧換藥，露出手肘上方一個烙印，小拇指那麼長，隱隱有形。

離昧只覺眼熟，一時又想不起為何。

慕容雲寫半醉半醒，猛然提住他的衣襟，咄咄逼人：「為何對我如此生疏？」氣息撲在離昧臉上，腦子裏頓時亂烘烘的一片。慕容雲寫將頭一傾，趴倒在他的肩膀上，含糊低語：「離昧，疏離而曖昧，這就是你嗎？」

離昧一愣：「他這樣理解自己的名字？自己又何曾對他曖昧過？」

慕容雲寫抓著他頸上墜物。那是一塊扇形的銅片，一面油光可鑑，一面雕著圖紋。離昧猛然覺悟，他手臂上的烙印與自己脖子上的銅鏡紋路一模一樣！

慕容雲寫醒時是晚上，見離昧坐在身邊，孤燈獨照，若有所思。他稍一動頭就像被斧子劈裂一般，離昧遞來一碗醒酒湯。

「不會喝酒以後少喝，醉了會很難受。」

慕容雲寫以手支頤，有一下無一下地揉著額頭：「碗一直在你手心？」

「我有事相詢。」

「嗯。」慕容雲寫悶悶地道。

「你手上的烙印是因何而來？」藉著燈光將殘鏡遞與他看，「可是被這個烙上去的？」語氣殷殷。

如果他們從小相識，該是多深的緣分？

「嗯？」

「我是不是認識你？」離昧急問。

他是不是自己該記住的那些人？見慕容雲寫只是低首看著茶盞，受不了他不緊不慢的態度：「我怕溫度不合宜，放懷裏焐著。」

慕容雲寫唇角微勾，因惑地揉著眉心：「像是被人烙上去的，記不太清楚。」

「何時烙上去的？」

雲寫想了想：「大概四五歲。」

離昧八歲出家，那時雲寫正好四五歲。

八歲以後的記憶離昧都記得，那麼應該是出家之前。那時年紀小，記憶也混亂。雲寫真是他要找的人？

「我們是不是認識？」

「可能。」指指他的殘鏡，「但我沒有這鏡子。有鏡子的你肯定認識，由此或可查出。」

離昧意興闌珊：「是嗎？」

他只想知道他們的關係。

慕容雲寫認真道：「我們一起查。」

母妃死時書案上就畫著這個圖紋，母妃之死與君后脫不了干係。這個圖紋和君后有什麼關係？掌握了離昧，是否便等於掌握了開啟那個祕密的鑰匙？

雲寫的傷恢復得很慢，身體也不好，體溫偏寒，任何時候手都是冰冰涼涼的。離昧根據道家養生之術替他調理，吃些熱性、補血養氣的東西。

慕容雲寫不喜，卻不忍拂了他的意，背地裏總是讓給子塵吃。

這日離昧做了人參枸杞燉雞湯給慕容雲寫吃，他見離昧下船了，招呼子塵過來給他吃。子塵正餓著，一口氣把自己的和他的都吃了，結果補得過頭了，當晚上火流鼻血了。

離昧又是好氣又是好笑，一邊用冷水替子塵拍後頸鎮住，一邊讓慕容雲寫掐住子塵手上的穴位。

好容易鼻血不流了，離昧看看慕容雲寫滿手的血，又看看子塵塞著棉花的鼻子，忍不住撫額：「東西也是亂吃的嗎？哎，一個好吃，一個不吃，真是頭痛！」

慕容雲寫聽此抱怨心裏微微一漾。

這晚，二人睡在舟頭。雲寫半夜做了個夢，醒來見他窩在離昧的腋下，身上裹著離昧的衣服，一時迷茫。聽離昧半醒半睡間低喃：「冷嗎？」順手扯了衣衫替他掖好，越發茫然了，愣了半晌，又縮到他腋下。

這天慕容雲寫起來得比離昧早，坐在船尾。船尾有案，案上鋪卷陳墨，他正臨案書寫。

離昧披衣掬一捧江水洗臉，慕容雲寫已停了筆，一幅畫作好了。

畫卷上用石青色畫了一堵牆，牆頭上是一行行的青瓦，碧得像被水洗過的青苔。一枝春花攀過牆來，倚在瓦上，辨不出是桃是杏，花瓣與葉子清透鮮亮。古舊的廊簷下，一個男子負手而立，看不見容貌，只覺衣衫素白，略有喜色。他腳下一隊潔白的鵝邁著優雅的步子走過。

畫卷意境清雋，耐人尋味，卷尾題詩一首：

一行青瓦題舊辭，桃雲杏露正當時。
隔牆呼問長干友，彼年竹馬可驅馳？

慕容雲寫側首，用耐人尋味的嗓音問：「彼年竹馬可驅馳？」

離昧一時又惆悵了：「彼年竹馬安可憶？」

見他以手支案輕敲著頭，眉角微蹙，關懷詢問：「怎麼了？」

雲寫眉頭皺得越發緊了，負氣地繃著俊臉：「頭痛。」

離昧看到畫卷上的花忽然福至心靈，讓子塵泊舟桃花塢。

夜晚一場微雨，第二日離昧早起，慕容雲寫頭痛也起來了，走出烏篷，見綠酥堤上離昧提著個竹籃，步履舒徐，眉目清致。

「何往？」

離昧頷首一笑：「此處桃花剛開，我去採些回來。」

慕容雲寫拂衣下船，與他並肩向桃花塢裏走去。這裏種的是晚桃，花恰才盛開，一片片緋如雲、亮似露，他不由想起夢境。

離昧挑一朵朵初開的桃花採摘放籃中，慕容雲寫只道他要採回去插在船裏，不解。

離昧神情怡然：「前日你說頭痛，我有桃花丸可治偏頭痛。」慕容雲寫對吃藥極其不情願，他循循善誘，「桃花丸非藥，是將初開的桃花烘乾磨碎過篩，蜜煉為丸，早晚兩粒。」

「倒是有異於尋常藥物。」慕容雲寫幫他摘桃花。

「這是自然，吃花也算雅趣。桃花丸還可治肝鬱氣滯，血行不暢；對女子而言更是寶物美容養顏、袪斑豐肌，調理月事。桃花用處極廣，桃花粥、桃花茶、桃花酒皆有宜處。」

「如何釀？」

「將桃花倒入酒罈中，最好是用農曆三月三日採的，加入上等白酒，以酒浸沒桃花為度，浸泡一月啟封。潷出藥酒另放，每日三至五盞飲用，早晚各一次。再將桃花瓣放入酒罈，加入白酒，一個半月啟封。每次五至十盞，早晚各一次。此酒青年男女皆宜，有防病、美容、悅色之效。」

慕容雲寫回頭，見滿塢桃花含雨帶露，採花之人眉目溫潤，眸子清透，正笑顏相詢：「你不喜歡吃藥，這桃花丸和桃花酒可用嗎？」

桃花染就，依稀是故人顏。癡癡問道：「船中可有上好的白酒？」

「須去賣些。」

「我有朋友是酒釀世家，離此不遠可去尋些來。」

兩人採了幾籃桃花方回。

子塵見這麼多桃花很是歡喜：「公子，要釀酒嗎？」

離昧笑斥：「小酒鬼，我下次再也不敢帶你去拊兄家了。」

子塵粉嫩的臉一繃，嘟著嘴。

離昧忍笑，問了慕容雲寫他們朋友所在，又開始行舟。

子塵嚷道：「我們還沒吃飯呢？」離昧笑道。

「熬桃花粥給你吃可好？」

取出半籃桃花置於沙鍋中，加入粳米，文火煨粥。

慕容雲寫一直在邊上看著：「你怎麼會做這些？不是君子遠庖廚嗎？」

「師父從小便教導自己動手，一日不勞，一日不食。這些吃食做法不過是根據道家養生術，也算小小的風雅一回。」

「此有何宜？」

「舌有紫斑，臉色暗黑，美容、經中有血塊。」

慕容雲寫眉頭微蹙，煞是不解：「這……」

離昧好似故意逗他，莞爾一笑：「這粥是給子塵吃的。」

「啊？」慕容雲寫猛閃一個念頭：「難道子塵是女的？」

離昧以手掩唇咳了一下，尷尬道：「他這些日子出大恭的時間長了些。」

慕容雲寫愣了半晌，忽然明白過來，「噗哧」一笑。

離昧還是第一次見他笑得如此開懷，忍不住問：「有何好笑？」

子塵也從船頭好奇地看來：「公子，你們笑什麼呢？」

慕容雲寫但笑不語，兩眼水汪汪的，如長篙攪動春江之水，離昧的心湖也被攪得漣漪蕩漾。

雲寫忽然俯過身來，低語：「難得你有如此不雅的時候。」

氣息吹到耳朵裏，離昧臉頓時如桃花染就，身子酥軟欲跌。又被雲寫攬住腰，再次鬧了個大紅臉，忙轉身攪粥掩飾道：「粥好了。」

粥裏需要加些紅糖，離昧找了半天也找不到。

慕容雲寫將紅糖遞給他：「在這裏。」

離昧再不敢看他。

慕容雲寫只覺心情無限舒暢，轉身對著江面一聲長嘯，如龍吟鳳唳，直逼九霄，綿延不絕。

吃罷粥，離昧將一半桃花烘乾，已到了慕容雲寫朋友家了。離昧因早上的事本不願往，可慕容雲寫堅持，他並不善於拒絕人。

子塵見又留他一個人，很不爽，離昧正好尋到理由；卻見慕容雲寫拿出一錠銀子向子塵一扔。子塵熟練地接在手中，喜笑顏開地跳到船上：「公子，你放心去吧！不用擔心我！」

離昧正要訓責，見子塵一頭鑽進烏篷裏，伸出腦袋衝他做鬼臉，又是好氣又是好笑，被雲寫拉走：「我說他最近飯量怎麼下降了，原來是你給他錢買東西吃了。」

慕容雲寫笑笑，很不厚道地出賣了子塵：「他的錢都還藏在床下面。」

離昧皺眉：「他存錢做什麼？買酒！」

「酒那麼好喝？」

離昧搖頭：「子塵嗜酒是天生的。那時他才剛會抓東西，師父抱他吃飯，桌上那麼多飯菜，他哪個也不抓，偏偏硬伸著手臂去抓酒杯。當時師父就拍著他的肚子說：『你抱回來的不是小孩子，是個酒罈子！』」

慕容雲寫忍俊不住。

離昧忽然納悶道：「他既沒買零食為何不吃飯？」

離昧疑惑地看著雲寫——他忍住笑，一本正經地走路，此地無銀三百兩。

離昧懊惱道：「難道我做的飯很難吃嗎？」

「沒！」慕容雲寫毫不猶豫地回答。

「那你為何不吃？」

慕容雲寫長歎了口氣，手放在他的肩上，一字一頓：「你不能以子塵的食量來度量他人！」事實上，他吃得比以前多了一倍，可子塵那飯量實在太嚇人了！

離昧聞言失笑連連。

慕容雲寫的朋友何琛是釀酒世家，特地帶他們到酒窖裏，離昧如狼入羊群般地品賞著酒。何琛道：「這是米香型的酒，你嚐嚐如何？」用酒勺舀了一盞。

離昧這次卻沒有立時評價，半晌才癡醉般地道：「這酒，像某個人。」

「像誰？」何琛問。

慕容雲寫也疑惑。

離昧將酒盞遞給雲寫：「你也嚐嚐。」

雲寫狐疑：「不是不讓自己飲酒嗎？」淺抿了一點，果然極爽口。

離昧問：「怎麼樣？」

雲寫瞧著酒液：「酒質晶瑩，蜜香清雅……入口柔綿，落口爽冽，回味宜人。是好酒。」

離昧笑問：「像誰？」微醺的眼頗有些調侃的媚意。

雲寫失神：「像誰？」

「你不知道嗎？」

許是酒意上來了，他主動靠近，體香、酒香混合，雲寫不由得深嗅，酒意也上湧上頭。

離昧在他耳邊低道：「不像你嗎？雲寫。」

慕容雲寫心神一亂，腹中如燒，狼狽地逃出酒窖。

南宮楚候在窖外，白衣紙扇，風度翩翩。

「爺！」

「如何？」

慕容雲寫站在風口，極力冷淡下來。

南宮楚道：「這個圖案缺失的部分太多，難以確切判別。據一苗疆老人言，這許是一種古老祕術，苗疆趕屍匠常用銅鏡壓制邪物。施此法術士必有極高的法力，且極易被反噬其主，早已失傳數百年。就算有銅鏡流傳下來，早已鏽蝕得看不見形狀了。」

「查查蕭滿身邊的苗疆人都是什麼來歷，適當時，以此引蛇出洞。」

「趕過屍的銅鏡極其邪惡，容易招些不乾淨的東西。依苗疆老人言，若將此物長期戴在身上，必然邪氣入體，以致早夭。由此可見，這銅鏡必然是沒有趕過屍的。」

慕容雲寫搖頭：「未必。世間之物，皆是相生相剋，定然有克制之法。」

「可惜那老人也不知曉。爺還是離他遠一些的好。」

慕容雲寫不置可否：「離昧的身世可曾查到？」

南宮楚搖頭：「確是段家二公子段閱，段家夫婦時常上山探望他。段家的來歷我也查了，祖上三代都是本分人，沒有任何問題。」

慕容雲寫鳳眼微眯：「沒有問題，就是最大的問題。記住，同時盯著即墨拊。」直覺告訴他，即墨拊必然知道一些事情。

「是！蕭灑來了，君后這次是下定決心要摸摸我們的底了。爺若不想應付，不妨推給離先生。」又神情一轉，輕佻道：「想必他會很享受美人計……」見慕容雲寫刀眼掃來，溜之大吉。

離昧出酒窖時，天已破曉。

侍女帶他來到一個聽雨亭，一棵百年的梨樹將亭子團團護住，滿樹梨花似雪。亭子四周皆掛著湘妃竹的簾子，亭內燭光隱隱。

「慕容雲寫竟一直在等自己嗎？」

捲簾，晨風吹熄了燈，梨花紛紛辭樹，簌簌落滿錦榻。

錦榻上鋪著涼席，涼席上躺著一個人，衣如破曉的夜空，臉如辭樹的梨花，雙手環肩側臥，身子蜷曲如鉤，而鉤折如逗，神情安詳恬淡。

離昧怔忡一刻，解下外衣替他披上，見他身子微動低喃了一句什麼，太過含糊聽不清。靜坐於榻尾，眼神遼遠，不知是在看他，還是在看落在他臉上、幾乎與膚色一致的梨花。

曙光升起的時候慕容雲寫醒了，將衣服還與離昧：「選好了？」

離昧道：「嗯。」穿上衣服，「你說夢話了。」

「說了什麼？」

離昧搖搖頭：「很模糊，沒聽清楚。」

慕容雲寫想了想：「我似乎……夢到兒時，……那人好像是你，將我推落水裏去了。我不會游泳，在水裏拚命地划，以為靠岸，卻不想越划越遠。」

「後來呢？」

慕容雲寫苦笑：「路人提著我的頭髮將我從水裏提起來。」

離昧忍俊不住，見他埋怨看來，鳳眼惺忪，別樣風流。

「你倒笑，我可被嚇傻了，許多天說不出話來。」

離昧很不厚道地笑：「後來如何了？」

「母妃……母親非說我被嚇掉魂了，大張旗鼓地給我叫魂。」

離昧啞然：「叫來了嗎？」

「……嗯……」

雲寫緩緩說著兒時趣事，離昧含笑聽著。亭外春雨淋霖，酒意漸漸上來，側臥涼席睡去。

晨風過簾熄夜燈，榻下梨花水色濃。
小憶兒時歡樂事，側臥涼席聽雨聲。

這一次離昧也做了個夢，夢中有灼灼的桃花林。他坐在桃花樹下，慕容雲寫臥在他的膝上沉酣，素衣如雪，唇邊含笑。

桃花紛落如雨，瓣瓣落在他清皎的臉上，也落在身旁的清酒裏。

他的手指戀戀地撫過雲寫如畫的眉眼，一遍又一遍地吟哦，只吟到天荒地老。

是桃花浸入了酒？釀成你未醒時的風流。

許是這一夜凍著了，慕容雲寫嗽疾猛然轉厲，竟下不了床。何琛請大夫來開了藥，絲毫不見效果。

離昧對此愧疚不已，親侍湯藥，極盡用心。

第二日蕭灑便來了。見雲寫躺在床上，臉色灰白，眼睛烏青，唇紅得驚人，咳嗽不止，故作沉痛道：「一年未見，沒想雲寫賢弟竟病成這樣？」

「咳咳……」

雲寫似要將肺咳出來般，喘喘息息：「……勞煩……記掛……」

「我前些日也病了，恰巧身邊帶著大夫，請來為雲寫賢弟一看。」

拍拍手，便有長鬍子大夫進來，為雲寫號脈。

他正號脈，雲寫又是一陣咳嗽，以帕掩唇。咳嗽停止時，帕心已然黑紅。

「……」

離昧正端藥進來，腳步一個踉蹌，幾乎沒把藥碗打翻。

雲寫帶了血的唇清淺一笑：「……你……還是……回去吧……」竟似不想連累他。

離昧五內俱焚，他沒想到雲寫的病竟比他想像的還要嚴重！大夫繼續給他把脈，神情嚴肅沉重。

蕭灑拿出貴公子的派頭：「怎麼樣？你只管開方子，再貴的藥也吃得起。」

大夫道：「公子身體太弱，老夫先開兩副調養的，待體質好些再慢慢治病。」

暗含之意誰都明白：無藥可治，只能吊著一口氣。

蕭灑打破沉默：「有方就好，雲寫賢弟先好生休養，也不急在一時。」

雲寫不經意道：「……也不過……二三年……光景……」

離昧眼角一燙，別開臉去。

聽雲寫夢囈般道：「……哪天……有人告訴我……我能長命百歲……我倒真……不習慣……」

活不過十八歲，像個惡毒的詛咒，從小陪伴著他。

離昧強顏歡笑：「待你好些，隨我去北邙山，家師妙手回春，定然會有法的。藥溫正好，趁熱喝了吧。」

慕容雲寫今日倒是聽話，喝完藥、漱了口便睡了。

蕭灑側身攔住大夫：「如何？」

大夫搖頭：「活到十八歲已是寬容的說法，能熬過今春便是萬幸。他的肺禁不得半點刺激，五臟六腑相生相剋，一損俱損，這人……怕真是金玉其外，敗絮其中了。」

「無法醫治？」

大夫肯定道：「便是華佗在世，也難以醫治！」

蕭灑眉角一挑，若悲還笑：「真是……可惜了。」

天黑時雲寫醒來：「……你……還在？」

離昧道：「我今晚守著你。餓了嗎？吃點粥吧。」

離昧扶他起來。他身子很軟，坐不住，離昧讓他靠在自己肩上，半攬著他餵粥。靠得如此近，他身上木樨香混著藥香傳入，幽幽細細，如能蝕骨。漸漸神思不屬，餵得急了，雲寫嗆得咳了起來。

「抱歉！我……沒事吧？」離昧支吾著替他擦拭。

「咳咳……無礙……」好不容易緩過氣來，「……給我……洗洗臉……」

離昧忙放下碗，擰了帕子越發侷促：「我……」

雲寫目光坦然：「……有勞。」

離昧坐到床前，手指隔著巾帕撫上他的臉，空落落的心忽地填滿了，一點一點劃過。雲寫的天庭飽滿，是富貴命呢！眉毛濃黑，一直長到鬢角，不笑時很凌厲。眉間朱砂原來不是寶石鑲嵌。鳳眼閉起來的時候很安詳，睫毛像個小刷子。唇……手指不知何時鑽出了巾帕，在唇上輕輕劃過。

雲寫眼睛倏然睜開，離昧手一抖，巾帕掉在他臉上，心跳如擂鼓，道歉都說不出口。

聽雲寫問：「你……今晚……在哪睡？」

「那邊有個……軟榻。」

「天冷……到床上……來睡。」

離昧幾乎沒跳起來，不知燈光迷離了雲寫的臉，還是雲寫的臉迷離了他的眼，只覺天地都混淆成一團，終於找到一絲清明。

「我……我……貧道還是睡軟榻。」

「嗯。」

這一晚雲寫睡得還算踏實。

離昧猛見血光一閃，無數個猙獰的臉孔、無頭的血屍紛紛向他撲來。他想要逃跑，可身子動不了；想要呼救，可是嗓子似被人掐住，發不出聲音，呼吸越來越困難！

離昧知道自己被夢魇住了，一遍一遍地告訴自己：「要醒來！要醒來！」可是醒不了！甚至連眼睛也睜不開！

又是這個夢！為什麼總做這個夢？

誰來推我一把？只要動一下就能醒來！

可是沒有人！

這世間，除了自己，誰也不能拉誰！

離昧忽然覺得好絕望！為何會有這種感覺？他該記住的又是什麼？這是哪輩子欠下的債？什麼能讓他醒來？

雲寫……雲寫……

忽有一雙清湛的眼睛浮現，溫柔憐惜地看著他，混沌的腦海忽然一清，他的脖子終於能動了，倏然坐起！

汗，濕透重衣！

他深喘了幾口氣，仍不能平息自己的恐懼。遠遠地離開那張軟榻，再也不敢躺上去。

初上北邙山，他每晚都會做這些夢，反應遲鈍，渾渾噩噩。師父每日以《道德經》洗滌他的心靈，漸漸噩夢少了，他也隱隱然記起上山前的事。

他的父親段員外高大威嚴，母親段夫人雍容慈愛，哥哥段享親厚友善，嫂子溫婉賢慧……可總覺得像一場大夢，很不真實。

這到底是怎麼樣的一個夢？為何八年一直縈繞心頭？

床上傳來慕容雲寫斷斷續續的咳嗽，清淺的呼吸，如三月的毛毛雨，他的心也被擾得心毛毛的。

如果……躺在他身邊……就不會夢魘了吧？

心旌搖搖地，他做出了平生最大膽的事——輕輕地，爬上了他的床。

第四章　江南風骨，天水成碧

雲寫微側著頭，長長的頭髮鋪滿整個枕席，更襯得他肌膚如雪，安詳清和。

離昧不由想：「造化到底花了多少心思，才能造出這麼個人來？將女子的婉約與男子的俊雅，融合得這般完美。」

慕容雲寫又在囈語。細聽，他反反覆覆唸的只是兩個字：「青要」。

恍然想到：「上次他夢裏低吟的，似乎也是這兩個字。這是一個人名嗎？是誰的名字？……是誰的名字也與我無關，我終究只是個道士！」

心一絞一絞地痛，那朦朦朧朧的情，也因痛而清晰。他的臉霎時蒼白如冷月。

想起那個晨曦裏的初見，他在天光雲影裏，風畫雲寫般詩意；想起受傷的那些夜晚，他鑽到自己懷裏；想起他莞爾一笑如花落清池；想起他酒醉之後，離迷的雙眼帶著入骨的妖冶媚惑……

越想越痛，痛得骨子都抽搐起來！

痛越明顯，越讓離昧清楚地想起自己是個道士！不能眷戀紅塵！

如果棄了這身道衣……從道十數年，第一次升起這個念頭，羞愧不已。師父對他愛重有加，連衣缽都欲傳給他，他怎麼能升起這個念頭？自己已然入魔了嗎？

不！不！一定只是中了魔障！一定是！

可是，卻不由得抬起手，在虛空裏停了半晌，終究輕輕地、輕輕地放在他腰間，眼睛一瞬也不瞬地看著他。

就讓自己，放縱這麼一次！一次就好！

雲寫，你多睡會吧！不要醒來，千萬不要醒來，好嗎？

一早，離昧精神恍惚地走在路上，有物砸在前面，他抬頭，見蕭灑憑欄而立，笑容邪氣又陽光。

有店小二過來：「公子，樓上有位公子請你。」

離昧進去，偌大的客棧竟空空如也：「今兒怎地如此空閒？」

小二答道：「那位公子包下了客棧。公子小心腳下。」

離昧隨他上樓，見一群鶯鶯燕燕簇擁著蕭灑，平淡地喚了聲：「蕭施主。」

蕭灑喝了美人敬上來的酒，譏誚道：「與新人親厚了，便將我這舊人疏遠了？」

離昧勉強笑笑：「哪裏的話。」

蕭灑揚眉一笑：「是嗎？何以我便是『蕭施主』？我聽著你叫他『雲寫』，叫得甚是熟稔。難道你們道士叫人也分身分嗎？」

「……蕭灑。」

他猶不滿意：「太生疏了，只叫我『阿蕭』就行。若再生分下去，這些美人可不依了。」

離昧想：「為何不讓我叫你『阿灑』？」

旋被自己逗樂了，愁思頓消：「阿蕭喚我可是有什麼事？」

「我在這裏沒什麼朋友，想喚你一起喝個酒。」旋即對身邊女子道：「還不快給離公子滿上。」

「怎麼自己就成了『離公子』？」離昧汗然，陪他喝了幾杯：「子塵還在舟中等我，告辭了。」

蕭灑搖著酒杯：「阿離何忍掃興？」

「我在這吃著、喝著，子塵卻在吹冷風，實在不忍。」

衣袖被蕭灑拉住，迷醉著眼央道：「今兒甚是無趣，阿離為我吹一曲再走，如何？」

離昧正色道：「我已當君之面斷笛，何故令我毀諾？」

蕭灑狡猾一笑，對身邊女子吩咐了幾句，不一刻女子帶著一群人過來，衣衫襤褸，面黃肌瘦，眼巴巴地看著桌上食物——是一群乞丐。

蕭灑斜倚在椅靠上，笑意慵懶：「你們若能請動這位道長吹曲，樓下酒菜任你們吃。」

那些乞丐聞言紛紛跪到離昧面前：「神仙您吹吧！我們已經幾年沒有吃飽飯了！您大慈大悲救救我們吧！……」

離昧複雜至極地看著蕭灑：「取笛來。」

離昧見乞丐們一哄而上搶吃的，有些悲愴地吹著笛子。曲罷，橫著笛靜靜地望著蕭灑。

蕭灑甚至未抬眼看離昧，語意幽幽道：「那日你因曲斷笛，今日卻憑曲救人，你說吹曲是好是壞？這世間沒有什麼絕對的事情，太過較真有時會很沒意思。事物本身沒有好壞，而是人賦予了它對錯。」

離昧疏冷道：「貧道受教了。」

蕭灑忽然很誠懇地看著他：「你勿要怪，我這般只是不想你與笛子相決，哪怕你再不吹給我聽。」

離昧臉一紅，倒覺自己以小人之心度君子之腹了。

蕭灑見他不說話，語氣失落：「你若不願陪我，便罷。」

蕭灑轉身而去，背影寂寥。

離昧瞧著不忍：「我舟中釀了些桃花酒，阿蕭可願嚐嚐？」

蕭灑訝異：「你不介意我是紈絝子弟？」

離昧一笑：「是誰說，事情沒有絕對的？」

蕭灑嘴角一挑：「你學得倒快。」

「明日中午我在桃花塢邊的河上備好酒菜。」

蕭灑看著他的身影消失在人群中，吶吶歎息：「這世間怎麼有這麼好哄的人？打一巴掌，再給一個棗，就歡天喜地了？」

晚上離昧熬了杏仁、豬肺粥送給雲寫。他正準備用膳，菜很豐富，木瓜燉雪蛤、清蒸石斑魚、水煮蝦等。

「……一起吃。」

離昧疑問：「你吃這些？」

「怎麼？」

離昧深吸一口氣：「你今天都吃了些什麼？」

雲寫想想：「早上喝了雞湯，中午吃了羊肉……」

離昧臉色鐵青，指著桌子，聲嚴色厲：「這些，是你的病最忌諱的東西！」

說完，見慕容雲寫臉色不變，筷子卻猛地折為兩截。

都這般了，蕭灑還不肯放過嗎？非要致他於死地不可？看看最後鹿死誰手！

「這菜是誰送的？」離昧擔心地問。

慕容雲寫換了雙筷子，神色自若：「百姓連飯都吃不飽，我們席上有些佳餚豈能不滿足？莫要多心。」

離昧奪過他的筷子，將粥送到他面前：「以後，我陪你吃飯！」

「好。」

第二天蕭灑果然赴約而來。離昧做幾樣小菜，色香味俱全，三人泛舟河上對飲。

蕭灑讚道：「沒想到阿離有如此廚藝，宮中御廚手藝都不過如此。」

「過獎。嚐嚐我釀的桃花釀。」傾身為其倒酒。

蕭灑嗅了嗅：「哪來的藥味？」

「想必煎藥時沾上的。」

蕭灑似笑非笑：「阿離對他可真是上心。」

子塵不滿低聲咕噥：「公子對誰不上心了？除了我！」說完，白了離昧一眼，大口吃菜。

離昧討好地夾了個雞腿給他：「你啊，再翻眼睛小心把眼珠子翻出去。我真對你不上心，你能長到今天這麼大嗎？越長大越不乖覺，改明兒我再去抱一個小孩來養，看誰疼你。」

子塵「哼」了一聲，別過頭去。

離昧苦笑。

蕭灑執盞來到河邊：「不想這裏風景如此地好。」

話聲才落，也不知怎麼回事，「撲通」一聲掉到水裏去了。

離昧忙到船邊拉他，見他在水裏亂撲騰，忽沉忽起，竟然不會水！

「把手給我！」

他越掙扎離船越遠，眼看就要沉下去了。離昧等不及子塵划船，一頭扎到水裏。游到他身邊，卻見他忽然浮出水面，帶著一臉邪惡的笑。

「……你會水？」

蕭灑在他脖頸處聞聞：「嗯，還是沒有藥味好聞。」

離昧氣結，爬上船，捽著身上的水。

蕭灑跟著上來，悠然感慨：「春天游泳倒比夏天刺激。阿離，不若我們再下去游一圈？」

離昧很想把這人直接推下船得了，可惜修養太好。沒想到蕭灑如此沒皮沒臉，攬著他的腰一躍而起，果斷跳到水裏。

離昧冷不防喝一口水，嗆得頭腦發脹。

蕭灑帶他回到甲板上，哈哈大笑：「我道你水性多麼好，竟也不過如此。以後還是不要坐船的好，小心成落湯雞。」

子塵不忿：「我家公子好心請你喝酒，你竟這樣欺負他！不是好人！」

蕭灑笑得越加歡悅。

離昧決定不再理睬他，擰著頭髮，捽捽衣服，脖子上那塊銅鏡卻被帶了出來。

蕭灑眼神猛然一懍，一把抓住他，聲色嚴厲的問：「你如何有這個？」

離昧一驚：「你還見過誰有？」

蕭灑神色一轉，氣憤地看著他：「你有如此寶貝，必是富貴人家，卻還巴巴地向我求糧種，是什麼意思？」

離昧不解：「此話何意？」

蕭灑嗤然一笑：「你騙得了別人卻騙不了我，這果然是一枚銅鏡嗎？」

難道真有什麼異處？離昧取下銅鏡反反覆覆觀察幾遍，依然看不出什麼名堂。

子塵恨鐵不成鋼地歎息：「公子，你還能再二一點嗎？」

離昧愕然，見蕭灑已捂著肚皮笑得在船板上打滾，遂氣惱得捽袖而去。

蕭灑拉住他：「阿離，你別生氣。」

離昧別過頭不理他，蕭灑從袖裏拿出一支簫：「算我賠罪行嗎？賢弟勿怪！」說著一本正經地行個禮。

離昧本也沒真生他的氣，「哼」了一聲回頭，見那簫與尋常的不同，是瓷做的，釉色細薄晶瑩，花潤淡雅，白如玉，明如鏡。

不是一般的瓷，而是骨瓷。將骨頭磨成粉和進泥，封上釉燒成的瓷。瓷簫上別無裝飾，只一朵緋色的桃花，花下草書寫著一行字：

紅唇落處是桃花。

字天姿縱逸、瘦骨豐筋，卻又似帶著入骨的深痛。桃花是用沒骨浸染的手法畫就，緋桃青葉，豔麗之下卻帶著一股逼人清鬱。

「這是……銜筆公子的遺作？」

離昧驚歎，喜從天降。

蕭灑難得謙虛：「嗯。此簫原是銜筆公子留給大將軍梨合的遺物，又傳到其子梨映宇的手裏。梨映宇當年可是江湖上鼎鼎大名的『三最公子』——簫為一最，容為二最，劍為三最，不知傾倒了多少江湖兒女。後來梨家人沒了，就到我手裏了。我技不如人，送你罷了。」

離昧愛不釋手，試吹了下，果然音質純淨，清越悅耳。瓷、音、畫、字，堪稱四絕，當是稀世之珍！這麼些年他所見最好的一把簫！

戀戀不捨地把玩一陣，還給蕭灑：「無功不受祿。」

蕭灑邪氣一笑：「你不惱我就是最大的功勞了！」

「我本也沒惱你，這簫我受不起。」

蕭灑歎：「你不要它，天下也沒人要得起。與其讓它被凡夫俗子糟蹋，不如就此毀了，一了百了！」

說完，便要砸毀。

離昧忙抱住他手：「別！我收！我收！」又皺起眉。

蕭灑撫額長歎：「我說你這還沒老呢，怎麼就如此婆婆媽媽？有話就說！爽快點！」

「我當年曾許諾一人尋一把最好的簫給他，這簫……」

蕭灑送給他，他怎能轉贈？可亦不想毀了當年之約。

蕭灑慷慨一笑，揮揮手：「我當是什麼！一支簫而已，我既送你便是你的，你想送誰便送誰！」

離昧不贊同。

蕭灑看他神色，換了種說法：「能讓你將瓷簫送與，那人必是值得贈送之人。這世間的寶物本就不屬於某一個人，而應該屬於值得擁有它的人。」

離昧頓時釋然了。是啊！世間還有誰比那個人更適合這簫呢？

這日天氣晴朗，雲寫能起身，離昧怕他悶在屋裏心煩，陪他踏青。見桃花開遍，柳色青青，心情一片大好。

「我今兒可帶了風箏過來。」

離昧從寬大的衣袖裏拿出一塊絲布，並幾根長竹籤，片刻一隻素白的蝴蝶風箏便裝好了。他笑吟吟地問：「雲寫公子，你還沒有放過風箏吧？」

他還真沒有放過。兩人來到平闊的山坡上，春風徐徐。離昧迎著風跑，風箏高高地飛起。雲寫再沉穩也才只有十五歲，童心未泯，殷切地看著他。

離昧覺著好笑，存心不給他，看他乾著急。風停了，風箏落下來。如是幾回，雲寫指著遠處高飛的風箏問：「為什麼它會掉下來？」

離昧說出以往的經驗：「要乘一陣風飛到一定的高度才不會落下來。」

雲寫不解：「為何？」

離昧回答不出來，也疑惑起來：「為什麼到一定高度就不會落下來了呢？」

又一陣風來，飛箏高高飛起來。

離昧道：「喏，給你。」

雲寫收放著絲線，離昧開始沉思。見雲寫興致減了，遂道：「把線剪斷吧。」

「為何？」

「我聽說把風箏放上藍天後，剪斷牽線，任憑清風把它們送往天涯海角，這樣能除病消災，給自己帶來好運。」

雲寫沉吟了下，道：「不必。」

離昧道：「這風箏並不稀罕，我們晚上放個好看的。」

雲寫大是驚奇：「晚上也可？」

離昧笑笑：「可以在風箏下或牽線上掛上一串串彩色的小燈籠，像閃爍的明星。」

離昧見他興致被勾起，打商量：「那麼，可以把這個剪了嗎？」

雲寫有些不捨地扯斷牽線，蝴蝶飄遙一陣，不知落到何處，唯餘手中空落落的牽線。

「心意，我明瞭。」

可病，依舊不會好。

「悵惘東欄一株雪，人生看得幾清明？」

離昧說：「隨我去北邙山吧？」

師父長雲道長精於醫術，或許可治他的病。

忽然一朵花砸在離昧肩頭上，雲寫撿起。花色淺紫下帶著淡白，花瓣碩厚，形如漏斗，雍容中帶著清新。

「這是什麼花？」

又有幾朵花接連落下，砸在他肩上、頭上，帶著微微的涼意。

「泡桐花。」

「是可以做樂器的桐木？」

離昧頷首：「嗯。泡桐花是一種喜好熱鬧的花兒，昨夜還盡是花蕾，一夜春風，便千朵萬朵壓枝低了。」

雲寫低問：「可知開時越熱鬧，落時便越淒涼？」

片刻靜默，離昧抽了朵花蕊遞給雲寫：「嚐嚐。」

「能吃？」

雲寫疑惑，見他也抽了根花蕊放入口中，試了試，一股新爽的甜意漫入口中。

離昧自我取笑：「可能我上輩子是吃花的蟲子，看到好看的花兒，總想要將它們吃入腹中。」

雲寫莞爾：「有些美好，不嚐如何知道呢？」就像這泡桐花蕊，「人生，就像這一場花事，要醞釀多久才成這一豔？」

離昧歎息：「我又是用幾生幾世的回眸，才換來與他這一場相逢？」

「今年天氣暖，桐花開得早。清明三候，一候桐始華；二候田鼠化為鴽；三候虹始見。說的就是桐花。」離昧舒心道，「瞧這天氣，黔西的秧終於不愁了。」

「如何？」

「常言道：『清明斷雪，穀雨斷霜。』但清明前後，天氣仍時常會轉冷，使中稻爛秧、早稻死苗。所以，水稻播種、栽插要避開冷尾暖頭。這些天我一直擔心此事，如今總算放下了。」

慕容雲寫忽然拉著離昧到山頂，俯觀田野裏忙碌的百姓，朗朗道：「離昧道長，你信不信？總有一天，我會讓百姓不再為天災所困，不再為春耕憂心忡忡，不會有貪官剝奪民脂民膏。人不獨親其親，不獨子其子。使老有所終，壯有所用，幼有所長，鰥寡孤獨廢疾者，皆有所養！」

離昧那時覺得，他不再是風吹就倒的少年，王者霸氣似要掙破他孱弱的身體，激射出霞光萬丈！

這才是真正的雲寫！不隱忍，不退縮，像泡桐花一般肆意地綻放自己的華燦！

離昧目眩神迷，卻很用力、很用力地點頭：「我信！待到那一日，我們一起看河晏海清，百姓安居樂業！」

說完，向他伸出手。慕容雲寫握住，他的手帶著涼意，同樣握得很用力，像要握住整片江山那般堅決！

離昧鄭重宣誓：「一切，我陪你！」

雲寫道：「然諾重，君須記！」

「嗒嗒」的馬蹄聲傳來，二人回首，見蕭灑疾馳而來，英姿颯爽。

「雲寫賢弟，阿離，也來踏青？」

雲寫神情立變，淡淡道：「蕭兄。」

「前面有個花會，雲寫賢弟可願去看看熱鬧？」

「不喜熱鬧。」

「那麼，阿離陪我去嘍！」

一伸手將離昧攬上馬背，策馬便走。

「你……」

離昧方張口，卻發現嗓子發不出音來，他竟點了他的穴道。

蕭灑下顎抵著他肩膀，霸道地說：「阿離，有時候我很不喜歡你囉嗦，所以你就閉嘴吧！」

離昧氣結，回首看慕容雲寫，他亦望著他，收斂了方才的霸氣，黑衣薄瘦，面容如雪，在繁茂無比的泡桐花樹下，孤獨得令人心痛。

蕭灑策馬幾繞，便來到一個花園中。他解了離昧穴位，強拉著他進入園中。

「這裏盡是才子佳人，你多認識幾個總有好處。」

說完，便拋下離昧和一位美麗女子搭訕。

離昧想：「雲寫一人在外，萬一突然發病如何是好？」又實在找不到回去的路，越想越是不忿，惡向膽邊生，對青樓小倌耳語一陣。

蕭灑正被一群女子擁著說笑，春風得意，一個梨花帶雨、眼神幽怨的少年過來，看一眼被蕭灑擁著的女子，轉而拉著蕭灑衣襟，哀戚戚道：「原來你就是為了她才跟我分手的。」說罷轉首，揮淚而別。人聲喧嘩的花園頓時寂靜如死。

離昧學蕭灑雙手環胸，斜倚在花欄上看好戲。

老虎不發威，你還當我是病貓呢！忽然，「啪！啪！」

離昧愕然看著蕭灑白俊的臉上，一左一右兩巴掌……

在蕭灑發現是自己讓那少年這麼做之前準備溜走，卻被他扭住衣領。見他笑容陰惻惻，卻深情款款的說：「阿離，你要相信我，我和他沒關系，我只愛你！」頓覺五雷轟頂。

天黑了，慕容雲寫命店小二送來熱水。關嚴門窗，躺在浴桶裏，感覺渾身說不出的舒暢，半眯著眼靠著桶沿。

忽然燭火一抖，他劍眉頓揚，見窗外黑影一閃。他渾身肌肉瞬間繃緊，手一握一彈，一道銀光向窗外射去！

「唔！」痛呼聲低啞幾不可聞。

只一瞬間，慕容雲寫已驟然躍起，衣衫一裹跳到窗外！

黑衣人被他一針射落地，縱身欲逃。慕容雲寫衣袖一裹纏住他，猛然收力，黑衣人掉在地上，驚訝而絕望地瞪大眼睛：「你……你是女……」

慕容雲寫眼中頓露殺意，衣袖將那人脖子絞住一扭，「咔嚓！」一聲，接著，一個人頭飛了出去！又「咚！」一聲落地。

夜，一片寂靜，蟲蛙的聲音都聽不到。

樹後，一個人顫巍巍地走出來；樹旁，一顆頭孤零零地睜著眼睛。

「出來！」殺氣凜凜。

慕容雲寫眼眸凝成兩把冰劍，鋒銳無情地抵著離昧的咽喉：「你……聽到了什麼？」

「他要殺我！」那一刻，離昧無比清晰地感覺到，慕容雲寫要殺他！

那個清致無二的、讓他憐惜到骨子裏的慕容雲寫，正用比刀還鋒厲的眼神，凌遲著他！

前晚他還曖昧地邀自己同寢，前晚自己還難耐情思地爬上他的床。就在方才，自己還心心念念地執意回來看他，可……怎麼會這樣呢？

「你，看到了什麼？」

他逼進一步，殺意越發銳利冷然。

離昧忽然仰首一笑，月光雪白，使得他這一笑無比淒涼森然：「看到，該看的。聽到，該聽的。」

衣袖一捲，呼吸瞬間被奪走，無數個針刺著他的脖子，痛疼令他臉部扭曲。

下一刻，我的頭就會像腳邊這個頭一樣飛出去了吧？

下一刻……

但，這一刻，讓我再多看你一眼。

雲寫啊！怎麼會愛上你？我怎麼能夠愛上你？我怎麼偏偏愛上了你？

臉憋得漲紫，嘴本能地大張著搶奪空氣，目眥欲裂，可眼瞳卻是含笑的，淒絕而溫柔地看著他。

那麼痛苦，又那麼幸福地，愛上你。

「阿離，你在哪裏？方便一下還沒有方便好嗎？」

離昧以為他要死在慕容雲寫手裏的，忽然聽到蕭灑的聲音。在園裏一鬧，他被蕭灑拉到酒樓裏灌個半死，惦記著雲寫卻不想……

慕容雲寫衣袖一鬆，離昧捂著嗓子咳嗽不止。

「阿離！」

蕭灑似正往這邊來。慕容雲寫眉宇一凝，殺意又起，離昧攔住他，堅澀地吐出兩個字：「放心」，聲音粗啞低沉，然後向著蕭灑走去。

「阿離，你到底在哪？」蕭灑聲音漸轉急切。

離昧快步向他走去，身姿搖搖不穩，在將拐彎處猛然回頭。

慕容雲寫冷不防對上他的眼睛。他面對著月亮，月光化成兩道銀光在他眼裏一閃，沒入大地。只一眼，他轉身而去。

我是人間惆悵客，知君何事淚縱橫，斷腸聲裏憶平生。

同一個晚上，皇宮。

兩根燭火靜靜地燃燒，房裏明暗正好。內侍在門外守著，一人踏著月色匆匆而來，層層通報後，內侍黃公公到龍榻前，輕聲低喚：「陛下，李文昌李大人求見。」

龍榻上的人沒反應，黃公公提高點聲音。

床上人被叫得不耐煩，吼：「滾！」

黃公一張臉慘白，止不住顫抖地叫：「……陛下……李文昌李大人求見……」

君上這才聽清是誰，猛然坐起：「快宣！」

黃公公顫顫巍巍叫：「宣李大人晉見！」

君上披上龍袍。他四十六七歲的樣子，在馬背上長大，體格高大，面容英俊，不怒自威。穿好龍袍，李文昌已進來，不待虛禮，君上屏退內侍：

「速稟來。」

「臣不負陛下所望，查得確有一家商號，名義上經營女子用品，背後卻經營著糧、棉等生活必需品，甚至連鹽、鐵都在其經營範圍內。如此大的商號，若於朝政上投機，則必動搖國之根本！」

慕容韜渾身散發一種冷凜之氣，將御用金牌賜予他：「朕給你半個月時間，定要將此事查個水落石出！」

李文昌叩恩：「臣定當竭盡全力！」

夜，黑而沉寂，已過三更。

竹簾忽然幾不可聞地一響，一個人影迅捷入內，壓聲低喚：「爺。」是唐證。

自蕭灑來後，雲寫便下令，若非必要事不得聯繫。

「嗯。」黑暗中雲寫的眼清亮，無半絲睡意。

「昨晚那人是李文昌的手下。朝廷命李文昌普查商號，層層追查，抽絲剝繭，不知其意如何。」

慕容雲寫冷然一笑：「父皇這回算是精明了，鹽、鐵可是國家命脈。」

「黔西辦糧時，李文昌就有所懷疑。」

正值青黃不接之時，一個小小山寨能在十多天籌到那麼多糧食，確實匪夷所思。

「瞧君上意志，怕化整為零已對付不過去。倘若讓李文昌查出什麼，對我們不利。」

慕容雲寫胸有成竹：「除鹽、鐵外，所有商號化整為零，做好帳本以應普查。」

「是！」

「薛老闆在何處？」

「正在洛陽。帝都來消息，一個半月後三皇子便達帝都，君上命太子為春闈監考官，前日樞密使章平上奏請辭。」

章平雖是樞密使，然實權一直在蕭李手中，此時他辭職，必是蕭李不想再披著羊皮了。帝都局勢如此亂，他又有幾分精力來對付商界呢？

「爺，是否也趁機摸一兩條魚？」

唐證一向穩重，此時也忍不住了。

慕容雲寫淡然一笑：「不急。颶風摧木，伏草唯存。」

唐證又道：「佩姨帶話，說爺已經十五歲了，該尋一門好的親事。」

雲寫不由沉了臉，要提防著君上賜婚，唯有……

一隻信鴿穿過夜色來到窗前，唐證取下信：「京中探子來報，洛陽府知府秦韓在八年前梨氏滅門案卷中，發現了古銅鏡的記載。然秦韓當下所追查的卻是……鍾妃被害一案。只怕是找到兩者之間的聯繫，是否容他再追查下去？」

黑暗中，唐證感覺到慕容雲寫的臉一瞬間寒了下去。

雲寫心念電轉，秦韓怎會在這個時候追查當年之事？又是何因讓他追查？他是誰的人？兩件事來得如此巧合，是同一人主使？這人是誰？

蕭滿當年為登后位，不擇手段對付母妃，倘若查出這些事，她德行有虧，對七皇子亦不利。然而，她亦懷疑母妃死是要守住一個祕密，會為這個祕密冒險嗎？

不會！在這個關頭，她不會行如此險招。她派蕭灑來，就是為了在動手之前，消滅潛伏的敵人。

那麼，會是太子和三皇兄誰的人？他們是要對付蕭滿還是對付我？

倘若任由秦韓追查下去，當年母妃之死、我的祕密就會被發現，父皇一定會對我心生芥蒂；倘若阻止，蕭灑的眼線如附骨之蛆，這麼多年的隱忍就白費了。到時不光蕭滿，怕是太子、三皇兄亦會全力打壓自己，成為眾矢之的。

兩相權衡，他勝在知道這一刀下去，會給蕭滿多麼重的傷，而蕭滿不知道會給他多麼重的傷。雖然，他會傷得比蕭滿重。

「讓南宮回去探望佩姨。」

佩姨叫鍾子佩，是鍾子衿收養的義妹，隨她一起入宮。鍾子衿去世後，她將雲寫撫養長大，鍾妃之事她是最清楚的。南宮楚是佩姨的義女，這事也只能交給她。

倏然起身，眼眸冷寒如刀：「堅守最後底線，一旦破了，格殺勿論！」

想了想又補上一句：「讓她千萬沉住氣！」

秦韓這把刀，抵在蕭滿和他的咽喉上，誰忍不住先動了，就是死期！

洛陽朱雀街，薛府書房。

「老爺，門外有人送請柬來。」

「擱那放著。」薛老闆薛識隨口道。

他這般富商，每日收到的請柬能當柴燒了。

書童有些為難地道：「那人說，老爺若不想被颶風捲走，還是看看的好。」

薛識大奇，見信箋上一個小小的印章，臉色大變：「快去請程先生！」

不一刻便有一位青衣書生前來，頭戴逍遙巾，一副讀書人清高自持的神色。

「程先生看看這封信。」

程默接過：「雲公子？」竟是勁敵送來的信！

薛識疑惑：「他向來神龍見首不見尾。難道是為普查之事？去年商場大動盪他都未出現，何至於？」

「此事只怕沒表象那麼簡單。李文昌背後是誰？普查的目的又是什嗎？都很值得推敲。」

薛識撚鬚沉吟：「去會會他！」

約在洛陽城著名的「醉梅」酒肆，雖居鬧市，環境極為清雅，古色古香，是王孫公子最喜歡的地方。

薛識第一次來此，由女侍帶到雅閣。房裏很靜，一縷茶香悠然。看到茶案旁的人，泰山崩於面前不變色的薛識，驚怔住了。

「薛老闆，幸會！」

薛識結舌：「……是你？……你是雲公子？」

分明只是一個十四五歲的小孩子，病殃殃還沒他女兒健康，竟自稱是「天下商號之首」的雲公子？

慕容雲寫頷首：「正是。」不急不徐，不卑不亢。

薛識上下打量了一番——這少年雖病弱，但眼神沉穩銳利，不是一般少年可比，忽然大笑：「長江後浪推前浪啊！沒想到我最大的對手竟只是一個『乳嗅未乾』的小兒！」話裏全是讚賞之意，「程先生若是知道了，不知是何表情，哈哈……」

「過譽。請茶！」

薛識入座：「如何稱呼？」

「慕容雲寫。」

薛識倏然正色：「四皇子？」

「然。」

薛識暗道：「程默猜得果然不錯，這就是隱情！皇子如此富有，怎不令君上忌憚？但瞧李文昌的行動，似乎並沒有十分的把握。躲避普查對他來說小事一樁，請自己來做何？」

誠惶誠恐行禮：「草民見過四殿下。」

「不必多禮。」

薛識琢磨不透他的意圖，與他作對這麼多年，深知打太極是他的特長，於是開門見山：「能得見殿下天顏，是草民幾世修來的福氣。只是，不知福因何來？」

慕容雲寫反問：「薛老闆可曾聽說過呂不韋？」

薛識謹慎道：「呂相富甲天下，是歷來商人楷模。」見他一臉試探，眼神銳利，越發小心，「可望而不可及也！」

雲寫隨口道：「富甲天下自不必說，謀財何如謀國？一本萬利。」

薛識茶杯落地，臉色變幻不定。慕容雲寫端坐如儀，優雅品茶。

一盞茶過，雲寫放下杯盞，含笑望著他：「這筆生意，薛老闆可願做？」

薛識聲沉如鐘：「這是要拿命去做的買賣！」

慕容雲寫成竹於胸：「輸，不過一命；贏，我許你一人之下，萬人之上！」

薛識動容。本朝商人被稱為賤業，地位尚不如名伎。像這「醉梅」酒肆，任他再有錢，也進不來。倘若成功，別說這酒樓，就是朝堂也可隨意出入。「一人之下，萬人之上」，這是何等誘惑！

「敢為一搏！」薛識拍案道，「然，我要你一紙婚書！」

薛識有一兒一女，兒名薛斐然，女名薛印兒。

慕容雲寫眉一聳。

「父母所謀，不過為子女。我有一女薛印兒，與殿下年紀相仿。來日殿下若為帝，立薛印兒為后！」見他面有難色，「我女雖不是傾國傾城，在帝都也頗有佳評。」

再美又怎麼能比得上他？

雲寫暗歎，終是趕走猶豫：「可！」

立好婚書，薛識收起後，問道：「殿下有何吩咐？」

慕容雲寫鄭重道：「李文昌意在鹽、鐵，我要你將此罪擔下來，極力斡旋。」

薛識驚詫，原來幾乎壟斷鹽、鐵行業的大賈也是他！這個少年，怎會有這樣的手腕？

「是！」

有命陪他謀國，不知有沒有福氣享受成果。薛識一向善於識人，看他非池中之物，一朝騰雲而起，天下俯首。為敵這麼多年，知他是重諾之人，倘若印兒為后，斐然亦能顯貴一生，值得一搏！

離昧半晌才回到客棧，沒有穿道袍，換了一件素雅立領春衫，臉色蒼白，眼下有青黑的眼圈。

「公子，你怎麼了？」子塵驚訝地問。

離昧搖了搖頭。

「你怎麼不說話？」

離昧在他掌心寫道：「我昨晚喝酒喝多了，傷了嗓子。你去告訴雲施主，我們這便去北邙山，請師父為他治病。」

「哦。」子塵努了努嘴，「喝酒也能喝得說不出話來嗎？沒聽說過！」

子塵去了慕容雲寫房裏。離昧也去收拾行李，聽子塵叫：「公子，雲叔請你過去一趟。」

離昧手一抖，包袱掉了，衣裳散一地，怔了半晌，頹然一歎，過去。

慕容雲寫正在煮茶，動作如行雲流水。

離昧在門口靜靜地看著他，沒有話說，也說不出話。

「你不怕我殺你？」

輕柔溫和，像在說「我想吃桃花粥」。見離昧未做任何表示，目光坦然地看著他，竟沒有追問下去的勇氣。

「忘了它吧？」又命令，「忘了它！」

他們順著洛水去北邙山。蕭灑在渡口送別，離昧說不出話，只能在地上寫道：「就此別過，珍重！」

蕭灑目光幽幽，異樣地看著慕容雲寫，雙手環胸：「我前日看了這樣一句詩：君乘車，我戴笠，他日相逢下車揖。」

離昧莞爾，認認真真寫道：「君擔簦，我跨馬，他日相逢為君下。」

此為〈古越謠歌〉，意在表達友情不會因貧窮富貴而改變。

蕭灑衝他瀟灑一笑，揮揮手揚長而去。

這日渡舟至邊城，恰是清晨，炊煙嫋嫋。看著遠近山水，不禁神清氣爽。興之所至，取來瓷簫吹奏，纏綿清越又婉轉惆悵，似江畔翠鳥的鳴叫。

聽得人吟道：

白鷗問我泊孤舟，是身留，是心留？心若留時，何事鎖眉頭？風拍小簾燈暈舞，對閒影，冷清清，憶舊遊。

舊遊舊遊今在否？花外樓，柳下舟。夢也夢也，夢不到，寒水空流。漠漠黃雲，濕透木綿裘。都道無人愁似我，今夜雪，有梅花，似我愁。

好詩！他曲調一轉，以聲喝彩，水路回轉，便見山岩湘妃竹畔，一條竹筏正傍岩而立，岩邊楚竹正燃，融於晨霧中。

竹筏之上，一個青襟廣袖的男子持竹篙而立。山澗雲霧縈繞，更襯得他一身清氣，幾融碧水青山於一色。

第五章　青衣西辭，素女鉤吻

那男子一拂袖，灑脫不羈，落落大方：「渡者好雅致的曲子！」

離昧張口，才發現出不了聲，橫笛一奏，以示謝意。

水面上傳來賣早點的聲音，離昧以簫指了指賣早點的船。

小舟緩緩靠近，買早餐的人還真不少。

「伯伯，給我三份粥！」子塵叫道。

「喲，你來得真巧，就剩最後三份了！」

船家笑呵呵地才要盛粥，便聽一個清脆的女聲傳來：「船家，來碗粥！」

「喲，姑娘，妳來得真不巧，粥剛賣完！」船家歉意地道。

「他買就有，偏我買就沒了，又不是不付你銀子！」女子刁鑽地道。

船家為難地向她示了示空空的鍋底：「姑娘，是真的沒有了！」

子塵看了看來人，是一個十四五歲的女子，豔紅的衣衫，膚色很白，格外好看，大大的眼清澈靈動，但神情驕傲，顯然是富家小姐。

子塵撇了撇嘴，拿粥付錢：「謝謝老伯！」

船家正要接錢，女子突然襲向子塵，趁他愣怔時將一錠銀子丟給老伯，趾高氣揚地道：「既然還沒有付錢，這交易便不算成功，這是二十兩，買三碗粥！」

老伯看著手中銀錠，不知如何是好。

子塵爭勝心起，亦將銅子擲到老伯手中。未料那女子也有一副好身手，出手快如電，一個矯燕旋身便將銅子盡數收在手中，丟給子塵：「把粥給我！」

子塵惱了：「做事總有個先來後到，妳好不講道理！」

「什麼先來後到？砌牆的磚頭，後來居上，你沒聽過嗎？你一個小孩出言不遜，不知長幼尊卑，你家主人是怎麼教導你的！」

女子伶牙俐齒，倒讓子塵語塞。

「把粥還我！」

女子霸道地來奪粥。子塵哪會給她，側身躲過她一招小擒拿。

女子一下沒成功，嬌笑道：「好小子，還真有兩下子，難怪如此囂張！再看！」

說著，一招龍爪手再次襲來！

「好兇悍！」子塵暗歎一聲。

好男不跟女鬥，他只有連連躲過。女子見他只守不攻更想激惱他，攻勢漸急。子塵守得頗為堅難，但又絕不想將粥給她，被惹火了：「妳再不知好歹我可要還手了！」

「我還真怕你不還手呢！」女子傲氣十足。

「哼！敬酒不吃吃罰酒，別怪我了！」

子塵左手提粥，右手猛地扣住女子的手腕，用力一翻。那女子反應亦是驚人，順勢翻身，變爪為指，直指他天靈蓋！

好惡毒！子塵真惱了，也不管她女子不女子，一招「翻天覆地」使將出來，但見一個太極玄清八卦從掌中湧起，似狂風襲捲而去。女子大驚之下發力直逼他天靈蓋，便見一陣清光大盛，排山倒海般的氣勢將她掀開，落在數丈之外的水裏！

子塵頓了頓，終還是沒有管她，逕自回去舟上。

離昧遠遠地看著二人相鬥，只覺好笑，見子塵提粥過來，寫道：「給那姑娘留下吧！」

子塵不服氣地嘟噥了一句，卻聽話地沒有動。

子塵只見那女子在水面沉浮，似乎在呼救，想：「既然敢駕舟出來定然會水。」等了許久不見她浮上水面，慌了：「公子，她不會真的不會水吧！都沉下去了！」

離昧見江面上沒影，推推子塵。然而離得太遠，這樣划過去女子肯定沒命了！

忽見江岸那男子一提魚竿，透明的絲線直竄水底，纏在女子腰間，然後用力一提魚竿，竟將她提起來！

好力道！好功夫！離昧越發對這男子歎服。驅舟而去上了男子的竹筏，紅衣女子被放在船板上，已昏厥過去。

離昧探了探她鼻息，要趕快搶救。

子塵嚇壞了：「公子怎麼辦？」

他可沒有想到會這樣啊！離昧以手示意子塵將她腹中水壓出來。子塵臉紅。離昧拍拍他的頭催促。

禍是他闖下的，子塵只好咬牙使勁壓她腹部。幾口水吐出來，女子終於醒了過來，立時一掌打來。他本就尷尬，竟沒有反應過來，著著實實挨了一掌！

子塵愣了半晌，大吼：「妳這潑婦！」

女子又一掌打來：「登徒子，竟敢占本姑娘的便宜，看我不扒了你的皮！」

「狗咬呂洞賓，我好心救妳……」子塵閃過。

女子哪聽？抽了根魚竿打去。子塵滿腔怒火，聖人說得對，果然「唯女子與小人難養也」！得罪什麼人也不要得罪女人！

兩人一打一閃，竹筏搖搖晃晃，幾欲傾覆。

離昧與青衫男子卻極有默契似地對視一眼，束手立在一邊，饒有興趣地看著二人纏鬥。慕容雲寫坐在舟上，任兩人在身邊棍來掌往，不動如山。

船上的家當差不多都掉到水裏去了，離昧才擋住子塵。

「你閃開，不然我連你一起打！」

女子杏目圓睜，粉白的臉漲滿紅暈。

離昧迎著她的目光，溫柔淺笑。

女子一怔：「這個男人只是看著自己，怎麼竟讓自己束手無策？船中坐著的男子也奇怪，瞧他那弱不禁風的樣子，竟不怕被誤傷？」

「狗咬呂洞賓，不識好人心！」子塵捂著臉氣乎乎地道。

「臭小子，你吃我豆腐還撒野，看我不撕爛你的嘴！」又要打。

子塵嗤笑：「妳有豆腐嗎？」

「你……」女子的臉比衣衫還紅。

「噗哈哈……」青衫男子猛然大笑出聲。

「閉嘴！」女子腦羞成怒，「你還幫外人！」

男子果真不笑了，卻對子塵豎起了大拇指，無聲道：「小鬼，好樣的！」

女子臉色一黑，看向離昧，見他白了一眼子塵，總算舒心一點。

離昧看向青衫男子，他的眼睛不大，也不亮，但是你看向他的時候，他似乎也在看你，可他卻分明地看著遠處的某物，讓人捉摸不透他究竟在看什麼。

臉很白，是秋霜般的白，帶著蒼茫的輕盈，神情很奇怪，半是舒心，半是惆悵。頭髮只用一根竹枝挽起，絲絲垂於背後。

這是個有故事的男人！

他語氣是清清淡淡的磊落不羈，可以聽出骨子裏那份清高與疏狂。

「看夠了沒？」

冷不防從他唇裏蹦出這麼一句話。離昧倒不尷尬，笑笑地倚在岩石上，搖了搖頭。越看越覺得這張臉似曾相識。

「那繼續。」

男子連眼皮都沒抬一下，叼著一根草，優哉游哉。

離昧坐著看了他一陣，抽了根竹篙寫道：「我見施主臉天庭飽滿，必為富貴閒人。」

他笑了起來：「哈哈……道長有見過像我這種餐風宿露的富貴閒人？」

離昧又寫：「我又見施主面泛桃花，喜事將近，這一杯喜酒貧道倒是要提前討來。」

他再笑：「如我這般閒雲野鶴、漂泊無羈之人會泛桃花？倒不如泛游魚來得實在。」指了指山岩，「你若要酒時，我那兒倒還有一些，隨便喝罷了。」

「如此貧道便不客氣了！」

女子側首看看他，又看看雲寫，臉微紅：「這兩人……都很漂亮呢！」

子塵拿來那酒，離昧倒了杯給女子：「清晨寒冷，喝一點暖暖身子。」

離昧打趣：「姑娘莫非也想為離昧看相？」

女子竟嬌羞起來。大早上掉到水裏還真是有點冷，飲了一口，入口甘醇，挺好喝的。再喝一口，只覺頭重腳輕，軟軟倒下。

男子接住她，優雅地搧著竹篾扇，似笑非笑：「美人相邀果然拒不得，好好睡吧！」將女子放在竹筏上。

離昧慎重地坐在他身側：「你有什麼事，說吧！」

他似笑非笑：「你何以知道我有事？」

離昧：「因為我和你一樣有事。」

男子朗然一笑：「既然如此，我們不妨寫下來，看看是不是為同一事。」

二人各抽一枝燃燒的竹枝，吹熄了火，然後在掌心寫下字。相對展開，看後相視一笑，掌心均是「豈曰」兩字！

接著又各在地上寫下兩個詞：西辭。離昧。

江湖上有一些人喜歡蒐集殘卷，離昧也是這個圈子裏的，聽過西辭的大名，直覺告訴他就是此人。他們喜歡收錄如《河圖》、《洛書》、《逍遙遊》這樣的書，一如《豈曰》。《豈曰》的作者名叫蕭豈，是一個說書先生，平生喜好雲遊，見識極廣，因此《豈曰》裏收錄了許多東西，文化、理學、天文、地理，甚至玄學祕笈。

離昧這些年也蒐集了不少殘卷，但始終找不到《豈曰》。

西辭道：「既是如此，我們一起找。」

離昧頷首。

西辭揚袖而去：「來日即墨拊處聚首。」

子塵好奇：「咦？他怎麼知道我們認識大酒罈子？」

西辭朗然一笑：「小鬼，我還知道你怕我跟你搶酒喝，哈哈……」又若有深意地道：「記住了，她叫薛印兒。」

說完，便一撐竹筏瀟灑而去，過水無痕。

這日離昧上岸買藥，到茶館裏杯喝茶，正有一對祖孫賣唱。老漢的琴聲古樸醇厚，小姑娘聲音清麗，字正腔圓。

西風亂，琵琶聲裏梨花怨。梨花怨，情絲難結，塵緣易散……

離昧覺此曲萬般熟悉，可腦裏昏昏沉沉就是想不清楚。

洛陽城裏胡琴斷，紫陌輕塵誤撫弦……

「誰回眸看？」離昧腦子裏忽然蹦出這四個字。難道也是這首詞裏的？可他確定自己並未讀過這首詞。

聽小姑娘唱到「誤撫弦，伊人別去……」離昧屏氣凝神，後面是不是那四個字？小姑娘唇輕啟，婉轉低唱：「回眸誰看？」

離昧疑惑，為何知道這四個字？腦中有靈光閃過，卻抓不住。

聽人問：「這是什麼曲子？」

那人背對著他，從穿著看是江湖人。

老漢道：「這曲子叫〈誤撫弦〉，據說是梨公子所作。」

西風亂，琵琶聲裏梨花怨。梨花怨，情絲難結，塵緣易散。

洛陽城裏胡琴斷，紫陌輕塵誤撫弦。誤撫弦，伊人別去，回眸誰看？

為何這詞如此熟悉？姓梨？蕭灑說瓷簫主人也姓梨。離昧頓生好奇。

剛才詢問的人掏出些銅子：「講來聽聽。」

「倘是十年前，說到梨公子誰人不知？誰人不曉？江湖上，謝堆雪的清傲與梨映宇的瀟灑，如兩朵並世奇葩。只是如今，哎……梨映宇，是我朝開國元勳梨合的兒子。」

「三最公子」梨映宇？

「想當年梨家是何等風光，門庭若市，車水馬龍，如今卻成了一座怨宅，事世難料啊！」老漢歎息。

離昧心裏也升起一陣悲涼。

「梨家如何變成怨宅了？」

「十多年前就被滅了門，哎，那叫一個慘啊！幾百口人一夜之間全部死亡，七竅流血，面色烏青……」

老漢連連搖頭，似乎想到那個場景還心有餘悸。

離昧猛然想起那些噩夢，心壓抑得難以忍受。

「又是一夜之間，那幾百個屍體竟不翼而飛！那麼高的牆，數千名官役圍著，幾百個屍體竟這樣無聲無息地消失了，你說恐不恐怖！」

「人人都說梨合將軍當年跟隨先帝打江山的時候，造的殺孽太多，受到那些冤魂的詛咒，所以那宅子被稱為『怨宅』。」老漢悲歎地搖頭，「老漢不知道打仗的事，卻知道梨公子和梨夫人是極好的人，行善助人、寬和仁義，老漢亦受其恩惠，感銘終身。梨家那樣好的人怎麼會受到詛咒呢？」

那人又問：「這麼詭異？那梨宅在何處？」

離昧驚訝，那人的問題也是他想問的，是不是太巧了些？

小姑娘手中帕子一落，老漢黑老的臉頓時煞白：「客官千萬不可去啊！從來沒有人能從那裏走出來！」

那人洋洋一笑：「老頭兒可知我名號？從來只有鬼見愁，未曾聽聞見鬼愁！」

老頭告訴梨家舊址，那人起身，身姿孤拔，如謖謖長松。離昧急步上前，他已振衣而去。他是在引自己到梨宅去嗎？好！倒真要去看看！

往梨宅去的時候天色尚早，路上行人匆匆，見到離昧所往的的方向皆是駭然不解。迎面而來一個牽牛的老漢，不忍道：「年輕人，別再往前走了，那裏可去不得啊！」

離昧躬身道謝，老漢歎息地將手中牛繩遞給他：「牛通靈，能看見鬼怪，你牽著他也壯壯膽。」

離昧感念，只是這牛如何還？

老漢指著村子方向：「村頭有個牛棚，你回來了拴在那裏就行了。況這老牛認路，牠會記得回家的。」

又道：「小老兒聽老輩說：『人的兩肩、頭頂各有一盞燈，為鬼怪所懼。』你若聽到身後有聲響千萬不可回頭，否則吹滅了肩頭的燈，鬼怪便可入侵了！」

離昧再次致謝，牽著牛向鬼宅走去。

老牛時不時吃一口草晃悠悠地走，四個蹄子在沙路上踩出「沙沙」的聲響。眼見天色漸暗，前方灰濛濛、陰戾戾地一片，離昧心中焦急地驅趕水牛。但白天在地裏勞碌了一天，牛也是極累、極餓的，任他怎麼驅趕，依然時不時吃一口草。他後悔帶牛來。

到怨宅時天已經半黑了，不過是一座普通的廢宅，只是草木比別處茂盛。

他曳拉牛繩，牠卻不肯走了。離昧想到老漢說的話有些發怵，深吸了口氣扯緊韁繩。牛不情願地邁開步子，跨過殘垣斷壁、傾塌的屋牆。越往裏草木越深，草叢中時有樹枝絆腳，春風一過，三三兩兩鬼火在夜色中飄蕩。

離昧雖知並非鬼火，是人骨內磷自燃，更加寒磣。牛的步子越來越慢，任是離昧拉緊轡繩也不願前進。離昧忽然發現這麼茂盛的草，牠竟沒吃一口，聯想到鬼火，一個可怕的猜測在腦中突然閃現！

他不自覺地向老牛靠了靠，深吸一口氣，緩緩移開腳……

暮色四合中，離昧看到的不是別的，而是一個骷髏頭！空洞的眼眶深邃幽冥，嘴大張著，死前似在痛呼！

背後驀地傳來「沙沙」的聲音，似有人靠近！離昧脊背寒涼，一股陰冷之氣自百匯穴溢出。他猛然回頭，只見荒草萋萋，哪裏有半個人影？

驚疑四顧，原來是牛甩尾巴的聲音。

他長舒了口氣，壯膽般自道：「真是大驚小怪，離昧，虧你還是道士，傳出去豈不惹人笑話？」

解了道袍將骷髏收集齊了，認真地打了個乾坤結，捧土掩埋：「前輩，晚生無意打擾，抱歉！您入土為安吧！」

唸了一章往生咒。雖只是虛驚一場，他心裏卻越發忐忑，默唸著道訣，越唸越沒底。方才草叢裏偶爾還有一兩聲鳥鳴，這時連個小蟲子都沒有，連老牛都垂著尾巴不再甩一下。

離昧想發出一點聲，發現聲音似也被這死寂凝固！好靜！好靜！靜得能聽到心跳聲，靜得能聽到血脈流動的聲音。

「嘰哇！……」一聲淒厲的叫，劃破死寂！

離味驚駭回首，荒草廢宅，重歸死寂。

而他已經是第二次回首，一左！一右！

夜色如墨，鬼火飄忽。老牛的尾巴僵垂如死，百匯穴處寒氣四溢。

忽然有草無風自動了，是那個聲音傳來的方向！

離味的手指幾乎掐入掌心，一個骨白、橢圓的東西從草叢中升起來。

「啪！啪！……」牛尾巴又甩了起來，一下一下急切而恐慌，四蹄不停地往後退，幾乎沒將牛鼻子上拴著的拘兒拉斷！

離味死攥著牛繩像攥著最後一分膽氣！

那個骨白的東西終於露出草叢了，不是別的，只是一隻白兔。潔白如雪，肥肥懶懶的一隻白兔，任誰看了都想要抱一抱。

倒在白兔爪下的是一隻貓。一隻被撒開五臟、鮮血淋漓的死黑貓！白兔鮮紅的眼如黑貓的血，幽幽地盯著他，似黑夜裏兩道無根之火，幽魅妖冶，竟似帶有魔力，令你退無可退！

荒草，廢宅。一隻白兔，撕碎一條黑貓！

詭異之氣讓離味忍不住卻步。

忽然一陣悠揚的笛聲傳來，離味擅長曲樂，知道這是骨笛的聲音。白兔鮮紅的眼一瞇，離味頓覺腦中一清，見牠拔腿便跑了，迅猛如狼！反倒激起了他的探索之心，放了牛繩追白兔。見他跟來，白兔放慢了速度，似在引導他去某處。

清明時節，一彎新月如鉤，寂寥浸在水裏。

一女子側坐臨溪，水髮滴墨，用一支骨笛別起，鬢角斜簪一朵蘭花，雪顏凝月，連唇都是雲色，玉琢般的手執著胭脂浸染的紅箋，雲唇一抿，染上桃色。

她就水一照，婉然淺笑，素手輕揮，胭脂紅箋便落於溪中，泛起一縷縷嫣紅隨水而散。

女子款款起身，雪玉般的嬌軀，只披了一件淺褐色的紗衣，素月之下可見她身段玲瓏纖巧，妙不可言。

離昧羞慚地低下頭，一陣幽香襲來，傾刻間女子竟已來到他身前，他更侷促不已。

女子在他面前盈盈一拜：「妾身見過夫君。」

「……」離昧愣怔。

「世人皆言前世埋你之人，必將是來世相伴一生之人。得君施衣掩埋，魂有所居，大恩大德，實難報答。如今就要往生，人海茫茫，不知來世能否相見，故願以身相許，以償一二。」

她言語殷殷，頗是動情。離昧只能連連作揖。

女子向他揮揮手。離昧覺得有什麼控制著他的腿，隨著她一步一步來到河邊。

「今夜良辰美景，便請天地為證，結為夫妻，妾身替夫君梳髮。」

離昧身子被蹲坐在河邊，臨水照影，忽然驚豔了！

女子身邊還有一人，膚若白瓷，眉如遠山，唇極其誘人，像沾水桃花，最為動人的是他的眼睛，迷離多情，如籠了江南煙雨。

這個男子該是從畫卷裏走出來的吧？竟有些似曾相似。是誰呢？

「夫君怎麼連自己都不認識了？」

女子似能聽出他的心聲。自己？離昧訝然。

女子指指天上的月，又指指地上的泉：「夫君啊，當上弦月投到這個泉的時候，他就叫『照魂泉』，能照到人的本質。你看！」

她手一揮，波光微漾，男子還是男子，而女子……

她一塊一塊撕下自己的臉皮，像撕下糊窗戶的紙，沒有血，沒有肉，只露出森森白骨，空洞的眼眶悲涼而怨毒。

「夫君啊……」

離昧想呼，呼不出！想叫，叫不出！

眼看那骷髏越靠越緊，聲音越發柔膩：

「我也曾美如春花，也曾柔情似水。」

手骨撫上自己的臉：

「可如今，我的臉像一層紙，而你的臉呢？又糊了一層怎樣的紙？」

骷髏蹲下身，平視著離昧，森冷的手骨撫到他脖頸後，猛然一扯！離昧只覺臉皮被撕扯掉，痛苦地睜開眼，見骷髏手裏拿著塊臉皮。

「夫君啊，贈我以衣裳，不如賜我以皮囊。」將臉皮蒙在骷髏頭上。

離昧目眥欲裂！那張臉……一字的眉，不大不小的眼，淡紅的唇，五官極其普通，組合在一起卻很舒服。

那是他的臉！屬於離昧的臉，看了十幾年的臉！

然後骷髏的脖子開始長肉，到肩骨，到胸部，一直到腳跟，一點一點長滿血肉。而那每一寸血肉，都是離昧熟悉得不能再熟悉的，他的血肉！

接著那個「離昧」站到他面前，溫潤一笑：「妾身，見過夫君。」

連聲音，都是他的！

「唔……唔哦……」離昧急切想要表達什麼，只能發出含糊不清的音節，「啊啊……」

「春宵一刻值千金……」

眼見「離昧」向他俯下身來，越靠越近，額貼著額，鼻貼著鼻，唇貼上唇……

異香如夢，醺然欲醉。

離昧驚醒過來，天光大亮，猛然坐起身，汗濕重衣。忽見身邊之人玄黑衣衫，負手而立，背影清冷。

是雲寫？他怎麼會在這裏？

慕容雲寫冷哼一聲，手一甩一物落在離昧的懷裏，竟是一方素絹裹著一支骨笛，素絹上用胭脂寫著字：

春風雖過，青草猶碧。

留骨做笛，纏綿須記！

骨笛是用一根鎖骨做成的，隱隱約約地憶起昨晚，偷眼看看身邊人，心如冰糖拌黃連，全然不是滋味。

慕容雲寫臉烏黑如墨，憤然拂袖。

離昧悵然，在怨宅裏尋找一番，白天的怨宅草木青蔥，鳥飛蟲鳴，一派生機勃勃，哪有半分詭煞之氣？

找了半天未見異常，又回到昨晚埋骨的地方，遲疑了下向那個土堆行了個禮，刨開土。

道衣完好地包裹著骨頭，連那乾坤結都還是自己打的，離昧頓了下解開衣結，翻了翻包裹裹的骨頭，只找到一根鎖骨。

他分明記得埋骨時收齊了兩根鎖骨！

將骨笛比了一下，確定是同一個骨架上的，並且骨笛上刻痕尚新，顯然是新削成的。

他追著白兔到溪邊不過頃刻之間，誰能在這麼短的時候解開乾坤結，將鎖骨削成笛並刻上字？如果是在自己追白兔這段時間，她是用什麼吹的曲子？不是這支骨笛？

想試試音質與那支是否一樣，手被狠狠一拍，冰玉的手奪過骨笛，慕容雲寫面色陰寒，夾槍帶棒地呵斥：「想死？」

取出銀針測試，笛上沒有毒，他沒有將笛子還回去，怕有銀針試不出的毒。

離昧凝思：「乾坤結不是普通的結，是根據道家陰陽八封結成的，尋常人根本解不開，便是內行人沒有半個時辰也斷不可能打開。她是如何做到的？」

指指那條溪問雲寫：「從這裏到溪邊，江湖絕頂輕功的人須多久？」

「十個數。」

離昧回憶了一下自己昨晚走的腳程，如此就算不是這笛，她也只有十個數的時間，如何刨土解結取骨削笛的？根本不是人能完成的，難道真是女鬼？

他又用道袍裹住骷髏，風吹過道衣輕揚，一股極淡、極淡的香味傳來，昨晚似乎也聞過！

離昧不由深嗅了嗅，辨出其中香料，暗暗銘記。

尋了個山明水淨的地方把骨葬了，立了塊木碑，卻不知道該寫什麼，愣怔。

慕容雲寫冷酸道：「都春風一度了，還不給人個名份嗎？」

離昧目光複雜地看著他。雲寫負氣地扭過頭。

離昧暗傷，忽瞥見牆角一物，撥開草挖走泥土，是一把斷了的古琴。琴有七弦，上雕梅圖，古樸雅致。

好生熟悉。翻過琴，撥去土，上刻八字：「但為君故，沉吟至今。」

離昧疑惑，咦？怎麼和梅鶴居士琴上的字一樣？又看那字清持端秀，優雅有格。這……這分明就是梅鶴居士的字！

他的琴怎麼會在梨家？琴簧生鏽，琴身腐蝕，埋了非一年兩年。難道他也和這家人有關係？

走到木碑前鄭重行幾個禮：「姑娘，妳若真是鬼，託夢給我到底想告訴我什麼呢？」

慕容雲寫見他這樣，臉上青白交錯，拳鬆了又握，握了又鬆，終於冷哼一聲摔袖而去。

南宮楚迎來：「爺，您可算出來了！」被無視，「奇怪！」

南宮楚看看雲寫背影又看看離昧，眼神漸轉曖昧，閃到離昧面前，摺扇一挑他衣襟：「你沒從他去？厲害！厲害！天下竟然有人能抗拒爺的魅力！離昧，我看好你喲！」

南宮楚見他恍恍惚惚，一臉不解，驚奇地指著他脖子：「這是別人留下的？」

離昧不明所以。

南宮楚無語，拿出一面銅鏡遞給他。

離昧一看大窘，雪白的頸上幾個吻痕如梅映霜雪，脂染白玉。難道昨晚一切都是真的？那一場夢幻般的春宵，也是真的？腳步一踉蹌，幾乎沒摔倒！

雲寫，我……我……

離昧一整天都魂不守舍，子塵道：「公子，我看你印堂發黑，邪氣外侵，要招女鬼！」

離昧厲色地瞪他一眼，子塵一愣。

離昧心裏越發沒底，骨笛他已試了，音質與女子吹的相同，顯然是同一支笛。

這世間真有人能在十個數內解開乾坤結，並做出一支骨笛？不可能！絕對不可能！就是自己師父也做不到！除非是女鬼！

他支開子塵仔細回想，將她的容貌與香味，一一記錄下來。

「公子一天都沒出門了，也不讓我進去，不知道怎麼了？難道真的是被女鬼纏住了？好邪乎！」飯桌上子塵蔫蔫地低聲咕噥。

雲寫沉默，然後端了飯菜去他房裏，推開門見離昧正站在書案前觀賞什麼，連他進來都沒有聽見，不悅。看到畫卷裏的人，臉色瞬間陰寒。

離昧察覺回首，四目相對，慕容雲寫眼裏冰火交織，猛然一摔飯菜：「你真是瘋魔了！」摔門而去！

離昧愣愣地看著滿地狼藉，無盡的痛苦絕望襲來：「我是瘋魔了，我早已對你入魔了……雲寫，……如果你知道我昨晚的夢……」

那個可恥又令人沉淪的夢！

又行幾日到了北邙山。

它在洛陽城北，黃河南岸，是秦嶺餘脈，崤山支脈，東西橫亙數百里，山勢雄偉。伊水、洛水自西而東貫通洛陽城而過，立墓於此，圓了古人「枕山蹬河」的心願，因此有「生在蘇杭，葬在北邙」之說。

玉清觀位於北邙山主峰翠雲峰上，其峰樹木鬱鬱蔥蔥，蒼翠若雲。

離昧的師父長雲道長是杏林高手，能夠妙手回春，素有「醫聖」之稱，望、聞、問、切之後臉色也沉了下來。

「道長不妨直說。」

慕容雲寫早已將生死置之度外。

「你這病是從娘胎裏帶出來的，到現在已經……」長雲道長歎息，「若長住北邙山，貧道倒有幾分把握能……多延幾年……」

雲寫淡然一笑：「不敢打擾清修。」

長雲道長連連搖頭。離昧張張口，卻什麼也說不出。

醫者父母心，長雲道長勸：「施主暫在這裏小住一陣，三個月內貧道若想不出方法，再做打算不遲，便看得再開，也須爭取一把。」

慕容雲寫沉吟一下，點點頭。

待他們都出去了，長雲道長問：「你嗓子怎麼了？」

離昧知瞞不住，乖乖寫道：「我不小心撞破別人的祕密，被掐的。」

長雲道長又氣又心痛：「是誰這麼狠心？若非你用丹藥護住嗓子，今生再別想說話！」

離味慌忙拉著他的手。

長雲道長歎息：「只是你這輩子都不能唱歌了……你若當即回來還好，拖得時間太長，受損的音帶已經無法恢復……」

離味兩目一空，手無力地垂下。心緒混亂，只想離開玉清觀，茫然而行，不覺到了黛眉山，但見峰巒疊翠、深谷清幽、碧水長流，是個絕佳隱居之地。

這裏住著一位梅鶴居士，是離味最好的朋友。

離味有些迫不急待想要見到他，小跑著過去，看到那個茅廬，聽到〈迎客曲〉，他忽然停住了，有些近鄉情更怯。

琴聲清雅高潔，如深谷幽蘭。

離味愣了半晌，忽又拔足而奔，一氣衝到茅廬下。只見那人一襲黑白衣衫，神情疏落清遠，鶴般優雅自許，梅般冰潔清持。其人風姿，離味雖自小便看，此時仍覺敬慕不已。

琴案邊放著一壺酒，是為他準備的，可他卻不能喝。

深吸了口氣，走到他身後，倚背而坐，頭枕在他的後腦上，無聲無息地喚：「阿鶴。」

「有憂？」

他並沒有抬頭看離味，單從腳步聽出。離味更緊地靠著他。

「小離？」梅鶴居士疑喚。

他一聲一澀啞：「我……再也……不能……為你……和歌……」

梅鶴居士琴弦一叩，鏗然驚心。

他忽然仰首一吼，嗓音沙啞如破鑼，嚇得鳥雀撲騰驚逃！這麼恐怖的聲音也只能叫一聲，嗓子便喑啞下去。離昧悲憤不已，無聲悲吼，頭一下一下撞在梅鶴居士的後腦，似能將自己的悲哀撞盡。

「咚！咚！咚！……」

梅鶴居士骨瘦的指叩著琴弦，越來越緊，越來越緊，直至繃如刀刃，刺出一滴一滴血來。

「咚！……咚！……」

一聲聲如擂鼓，沉悶而雄渾，像他的痛。

直到撞聲稍停，才聽梅鶴居士低低地喚：「小離……」

離昧從梅鶴居士那裏回來已經很晚了，想一個人靜一靜，爬到山崖的樹椏上，見月白風清，群山層疊，胸中塊壘也消了。

忽然聽：「你這老東西，這些年躲在山裏倒快活！」

這是……即墨拊的聲音？離昧心裏一喜。又聽人道：「我怎能與你比？有嬌妻相伴。」是長雲道長的聲音。

原來師父和拊兄也相識？童心忽起，正好嚇他們一跳！

即墨拊道：「你那徒弟豈不比我嬌妻可心？」

長雲道長氣憤道：「別提了！下一趟山弄成那個樣子，哎……」

離昧慚愧，師父教養自己這麼多年，無以為報，反而處處讓他操心。

即墨拊關懷：「怎麼了？」

長雲道長道：「差點被慕容雲寫那小子掐死！我千辛萬苦教出的徒弟，怎麼會在那小子面前如此不堪一擊？以後拿什麼較量！」

離昧覺著這話有點不對勁，較量什麼？自己需要和雲寫較量什麼？

即墨拊歎：「離弟他並不適合權謀。」

長雲道長道：「我何嘗不知道，可他身世註定他要為權力謀爭一生！不這般如何引出那些人，將其一網打盡？當初他心地善良，才選了他，不想如今卻成了婦人之仁。」

「哎，所有人都知道他身邊是一群狼，唯獨他以為所有人都是羊。」拍拍長雲道長，「世事難兩全。」

兩人一時無語，離昧已然僵硬如石。

什麼身世？把誰一網打盡？選自己做什麼？

他想衝下去逼問兩人，又忽生懼意。

他怕！怕他們，怕所有的人。

躲在樹上，一動不動，大氣也不敢出一口，直到兩個人消失在黑暗中，直接從樹椏上掉下去。

他，該相信誰？誰沒有事瞞著他？

不！至少還有一個人可以相信！

他猛然起身，向梅鶴居士處奔去。只有這個人，永遠不會對自己隱瞞什麼！只有他可信！

山路崎嶇，一個黑衣人擋住去路：「把簫交出來！」

離昧苦笑，原來自己真的到了這個漩渦的中心。

黑衣人眼神如狼，長刀向他胸口挑去。他仗著平日劍舞身法躲避，刀風如附骨之蛆，避無可避，心生絕望，閉上眼。

致命的一刀久久沒有落下來，睜眼，竟有人背對他而立，白衣如月，身姿孤拔，寒劍冷凝，一滴血沿著劍鋒劃過。

這身影？是那日茶館代他提問的人！

「只有懦夫，才等死。」

他聲音比劍還冷，衣袂無風自揚。腳下黑衣人喉間血湧，死不瞑目。

離昧心想：「我能夠戰勝你嗎？」

「不能。」白衣人冷嗤。

連看都沒看自己，何以就知道自己在想什麼？莫非也是鬼？反倒坦然一笑：「既然如此，何必掙扎？你想要什麼儘管拿去，只除了這瓷簫。」

白衣人譏嘲：「命都沒了，要它何用？」

離昧：「這世間總有東西比命長，如情份。它是我這一生最後的情份，會一直陪伴著我，直到死。」

「哈哈……世間竟有你這等愚笨之人？情份？可笑！甚是可笑！」

離昧正色：「你可以嘲弄我，卻不可以嘲弄它！」

白衣人擦拭著劍上血跡：「好！好！我們便來賭一賭你這『情份』，如何？」

離昧問：「怎麼賭？」

他一遍一遍擦拭著劍身，待劍上血跡沒了，聲音也輕柔起來了：「你不是要將這瓷簫送人嗎？就賭那人收到這簫後——殺你。」

第六章　有匪君子，新月堆雪

離昧心裏一寒：「他不會殺我！就算所有人都想殺我，他也不會！」

白衣人輕笑：「心虛？」

神情堅定：「沒有！我跟你賭！」

「呵呵……」

白衣人回過頭來，月色皎潔，照得他臉分外清晰。離昧連退數步，張口結舌。

這個人……這個人竟長成這樣！

他是誰？他是誰？急撲去，他足尖一點，隨風而去。

「你若活著，我再告訴你！哈哈……青青子衿，要銘於心……」

遙遙地便聽見一陣穩厚古樸的古琴聲，離昧忐忑不安的心終於平靜下來，又聽一陣清朗高吟：「調古琴，側臥破樓亭。雨打芭蕉平仄聲，風吹竹葉斑駁形。紅葉煮香茗。」

這聲音……是西辭的！他怎麼會到這兒來？

折過梅徑，見西辭半躺在破亭簷上，手裏提著酒壺，青衣落拓，臉上微醺。

亭中撫琴的正是梅鶴居士。不想西辭也與他投緣，梅鶴居士從不輕易許人進入他的居處。

西辭道：「一葉浮萍歸大海，人生何處不相逢？不過緣分這東西著實奇妙，若來時，抬頭不見低頭見，若去時，任是踏破鐵鞋也無覓處。可歎！可歎！」

離昧倚杆而立，見西辭自顧喝自己的酒，梅鶴居士自在撫琴，他忽然不想將瓷簫贈送。愁淤於心，側倚在梅鶴居士的肩膀上，打商量地寫道：「老友，我也來此陪你隱居如何？你不會做飯，我做給你吃，你的衣服我也給你洗，家務也幹，只要在你那梅園竹屋裏給我置一張竹榻，時常彈彈琴、吹吹曲給我聽，喝酒的時候容我蹭一口就行了，你說可好？」

梅鶴居士無情拒絕：「不好。」

離昧側首撇嘴，寫道：「還是這麼小氣。」

「太吵。」

離昧自傷，寫道：「我已經是啞巴了。」

梅鶴居士淡淡道：「會好。」

離昧頗是無奈，寫道：「你這樣不會寂寞嗎？」

「不寂。」

西辭一口酒幾乎沒噴出來：「梅兄，你除了兩個字難道不會說更多的？」

梅鶴居士面無表情：「不想。」

西辭一時興起，一定要讓他說出兩個字以上的話來。

離昧似明白他的想法，洩他的氣，寫道：「你算了吧！我十幾年都未能做到，把他逼急了他只會一捧袖，十天半個月不理你。」

西辭自動打消了念頭。當然他也只是一時好玩，並非喜歡逼人做事，何況還是梅鶴居士這般風度可羨的人。

離昧想自己怎麼能以雲寫來度量梅鶴居士？拿出瓷簫，寫道：「此簫甚好，定能合你心意。」

梅鶴居士看也不看，淡然道：「無須。」

這些年離昧每次歸來都會給他帶一些玩意兒，每次都無一例外地被退回，他只是靜置一端。

離昧又寫：「這次不同於尋常玩意兒，樂器當是你極愛的。且我許諾過為你尋一支，多年心願終了。」

「小離……」梅鶴居士眉頭微皺，知離昧生活清苦，不想他為自己破費，「無憶。」

言下之意，他不記得離昧曾許諾為他尋樂器。

離昧誠懇寫道：「我心許了。」

西辭拊掌：「我曾聽過季子掛劍，未想阿離也有如此風度。梅兄你若不收倒辜負了他一番美意。光看便知這瓷簫是好簫，雪潤無瑕、瑩冷清剔，倒和梅兄品性。」

聽到「瓷簫」二字，梅鶴居士手一頓，音符全亂。

離昧愕然，不知一支瓷簫緣何讓他大驚失色。

只見梅鶴居士伸出手，他手指修長，骨節圓潤，向來優雅萬端，此時竟顫抖如篩糠。而當他手觸到瓷簫時，整個人都倏地鎮定了下來，不動如山。

手指細細地撫摸過每一個簫洞，最後在桃花與字跡上來回地摸索，清淡的嗓啞一時沙啞低喑：「紅唇落處是桃花……」

終於吐出兩個以上的字了，離昧、西辭全然未覺，因為令他們驚訝的是他臉上的神情。

像久候千年，時過境遷之時，驀然回首，物事人非的滄桑與悲痛，那時，他梅般的清許自持，也落滿了風霜。

「你……如何有這簫？」

他一字一頓地問，每個字都似刻入骨髓，猛然揪出離昧脖子上的銅鏡，越揪越緊，臉色怪異無比：「呵呵……」連連深吸了幾口氣，「……銅鏡……骨瓷簫……我早該想到！……我早該想到……你和他……」歇斯底里而吼，「到底是什麼關係！？」

西辭見離昧被梅鶴居士揑得面色蒼白，滿眼驚恐悲愴，而梅鶴居士眼神狂亂，似乎已神志不清！

要救離昧！可若救得不巧反會害了他！

梅鶴居士忽然放手，猛退數步，瓷簫指著離昧咽喉，殺意凜凜：「說！你怎麼有他的東西！」

離昧跌倒在地上，捂著嗓子一陣咳嗽，滿口血腥。

梅鶴居士咄咄逼來，又狂又躁：「他的東西怎麼會在你的手裏？他在哪裏？他在哪裏？」

瓷簫一點一點逼近咽喉，離昧絕望地閉上眼睛。

他輸了！其實根本就不該打這一場賭，不賭，至少情份還在！

「你要殺了他嗎？謝堆雪前輩。」

一個清冷的聲音突兀襲來，逼過來的劍氣一滯，離昧覺得身體一飄，被人帶到懷裏。

「阿離，你沒事吧？」西辭攬著他，急切詢問。

離昧悲笑著搖搖頭，看向執簫而立，黑白衣衫的男子。原來他就是謝堆雪？謝堆雪？新月堆雪，如此清端詩意、雅致無垢，和平日的他倒真貼切，卻不像此刻。

然後看向救命的人。

這晚的月是鉤月。

這晚的慕容雲寫比鉤月還要清銳冰皎，雪白的衣衫負手立於竹下。其冷，剪雪裁冰；其姿，篩風弄月；其孤，凌霜自行。

離昧幾近癡絕。

「謝堆雪前輩，晚輩久仰前輩大名，不勝敬慕！」

慕容雲寫的話很慢，任誰都聽得出其中肅然之意。

西辭驚喜萬分：「謝堆雪？就是當年一劍動江湖的謝堆雪？二十年前便不知行蹤，未曾想到今日讓我見到了，蒼天待我果真不薄！」

若非當下情況，他定是要衝上去叩拜幾番。

離昧雖不解江湖事，亦能料到當年謝堆雪必是名震一時的人物。

慕容雲寫冷看了眼西辭和離昧：「二十年不出黛眉山，前輩果然是守諾之人，只可惜……」

謝堆雪寂寥的眼睛閃出一抹激楚：「你竟認得我必然知道他，你倒說說他如今怎麼了？緣何二十年了仍未回來？」

慕容雲寫霸道地拉過離昧：「晚輩此來只要帶走一人。」

謝堆雪再壓不住胸中悲切：「你且說，他何在？緣何二十年不肯來此？當年一戰，他真想困我一生不成？他何在……」

最後三個字已成哽咽。

慕容雲寫微有動容，悲沉道：「他，死了！」

謝堆雪一陣怔忡，半晌猛退數步幾乎倒地，沙啞的嗓音如挫骨磨肉：「……死了……他竟……死了……他怎敢先我而死！」

離昧忽然想到一句詩：「當時共我賞花人，如今檢點無一半。」

慕容雲寫低道：「你們先回去。」

跨出亭的時候離昧回首看了眼謝堆雪。

素月之下，兩行淚自他眼角寂寂滑落，沖走他的疏落清遠，唯餘滿臉人間煙火的悲歡情愁。那薄瘦的身子果如新月堆雪，一不經心便要融化了。可這樣的他，也像終於從古舊的畫卷中走出來，真實了。

可這並非他所願見。

清淚無商略，琴簫兩支離。
忍將困廿載，安問臞或腴？

天要亮的時候，慕容雲寫才出來，面色陰寒，離昧直奔茅廬去，被叩住手腕，他冷凜凜而視，只是不語。

離昧亦倔強地回視，僵持著。半晌扳開他的手，衝進茅廬，裏面已經空蕩蕩無半個人影。

他四下尋找，黎明前的黛眉山，寂靜得半點聲音也無。

到底發生了什麼事？那個他又是誰？誰來告訴他到底是怎麼一回事？他忽然像被逼瘋了：「誰來告訴我到底怎麼回事？誰告訴我！謝堆雪，你出來！你跟我說清楚！」

聲聲沙啞，有如浸血。

慕容雲寫臉色烏青：「夠了！」

「你對他說了什麼？」猛然看到他衣袖上的血跡，澀聲道，「你……殺了他？」憤恨地揪住他衣襟，「是不是！」

慕容雲寫才知道，原來在離昧心中，自己就是一個殺人不眨眼的惡魔！扯下他的手無情地摔出去，冷誚地笑：「是！又怎樣？」

離昧踉蹌退後幾步，腰狠狠地撞在桌上，勉強穩住身，見一支瓷簫孤零零地躺在琴案上，帶著決絕之意。

琴不在了。他不是被殺，而是走了。二十年不出黛眉山，為了什麼？一朝決定離開，又是因為什麼？帶走了琴，卻不要他的簫，是何意？

離昧茫然地拿起簫：「你怎麼了？你是何意？」

慕容雲寫眼裏殺氣盡消，卻換上悲涼之意。倘若哪一天，自己也不見了，他也會這般嗎？

地上一灘血跡，旁邊有一幅畫卷，血應該是謝堆雪的血，畫是誰的畫呢？離昧撿起，畫像也被血染了，只剩半張臉，就是這半張臉，令離昧霎時變色！

膚若白瓷，眉如遠山，唇極其誘人，像沾水桃花，最為動人的是他的眼睛，迷離多情，像籠了江南煙雨。

是他夢中見到的那張臉！也是今晚白衣人的臉！這畫至少是十年前的，今晚那白衣人與自己年齡相仿，是怎麼回事？

這張臉到底是誰的？

忽然，離昧抱著瓷簫、畫卷狂奔出去。

「站住！」慕容雲寫急喝。

離昧哪聽他的話？慕容雲寫一揮袖將他纏住。

「放開！」離昧聲如泣血。

慕容雲寫越發收緊衣袖，將他拉到自己面前，一字一頓：「我給你兩條路：要麼跟隨我！……」

「要麼殺了我是嗎？」離昧已平和下來。

慕容雲寫怒不可遏，只恨不得真掐死這個人：「從此不踏出北邙山半步，不再管任何俗事！」

離昧傲然仰首：「既然不殺我就放開。」

慕容雲寫鳳眼一睞，冷然而倨傲：「我不殺你，他也會殺你！」

離昧堅定道：「他不會！就算所有人都會殺我，他不會！他必是有難，我要幫他弄清楚。」

慕容雲寫譏嘲：「你憑什麼幫助他？憑愚蠢嗎？」

離昧笑笑：「我是愚蠢，遠沒你們聰明。可我依然要幫他，哪怕什麼也幫不到。我要守住我和他這十幾年的情份，因為除此，我已然沒有什麼能守得住。你若要殺便殺吧，至少在死之前，我還有那麼一點初心。」

「離昧！」慕容雲寫急喝。

他含笑著閉上眼，一如那晚。

為什麼他能對殺自己的人笑得這麼寬容？

慕容雲寫頹然收起衣袖，卻似不甘心地歎息：「你會後悔。」

離昧抱著瓷簫消失在黑暗中。慕容雲寫仰首，低低歎息。

離昧又來到梨宅，帶了些香燭、紙錢燃了。心裏默唸：「梨家前輩，晚輩來此尋找朋友，他許是梨家舊友，諸位在天有靈，望能指導晚輩一二。」鄭重地磕了三個頭。

不知是因磕頭帶著風，還是真的梨家前輩在天有靈，一張剛燃著的紙錢猛然飛了起來。離昧一驚站了起來，紙錢沒有落下，反而越飄越遠。

他不知怎麼地就跟著紙錢跑去。

背後，火光明滅的草叢裏，一雙眼睛幽然映著火光，猶如鬼火。

離昧隨著火光來到一個園子裏，此處草木更深，一陣幽若的香味傳來。他鼻子極靈，聞出這是香樟木的香味。香樟木江南才有，且極為稀少，洛陽並沒有這種樹，果然只有梨家這樣的大戶才有心移栽。

紙已要燃盡了，灰黑的紙灰被風一捲，落下。離昧疾步跑過去，香樟的清香越來越濃，原來竟是落在樹下了。

這樹像是五六年那麼粗，根部粗些，樹幹比較細，樹下灑了一層細碎的花粒。

離昧看到紙灰就落在樹旁的一個大石頭上，繞著石頭走了一圈，越覺奇怪。

荒園裏長滿了雜草、青苔，可是這塊石頭與地面交接的地方卻沒有長，顯然，這塊石頭是常被人移動的。

他試了試，推不動，懊惱。冥思了一會，抱了根小腿粗細、數十尺長的木柱來，又找了塊大點的石頭，放定，用木柱撬。

費了九牛二虎之力，終於將青石移了開來，原來下面竟真有個洞！

他撿了塊石頭丟下去，半晌聽到石頭落地的回聲，是一口枯井。拿了樹枝在地上計算一下井的大約深度。撕了外衣袍結成繩，料想井裏的空氣也流通得差不多了，順著繩、沿著井壁爬了下去。

繩離井底還有一段距離，他估摸著也不會摔傷，弓著身子跳了下去。雖然如此，到底還是摔破了膝蓋，不斷流出血來，他以手止血，蹲坐井底。

點了火摺子，四下觀察，發現井壁上有蒼苔，尋找人為痕跡，除了青苔就只剩砌井的磚石。徒手扒掉蒼苔，上面縱橫交錯著幾條圖紋，看起來並沒有什麼異常。有些失望，又仔細觀察了一遍，還是一無所獲。

忽然聽到有什麼挪動的響聲，心中大駭，繩子已經被拉上去了！頭頂的光亮越來越小。是誰？

他急切呼救，拍打石壁，井上人毫不遲疑移動石頭，光線越來越少，越來越少，直到全然黑暗！

是誰想置自己於死地？

離昧無力地蹲坐井底，又倏然站起。沒有人甘心等死，他也是！

磚石下會有暗道嗎？一一查去，火摺子將要燃盡，火苗「撲撲」地跳。不行！一旦火滅，他就無法尋找出路。忙將衣衫撕成細細的一條條，燃起來。心知這樣也不行，井底空氣有限，他不被困死，也被悶死！

真的有出路嗎？這麼短的時間如何找到？

恐懼與絕望將他包圍！

默唸了幾遍道訣寧靜心神，他徒手扒掉蒼苔，上面縱橫交錯著幾條圖紋，並沒有什麼異常。又仔細觀察了一遍，猛然在縱橫的圖紋下看到兩個字：「復國」！

字是陽刻的，龍章鳳姿，桀驁狂肆，可見寫字的之人必有雄才大略。

復哪國？誰要復國？又是誰刻的字？

這人書法不俗，或許能尋出端倪。他將薄衫印在字上，咬破手指描下形狀，字沾到血竟像蟲一般蠕動起來！

離昧大喜！他曾聽師父說過，苗疆有一種蟲蟲，沉睡時如岩石，遇血而醒，通常用作密室出入口。

離昧咬破十個指頭，將蟲蟲餵飽，牠們越長越多，四散爬開，都停下來時，一個石洞就出現了！不大，他這等削瘦的人極力縮著身子才爬得過去。

火苗已經滅了，他什麼也看不見，唯一可肯定的是這裏很大，自己不會因缺空氣而死。密室都有機關不能瞎摸，唯有等天亮，可縱然天亮，這裏看不到月亮，也不會有光！

離昧再次陷入絕望！

忽然，一點綠瑩瑩的光芒出現在黑暗中！離昧屏息。那光芒像一隻螢火蟲，空靈飄忽，接著一隻、兩隻、三隻……成千上萬隻，越來越近，圍繞著他。

他伸手去捉，不是螢火蟲，而是鬼火！

「……夫君……」一個聲音縹緲如風。

是誰？離昧極力鎮定。

「夫君好生健忘，是妾身啊！」聲音幽幽道。

一個鬼火一破，隱隱約約的影像現在半空，雪顏凝月、唇染桃色，是那晚的女子。

若上次離昧不信她是鬼，這次光影般的女子令他不能不相信！只是，她不是說去投胎了嗎？

「妾身知夫君今日有難，故留一魄，以為引導，夫君隨我來。」

離昧情不自禁地跟著她。只見一人於前端坐拂琴，長髮披拂，清端無雙，不是謝堆雪是誰？

他舒了口氣，心道：「堆雪，原來你真的在這兒。」便向他走去。可不遠的幾步路，他似乎永遠也走不完！

這是怎麼回事？忽見謝堆雪站起，舉起那張琴，狠狠地向石頭上砸去！

離昧驚顫，見他向自己看來，那雙眼竟流出血淚來！

「……」

「小離，再見。」他無聲無息地說。

離昧猛然醒過來，拔足奔去，謝堆雪的身影卻越來越遠，忽如一陣風消散在夜空中……

他追啊追，似乎追到天荒地老，也追不上那個逝去的身影。

謝堆雪，他離開他的生命，就如走進時一樣輕意。

忽然一雙手纏上他的脖子，離昧猛然發覺，無論自己怎麼樣跑，都甩不掉這個女子，就像追不上謝堆雪一樣。

於是他停下了腳步。

「郎君既來，何故只念他人？」

……她是誰？

女子深情道：「我為君妻，君為我夫。」

離昧：「告訴我這到底是怎麼回事？」

「夫君你從未追尋過本身，又怎會知道呢？沒有人會告訴你怎麼一回事，唯有你自知。」

他看著女子的眼瞳，忽然就在裏面看到另外一個人的臉，上次在水裏見過的那個人的臉！也是在山路上救自己的神祕人的臉！

他是誰？

連連退後，忽然碰到一物，煞步，一隻狼威儀棣棣蹲立，神情倨傲，勢震寰宇！

這是……狼圖騰？

梨家到底是什麼人物？祕道裏怎麼會有狼圖騰？歷來只有淮國以狼為圖騰。淮國五十多年前已被滅，剛才「復國」二字，復的是淮國？

「夫君，妾身便送你到此了。」

離昧有太多問題想問，又發不出聲，急急比劃。

女子溫婉一笑：「一切自有知曉的時候，不過早晚，夫君只須靜心以待。」行了一禮，深情如許，「夫君莫要忘了我啊，妾身名喚鉤吻。」

鉤吻？這名字……

鉤吻蜜意濃稠：「來生妾要尋找夫君，夫君容我留下一個記號。」

光影閃到他身後，有什麼東西刺入他肩胛骨，離昧一聲慘呼，暈了過去！

「爺！離先生不見了！」南宮楚急道，見慕容雲寫變色，心生懼意，「屬下跟他到梨宅，發現還有人跟蹤他，遂悄躲於後。那人在離先生下了井後蓋上石頭，我便出手相救。黑衣人不是我對手，服毒自殺，全無臉面。我移開井石，卻冷不防被人迷暈，醒來後井裏空空如也！」

南宮楚向來以輕功自傲，竟沒發現有人跟蹤，還被暗算，那人的輕功要有多好？

「可有什麼異樣？」

南宮楚回憶：「屬下是被藥迷暈的。那香味……幽幽冷冷，香媚入骨……應是女子。莫非是離先生遇到的『女鬼』？」

慕容雲寫斷然道：「去梨宅。」

離昧是聽著鳥語轉醒的，滿目碧水繁花，疑是在仙境。怎麼會在這兒？昨晚的一切難道是場噩夢？猛然看到一物，讓他明白並非夢！

身邊的木碑土墳，是他給那骷髏立的！

鉤吻？她叫鉤吻。到底是知道名字，這碑也好寫了。咬破手指，寫上「鉤吻之墓」。

他摸摸肩胛骨，並不痛。一切，到底是真是假？唯有找到那口井。按照昨晚的記憶，每個角落都沒落下，就是找不到。

難道中邪了？越發茫然。

「你還要轉到什麼時候？」聲音隱含怒氣。

離昧回頭，見到慕容雲寫陰氣沉沉的臉。想自己衣衫破爛，蓬頭垢面，不樂意見他，去溪邊洗洗臉。

慕容雲寫一把抓住他，怒不可遏：「離昧，你知些好歹！」

離昧也怒了，摔他的手，卻被雲寫握得更緊，強勢道：「打量他！」

離昧頭一昏，又暈了過去。

再度醒來，見慕容雲寫握著自己的足踝，抽回又被緊握住，負氣地瞪過來。相執半晌，到底不如雲寫強勢，由他撩起褲腳，整條小腿都被血染了，看上去有點磣人。

雲寫臉上一青，顯然又怒了，擰了巾帕蘸掉傷口處的灰塵、血漬，塗上傷藥。又仔細地將腿上的血全部擦乾淨了，才用白布包了起來，巾帕往盆裏一摔就走了。

離昧想到昨晚的夢，手往衣袖摸摸，瓷簫還在，畫像卻不在了！是掉了還是被拿走了？

那張臉他記憶太深刻了，要畫下來。

他也算擅長畫畫，第一次覺得畫一個人這般困難。終於畫好感覺風韻不足那人十分之一，遺憾不已。

門開了，慕容雲寫以為他又在畫鉤吻，神色譏嘲，看到畫上人臉色大變：「你認識這人？」

離昧見慣他沉穩，有些反應不過來。

慕容雲寫急握住他的肩：「你認識畫中人？你怎麼認識的？他在哪？」

離昧肩骨幾乎被他捏斷，說不出，也不想說，緊咬著牙，臉色發青。

雲寫終於鬆開手：「阿離，告訴我！」

第一次這麼熟絡殷切地叫他，並替他鋪好紙，蘸好筆。

離昧涼笑，接過筆：「前夜我去堆雪處遭劫殺，他救了我。只記其容，其他一切不知。」

然後坦然地看著他，似在說：「你還想問什麼，知無不言，言無不盡。」

雲寫捧起畫，繾綣低喚：「青要，是你嗎？」

離昧忽然覺得陽光太刺眼，別過頭。

子塵來了，說段父、段母知他雲遊回來去山上探望。離昧想自己一走一年，實在應該回家看望看望他們了。

想到家，心裏安寧了些。家啊，是避風的港灣，無論受了多少苦，多少委屈，有父母的手輕輕撫過，就不覺得苦，不覺得委屈了。

爹，娘，孩兒想你們了！

急切地回去，遠遠地便看到一陣濃煙，頓生不祥之感。疾奔到段府，整個宅子已包圍在濃煙中，段家人全部被困在火中！

離昧幾乎暈過去，不顧一切地衝進火海。子塵奪了村民的水桶，向他兜頭潑下。

離昧奪件濕淋淋的棉衣：「我去西廂！」

離昧躲過火焰斷木來到正廳，濃煙滾滾中一個人躺在地上，被大火嗆得奄奄一息。

「爹！爹！」

他哭喊著揹起父親。又聽見啼泣聲，是嫂子用懷抱護著侄兒，她的頭顱已被斷木砸破！

「……去……救……他……」只有出的氣，沒進的氣。

「爹！」

「快去！」

他最後一次用父親的威嚴，從他背上滑下來。

「爹！」

離昧淚眼朦朧地抱起侄子，衝出火海。再要進去，房門轟然倒塌。

「爹！……」歇斯底里地哭吼，村民們死死拉住他，「爹！爹！……」

火滅了！燒完整個段家後，終於滅了。

段家幾百口人，除了離昧、段夫人、段祁，全部燒死！

他們在牆角的廢墟裏找到段員外的遺體，被倒塌的牆壓住，使得遺體得以保存，掌心握有一物，幾乎嵌入骨頭。

段夫人醒來聽到噩耗又暈死過去，掐人中、餵藥，好不容易又醒來，一把抱住段祁。

「祁兒！祁兒！我的祁兒啊！」

離昧悲痛地跪在她床前：「娘！孩兒不孝！娘！」

段夫人臉色劇變：「滾！你這喪門星！滾！滾！」對他又踢又打，「滾出段家！給我滾！滾得越遠越好！」

一慣溫慈的婦人此刻兩眼血紅，凶神惡煞般，一腳將他踹翻在地，扯著他的頭髮往外趕：「滾出段家！別再禍害段家！」

驚變突起，所有人都震住。

子塵護住離昧：「夫人你打的是公子啊！夫人……」

「娘！」

離昧扶住她，這樣的刺激她受得了嗎？

段夫人猛然跪在他面前，連連作揖：「我求你了！離開段家！從哪裏來的回到哪裏去，段家小門小戶受不了你這大神，求你了！」

離昧嚇跪在她面前：「娘！我是段閱！我是閱兒啊！娘……娘您怎麼了？您別嚇孩兒！」

段夫人一把抱住段祁：「段家就剩這一根獨苗了，求你放過我們，來生我給你做牛做馬！」

離昧忙給她磕頭，淚下如雨：「孩兒不孝，讓娘受罪，孩兒不孝！」

段夫人避開：「不！我受不起！我不是你的娘，你不是段家的人，你是怨宅裏的凶煞！」

「娘？……」

段夫人顫顫抖抖：「我不是你娘！你命裏帶煞，剋死了梨家，又剋死了段家。你快滾！快滾！別再剋我們了！段家就剩這一根獨苗了！……」

離昧喃喃自語：「我不是段家人……」

「公子？」子塵擔心。

「我是誰？」跪走到段夫人面前，「娘，您不要孩兒了嗎？娘……」

段夫人抱著段祁躲開，段祁連遭變故已哭不出來了。

「我不是你娘！你不是段家人！你姓梨！你是梨家人，不是段家的！」

離昧氣淤於胸，發狂怒吼：「不！不……」

子塵見情況不妙，一手刀切在離昧頸後，又暈了過去。

離昧再度醒來冷靜了許多，得知段夫人和段祁沒什麼大礙稍放心。這次失火並非一件小事，洛陽府尹秦韓負責調查此事。段祁被火嚇得不輕，緊張兮兮坐立不安，縮在段夫人的懷裏。脖子上用紅繩拴著一顆潤透的珠子反著日光。離昧側了側身子，只見那珠子上似有空洞，洞中含有水，隨著小孩身子的顫抖傳來細細的汩汩聲。

竟是一枚水膽瑪瑙。水膽瑪瑙又名空青石，產自上穀郡，極其稀少。段家雖有錢，也沒能力購買如此價值連城的青空石？也未曾聽說家人買此物啊？

幾日後段父的棺槨入土，離昧跪在段員外墳前，素淡的道袍上落滿了紙灰。很想問：「爹，這一切都是怎麼回事？能不能告訴我？」可墓下的人回答不出，他也問不出口。

他的嗓子徹底毀了，再不能說話。

就這樣一直跪著。回想自己一生，出生平凡，長相平凡，八歲上山修道，十八歲加冠，一切都那麼平凡，怎料到這幾個月變故突起呢？

若沒有進入梨宅，若不是那個瓷簫，不，若沒有遇到慕容雲寫……他依然會快樂平淡下去，和子塵一起踏遍山水。

可這一切都是註定的，對嗎？爹，是否真像師父所說，我註定要經歷這些？我真的是梨家的人嗎？

他以頭叩墳墓，任淚水濕遍碑石。

慕容雲寫遠遠地看著他，遙想三年前相見，他詩意得如江南水墨畫卷，而今身影沉重得似要壓彎他清瘦的骨骼。

錯了嗎？怎麼能讓「雨點江南墨點眉」的男子，變成這樣？當初心許他，不就是羨慕他的清和灑脫嗎？自己做不到，觀望他也是幸福的，而如今……

是錯了！既然欣賞他就應該讓他保持自我，那麼倘若哪日自己在權謀中掙扎累了，也可以有個放鬆的地方，不是嗎？

這樣一想，一時如釋重負，握住離昧的肩：「玉清觀後有一棵大桃花樹，我們將桃花釀埋在下面，待到明年這時取出再喝，定然極好。」

執起離昧的手，兩人掌心微涼，握在一起漸漸溫和了起來。

已是暮色四合，晚風拂鬢。

慕容雲寫認真道：「不要再執著了，沒有什麼事是絕對的，你要找的人或許根本不存在。」

離昧腦海裏隱隱約約浮現出一雙眼睛——痛得淚流滿面，卻強忍著笑意不出聲。執著他的手寫：「你哭過嗎？」

「哭？」慕容雲寫很詫異，然後迷茫，「哭嗎？」繼而冷笑，「哭是因為還有人在乎，沒有人在乎你的哭，哭做什麼？」

離昧怔然。一直覺得慕容雲寫這個人是個多情的涼薄人，可這一刻他覺得，其實慕容雲寫是個涼薄的多情人。

用自己涼薄的外表，來掩飾自己內心的情感。

山道上的風吹起他們的衣袂，衣袂下的骨骼寂寂。如果有人肯在你面前哭呢？你肯在他面前哭嗎？

又寫：「我不執著，他們讓我修道，我就修道。其實，我不喜歡打坐，不喜歡唸經。我喜歡熱鬧，我害怕孤獨。師父說：『道家要忍受得住寂寞。』師兄弟們都被放下山了，只剩我一個，連風吹過身邊都是寂寞的。師父說：『要走成功之路，必須要忍受住。』可我不要什麼成功之路，我只想快快樂樂，和自己的親人一起快快樂樂地生活。為何這都不行？」

淚一滴一滴落在他掌心。

慕容雲寫深深地看著他：「我懂，我懂。」傾身在額頭一吻，唇舌輕柔地舔舐著他眼角的淚，溫溫的，熱熱的，有些澀也有些苦。

這原來是淚水的味道。

「這淚，我欠著。今後若我渴了，你在桃花樹下為我煮一酒一茶；若我累了，你在桃花樹下為我置一几一榻；若我悲了、傷了，你也為我舐去淚水，一如我今日所為，好嗎？」

「醉梅」酒肆。

南宮楚道：「爺，段員外留下的桃木符墜查清了，乃是核雕大師玉交子的手筆。當年他共雕了五枚這種桃木符墜，皆做了記號。」指著細小的一處，「爺再看這裏，還有兩個字。」字跡太小，不得見，「這是兩個字——青要。」

「青要？」慕容雲寫一驚。

南宮楚肯定道：「梨映宇第四子，名雋，字青要。」

慕容雲寫茫然低喃：「梨雋？梨青要？青要……」是離味？不！他記得青要的相貌，應該是和離味畫的像一樣。為何青要的桃木符墜會在離味這裏？

「當年梨映宇請玉交子雕了五枚核桃送給五子——老大梨醪，老二梨屑，老三梨問，老四梨雋，老五梨音。」

聽段夫人言語，離味也是梨家人？兄弟幾個，拿錯了符墜也有可能，憑藉這個是否可以找到青要了？

到離味房間時，他揹著包袱欲出門。

「何往？」

示了示手中瓷簫。慕容雲寫知他又要去找謝堆雪，一臉不快，忽然下定決心，無論他是梨青要還是離味，都必須在他身邊！

「不管你母親、侄兒了？」

子塵不情願道：「公子留我照顧他們，夫人並不想見他。」

「找他問身世？」

局走到這一步，縱是離味也放不下。見他頷首道：「不用找他，我告訴你。」

離味訝然，他們不是都瞞著他嗎？怎麼又肯告訴自己了？

雲寫揮手讓子塵離開。

「你原是將門之後，祖父梨合曾隨先帝征戰沙場，為斌朝立下汗馬功勞，這些自不必說，評話戲曲裏都有，想必你也聽過。你父親梨映宇文武雙全，卻不願做官，遊走江湖，認識你母親蕭豈。對，就是《豈曰》的作者，是個說書先生，浪跡江湖，知識淵博。你有四個兄弟姐妹，大姐梨醪，二姐梨屑，三哥梨問，你叫梨雋，字青要；五妹梨音。他還結識了另一個人，就是謝堆雪。」

離昧眼睛倏然睜大。

慕容雲寫難得說這麼長的話，更難得讚賞人：「江湖上，謝堆雪的清傲與梨映宇的瀟灑，如兩朵並世奇葩。」

「這樣的兩人相遇，會發生什麼，自不必說。」

若有深意地看一眼離昧，後者心頭微亂。

「起初較量，而後歎服，最後生死相付。」

可為何會有二十年的禁足？謝堆雪聽到梨映宇死時，那種恨也不堪、惱也不堪、怨也不堪的神情，像一根毒刺，一遍一遍地讓人覺得是兔死狐悲。

「是因一場比試，為何而比只有當事人知，謝堆雪輸了。梨映宇說，除非他回來，否則謝堆雪終生不能離開黛眉山。」

二十年？那時自己尚未出世。這麼久的歲月，倘若沒有自己陪伴，謝堆雪該有多麼寂寞？如今他既知道父親已死，該去何處呢？又情何以堪？

「後來你父親娶了蕭豈，便接著你們幾人一個個出生。」

離昧聯想到謝堆雪那逼人的殺氣，父親為何在成親前將他禁足？難道謝堆雪是……他們……

離昧一把抓住慕容雲寫，眼神迷亂驚慌。

慕容雲寫眉頭一聳，鳳眼狹長冷冽：「不錯！他們就是斷袖！謝堆雪，他愛的就是你的父親梨映宇！」

離昧手一鬆，跌在椅子上。

「可悲的是你父親並不能接受，才有謝堆雪二十年的孤寂。」

說完，忽然執筆替離昧化妝。

離昧渾渾噩噩任他為所欲為，先是眉，畫成遠山狀；再是眼，勾描細畫……幽然歎息：

「你父親，其實也是愛他的。」

看著妝成的人，他迷茫了，這人是青要？不是青要？只不過幾筆卻似變了一般？假作真時真亦假嗎？

暫且把他當成青要吧！

「你看。這張臉，現在叫梨青要，在二十多年前，叫梨映宇。」

將鏡子舉到離昧眼前，離昧怔忡。鏡中的臉好熟悉又好陌生，像往日的自己，又像那晚水中看到的自己，到底哪個才是真的？他到底長得什麼樣？

「你父親把你送到謝堆雪身邊。他到死都不肯承認他愛著謝堆雪，所以連替身的容貌都要遮掩！斷袖是禁忌，誰觸碰了，就要被水煮油煎。」

「可我以為，愛了便愛了，斷袖又何妨！」雲寫咄咄逼視著離昧，「你說呢？」

離昧激憤抓住他，用眼神向他吼：「我不是斷袖！我不是梨青要！」

慕容雲寫猛然叩住他的下顎，又忌又恨，毋容置疑道：「但我是！所以，你得陪著我，梨青要！」

俯首含住他的唇，手指一用力，離昧吃痛張口，舌趁機侵入，糾纏過來。

驚恐、震撼、絕望、羞辱，一起襲上來，離昧只覺五內如焚，眼睛一黑，暈了過去。

慕容雲寫死死地抱住他：「誰讓你愛他！誰許你愛他！」

陽光細碎地灑在離昧蒼白的臉上，玉是精神難比潔，雪作肌膚易消魂。是那樣美，如春花秋月下，一縷花魂凝成的幻影。

慕容雲寫一個強烈的念頭襲來——征服他！像征服整個天下一樣征服他！

青要，梨青要，你只能是我的！

第七章 囹圄之災，生死一線

傳聞洛陽發生了一件罔顧倫常的事，薛斐然與其母的表妹有私情，被發現後私奔，薛識打斷了他的腿將其逐出家門，並休了結髮妻子。

慕容雲寫皺了皺眉，這樣會不會太明顯了？不過薛識倒真狠得下心。

又幾日後李文昌果然找到薛識等大商賈，查封商號、抄家、入獄……一切皆在意料之中，京商人人自危，亂成一片。官商向來沆瀣一氣，利益相連，紛紛上疏呈說利弊，有人彈劾李文昌中飽私囊、私德敗壞等等。所有摺子君上一律留中不發，朝臣亦猜不出君上心思，朝野形勢如同渾水。

慕容雲寫知道，這個時候絕不能渾水摸魚，而應遠遠離開水面。

離昧這些日子暈過去的時間比醒來長，有太多的疑問難解，段家、梨家、謝堆雪，到這裏他已經放不下了。慕容雲寫的行為又令他難堪吃驚，他喜歡慕容雲寫，或許是從三年前秦淮河畔初遇，或許是從三年後黔西雨裏相逢，喜歡他毋容置疑。

可他不是梨青要！

醒來時發覺自己在船上，原來今日是洛陽船會，見湖面上畫舫琳琅滿目，姿態各異。才子佳人們泛舟湖上，看上誰家公子或小姐，便將信物擲與，風流雅趣深得年輕人喜歡。

雲寫在畫舫後面的書房裏，依然是黑衣，衣襟、袖口用金線繡著流雲紋，頭戴鎏金小冠，腰束白玉帶，和一慣的低調不同。正在書案邊看什麼，見了離昧隨手掩上。

「醒了？」

離昧借他的筆寫道：「今日辭行，此後天高水長，君自珍重。」

「辭行？又要去找他嗎？」

離昧放下筆，一揖而去。

慕容雲寫氣得胸膛起伏，氣息紊亂，稍才轉好的病被氣發了，手緊攥著他的手臂：「你！你……」

離昧見他喘息越來越粗重，臉色青白，忙去扶他反被推開，力道雖不大，卻帶著決然之意：「滾！」

轉過身去，不想讓離昧看到他狼狽的樣子。

離昧心腸柔軟，半扶半抱著他坐下，拍背順氣。待他舒緩下來，才發覺兩人太過親暱了，轉身走，卻被他從後攬住腰，臉貼著他的後背。

「你還關心我。」又自苦道，「你關心所有人，就算是個陌生人，甚至小貓小狗，你也會關心。」

低怨委屈的語氣，讓離昧心又軟了幾分。無論怎麼樣，這個人才十五歲，不是嗎？

「有時真討厭你這濫好人。」站起身吻著被勒傷的脖頸，氣息氤氳，小心翼翼，「別怨我了，好嗎？」

離昧全身僵硬，被他唇舌碰觸的地方如著了火，灼熱酥麻，幾成燎原之勢！掙扎卻被他抱得更緊，兩隻手如同鐵箍。

雲寫輕憐地吻著他的耳墜，無不挑逗：「別怨我，嗯？」舌在他耳窩裏輕輕攪弄，聽他難耐的呻吟，「嗯……」得逞地勾起薄唇，「青要，青要……」

終可仔細品嚐垂涎已久的水唇。

離昧渾身一顫，猛然推開他，痛苦又難堪地捂著脖子，嘴在顫動，卻發不出清晰的聲音，「咿咿呦呦」，更讓人心痛。

「青要！」雲寫憐惜地掩上他的口，「我傷了你。」

離昧憤然扯下他的手，「唰唰」寫下幾個字，氣勢凌厲，張牙舞爪：「我不是梨青要！」

慕容雲寫一時迷茫，良久：「你是。」

離昧愴然一笑，又寫：「你自己都不相信，又何必欺騙我？」

「青要……」

離昧抬手止住他，眼裏已是一片清明，寫道：「雲寫，你都知道，對不對？」

慕容雲寫點頭，知道他所言何意。

離昧坦然看著他，一字一頓地寫：「我承認，我喜歡你。」

慕容雲寫眼神一亮，又見白紙上新字：「但，僅此而已！」

一把握住離昧的肩：「何意？」

離昧掙開他的手，堅決寫下：「我不是梨青要！所以，寧可將你供如神明，也不要做他的替身！」

軟弱如他從未如此果決過，慕容雲寫側目：「你就姓梨，就是梨青要。」

離昧又寫：「就算我是梨青要，卻不是曾經的梨青要，你愛的，是曾經的梨青要，不是我！」

「你執著於什麼？」

離昧問：「如果蕭灑叫梨青要，你會愛上他嗎？」

雲寫搖頭。

離昧：「所以，我叫梨青要，你也不會愛上我。你不愛我，就不要這樣對我。」

離昧寫完，撥開他的手就走。

慕容雲寫意識到被他繞到一個死角去了：「蕭灑叫『梨青要』我不喜歡，為何你離昧叫『梨青要』我就喜歡？」

離昧怔然，慕容雲寫拉他到船頭，當著滿湖遊客大聲堅定地宣布：「你聽著，我喜歡你！我喜歡你，管你是離昧、梨雋，還是梨青要！」

離昧僵如木樁。雲寫歎息一聲，舐去他的眼淚，一如那時所約。滿湖尖叫不絕，荷包、巾帕、首飾紛紛丟來，堆滿船板。

慕容雲寫攬著離昧的腰：「這回可信了？」

離昧仍覺在夢中，忽然一物飄到他眼前，原是一塊巾帕。

雲寫湊到他耳邊，不滿道：「在我身邊你也敢招蜂引蝶？」

離昧臉紅，撐開巾帕，上面繡著素雅的蘭花，幽香細細，帕上寫著：「知君仙骨無寒暑，千載相逢猶旦暮。」

字極為疏朗有力，倒不像女子所寫。見對面畫舫上，一個青衫公子斜倚欄杆，手中竹簫有一下無一下地敲著掌心，笑容優雅瀟灑，是西辭。

這巾帕定是某女子擲他，他又題字轉擲離昧的。想到方才一切他都見了，離昧臉如映日荷花。

雲寫道：「你們不是剛認識不久嗎？」

離昧見他臉色不對，連連點頭。

雲寫似笑非笑：「怎麼他就和你這麼熟絡了？似乎你和很多人都自來熟，只對我疏離。」

離昧搖頭，他又怎麼捨得對他疏離？只是因為喜歡，所以小心翼翼。就像可以興味地看著西辭的臉，遇到他的眼光卻閃躲開；可以很坦然地靠在謝堆雪身上，碰到他的唇就如火燒。

因為愛情，所以曖昧。

雲寫見他閃躲，大是不快：「告訴他你是我的。」

離昧不解。

雲寫媚眼一挑，揚了揚嘴角，半張開唇等待。

離昧臉倏地漲紅，閃爍躲開，被他攬緊，咄咄逼人：「離昧，愛上我，就沒有退路！」

雲寫光天化日、眾目睽睽之下就吻上他的唇！

離昧腦中轟隆，晴天霹靂也不過如此！雲寫怕他又像上次一樣暈過去，見好就收。周圍的船死寂一片，目的已經達到了。

明日，帝都就會傳遍，四皇子慕容雲寫是個斷袖！

離昧老羞成怒地鑽進畫舫裏，慕容雲寫先發制人：「你覺得很難堪嗎？」

離昧臉色青白，他是道士，一向清心寡欲，和雲寫親暱已覺愧對師父，何況在這種情形下？

雲寫故意會錯他的意思：「和誰不難堪？你還是想去找謝堆雪？」

離昧哪解他的心思，覺得為義為謎都要找到謝堆雪，毋容置疑地點頭。

「我堵死了你的退路，你就惱了？恨了？」一口氣堵在胸前，怪異至極，「若覺得難堪滾便是！我很稀罕嗎？」

憤然掀桌，紫砂茶具摔個粉碎！

他陰晴不定，離昧實在捉摸不透，又怕氣得他病發，明明委屈得要死，卻還要幫他順毛：「他待我如師如父，為情為義我都要找到他，況梨家之事還須從他那裏找線索。」

為情？雲寫仍覺刺耳。

離昧躊躇寫道：「……也並非難堪，我是出家人……並不像世人這般……放達……以後……以後別在人前……親熱……」

慕容雲寫變臉如翻書：「不走了？」還記著他辭行那一碼事。

離昧又寫：「梨家的事還是要查的。……遲兩日再走也行。」

慕容雲寫激憤道：「你心知我從不是只要你陪我一日兩日，你休要唬弄我！」

離昧撫額長歎，寫道：「雲寫……你怎地如此彆扭了？我們都是大人，各有各的事。」

慕容雲寫負氣地別過頭，緊咬著唇，真像一個彆扭的大孩子。

離昧失笑，寫道：「湖上風光如此之好，有人卻辜負風景，實在是可惜啊！」

見他還在生悶氣，拉了拉他的手又寫：「今日我只陪你還不行嗎？」

雲寫還是不理他，離昧無奈：「你若不情願，我走便是，省得礙你的眼！」

將筆一投，揮衣灑然而去。走到畫舫門前，敞開的門忽然無風自闔。

離昧低笑，又轉回來：「好巧的一陣風，既然天意留客，我便不走了。雲爺可否容我叨擾半日？」

對著雲寫長身一揖，樣子頗是頑皮滑稽。

慕容雲寫終於禁不住冷臉，嗔斥：「裝嫩！」

離昧啞然：「不知是誰先鬧彆扭耍孩子氣？哎……你這脾氣也只有我消受得起。」

離昧寫完才覺其中曖昧，要撕，被他搶了去。

慕容雲寫曖昧道：「你要消受我一輩子。」

離昧忙去收拾了碎瓷。

湖上舟越來越多，時不時有女子往這邊扔繡絹香巾，雲寫置之不理，離昧也不再回應了，辜負了一顆又一顆美人心。

慕容雲寫見滿湖似曾相似的人影，知方才並不能讓這些人相信，撫著離昧的頭髮：「我們去寢問。」幽幽啞啞帶著無盡魅惑。

離昧心蕩神馳：「我……大白天的……」

慕容雲寫曖昧一笑：「我是想讓你替我捏捏肩頸，你想到哪兒去了，嗯？」

輕佻低媚，離昧只覺丹田一股氣血往上湧，他的手指還在頸側撫弄游移，離昧臉幾乎滴出血來！這個惡魔！

「還痛嗎？」雲寫低憐地問。

離昧惱怒，卻不想慕容雲寫忽然擒住他的顎，又一側首，竟在他頸邊一吻：「這樣就不痛了吧？你不喜歡『青要』，以後我就叫你『雋兒』，好嗎？」

離昧連連搖頭，自己分明比雲寫大三歲好不好！

「離兒？」

搖頭。

「青兒？」

再搖頭。

「昧兒？」

離昧被口水嗆了，在他掌心寫：「阿離。」

「蕭灑和西辭都這樣叫你，不好。」

「離昧。」

「太生疏。」

離昧看了他一陣：「還是隨你叫『青要』吧。」

若喜歡他便喜歡他，若不喜歡便不喜歡，豈會因一個名字而有所改變？他叫他「青要」，但他永遠都不會是「青要」，這亦是一種提醒。

雲寫滿意了：「走！給我捏捏。」見他愣怔，朗聲一笑，「我在床上等你！」

「嘩啦啦……」周圍船上，少女的芳心碎了一地！

離昧到底還是來到雲寫房間，他已脫了外衣斜倚在床上，鳳眼斜睨，唇角微勾，那姿態分明叫「勾引」！

離昧沒好氣地推著他趴過去，知他平日裏坐得久，肩不好，溫柔地揉捏起來。他舒服地呻吟出聲：「嗯……嗯……」離昧猛然想起那晚的夢，氣血上湧，手再也不敢揉下去。

一條畫舫悄悄駛來，貼窗而行，舫中一錦衣人隔窗聆聽，原來四皇子真是斷袖！

忽聽裏面一聲驚呼，床吱呀作響，接著是慕容雲寫沙啞的寬慰聲：「我會很小心的，不痛！放心把你的身子交給我吧！」

「呃……」錦衣人一愣，這四皇子也太荒唐了吧？大白天船來船往的，他竟……！

床上人似乎不太情願，啞聲低拒：「嗚……嗚……」

只聽衣料簌簌，慕容雲寫沙啞的聲音萬般魅惑，寵溺低喃：「青要，放鬆些，我會很小心的，乖。」

錦衣人想到慕容雲寫絕世風姿，禁不住一陣面紅耳赤，又羨又妒。

「……唔……」唇似乎被堵住了，斷斷續續的呻吟聲溢出窗外，聽得錦衣人春心大動。

半晌聽慕容雲寫低喘：「舒服嗎？」

「嗯。」另一人低喃，冷不防一聲痛呼，「啊！」

「弄痛你了？」慕容雲寫憐惜低語，「我會輕一點。」

「嗚啊……」咬牙切齒。

「青……青要……我會輕一點……」慕容雲寫壓抑地低喘。

「……唔……嗯……」

唇似乎又被堵住了，「咯吱」聲一陣一陣傳來。

良久，「現在舒服了嗎？」回應的是舒服的呻吟聲。

錦衣男人臉紅而退。

畫舫內，慕容雲寫正輕柔地替離昧揉捏著肩頸：「這樣還痛嗎？」

見窗外錦衣男子走了，慕容雲寫嘴角露出詭計得逞的笑。

離昧滿意地低哼：「嗯……」暗讚他按捏的手法不錯，全然不知剛才已讓人意淫了多少回。

慕容雲寫調整好力度，專心地替他捏著肩頸，只覺觸手間柔若無骨，稍一用力便能擠出水來般，不禁一片綺思。

「爺，李爺來訪。」

約莫半個時辰後，南宮楚的聲音響起。

慕容雲寫冷笑，「嗯！」披衣攜離昧出去。

李爺身旁的正是剛才偷聽的錦衣男子。他見雲寫和離昧衣衫不整，向李爺投去一個若有深意的眼神。

李爺臉色一黑，失望已極：「四爺！」

「二位也來泛舟？」慕容雲寫淡淡地問。

「正是。四爺，這位是？」錦衣男子問。

「叫他青要公子便可。」

青要公子？離昧不滿這種輕狎的叫法。

慕容雲寫不容他反駁，柔聲道：「你再去睡一會。」

離昧總覺他話裏別有深意，又不明緣何。

兩人坐了片刻便走了。南宮楚湊了過來，笑得一臉八卦兼淫邪：「怎麼樣？我家爺強悍吧？」

「嗯？」離昧不明所以。

南宮楚笑：「早晚都是被吃，你不如早點從了我們家爺，也省得他欲求不滿，我們也跟著不好過！」

離昧終於明白他言外之意了，又羞又惱，臉漲得通紅。

南宮楚只道他是害羞，笑侃：「縱然我家爺很強悍，你也不必叫得那麼大聲，存心刺激我們這些光棍嗎？哎，看湖上風月無邊，春心猶比春花豔啊……」

離昧恍然大悟，原來慕容雲寫突然要給自己揉捏，下手一會輕一會重，是這個目的！這個惡棍！

他怒氣沖沖地衝過去，見雲寫正悠悠然打著摺扇問：「怎麼？」憤然道：「你故意讓他們誤會是不是？」

慕容雲寫鳳眼一挑，媚惑無邊，閒閒道：「不如我們真做了吧？便不算誤會。」

「……」離昧狼狽逃竄。

慕容雲寫看著他的背影，低歎如囈：「似乎……真的戀上了呢！」

但，是誰戀上了誰？只有這湖水知曉。

離昧衝出畫舫撞到蕭灑，他面色陰霾：「他們說的是你？青要公子是你？」

離昧面上一紅。

蕭灑譏誚：「這才幾日？清心寡欲的道者離昧竟也放蕩起來了！慕容雲寫果然像狐狸一樣善媚呢！」

離昧憤然地盯著他。侮辱他也罷，絕不能侮辱雲寫！

這眼神激怒了蕭灑：「你也被那隻公狐狸迷住了！娘是狐狸精，兒子也是狐狸精！他用什麼迷住了你？說啊！他用什麼迷住了你？」

離昧一杯茶潑在他臉上，冷冷而視。

蕭灑被潑醒，露出邪氣的笑容：「阿離啊阿離，你還真中毒不淺呢！」

蕭灑見他不想多聽要走開。眼神一陰，尖聲道：「洛陽府尹秦韓查出梨家被害與銅鏡有關係。」

阿離，我本不想如此，你逼我的！

離昧腳步一蹭，梨家？銅鏡？身世？

蕭灑不計前嫌：「你若要拜訪，隨我來。」

離昧跟他走，忽聽：「慢著。」是慕容雲寫。

不知剛才的話他聽沒聽到。

蕭灑斜眼一睨：「雲寫賢弟，你要不要也去會會大名鼎鼎的洛陽府尹秦韓？」

雲寫抬眼，全然看不出是什麼表情：「也好。」

秦韓大名離昧也有所耳聞，他為官清廉，剛正不阿，將帝都打理得井井有條，在朝在野都有很高的名望。

他們到秦府時秦韓也剛回來，離昧覺得他外形並不負其名望。年近而立，神情堅毅中帶著書生的儒雅之氣，成熟穩重，言詞謙而不卑。

「三位來此，令寒舍蓬蓽生輝。」

著侍女前來奉茶。離昧急切地拿出銅鏡，秦韓一看臉色大變：「你何來此物？與梨家有什麼關係？」

顯然他知道許多事情。離昧激動上前，拉住秦韓的手，「咿呦」問：「我是誰？」

秦韓被他舉動嚇愣住了。

慕容雲寫亦好奇，猛見侍女托盤底下銀光一閃，「小心！」茶蓋脫手而出打在那侍女手腕上！

侍女反應竟是極快，身子一側，躲過雲寫那一擊，蕭灑合身而上，推開離昧，一掌擊向侍女，她卻渾不怕死，欺身而上，一刀緊似一刀，死死纏住他，那短刀鋒刃幽暗，顯然淬了毒！

蕭灑被逼得狼狽不堪，右手一抽，一隻軟劍赫然在手，但見劍光陣陣，情勢頓時逆轉，蕭灑乘勝追擊：「妳逃不了，束手就擒吧！」

侍女淒然一笑，面容扭曲，忽然倒在地上！

有膽大的上前，試了試鼻息，顫慄道：「死了！」

蕭灑眉頭一皺：「秦大人，你可是得罪了什麼厲害的人？」

半晌沒聽到秦韓回答，大家看去，秦韓靠牆而站，身邊圍滿了侍衛，如此慌亂中他神色依然沉穩平靜。

「大人，蕭公子問您是否得罪了什麼人？」身邊侍衛小聲問。

秦韓依舊未語。

「大人……」

侍衛碰了碰他，只見秦韓麥色的脖子上現出一條紅痕，起初只有繡花線那麼粗，再如小指，最後血如瀑流！

客廳一時靜得詭異，連呼吸聲都沒了。

秦韓的表情驚慌，卻絲毫沒有痛苦，無聲無息被人割斷咽喉，沒覺察到痛是一種幸福嗎？是誰能在三面環伺之下出手？和他有多麼大的仇恨？光天化日之下要掩蓋什麼？

所有人被留在當場，仵作來時秦韓血已經凝聚了。

他反覆驗了幾遍，抽了血樣，道：「致命處是頸上的劍傷。」

又驗了驗那個侍女：「她牙齒裏藏有砒霜。」

摸了摸她的臉，扯下一張假面來。詭異的氣氛再次籠罩整個屋子！

那侍女的臉……不！她根本沒有臉！

洛陽府尹被殺震驚朝野，君上勃然大怒，下令刑部尚書黃寬嚴查此案，任何人都不得姑息。在場人皆有嫌疑，尤其是離昧和慕容雲寫。黃寬請他們到別苑小住，說是小住實則是軟禁。

不過別苑環境倒是不錯，古色古香，繁花似錦，一片欣欣向榮，雖是被幽禁，也覺舒心。

慕容雲寫住的院子比別處又不同，院內種了幾株木棉花，火紅火紅的一樹，十分喜興。臥室窗外是兩株夾竹桃，花似桃，葉如竹，開得如火如荼。迴廊裏掛著一個個鳥籠，鸚鵡、畫眉、黃鶯……鳥語花香，十分怡人。

雲寫眉頭微蹙，見一隻雪團似的小貓趴在窗戶上，藍瑩瑩的眼睛濕漉漉的，「喵嗚……」離昧歡喜地抱起牠，輕輕撫摸，愛不釋手。

雲寫為他的溫柔側目，忽見他抬手向他眉間撫來，眼神輕憐，似要勸他不要憂心。

「喜歡牠？」雲寫輕柔地問，很喜歡這樣的離昧，安寧溫暖，像家人，「喜歡就養著吧。」

離昧莞爾，餵了小貓一些點心，放走牠，提筆寫道：「行到水窮處，坐看雲起時。」

雲寫想：「誰說他愚笨，很多事他懂，只是不說懂，或者其實是他賴得去較真，不去較真蕭灑的設計，不去較真自己的傷害。」

握住他的手就著筆寫：「芭蕉葉上三更雨，人生只合隨他去。便不到天涯，天涯也是家。」

氣息幽幽地吹到離昧脖頸上，攬著他的腰，力道不大，卻很堅定。見他臉豔勝木棉，忍不住情動。

離昧癡癡地望著他，掌握著他的手勢，筆意沉穩，力透紙背：「曾經滄海難為水，除卻巫山不是雲。次第花叢懶回顧，半緣修道半緣君。」

這樣的誓言……雲寫親吻著他的耳墜，「青要……」感覺懷中人微顫，難耐地轉過他。見他緊閉著眼，眼睫不住地顫抖，水唇潤澤，似緊張又似期待。

「青要，看著我。」

離昧咬了咬唇，到底沒敢睜開眼。

雲寫歎息，「青要……」親吻著他的眼睛、鼻尖，而後落在唇角，「青要……青要……」顫抖地覆上他的唇。

離昧心似要跳出胸膛，「咚咚咚」地響，忽覺柔軟微涼的東西覆上唇，一時萬籟俱靜。唇舌在他的唇上婉柔地遊走，帶著幽若的花香，輕輕叩開他的牙齒，執著地牽引他的舌。

離昧怯怯地回應著他，偷偷睜開眼，見他閉著眼很陶醉的樣子，睫毛遮下一片陰影，冰雪般的臉浸出細細汗，真像蕭灑說的，有些……狐媚。

雲寫似覺察到他的不專心，更用心地撩撥挑逗，似要勾起他隱藏太深的欲念。

離昧閉上眼回應著他，沉淪、沉淪，沉到無邊的黑甜，隔絕了天地，隔絕了空氣，哪怕窒息也要沉醉在他的吻裏。

雲寫戀戀不捨地放開他，兩人都是氣喘吁吁，拭去唇邊的銀線：「傻瓜，要換氣。」

離昧脖子都紅了，不敢看他。

雲寫低笑：「青要，是我教你親吻，可不要忘了。」

離昧惱羞地咬著唇，腹誹：「誰教會你親吻的，你是不是還記得？」

雲寫卻似知道他想什麼，興味地問：「你這是醋了？」

離昧推他，身上沒半點力氣，別開臉。

雲寫存心逗弄，在他耳畔低吟：「要不要我今晚也將……一併教你？」

離昧大腦沖血，狠狠推他，反被他更緊地摟在懷裏，笑聲從未有過的肆意開懷。

「哈哈……」

窗臺對面，蕭灑看著親吻的兩人，眼裏如燃兩簇火苗，又嫉又恨，手一拍，窗櫺「咔嚓」一聲，印下五個指印！

「慕容雲寫，就讓你再逍遙兩日，倒要看看你命有多硬！」

秦韓靈堂支起來，黃寬陪離昧、慕容雲寫、蕭灑他們前去弔唁。雪白的廳堂上偌大一個「奠」字掛在中央，肅穆悲涼。

秦韓一生清廉如水，來弔唁的人絡繹不絕。棺前瓷盆裏正燃著紙錢，燒紙的是一個二十歲的婦人，她身邊乖乖地跪著一個四五歲的小孩，想必是秦韓的妻兒。

離昧驚疑地心轉悲涼：「他這一死倒教妻兒如何生活？」

走到靈前敬了炷香，此時恰有一陣風過，吹得離昧頭髮一揚，脖頸頓時露了出來，頸椎上三顆痣一溜排開，十分特別。

抬起頭的一瞬間一股味道入鼻，他一驚，想到仵作的神情，不對！又嗅了嗅，心中疑惑又深，不動聲色地起身。

秦夫人回了個禮，離昧按禮寬慰，見到她的長相頓時愣住。

蛾鬢素簪，面如縞白，並不算美的一張臉，可是看起來風致楚楚，令人覺著無比的舒服。尤其是那一雙烏漆漆的眼睛含著淚，如黑玉落清露，竟似能勾人魂魄。

離昧呆愣愣地看著她，腦中有吉光片羽浮游而過，卻始終抓不住一縷。只聽有人咳嗽才醒過神來，尷尬不已。

洛陽有習俗，人死之後必須要請道士做法場，三天、七天不等。秦韓是洛陽府尹，尋常府尹皆須做十日法場，秦夫人聽說離昧是長雲道長高徒，特請他為秦韓做法場。

這晚上眾道士已做了三天的法場皆困頓不已，聲音越來越小，漸至無時，離昧唸唱著走到棺材旁。

下葬之前棺材都是沒有釘牢的，他甫一靠近棺材只覺一股冷寒之意襲上脊背！又聽到一陣輕匆的腳步聲，如芒刺在背的感覺忽然消失！

他心念電閃，拂塵一揮拂過棺蓋，坐下唸法。

來的是秦夫人。她這些日子一直守在靈前，精疲力竭倒在靈前，不想一醒便又過來了。

秦夫人道：「廚房裏準備了齋飯，各位道長去進些素食吧。」

離昧叫醒那些道士一起去廚房，邊走邊想：「秦韓死前想要告訴自己什麼？銅鏡裏有什麼祕密呢？秦夫人也好奇怪。那個仵作想必是找到了什麼線索，卻忌諱什麼不敢說。蕭灑讓自己來此又是什麼意思？這一切像一個個零碎的珠子，需要一根線串起來，這根線是什麼？」

忽然警覺有什麼不對，一抬頭，才發現道友都消失了。

他下意識地喊人，嗓子卻不能出聲。還是不能習慣做個啞巴！

今晚的夜很黑，天上一彎冷月像美人譏嘲的嘴角。兩邊假山怪石嶙峋，如鬼如魔，將他團團地包圍住。

離昧膽寒，就是去梨宅也未感到如此可怖！

前路陰黑黑看不見盡頭，一個縞白衣著的女子站在無盡的黑暗中，風姿綽約，長髮隨風飛舞。

秦夫人？離味如遇救星向她奔去，拍拍她的肩。

夜風忽起，只聞一陣暗香如毒，女子頭髮猛地飛起，張舞如蛇，纏住他的脖子，她在風中轉過臉來……

不！根本就不是一張臉！

沒有眉毛！沒有鼻子！沒有嘴巴！沒有下巴！只剩一對黑黑的、死不瞑目的眼珠，帶著無間地獄的怨毒……

離味醒來發覺自己處在一個陌生的地方，頭還有些暈乎乎的。仔細回想昨晚的一切，下意識地就要離開這裏。忽然聽到腳步聲，他心生不妙，第一個念頭是找個地方躲起來。聽那些人叫：「在那裏！抓住他！」

「一定是他害了夫人！抓住他！」

已衝過來將他團團圍住！

那些家丁兇惡地衝過來捉住離味。

「他身上有血跡，一定是他！」

又有幾人在四周找出一把帶血的匕首來。

「兇手就是他！帶走！為夫人報仇！為老爺報仇！」

離味這才發現自己衣服上竟也是血，明白有人陷害自己，可他們說的夫人是誰？

未等他想明白，已被帶到一個房間裏，慕容雲寫、蕭灑、黃寬等人都在，一個女子倒在血泊中，臉上、嘴裏全是血，仔細分辨，竟是秦夫人！

一個家丁對黃寬道：「大人，兇手一定是他，還在他身邊搜出了凶器！」

離昧爭辯卻只能發出「咿呦」的聲音，無助地看向雲寫，見他臉色青白，唇異常紅，低咳不止，顯然病又發了。

蕭灑道：「放開他！拿筆墨紙硯。」

離昧得筆急急寫道：「她怎麼了？怎麼回事？」

蕭灑心頭冷笑：「這個呆子，到現在還想著別人！」

「她被逼吞下了火炭，挑斷了手筋、腳筋。」

離昧一震：「性命如何？從此以後她不能走、不能動、不能說話了？」

蕭灑道：「活著。很顯然，她知道很多，又對那人還有用。」

離昧：「你們懷疑是我做的？」

蕭灑未吱聲。

一個著仵作官服的男子，察看了匕首道：「挑斷秦夫人手筋、腳筋的正是此匕。」

他並非上次為秦韓驗屍的那人。

黃寬審問：「道長昨晚去了那裏？這刀為何會在你身上？」

離昧回想昨晚的一切，那人即使針對他審訊也無用，況當時只有他一個人，沒有人相信他遇到女鬼。只能搖頭。

黃寬拿出一塊殘缺的銅鏡：「這個可是你的？」

離昧摸摸胸前，果然一直隨身佩戴的銅鏡不在了。點頭。

黃寬道：「帶小紅。」

不一會，一個小丫鬟被帶了上來。

黃寬問：「昨晚妳見的可是此人？」

小紅驚嚇地看了離昧幾眼：「身影很像，但……不是他。」

黃寬厲喝：「妳可看清楚了！」

小紅道：「奴婢……看清楚了。那個人長得比他好看，奴婢不會看錯。」

黃寬對慕容雲寫道：「殿下，事關重大，只能先將離昧道長收押，臣必將此事查個水落石出。」

慕容雲寫頷首，拍拍離昧肩膀寬慰，忽聽人道：「稟報大人，屬下在離昧道長的房裏發現了這些東西。」

「呈來。」

是一個小巧玲瓏、樣式奇特的臂環。離昧臉色變了。這不是普通的臂環，裏面帶有機關！他曾在書上見過。臂環內置機簧，只須觸動機關，裏面的薄刃便可飛出來，射程遠、力道大、目標精準，江湖上一等一的飛刀手都望塵莫及！

仵作查看了道：「從秦大人的傷口來看，凶器正是此物。」

黃寬目光凌厲地審視著離昧：「道長有話可辯嗎？」

離昧坦蕩蕩地正視著他，字跡端穩，正義凜凜：「無可辯，不是我！」

黃寬竟有些不能對視他的眼睛。連蕭灑都有些驚異，那個好說話到幾乎沒有原則的離昧，竟有這麼堅定的眼神？

「可有證人證明你的清白？」

離昧看向雲寫，他最瞭解自己，一定相信。雲寫亦看著他，目光複雜，似難抉擇。離昧猛然想到自己素來行善，未與人結怨，怎麼會有人陷害？那人分明是想嫁禍自己而牽連雲寫！

手一抖，慢慢地寫下兩個字：「無人。」

仵作忽然道：「屬下聽聞江湖有易容術，可改變容顏，請大人允許查看。」得黃寬准許，他摸摸離昧的臉，「咦」了一聲，似有不解，又摸摸離昧的脖子、耳後。離昧惱憤不已要拿開他的手，聽他「哦」了聲：「端盆醋來。」

很快醋上來了。

仵作道：「請道長把臉浸到水裏去。」

離昧疑惑地做了，聽他叫「好了」抬起頭來，掄袖擦去臉上的水跡，睜開眼，見滿堂呆愣。他不解地看向慕容雲寫，雲寫比所有人都驚訝，狹長的眼瞪如杏核，手中巾帕都掉了，嘴角殘留著血跡。

離昧不明所以，只聽到小紅驚叫：「是他！是他！是他挑斷夫人的手筋、腳筋！是他！就是他！」

離昧疑惑她何以出爾反爾，其他人依舊一副呆愣樣，讓他越發不安。

「原來這是你的真容。」

半晌，才聽蕭灑讚歎，眼神複雜。

離昧急急寫道：「怎麼回事？」

蕭灑遞給他一面鏡子。離昧對上鏡子瞬間石化，恍然以為，江南三月的煙雨呈現在眼前。

鏡中人膚色細白如瓷，眼是丹鳳眼，籠著一層若有若無的雲氣，迷離而多情。唇僅能用「適中」兩字形容，薄厚適中、紅白適中、大小適中，配著眉眼竟帶著一種令人無法言說的感覺，竟辨不出是男是女。

像是一壺窖藏千年的美酒，那種醇香令人忍不住一飲而盡，卻又不捨喝。

蘸一角天青色，聽喧囂紅塵中的一段留白呼吸，在氤氳的煙雨裏，好一個纖塵不染的公子！是他！是那晚他在溪水裏見到的男子，也是在山路上擋著他去路的男子！

可這一次不是在夢裏！他捏捏臉，鏡中人也捏捏臉，他痛得齜牙咧嘴，鏡中人也痛得齜牙咧嘴。

「啪！」銅鏡掉在地上摔成幾片，幾個同樣面貌的人出現在鏡子中。

離昧連連退後跌在地上。怎麼回事？是怎麼回事？為何他變成這樣？那張臉到底是誰的？

小紅撲上前掐他：「是你！你是兇手！你害了夫人！你是兇手！殺人魔！……」

離昧大腦早混如爛泥，只有一句話不停地迴蕩：「身世不是我的，父母不是我的，連臉都不是我的，誰來告訴這世間還有什麼是我的？」

「啊……」他猛然吼了起來，悲痛莫名。我是誰？我到底是誰？

離昧被帶到監牢，人證、物證俱在，他成了殺害秦韓、害秦夫人的兇手。

黃寬親自審理：「你與秦氏夫婦有何仇怨，要如此對他們？」

離昧搖頭。

黃寬又問：「既無仇怨是不是有人指使你？是何人？從實招來！」

離昧寫：「並未有人指使，冤枉！」

黃寬厲聲道：「人證、物證俱在，你狡辯不得！」見他無動於衷，眼神陰惡：「你和雲寫什麼關係？是不是他指使你行兇？快快招來，免受皮肉之苦！」

離昧寫：「和他、和蕭灑都一樣，普通朋友。」

黃寬大怒：「再不招來，大刑伺候！」

立時有人拿來刑夾套在他手上。

黃寬道：「你可想清楚了，再不招，你這雙手可保不住了。你已經啞了，也想像秦夫人那樣成個廢人？」

離昧毫無畏懼。

「行刑！」

士卒拉繩，十指連心，痛徹心底，離昧兩眼一翻，死死咬著牙，拚命忍著。

「快招！你這雙手還能保住！」

離昧渾身冷汗，絕不求饒。士卒又加大力度，指骨咔咔作響，他牙關咬得下顎幾乎脫臼！

黃寬暴躁不已，有獄卒在他耳邊低語了一陣，他看了離昧一眼：「換刑！留著他的手寫供詞。」

士卒沒想到柔弱的離昧竟如此堅韌：「換什麼刑？」

「立枷！」

立枷，是在一種特製的木籠上端加枷，卡住犯人的脖子；腳下可墊磚若干塊，受罪的輕重和苟延性命的長短，全在於抽去磚的多少。

離昧被困在枷裏，腳尚能夠著磚面，手被卡住，十指血流不止。

黃寬道：「刑部大牢百十種刑罰，道長不想體會還是從實招了。」

見他不說話，怒道：「抽磚！」

磚被抽去兩塊，離昧踮高腳尖，雖不致窒息，但下顎被卡，頭高高仰起，一會兒就兩腿打顫、胸口發漲，默唸著道訣忍受。

黃寬坐在一邊喝茶等待。

一炷香，兩炷香，一個時辰……他終於等不下去了，見離昧像似睡著了，狠道：「潑醒他！」

離昧才入定，被一潑，差點沒岔氣。

黃寬逼問未果，怒道：「不許他睡！看他能堅持到什麼時候！」

說完，憤然離去。

兩個時辰過去，離昧渾身像被重錘砸過。又兩個時辰，脖子幾要脫節，幾欲昏厥。又是一桶水潑來，將他拉回痛苦的深淵。再過兩個時辰，離昧意識已漸漸模糊，魂魄似要掙破皮囊……

「還沒招？」黃寬見案上白白的紙張怒問。

都已經兩天兩夜了，這個道士竟有如此毅力！

「他死也不寫。」獄卒有些不忍，「大人，要不要換種……」

獄卒為難地看著各種刑具，只有比這個殘忍的。

黃寬暴喝：「點蠟燭！」

獄卒揭掉離昧手指上的血痂，燭淚一滴一滴地滴在傷口上。皮肉如遭火燎，離昧脖不能動，腳不能軟，連掙扎都不能！

燭淚全覆住傷口，結住，揭掉再滴，結住再揭掉，離昧始終咬著牙，不呼一聲！

黃寬氣憤地出去了。

牢外有人問：「怎樣？」是蕭灑。

黃寬恨恨道：「已經暈死過去五次了，還是不開口！這個臭道士竟然倔成這樣！我倒要看看他骨頭有多硬，還沒有刑部治不了的人！」

蕭灑沉默一陣，進入刑室。離昧又暈了過去，蕭灑命人將他放下來，用水潑醒。

「阿離，是我。」

見他脖子上青一塊紫一塊，五指全被蠟燭結住，兩眼血紅，目光渙散。

「阿離！」

心如刀絞，想到他為慕容雲寫這般忍受又是痛恨，越發想把他逼入絕境！

「阿離！阿離！……」

讓人端來熱湯，兩碗灌下去，離昧終於清醒過來。

「阿離，你這般何苦？」

離昧蒼白一笑。

「阿離，招了吧。他不值得你這般。」

離昧想：「值不值得，我心裏清楚。」

「阿離，別給他陪葬。你不招，他也活不了。他中毒了，死期就在這幾天。」

離昧精力耗盡，困頓欲睡，混沌中聽蕭灑說「他中毒了」，倏然睜眼，血紅的眸子像兩把火。

蕭灑冷笑：「記得他臥室外的夾竹桃嗎？夾竹桃有劇毒，少量便可致命。」

離昧驀地起身，緊緊地掐住他，舊痂崩裂，血流不止，不住地搖頭，久不能動的脖子咔咔作響。他是皇子，誰敢動他？

「誰都知道四皇子從小患嗽疾，每年春上必會復發。御醫一早斷言他活不過十八歲，死對他來說，是再自然不過的事！」

離昧咽喉滾動，發出急切的「咿呦」聲，乞求地看著他。

蕭灑溫柔地拍拍他：「阿離，非我要他死，慕容雲書、慕容雲繹，甚至君上都希望他死。皇室之中，成則為王，敗了連寇都不如，只能成鬼！」

「他遲早要死，今年不死，明年、後年也會死。早死早投胎，下一世或許能找個好人家、好身子。你又何必為他陪上性命？這一切都是他指使你做的，對不對？」

離昧五內如焚，萬念俱灰。那日見雲寫咳血，原來是因為中毒了嗎？他現在怎麼樣了？

蕭灑以為自己說動了他，拿來紙筆：「你只要寫上是他指使你的就好。」

離昧顫抖著手拿起筆，七歪八扭地寫幾個字：「如此，為何逼我招供？」

「因為……」蕭灑眼神又羨又妒，幾近扭曲，「因為你愛他！卻不愛我！」

離昧直直地盯著他的眼睛，他在說謊！

蕭灑眼裏似有黑浪洶湧，一個陰毒的聲音不停地叫囂：「我要打破一切我得不到的美好！你不是愛他嗎？你不是很享受他的吻嗎？我偏偏要你出賣他！我要他不相信你，不相信愛情。我更要你不再相信自己的美好、看到自己的醜惡，和我一起厭惡自己、厭惡世界、厭惡人生！阿離，陪我一起墮落吧！」

離昧為那黑暗震懾：「我們是朋友。」

蕭灑陰鷙地托住他下顎：「朋友？呵呵……朋友？那麼，我的朋友，你如何替我兩肋插刀呢？」

鼻尖貼著鼻尖，他想扭頭，被桎梏得動彈不得。

「我親愛的朋友，招了吧！我會善待你。」

離昧：「見了他再招。」

蕭灑斜睨著他，命人去叫慕容雲寫。見離昧又寫了「梳洗」兩個字。到這個時候還想著為慕容雲寫妝扮，蕭灑氣憤地離開。

獄卒拿梳找鏡，刑室裏只剩離昧一人。他寫了幾個小小的字，將紙頭捲成一團握在手心，爬過去，拿起蠟燭，一滴一滴地滴在掌心，直到燭淚包圍住紙條，團成一小團放進嘴裏。

第八章 青青子矜，悠悠我心

別苑，春光明媚，花香鳥語，景色怡人。

慕容雲寫坐在軟椅上，臉色灰白。站在他前面的是刑部尚書黃寬。

「殿下，離昧道長請求見您。」

慕容雲寫掩唇咳嗽，聲音停止時巾帕已染紅，有侍女遞上茶，他漱了漱口後，問道：「何事？」

這時節，黃寬和侍女僅穿了兩件衣裳，他坐在陽光下還裹著棉衣。

「他未曾說，只求見殿下。」

慕容雲寫沉吟一陣：「本宮身子不適，不見。」

「先生似有要事告訴殿下。」

黃寬一邊報告，一邊偷眼打量他，心裏暗道：「不愧是皇家出身，雖然無權無勢，但這一身氣度著實令人佩服。況又這般相貌，令多少女子斷腸。可惜，卻是個短命鬼。」

慕容雲寫淡淡道：「如此，待身子好些再去。」

畢竟是皇子，不能強迫，黃寬悻悻而退。

待侍女也退下，南宮楚進來。

慕容雲寫問：「他如何了？」

南宮楚遲疑：「……還好……性命無礙，蕭灑還留幾分情面。爺，你……」
想到獄中情景脊背發寒。
「我不能去。」慕容雲寫道。
南宮楚見他手已深深地嵌入坐椅扶手，暗自歎息。
「京中動向如何？」
南宮楚稟道：「君上擢升蕭李為樞密使，春闈即將放榜。前日御史臺彈劾李文昌假公濟私，品行不端，連丞相邱回亦對其多有微詞，君上這兩日並未單獨召見他。」
「邱回？」慕容雲寫微訝。
邱回與其子邱子瑜為人圓滑，長袖善舞，對任何一派都是不親不疏，是個典型的中立派，十分得君上寵信。他若對李文昌不滿，那麼李文昌倒臺也是遲早的事。但他這般是出於什麼目的？
李文昌查封商號時他便意識到風浪將起，遂以斷袖之癖打消他們的防備。卻沒想到君后會用離昧來破秦韓，他想避開反而被牽連進去，此時更不能見他。
一切還須靜觀其變。
獄卒替離昧梳好頭、洗了臉，又清理了手上蠟燭方便一會兒招供。可等了許久慕容雲寫也沒來，反是蕭灑又來了。
「他不願見你。」
離昧期盼的眼眸瞬間黯然。

蕭灑趁熱打鐵：「他從未記掛過你，你何必替他隱瞞？招了吧！他對你無情，你何須對他有義？」

離昧只是寫了四個字：「我要見他！」

蕭灑大怒，捏著他的下巴：「他不見你！聽到沒有！他不願見你！他若想來還會來不了嗎？他不願見你，你聽到沒有！」

離昧：「我不信！」

蕭灑忽然大笑，「阿離啊阿離，我騙你十句八句你都信，唯獨這句沒騙你，你偏不信！」

離昧轉過頭。

蕭灑憤恨扭過他的頭，鼻尖貼著鼻尖：「阿離，他將你掐啞了，你反倒愛上他。我要如何對你，你才會永遠記住我呢？」手指勾挑著他的耳墜，「聾啞聾啞，再聾掉好不好？看他怎麼弄甜言蜜語哄騙你。」又撫上他的眼睛，「或者挖掉眼睛也行。這麼好看的眼睛，挖下來泡在酒裏，一定也很好看。瞧你這鼻子雪一樣，不知割掉了還有沒有這麼好看？」

離昧咬著牙，一副不讓他來就不說的樣子。

蕭灑輕然一笑：「這些你似乎都不喜歡玩，但有一種你一定會喜歡。」一捽袖，「帶段夫人過來！」

摧心為上！

離昧猛然睜開眼，蕭灑坐到椅上，獄卒端過茶來，他動作優雅地慢品慢飲。

很快段夫人就被帶了上來，離昧又驚又憤，他受再大的苦都無所謂，卻絕不能看到母親受苦！「咿咿呦呦」地求蕭灑，他笑得無比歡快。

段夫人一看到離昧發瘋般地撲上來，獄卒好不容易制住。

她歇斯底里地吼叫：「兇手！他是兇手！是他燒了段家！是他！」

蕭灑笑道：「夫人可知他是誰？」

段夫人「撲通」一聲跪下，抱著蕭灑的腿哭求：「他是兇手！殺我們段家滿門的兇手！殺了他！求青天大老爺殺了他為段家報仇！求求你了！……」

蕭灑拉起段夫人到離昧面前：「夫人再好好看看，他叫段閱，閱讀的『閱』。他還有一個名字，離昧。」

離昧連連搖頭，他不能這樣說！母親會承受不住！

段夫人難以置信：「你說什麼？他是誰？」

蕭灑道：「段閱，您的兒子段閱。」

段夫人嘶聲一吼：「畜生！畜生！」撲過來撕扯離昧，「畜生！禽獸不如的東西！畜生！我打死你！打死你這畜生！」

獄卒上來拉她，四五十歲的女人竟掙脫兩個壯男，撲上來一口咬在離昧肩頭上，死死不放。獄卒狠力將她拉開，見她滿嘴血腥，「呸」地一聲吐出一大塊肉和幾顆森森白牙！

「畜生！咬死你！我咬死你！……」

滿臉血腥，張牙舞爪，猶如夜叉。

這就是自己敬愛十多年的娘嗎？娘？絕望如潮水襲來。被最愛的人仇恨，眾叛親離。沒有人相信他！沒有人！

他忽然仰天而笑，狀如瘋狂，只笑得淚流滿臉，卻再無人替他拭淚。

蕭灑神思莫名地看著他，待他終於笑完了：「阿離，招了吧。」

離昧點頭。

獄卒忙拿來紙筆，他寫下八字：「青青子矜，要銘於心。」

又於另一張寫道：「把這個交給他，我定招。」

蕭灑知道他重然諾，咬牙：「去！」

「畜生！畜生！我要殺了這畜生！放開我！放開我！求你們，讓我殺了這畜生……」

段夫人被人強押走了。離昧四肢被綁在木柱上，沒有人對他動刑，可每一刻比受刑罰時還難受。

雲寫，你會來嗎？那晚那個男子想必就是你要找的梨青要。這八個字你應該知曉吧？你肯定會來，那麼渴望找到他的你，怎麼會不來呢？

又是渴望他來，又不希望他來，竟是從未有過的矛盾。

蕭灑則不住地看著他，有些陌生。他認識的離昧是好說話、沒脾氣，軟弱得近乎沒原則、明知被賣了還甘心替人數錢的笨蛋。而這個人坦然、堅定、無畏，像個勇士，真的是一個人嗎？

兩人各懷心事時，門被推開，慕容雲寫氣息不勻，隱帶急切。

離昧看著他，眼神忽明忽滅——他來了，是為梨青要而來。

蕭灑好聲好色地道：「四殿下也來看阿離？」

雲寫一步步走到離昧面前，見他好看的唇咬出一個又一個牙印，下顎脖頸一塊又一塊青紫，肩頭上巴掌大的一塊肉被撕掉，兩隻手血淋淋，還有未清理掉的蠟燭……

他額上青筋突跳，拳頭緊緊地握起，眼神如火，猛地一掃獄卒！

殺了他！殺了這些人！

獄卒被雲寫眼神一掃腳下一軟，幾乎站不穩，他們本已凶神惡煞，不想慕容雲寫的眼神比他們還兇惡！

雲寫忙收回眼神，見離味衝他一笑，蒼白無力，像冬日陽光下的雪花，心被撕裂：「青要……」

「唔……」離味忽然痛呼一聲。

離味只是笑，和往日一般溫潤和煦，要把所有的笑容都獻給他。

情不自禁地，雲寫撫上他的脖子，感覺他在自己手下顫抖，心也跟著顫抖：「青要……」

他竟然受了這麼多的折磨！

離味搖了搖頭，像是告訴他不痛，然後輕輕吻上他的唇。

兩人的唇都帶著血腥，彼此相交融合，癡纏、挑逗、訴說，而後決絕。

雲寫啊！你逼得我不得不相信，你愛的是梨青要，而不是我離味！無論「梨青要」是不是我的名字，你愛的都不是我！

也罷！我本不該愛上你，這一場禁忌之戀，到此結束！

離味離開他的唇，最後看了他一眼，閉上眼，別開臉。

慕容雲寫也看著他，半晌，一句話也未說地走了。出了牢門一陣咳嗽，他以手掩唇，緊緊握住拳頭，有血從指縫淋淋浸出。

蕭灑又是妒恨又是不解，他費這麼大力請慕容雲寫來就只為親吻他？這兩人在搞什麼鬼？

離味已睜開眼，看著紙筆。

獄卒將鎖鏈打開，離昧的身子幾乎沒柱子粗，這樣一個人，彷彿一根手指頭都能碾死，又怎麼能承受住這種酷刑？

他沒有要人扶，蹣跚走到案前，提筆而書。他們從來沒有見過有人滿身血污，身受重刑，卻氣度從容，好像這裏不是刑部大牢，而是江南山水，他執筆作畫，且聽風吟。

見他灑然作書，蕭灑暴跳如雷，爭吵了半晌。他忽然決絕地一投筆，廣袖一揮，負手昂然而立，視死如歸。

「爺！離先生自盡……」

慕容雲寫剛回別苑不久，南宮楚急急奔來。

「什麼？」

「現在生死不明！」

慕容雲寫驀然驚起，手足俱顫，面色如死。

南宮楚忙將話說完，見慕容雲寫跌倒在地，渾身抽搐。

「來人！叫大夫！快叫大夫！」

大夫給他扎了幾針才緩過來。待人都下去了，慕容雲寫將手裏緊攥的紙條遞給南宮楚。上面只寫了八個字：「夾竹有毒，莫負百姓。」

「爺，這……」

「……他……給的……」

離昧親吻他的時候傳來一個蠟丸，裏面就是這張紙條。他費盡心思讓自己去，是想救自己，而自己卻怕被他連累推拖不去！

南宮楚想了想，從懷裏掏出一沓紙：「這是離先生對蕭灑說的話。」

慕容雲寫一把奪過，那些字東倒西歪，連小孩的都不如，可每一個都可看到一種根骨——清正。

一張一張紙分別寫著：

君乘車，我戴笠，他日相逢下車揖。

君擔簦，我跨馬，他日相逢為君下。

阿蕭，莫要兩廂為難了。

你其實討厭這樣的自己。

我不惱你這樣對我，我知道你羨慕我。你渴望純潔，渴望善良，得不到而妒忌，要將我也拉向黑暗，所以讓我誣陷雲寫。

這並非你一個人的心理。每個人的最初都是一張白紙，隨著年齡的增長，有的紙仍然白著，有的紙染色了。染了色的紙面對潔白的紙，有的妒忌它，也想讓他它染上色；有的人羨慕它，願它唯持著潔白。你是前者，雲寫是後者。

阿蕭，你也曾有很喜歡做的事情，也曾有很喜歡的人，對嗎？雖然不能一直相伴，但記住他們，莫怨，莫恨，這美好便能永存。你看晚霞，雖然需要仰慕，但一樣美好啊！

我沒有太多原則，只有一條：堅持心中的美好。

我不怪你，你們都為各自的權力。爭也好，奪也罷，我只希望到最後，你們別忘了造服蒼生。

放過我娘，我請求你。

她認不認我，我都是她的兒子。

即便她不是我生身父母，也未曾養過我，可他們給我了記憶，讓我以為自己是有父母的孩子，讓我感覺到幸福，這便足夠了。

聽我講個故事吧！有這樣兩個人，姑且叫做甲、乙，一天他們上山，甲腳滑摔下懸崖，乙救了他，甲在石頭上刻：「某年某月，甲救了我一命。」後來乙打了甲一頓，甲在沙灘上寫：「某年某月，甲打了我一頓。」旁人問他為何這般，甲說：「恩，要刻在石頭上，永遠銘記；怨，要寫在沙灘上，風一吹就忘了。」阿蕭，我們不能把恩與怨刻反了，這樣會很不快樂。

雲寫若做了，我不會隱瞞，若沒做我絕不會誣陷。

他來或不來，我都不會怨他。就如你有沒有這樣對我，我都感謝你曾經借糧給我，救了黔西百姓。

然後是幅簡單鉤勒的蓮花，清雅逼人，旁邊寫著：

出淤泥而不染，濯清蓮而不妖，中通外直，亭亭淨植，可遠觀而不可褻玩焉。

最後一張筆跡零亂而堅定。雲寫知道他寫這些字時，並不確定自己愛他，卻仍堅定地愛自己。他其實也是驕傲的。

我愛他，與他無關。就算他不愛我、傷害我、欺騙我、利用我、把我當成替身，我也不會污陷他。沒有愛情，怎能再沒了原則與尊嚴？

……

慕容雲寫眼眶一酸，忙仰起頭，淚卻還是溢了出來。

青要啊青要，誰說你笨？誰說你蠢？你都明白，這些權謀利害、爾虞我詐，你都明白。你明白人性的善，明白人性的惡。可你只固執地看到善，忽略惡。我寧願你不明白，懵懵懂懂，也比這樣清醒地疼痛好！

你啊你，分明那麼柔弱，卻長了那麼硬的骨，而你的善良卻比骾骨還硬！

青要，青要，我的青要啊，多謝你愛我，而我，卻愛不起這樣的你！

鳳藻宮。

蕭滿勃然大怒：「沒用的東西！連個道士都擺不平，要這一群飯桶何用！」

蕭李也覺不可思議，但總不能給兒子扯後腿：「想來梨合的孫子也是有幾分骨氣的。不過，蕭灑來信，慕容雲寫病又發，沒幾日好活了。」

蕭滿恨聲道：「讓他病死太便宜他了！還沒有查出他為何殺秦韓、封秦夫人的口嗎？」

蕭李思量一番道：「我覺得此事蹊蹺。倘若是他派的殺手，何必跟過去扔那個茶蓋？怕是有人故意設套讓我們鑽！否則這個關頭邱回怎麼會插手？在還沒有確定他的立場之前，我們不可輕舉妄動，這事還是先放一放。反正慕容雲寫必死，何必計較死法？倒是京中這兩位，如果殺秦韓的人是他們派去的，目的何在？又知道了些什麼？」

蕭滿一驚，這些日子她只顧著防備慕容雲寫，倒忘了帝都這兩位了。

太子宮。

慕容雲書正在檢查慕容洛、慕容渭的功課，聽侍人來報：「太子爺，蔣先生報四殿下那邊有消息了。」

慕容雲書忙丟下慕容洛的課業：「你們先回去。」

慕容洛和慕容渭恭敬地行個禮：「是。」

出了門，慕容渭悄聲對慕容洛埋怨：「太子父對四皇叔比對我們還好。有時真懷疑我們不是他兒子，四皇叔才……」

慕容洛捂住他的口，神情嚴肅：「不許亂說！」

想到那個病弱的少年，他只比自己大幾個月，長得還沒自己高，看起來那般穩重縝密。十二歲那年他中了狀元，而自己還在和渭兒玩捉迷藏，拉著母妃撒嬌。有媽的孩子像塊寶，沒媽的孩子像根草，四皇叔這根草真是讓人羨，又讓人憐啊。

慕容渭又說：「不過，我好喜歡四皇叔，他笑起來好好看喲，我最愛看他笑了。哥哥，你說四皇叔什麼時候回來呢？我要怎樣才能將他逗笑呢？」

慕容渭已經十二歲了，比十二歲時的慕容洛還天真懵懂。

慕容洛摸摸弟弟的頭：「把你的小瓷人送給他，他肯定就笑了。」

慕容渭臉頓時垮了：「可……可我……」

慕容洛知道他愛極了那對小瓷人，不過故意逗他，卻見慕容渭一揚頭，壯士斷腕般道：「好！」

慕容渭失笑，不由也想：「他什麼時候回來？又會待多久？不知道身體好些了沒？」

書房裏門客蔣逸道：「張太醫來信，四殿下的病又發了，他臥室外的夾竹桃有劇毒，早晚嗅花粉會中毒，嗽疾本就忌諱花粉。」

慕容雲書想了想：「把這消息告訴張虎，傳到佩姨那裏。」

張虎是大內侍衛隊長，讓他將消息帶給佩姨，佩姨聽慕容雲寫發病必然會設法讓他回來。

蔣逸又道：「只怕四殿下此時回不來。君后存心嫁禍離昧，想將四殿下拖下水，君上又發了話絕不姑息，事情未水落石出之前回不來。」

慕容雲書道：「你太小看佩姨了。」

蔣逸問：「倘若殿下不願回來呢？」看了眼慕容雲書，低垂著眉眼道，「他怕是捨不下牢裏的那位。」

慕容雲書沉吟不決：「你說他當真了？」

「若非當真，便是心思太深沉。」可他看前者更可信。

慕容雲書苦惱：「他怎麼會愛上男人？我如何……哎……」

蔣逸道：「依臣看這是好事，正好斷了君后、三皇子的敵對之心。只是，要在君上那裏吃些苦頭。」

「邱回為何插手此事，可知曉？」雲書問。

「邱回之子邱子瑜和離昧是舊交。有他出手倒省了我們的事，以邱回的聰明也不會深挖此事，殿下放心。」

雲書揮揮手：「你去吧！快點讓老四回宮來。」

「學生告退。」

離昧做了一個夢：似乎自己還很小很小的時候，樹上坐著兩個孩子，他在樹下仰望著其中一個，眉眼並不清晰，可只是看著，就覺得好歡喜、好歡喜。然後，那個孩子掉了下來，他張開雙臂接住，緊緊地、緊緊地抱住……

他睜開眼，發現自己抱著被子。柔軟的床、明亮的燈火……這是在哪裏？支起身，頭好痛，渾身都痛，無力地倒在床上。

守在外面的人驚喜地叫：「先生醒了！先生醒了！」

一個藍色衣衫的公子進來：「你醒了？」

離昧茫然地看著他：「這是哪裏？他是誰？」

他道：「這裏還是刑部，我叫邱子瑜。」

還在刑部，原來他還沒有死，還要再受苦刑嗎？忽然想到什麼，急急地拉過他的手，寫道：「雲寫如何？我娘如何？」

邱子瑜眼神變了變，神情悵然：「他們無事。」

見他鬆了口氣，一副無所謂的樣子，又說：「你也不會有事。」

離昧點頭致謝。

「你不問我為何而來？」

離昧想：「問又如何？總也問不出個所以然來。他們都不會告訴自己。這個人非親非故何以會告訴自己？」

邱子瑜看著他忽然道：「我見先生天庭飽滿，必為富貴閒人。」

離昧一怔，上下打量他，忽然笑了起來，緊緊地握住他的手——西辭！他是西辭！

「阿離可信任我？」邱子瑜認真地問。

離昧點頭。見四周無人，將自己對秦韓之死的懷疑、莫名其妙遇到的女鬼之事寫在他掌心。

邱子瑜拍拍他的肩：「你等我。」

說完，起身回府。正巧邱回在書房，旁邊立一女子，淺色衣衫，面容沉靜，面容與他九分相似，是雙胞胎妹妹邱浣。他將事情說了一遍。

當日，君上一怒將秦韓之事全權交給刑部尚書黃寬。朝野皆知黃寬是君后的人，各派自危，怕他藉此事排除異己。偏偏黃寬辦事不力，君上便讓邱回督察此事。

邱回沉思片刻：「如果秦韓在死之前已經中毒，就說明並非一路人想取他性命。」

邱浣不急不徐地分析：「下毒之舉任何人都不可排除，但刺殺……此行目的並非隱瞞什麼，恰恰相反，是要把這件事情鬧大。行此險招，必然所圖非小。以目前形勢來看，他似乎得逞了，四皇子幾乎被逼入絕境。關鍵在於秦夫人，那人封住她的口卻留她性命是為何？她還有什麼價值？」

邱回對邱子瑜道：「把這條消息放出去，秦韓也得罪了不少人，隨便找一個做離昧的替死鬼。」

「為何我們不自己查？還阿離清白。」邱子瑜疑問。

邱回罵道：「你連你妹妹一半都不如！」

邱子瑜不介意地看向邱浣，聽她道：「我們並不能斷定誰是兇手，貿然行動，得罪任何一方都不行，最危險的是不知道得罪了誰。秦韓中毒之事一經流傳，有人不安，有人想挖出秦韓掌握的資訊，離昧便不再是關鍵。此時，我們弄個替身，表明我們只想救人，無意深究。這樣一來，他們必會賣給父親面子。」

「如果君后依然想利用他打壓四殿下呢？」邱子瑜問。

邱浣道：「黃寬那樣的人都沒能逼出什麼，到父親這裏更不可能了。兔子急了還咬人，君后現在還不敢趕盡殺絕。」

邱子瑜大喜：「我這就去。」

辦完事又到刑部看離昧，他在睡覺，面容恬淡安詳。邱子瑜坐在一邊靜靜地看著，忽然想起三年前初見。

那時，他參加科舉，一路過關斬將，走馬飲酒，何等意氣風發！

一日，與幾個官宦子弟乘著畫舫，載著美酒佳人，遊於秦淮河上。

因前一晚酒喝得多了，一大早渴醒，喝了茶以後睡意全無，便撇了侍女來到畫舫前面。

剛下過一場微雨，又兼是在郊外，空氣無比清醒。他深吸了口氣，昏漲的頭腦頓時清醒了幾分。

但見河流兩側皆是翠綠欲滴的蘆葦叢，葦眉子在晨風中瀟然有聲。河面上時有翠鳥飛過，叼起偶露水面的小魚，落在岸上歡快清脆地鳴叫。

一陣清氣從蓬茂的蘆葦叢裏溢出，接著是一聲清嘯，溫潤寧和，高遠卻無張狂之意，讓人不由心感親切。

他欲尋何人長嘯時，見一隻竹筏從蘆葦叢裏緩緩駛出。

筏首一人正縱身起舞，手握蘆葦做劍，一身單衣雪白素淨，身段頎長柔韌，身姿清標瀟然，如滿江的蘆葦隨風搖曳。

邱子瑜一時驚歎地忘了自己！

只見那人雪衣裹著七尺長髮，赤足掠水，形影舒豪隨興，劍意坦蕩寬厚，一身清氣似要掙破皮囊骨骼，激射而出。

時而有一縷、兩縷縹白的水霧裹著他，像憐他單衣寒涼，又因他滿身清氣而自慚，戀戀不捨地消散在蘆葦叢裏。

河面並不寬，竹筏從一叢蘆葦駛向另一叢，眼見就要消失在眼前了，邱子瑜才猛然回過神來。

「喂，等等！……」

疾聲呼叫，然並沒有人回應，竹筏一折便沒入蘆葦叢裏！

他心裏一急，竟什麼也不顧地跳到水裏！才想起自己並不會鳧水。而且，縱使他游得再快，又怎麼追得上已駛遠的竹筏？

被人救上岸後，他還覺一切恍如夢幻。

自己遇見的果真是一個人嗎？不！也許他根本不是一個人，而是這秦淮河的水神！然，他就像這河面的水霧一般，消散在自己眼前。

邱子瑜一直在秦淮河畔等了數日，每日一大早便駕竹筏於蘆葦蕩裏，卻再沒見到那人的身影。

終於複試在即，不得不回帝都，可心卻留在秦淮河畔。至此他不喜歡喧鬧，一有時間，便靜靜想著那個人。

肩若削成，腰如約素。延頸秀項，皓質呈露。芳澤無加，鉛華弗御……

縱是洛水之神在世，也不過如此！

這樣渾渾噩噩不知過了多久。

這天清晨，他被客棧裏的嘈雜驚醒，鬱鬱之下沿著客棧後院的青石階漫步。此時已是初夏，紫薇花相繼開放，或粉、或白、或紫，滿徑落紅零丁。

他分花繞徑，見青階的盡頭，一株芭蕉種在粉牆黛瓦下。蕉下有一人，淺褐色道衣，身姿削瘦頎長，正抬手欲採蕉葉。

他的心忽地一跳，因為看到道者的長髮——髮長七尺，油光可鑑。除了那人，天底下還有誰有如此美的髮？

他伸手採下那片蕉葉。

道者回過頭來。

他第一次看見道者的容貌，從此相信，於自己，世間再無他物可以稱之為美！

其實，道者的五官甚至沒自己的好看，但是組合在一起，就給人一種淡如煙水、恬似雲月的感覺，這讓碌碌紅塵中的人，不由自主地被其吸引。

癡愣之後將蕉葉遞出。

道者淡然一笑，煙波蕩漾：「有勞。」

新綠明翠的蕉葉，襯著若白瓷般的面容、素淨修長的五指，又豈是「雅致」兩字可比擬？

「採這蕉葉做何？」邱子瑜問。

道者指指芭蕉樹下。原來，那裏置了一個案几，上面擺放著筆墨硯臺，半張蕉葉鋪放在案上。他以蕉葉為紙，題詩作畫。

好個蘭心秀雅的人！

道者執了蕉葉來到案几前，仰頭欣賞著他，像是欣賞一幅美景。

道者輕聲詢問：「介意否？」

他不知所問為何。但無論這人做什麼，自己都不會介意的。

「請便。」

說完，見他便執筆在嫩綠的蕉葉上作起畫了。

先是輪廓，後是身姿衣衫，再添上眉眼。他並沒有仔細看道者畫的是何人，只是看不夠似地盯著道者。以為那日在秦淮河上相遇，那美好多半是自己的臆測，竟不想見到真人了，比自己臆測的還要雅上三分。

這個人，自己定要結交！

可是，又怎麼來結交呢？像尋常人那般酒肉相交他必是不喜的，要投其所好，可作畫自己並不擅長。除此之外，他還有什麼愛好？

這時聽道者問：「看看畫得如何？」

他一看才發現畫的竟是自己！畫並沒有精鉤細描，但寥寥數筆卻畫出自己迷茫愁思的神情。

「好畫！……可否留給我做個紀念？」

道者頷首：「本來就畫的是你。」

邱子瑜搖頭：「我要的並非這幅畫，而是之前那幅。」

自己的畫像留在他那裏，讓他記住自己豈不更好？

「也可。」

之前那張蕉葉上畫的是一個女子，蛾眉淡掃，杏目含情，但只畫了半邊臉，想是不願唐突了別人。

邱子瑜道：「只是這畫底並沒有落款。」

道者笑了笑：「本也是隨便畫畫，倒不料兄臺喜歡。」

於是題了兩個字：「離昧」。

那時，他何曾想過，題句蕉葉，落字君心。他從此成了他的心結？

「阿離，我終於又找到你了。」

他低聲呼喚。三年啊，好漫長的三年。

離昧醒來，以眼神相詢，邱子瑜對他點點頭。離昧從袖中拿出一張圖紙，是個椅子的樣子，下面有兩個輪子，十分奇特。

離昧寫道：「請幫忙按此圖做一張輪椅送給秦夫人。」

「好。你放寬心，秦夫人傷已經好多了。小紅與她情同姐妹，並未因秦家出事而離開，現正悉心照料他們母子哩。」

離昧想到秦夫人不禁悲淒，寫道：「此圖有許多久巧置，若不懂可來問我。」

邱子瑜又寬慰了他幾句離去。

洛陽別苑。

南宮楚勸道：「爺，聖旨已來幾天了。再不回去，聖上怪罪下來……」

慕容雲寫渾然未聽：「他如何？」

「太子爺、君上、三皇子都在暗查秦韓死因，給秦大人驗屍的仵作已死，沒有人會在意離先生，他已經沒有危險了。我們該趕快離開，多待一天這毒……」

見他不耐地揮手，遂憂心忡忡地退下。

要看著他安全地出來。

南宮楚到底忍不住：「爺不在乎自己，也應該想想佩姨，她知曉爺生病已經幾天沒吃飯了。」

慕容雲寫眼裏一痛，半晌：「明日回京。」

南宮楚耳尖忽然一抖，屋頂有人，輕功不俗！看雲寫斟茶慢飲，泰然自若，他亦靜觀其變。

不一刻，一人進入室中，一頂黑色的斗笠罩得嚴嚴實實，只看出其身段頎長挺直，辨不出男女。

「閣下好身手！」南宮楚道。

見來人竟向他打了個「迴避」手勢，好氣又好笑：「喲？反客為主？」

雲寫道：「先下去。」

說完，看著來人。待南宮楚走了，來人摘下斗笠，寶藍衣衫、白玉為帶，眉眼有著男子的溫潤，亦有女子清秀，目光睿智深沉。

「邱大人無恙？」雲寫道。

這人正是君上最為寵愛、朝中最年輕、前途最不可限量的工部侍郎——邱子瑜。三年前，他與雲寫並居榜首。

「臣有恙，殿下亦有疾。可否為殿下號脈？」

聲音十分輕柔，竟與平日沉穩不同。

「你有何恙？」

邱子瑜言詞隱晦：「每當春夏，蛇皆蛻皮。臣有皮難蛻，渾身難受，是為小恙。」

「我有何疾？」

「雨後春筍，難掩其勢。殿下吃多了春筍，苦於無法消化。」

雲寫警惕：「子瑜可有藥方？」

邱子瑜不急不徐道：「殿下以往藥方皆是名貴藥材，藥力過猛反倒於身子不利。不如捨棄其中幾味，徐徐補之。待身體恢復了，再吃這幾味藥也不遲。」

雲寫早聞過邱子瑜的名聲，卻不知他對自己如此瞭解。自他經商以來，手下商鋪如雨後春筍。想是發展太快，引起君上懷疑。其中鹽、鐵兩項猶如名貴藥材，雖有薛識做擋箭牌，亦難消除君上和李文昌的戒心。

「子瑜之言正合我意，名貴藥材自要獻給父皇先享用。」

這個邱子瑜不可小覷了！

邱子瑜目光坦然地看著他：「臣瞭解殿下，不知殿下有無興趣瞭解臣。」

「自然。」

邱子瑜一笑，竟有嫵媚之色。抽下束髮的玉簪，長髮披散過肩，眉如籠煙，眼神溫柔，分明是一個女子！

雲寫愣怔：「妳……」

「我是邱浣，邱子瑜是我孿生兄長。」

聲音有女子的溫婉亦有男子的穩健，難怪她能混跡官場！

此乃欺君之罪，她怎敢隨意告訴自己？

「非常之舉，必有非常之圖，姑娘所圖為何？」

邱浣從袖裏取出一幅畫軸：「請殿下收下。」

雲寫打開，是一幅邱浣的自描小像，其意不言自明瞭了。

「姑娘錯愛了，雲寫福淺命薄，怕耽誤了姑娘。」

任何一個女子求婚遭拒都會難堪不已，邱浣竟神色未變。

「四殿下龍子皇孫，是我高攀，故家父為我準備了三份嫁妝。」

說完，蘸了茶水在桌上寫下十二個字：「保全基業、封王河北、君臨天下！」

見雲寫臉色漲紅，激動異常，淺笑道：「為表誠意，先將前兩份嫁妝送給殿下。」

束好髮冠，拿走小像，溫婉含笑：「此像畫技甚差，入不了殿下的眼。聞殿下丹青妙筆，改日定請殿下為我畫一張。告辭了！」

一振身，來無影，去無蹤。

雲寫看著茶桌上的水跡越來越淺，久久難回過神來，這世間竟有女子狂悖至此？

數日之後，離昧被放了出來。他只道自己沉冤得雪，卻不知是邱回暗地裏找人做了替罪羊。一切都如邱浣所料，給秦韓驗屍的仵作死了，君后之流並未深究離昧之事，秦韓之死、秦夫人變啞越發成了一個謎，懸在各勢力心上。

蕭灑雖答應不為難段夫人，離昧並不放心。看到段夫人時他心裏一緊，往日雍雅華貴的夫人，白髮蒼蒼、滿臉皺紋、目光混濁。

離昧「撲通」一聲跪在她面前，淚如雨下，磕頭連連。

段夫人木木地坐著，嘴裏不停地唸著：「畜生……禽獸……」

「公子。」子塵痛心地扶起他，「你別這樣，不是你的錯。」

他的傷都還沒有好啊！看著他受苦，卻救不了他。

「祁兒，過來。」呆縮在牆角裏的小孩將身子越縮越緊，子塵善意的招著手，「祁兒，過來，哥哥給你吃的。」

段祁怯怯地走過去，子塵牽著他到段夫人面前：「祁兒，去哄哄奶奶，哥哥還給你玩具。」

段祁嚅嚅叫：「奶奶，奶奶……」

段夫人終於不罵了，抱住孫子大哭：「祁兒，我的祁兒，我的孫兒啊……」

段祁不知所措，害怕地看著子塵。

子塵遞給他一塊糕點：「祁兒，餵奶奶吃糕點。」

祁兒聽話地將糕點送到段夫人嘴邊：「奶奶吃糕。」

段夫人猛推離昧：「你走！你滾！滾得遠遠的！……」

子塵叫：「不是公子！燒段家的不是公子！……」

「你這掃把星，不要害我祁兒！不要害我段家！段家就剩這一根獨苗了……」

西辭勸道：「阿離，我們先避一避，讓夫人冷靜一下。」離昧不肯去，「她只是一時接受不了事實，等過幾日，就知道你是絕不會害段家的。天下哪有不懂兒子的父母？你也給她點時間。我已派人來照顧他們，斷不會有事的，你放心吧。」

離昧憂心忡忡地離開。

「輪椅已經做好了，你看看如何？」

離昧試了試不錯，正好去看看秦夫人，她手腿上的傷痕已經好了，臉上被燙傷的地方留下痕跡，容貌毀了。

西辭道：「夫人，這車是阿離親手為你做的。」

小紅慚愧道：「多謝先生，以前是我錯怪先生了，我……」

說完便要跪下謝罪，離昧忙扶住，連連搖頭。

一個小孩子跑來趴在床邊：「娘，外面的花兒都開了，娘好看嗎？」

秦夫人黯然無波的眼睛終於亮了起來，慈愛地看著小孩。離昧眼睛一酸，別過頭。

「娘，屹兒給你戴在頭上。」

秦屹笨拙地將花插在她蓬亂的頭髮上。

「娘真好看！屹兒最喜歡娘了！」

秦夫人手臂努力地動了下，屹兒馬上握住她的手。她手雪白，無半點瑕疵。

「娘還想要什麼？屹兒給您拿。」

秦夫人眼睛看著離昧，「哦哦」出聲。

離昧寫道：「夫人有何吩咐，貧道定竭盡全力。」

小紅哽咽拭淚：「夫人……夫人是想請先生……收小少爺為徒……」

秦夫人看了看他，又看看屹兒，離昧不解。

離昧不解，他與秦夫人只有數面之緣，是什麼值得她將愛子相託？

小紅道：「秦家遭此大變，夫人已看破紅塵，不想小少爺再受牽連。先生是世外之人，小主隨了先生了斷塵緣，能活得一命也算造化……」

離昧豈有不依之理？

小紅拉著屹兒道：「小少爺，快快給師父磕頭。」

屹兒道：「紅姨，爹爹說男兒膝下有黃金，不能隨便跪人的。」

小紅急道：「老爺說可以跪天地君親師，他是你的師父是要磕的。」

屹兒又看看秦夫人，得許可才鄭重地磕了頭：「屹兒給師父磕頭。」

離昧扶起他，寫道：「夫人放心，貧道必然好生教導他，保其平安。」

秦夫人兩眼溢淚，「哦哦」不止。離昧又讓屹兒給秦夫人磕了頭，小紅送他們出去。

離昧想想，問：「夫人是先被燙啞了嗓子，還是先挑斷手筋？」

小紅又恨又傷心：「我到時那人已燙啞了夫人的嗓子。我要救夫人，那人功夫好厲害，幾劍下去……」

離昧若有所思。回去時特意買了段夫人他們喜歡吃的菜，親自下廚。

西辭見他滿身虛汗不忍：「你身子還未恢復，何苦這般，買些來就好了。」

離昧笑笑。母親這般，不讓他親侍湯藥，只能做些她愛吃的菜，以表孝心。見八角沒了，讓西辭幫忙買。

西辭一縱身去了。離昧一人在灶下忙碌，聽到腳步聲，是段夫人來了。他跪獻上剛做好的翡翠白玉湯。

段夫人站在灶前，被白髮掩蓋的眼，瞬間閃過一絲清醒的疼痛，吶吶喚著：「閱兒……你是我的閱兒？」

淚一瞬間溢滿離昧的眼眶，舉著湯竟不如該如何是好。

段夫人自己盛了一碗：「閱兒也喝。」

離昧驚喜不已，囫圇吞棗地喝了，忽覺肚子裏絞一般地痛，不支地倒在灶下，痛苦呻吟。

段夫人瘋了般撲上來：「兇手，我要殺了你為段家報仇！我要殺了你！殺了你……」

死死地掐住離昧脖子，恨極了張口猛咬他！

離昧腹內如絞，呼吸困難，感覺自己下一刻就要死了，死在最敬愛的母親手下！

他到底造了什麼孽，要眾叛親離？

忽然又覺得解脫，這樣死也就罷了。不必承受禁忌之戀的折磨、想愛不能愛的痛苦！赤條條來去無牽掛。

腸胃似要被蝕穿，呼吸越來越少，他無力地閉上眼。最後一刻，腦海裏浮現出那個雨天，雲寫執傘柳下、容若梨花，莞爾道：「是你」。

是我，也不是我。雲寫……

「……爺……」

車廂外，南宮楚吞吞吐吐地叫了一聲，又沒話了。

「說！」

雲寫這會兒眼皮一直跳個不停。

南宮楚思量：「將離昧中毒之事告訴他，他必然會折返；違了聖旨，後果不堪設想。若不告訴，萬一離先生有個三長兩短，以後爺會恨死我！」思量半晌後，道：「……離先生……中毒了……」

車廂裏死寂一片，驀地一個黑影跳到馬上，併指如刀揮斷車轅，策馬如風。

「他若有什麼三長兩短，我……」

話聲未完，人馬已消失。南宮楚早料到如此，歎息著跟上去。

終於趕上送離昧回北邙山的馬車，雲寫顫抖地掀開車簾，見離昧嘴唇烏黑、臉色青紫，死氣沉沉，像有一隻無形的手將他的心撕成兩半！

西辭歎息道：「若非下山時長雲道長給了藥，他已經……要馬上趕回北邙山！」

他買了八角回來，離昧已經昏過去了。用內力逼出毒藥，那毒十分霸道，加上子塵的藥也只能暫緩毒發，群醫皆辨不出是何毒，只能回北邙找長雲道長。倘若他也不知……

慕容雲寫向南宮楚伸出手，南宮楚驚訝：「爺，不可！」

「拿來！」慕容雲寫怒吼，雷霆當空！

南宮楚跟了他近十年，何曾見他粗聲說過一句話？知他鐵了心，但事關他的性命，決然道：「只有最後一粒九轉還魂丹，它能保爺的性命，卻不能保離先生的。不對等的……」

慕容雲寫猛然掐住她的脖子：「拿出來！」

「爺縱殺了我，我也不能拿爺的性命來賭！」視死如歸地與他對視。

雲寫被她眼神震住，鬆開手，垂下頭，語聲顫抖：「阿楚……我……我求妳……」

「爺！」南宮楚猛然跪下，淚落如雨！

他慕容雲寫七歲喪母，在黑暗齷齪的皇宮裏艱難求生，躲過無數次的陷害、謀殺、詭計，何曾有半分軟弱？便是在君上面前也未曾低過頭。今日竟為了一個男人對她這個下屬說「求」！

「爺！爺！……」南宮楚聲聲泣血。

兒女情長，英雄氣短。她追隨的主啊！

「轟轟……」

頭上方才還晴空萬里，忽然烏雲層層，雷霆當空。南宮楚的哭聲隱約可聞。

忽然，慕容雲寫扯掉束髮的鎏金小冠，用力摜在石頭上，珠玉迸濺！

「我不要了！我什麼都不要了！我只要他活著！……」

一聲嘶吼，驚得雷霆都不敢出聲。

南宮楚驚慌地撿起髮冠。已然碎成兩半，再也不能戴了！她跌坐在地，肩膀簌簌發抖。豆大的雨劈哩啪啦地打下來，她雪白的衣衫沾滿了泥垢。

象徵皇室子弟的髮冠被他摔了！

「阿楚。」他扶著她的肩，「給我！」語氣堅定、不容置疑。

最後的希望湮滅，南宮楚仰天長笑：「慕容雲寫，我南宮楚跟錯了人！跟錯了人！」

說完，身子急迅飛起，一頭向石上撞去！

「不！」

慕容雲寫撕心裂肺！子塵迅捷閃身，扯住她的腿，卻止不住撞勢，一下撞在石頭上，血流滿面！

慕容雲寫驚呆了。西辭探了探她的鼻息，只是昏迷過去。好在子塵一扯卸去幾分力道，否則後果堪虞！

「還活著！」西辭對雲寫道。

西辭將她抱到車廂裏，上了藥，包紮好傷口。

慕容雲寫一直呆立在車外，暴雨打濕了他的衣衫，煢煢獨立，消瘦如竹。

子塵心裏過意不去：「雲叔，師公一定會救活公子的！」

慕容雲寫聲音沙啞：「藥……在她脖上的金鎖裏……」

「……」

子塵不知該不該拿，見西辭點頭才打開金鎖，一顆流光溢彩的藥丸，香溢車廂。

慕容雲寫抱起南宮楚，轉身而去。

「救他，是為還他嗓音和救命之恩，從此與他……再無瓜葛！」

骨瘦的身影，消失在茫茫雨簾外。

慕容雲寫召來唐證照顧南宮楚，單騎回帝都。

帝都的花開正好，姹紫嫣紅。他沒有心情去欣賞，兩鬢風塵、髮髻蓬亂，從未有過的消沉狼狽。

門外迎接他的佩姨見了，心酸落淚：「雲兒，我的雲兒，你怎麼弄成這個樣子啊！」

雲寫覺得自己像頭負傷的獸，沒有人安慰還能忍著，一旦被安慰就再也受不了！可是，他不能讓佩姨知道藥丸沒了，笑了笑：「……我沒事。」

終於明白離昧為何不想笑的時候也要笑。

佩姨拉著他進屋：「餓了嗎？姨娘做了你最愛吃的菜，熱水也燒好了，吃完飯泡個澡……」

往日念想的菜餚索然無味。他稍吃了些，換了官袍進宮。

定陶帝在御書房批改奏章，年過五十，威儀棣棣。

「兒臣叩見父皇。」

「怎麼才回來？」定陶帝頭也沒抬，冷漠地問。

慕容雲寫覺得心裏無比煩躁，強壓抑著道：「兒臣有事耽擱，望父皇恕罪。」

「什麼事？」

「阿楚受傷。」

君上拍案而起：「是她受傷還是你去追男人了！」

慕容雲寫倏然對視著他：「父皇既知，兒臣不想隱瞞，兒臣愛上了那個男人！」

「荒唐！」

定陶帝拿起鎮紙向他砸去。慕容雲寫也不躲，鎮紙砸在眉角，血沿著臉頰一直流下，染紅了雪白的官袍。慕容雲寫渾身一抖，死咬著牙不吭聲。

君上面容漲紅，拍案驚雷：「你不要臉，皇家還要臉！來人！殺了那人！」

「父皇！」慕容雲寫大驚，猛然匍匐在地，嘶聲哽咽，「父皇……父皇……兒臣知道命不久矣，此生未有所求，唯乞全他性命，兒死也瞑目……」泣不成聲。

定陶帝怔立難言。見他白衣染血，形銷骨立，想起鍾子矜逝世前，也是一身白衣匍匐在地，哀哀乞求：「夫君，妾身知道命不久矣，你我夫妻一場，那麼多孩兒皆未保住，只雲寫一個孩子，妾已不能再照顧他，求夫君一定要保住他。妾不求他君天下、封王封侯，只要他好好地活著，好好地活著……妾死也瞑目……」

子矜，他和子矜唯一的孩子！悲涼長歎：「朕，不殺他。」

雲寫欣喜不已：「謝父皇！」

「你已經成年了，也該娶親了。下月羅嬪壽日，朝中誥命夫人皆帶女兒參加，你挑幾個。」

「父皇，何苦害了……」

「下去吧！」

太醫替他包紮了額頭，又去鳳藻宮拜見君后。

她雍容優雅地坐在正位：「四皇子免禮，這頭是怎麼了？」

雲寫平靜道：「惹怒父皇，請母后美言。」

「父子之間誰還沒犯擰的時候？你父皇向來最疼你，一時生氣，氣過也就消了。這傷可要仔細了，留下疤痕就不好了。玉兒，去把玉蛤膏拿來。」

侍女玉兒拿來個玲瓏的小盒子，君后親手遞給他，似無限憐愛。

「前幾日你七弟不小心傷了手，御醫特配了這玉蛤膏，擦了兩日便好了，你也試試。」

雲寫恭敬收下：「謝母后。」

七皇子慕容雲育過來：「兒臣參見母后、四皇兄安。」

君后慈愛道：「我兒免禮。」

七皇子道：「謝母后。兒臣知道四皇兄在母后這兒，就先辭了先生。」極其誠懇地看著雲寫，「幾個月未見皇兄，極為想念。」

雲寫和善地笑笑：「皇弟長高了。」將一副暖玉棋子送給他，「皇弟喜歡下棋，我特意讓人打造這副棋，看看可喜歡。」

慕容雲育掂過，觸手溫潤，甚是舒服。

「多謝皇兄。臣弟來得匆忙，未帶禮物，改日送到皇兄府上。」

「皇弟哪裏的話，母后所賜傷藥比這棋子珍貴千倍。」

「皇兄陪我下一盤如何？」

君后笑著打趣：「還是你們兄弟感情好，四皇子見我半晌說的話，不如和你說一句多。」

雲育道：「母后您是長尊，與您說話自然要恭敬守禮。我們如兄如友，言語自然隨興些。」

君后笑斥：「就你會說！瞧午膳時間也到了，你們在這裏吃了午飯再回去吧！」

雲寫笑道：「母后留飯原不應辭，只是才回宮，太子兄、三皇兄那裏也要去拜訪一下。改日再陪母后、皇弟用膳、下棋。」

在宮裏，他永遠不能不想說話的時候就不說話，不想笑的時候就不笑。

「也罷，你去吧。」

「兒臣告退。」

「我送送四皇兄。」出了殿門，雲育問，「皇兄，你怎麼瘦成這樣？」

「皮囊而已，胖瘦何異？」

雲育一片赤誠：「皮囊無存，魂魄何寄？皇兄要保重自己。」

雲寫怔忡地看著他，忽然伸手摸摸他的頭：「你長大了。」

雲育很享受地在他掌下蹭了蹭：「因為我長大了，所以四哥才疏遠我。」

雲寫沉默。長大了，就明白權勢了。就像太子，在他沒長大前曾拚死保護他，如今他長大了，兩人也疏遠了。

雲育定定地看著他，全然不像十二歲的小孩：「我知道四皇兄恨母后，依然拿我當兄弟。所以，今後無論立場如何，我都拿四皇兄當兄弟！」

說罷長身而去。慕容雲寫看著他的背影，一時竟有些恍惚。

不是拿他當兄弟，只是人都喜歡一些無害的東西，比如未成爪牙的小貓、小狗，比如無害的離昧。一旦爪牙長成了，就會不由自主地防備。

慕容雲育能說出這話，顯然爪牙也長成了。

到太子府時，慕容雲書正在等他。

「傷得重不重？」

「太醫瞧過，無妨。」

「何故惹父皇發如此大的火？」

慕容雲寫沉默。

慕容雲書無奈：「你不願與我說便也算了。我也曾愛過，明白你的心情。可是，如果命都沒了，拿什麼去愛呢？」

半晌，雲寫頹唐道：「我不知……該如何是好……愛也愛不起，忘也忘不掉……」

慕容雲書想到自己的過往，心裏一酸：「……我對不起……」

後半句哽咽在喉，那是禁忌，死也不能說出口！半晌，無奈長歎：「……一切……順其自然。」

雲寫想到那日離昧寫給他的話：「行到水窮處，坐看雲起時。」

青要，我對你只能如此，不爭、不求、不渴、不盼……

雲寫回府接到消息，春闈放榜，舉人鬧事，言考試不公正，胸無點墨之人竟中了會元，因此砸了驛館。君上得知，令禁衛軍拘押鬧事人。

慕容雲寫嗅到颶風到來的味道。

第二日大朝，朝臣皆至。

參拜完畢，君上道：「丞相，說說你對於鹽、鐵的策略？」

邱回出列：「鹽、鐵關乎國家命脈，民不食鹽，則疾病眾生；國無兵戈，如刀下魚肉。至春秋以來，齊國管仲、秦國商鞅、漢朝桑弘羊，無不建議壟斷鹽、鐵，不僅握住國家命脈，亦可增加財政收入。臣建議壟斷鹽、鐵，將鹽、鐵的經營收歸官府，實行專賣。在產鹽和產鐵的地方，分設鹽官和鐵官進行管理。鹽專賣，採取在官府的監督下由鹽民生產，官府定價收購，並由官府運輸和銷售。鐵專賣，採取官府統管鐵礦採掘、鋼鐵冶煉、鐵器鑄造和銷售等一切環節。」

「眾卿以為如何？」

朝臣紛紛唱和：「丞相所言甚是，人人都必須吃鹽，不吃會生病。」

「如果允許私鹽，則奸商就會抬高鹽價，截取利潤。百姓買不起鹽了，就會民不聊生，國勢日下，會造成政局動盪，威脅政權……」

君上道：「既無異議，此事就交由丞相處理。眾卿還有何事稟報？」

朝野一片寂靜，都知君上所問必是貢生鬧事一事，然春闈監考是太子，誰敢做出頭烏龜？

開封令顫顫巍巍地跪下：「臣未能約束好學子，驚動了君上，臣罪該萬死！」

君上陰沉道：「太子，你有何話？」

慕容雲書沉痛道：「父皇將監考春闈重任交給兒臣，兒臣夙興夜寐、未敢大意，為朝廷選拔棟樑，為天子選門生，未料到昨日之變，兒臣誠惶誠恐。」

君上忽然愉悅起來：「今日大朝，正好殿試，速去準備。」

眾臣皆愣，春闈才放榜就殿試，與往常規矩不合。

禮部尚書道：「君上，殿試才罷，貢生們還須準備準備。」

君上道：「天下大事可不給你準備之機。」

經昨日一鬧，學子們都候在驛館，一召便至。今年規矩與往常不同，朝中文武大臣旁聽，禁衛軍把守，不容任何人洩露。考生按抽籤序號進殿，答題時間為一炷香，答完到偏殿等候。偏殿與正殿只一牆之隔，可聽見後來人答題。

君上當堂擬定四題：其一，以「冷、香」兩個字，寫兩句詩；其二，解說筆試文章；其三，論黔西旱災；其四，鹽鐵之治。並派十多名畫師當堂將考生樣貌畫下來。

朝臣皆捏了一把汗。許多官宦富家子弟不務正業，又圖功名，多找人代考，留得畫像在，以後在朝、在地方做官都大是不利。

慕容雲寫心裏明白，君上此舉看似整肅考風，其意在太子！無論這回殿試如何，太子勢力都會大大削減。

他四下一掃，太子緊張，蕭李得意，眾臣或喜或憂，只有身旁的慕容雲繹一副事不關己、高高掛起之態，不由多看了幾眼。

沉毅俊朗、矯健英武，這個三皇兄不像皇室子弟，倒像將門之後。

覺察到他的注視，慕容雲繹回頭，眼中如有驚電交錯，一閃即逝，面容堅毅如山：「四皇弟不舒服？」

雖極力壓低聲音，依然聲震朝堂，眾人目光齊聚雲寫身上。

「臣弟尚好。」

君上道：「太子、三皇子、四皇子一起參評學子。」

「兒臣遵旨。」

殿試開始，考生見這陣勢大都緊張，答得好壞不一。慕容雲寫聽得索然無味，百無聊賴地寫著評語。

忽然聽「會元張海生進殿」，來了精神。

見一個胖子一步三顫地進殿來，滿臉虛汗，結結巴巴道：「……草民……張……張海生……參見……見君上……」

君上不悅地皺眉。內侍讀了題目，張海生顫顫發抖地想了半天：「冷……冷……跪叩殿前……膝蓋冷……香……香……」

「噗……」有幾個大臣禁不住低笑出聲。

君上臉一寒，內侍識趣道：「張會元，解說筆試文章。」

張海生頭上青筋都憋出來了，忽然跪到太子面前：「太子殿下，您答應讓我做官的！您收了我家兩箱珠寶……」

慕容雲書臉色青白，朝臣竊竊私語。

君上勃然大怒：「太子，到底怎麼回事？」

朝臣齊齊跪地。

慕容雲書顫聲道：「兒臣冤枉，絕無收受賄賂之事，望父皇查明。張海生文章確實極好，兒臣與幾位大人一致評為榜首。」

張海生道：「你收了我家錢，告訴我試題，專門請人代寫文章，讓我高中之後做你的門生。我給你錢是想做官，官做不成了你把錢還給我。」

君上喝問：「太子，你如何解釋！」

這已不是賄賂的問題。前朝有監考官洩題給考生，約定高中後做其門生，結黨營私，把持朝政，幾乎將國家傾覆！

慕容雲書聲淚俱下：「兒臣對父皇忠心可昭日月，必是有人用此等無用之人陷害兒臣，兒臣受冤無所謂，唯乞父皇息怒，保重龍體。」

有人道：「君上息怒，太子必不會約此等無用之人做門生，定是有人陷害……」

此話如火上澆油，君上憤然摔硯：「無用之人不約，約有用之人？太子，你想做何？」

「兒臣誠慌誠恐！」

滿堂死寂。內侍輕輕進來，尖細的嗓音道：「君上，殿外又來了一位學子，也叫張海生。」

「帶進來！」

一陣從容有力的腳步進殿，聲音清朗：「學生張海生參見君上，君上萬歲、萬歲、萬萬歲！」

內侍出題，張海生不加思索寫道：「拂石坐來衣帶冷，踏花歸去馬蹄香。」

其字清新秀雅，甚是悅目。其後三題皆侃侃而談，見解獨到，滿堂稱讚。

君上看了看試卷道：「此字與前日不同，為何？」

「學生前些日子手患小傷，書寫不便，有礙觀瞻，望君上恕罪。」

君上揮手讓他去了偏殿。其他學子殿試完，君上道：「邱卿，此事交由你查清。太子，你好好反省反省。退朝！」

走出殿外，夕陽西下，眾朝臣齊舒了口氣，暗歎：「伴君如伴虎。」

坐了一天甚是疲乏，慕容雲寫漫步回府，見慕容雲繹一騎輕馳而過，想起當年他說過的話：「男兒當戰死沙場，以馬革裹屍還。」

心生羨念，馳騁沙場，縱馬揚鞭，該是怎樣一種快意？自己可有這機會？

顧影自憐，自己這個身體，怕是永遠也沒有機會了。倘若能封王關陝……搖搖頭，揮去邱浣提出的誘人條件，暗自琢磨：舉人鬧事是蕭滿策劃的還是慕容雲繹策劃的？張海生之事看似蹩腳，實則高明。他們看清君上忌諱太子勢力，出這麼一計，既給君上整治太子的由頭，又顯拙，使君上不忌諱。豈料聰明反被聰明誤，君上將此事交給邱回，是想平等地壓制各方勢力。

帝王最忌諱的是兒子權力過大，有哪個帝王希望被兒子趕下臺？七老八十了被拉出去砍頭？

果如雲寫所料，此後太子被禁足一個月，朝中不少大臣被罷官，各方勢力皆有。君上提拔官員，親指殿試傑出人才入朝為官，是真正的天子門生，集中皇權。

接下來的事令雲寫大是尷尬君上並沒有忘記替他選妃一事。君后、羅嬪很是熱心，每日著丫鬟過來問這種想法、那種建議，弄得他煩躁莫名，好在有佩姨替他擋著。

他素來身體不好，太醫整日出出進進，又是要注意這，又是要注意那，不耐他們囉嗦，只能百無聊賴地躺在床上。

人一旦靜下來就會回憶，他害怕回憶，於是讀《詩經》。看到「桃之夭夭，灼灼其華」，想到他素手折桃花，滿園桃花比不上他一笑的風采；看到「有匪君子，如切如磋，如琢如磨」，想他卸下面具時，雖滿身狼狽，卻清皎如月；看到「死生契闊，與子成說。執子之手，與子偕老」，幻想他一身紅裝，嫁給他……

慕容雲寫忽然呆住了，慌恐地扔掉。換本書，翻開的第一行是這樣的字：

平生不會相思，才會相思，便害相思。

猛然就愣住了。半晌，難自禁地鋪卷作畫，下筆如神。畫中人眉眼含情、唇角帶笑，栩栩如生。他畫了一幅又一幅，筆意流暢，畫技嫻熟。

學畫這麼多年，從來沒有體會過靈感泉湧、酣暢淋漓的感覺。似乎只要有筆墨在，整個天下都在他的掌握中！

一氣畫了十多幅，抒盡胸臆時，才發現手腕痠痛，渾身疲憊。有一雙手輕輕替他揉捏肩頸，力道不輕不重。

他舒服地歎息：「……青要……」

身後人輕笑：「我們雲兒真的長大了呢！」

雲寫嚇了一跳，看到佩姨，臉頓時漲紅，侷促得像被母親撞破戀情的少女。

佩姨笑意溫婉又帶調侃：「雲兒害羞時也好看。」

雲寫別過臉，耳根都紅了。

佩姨知他面薄沒再打趣，執起畫讚歎：「清逸出塵、溫潤含蓄，倒像天上的仙子，瞧著性子也好。這姑娘是哪家的？」

「不是……」

「瞧他衣著是個道者？」

雲寫悵然點頭。

佩姨又問：「你回來後心思重重，都是因為他？」

雲寫痛苦問：「我……不知……怎麼辦？」

佩姨笑笑地撫開他緊皺的眉：「看來是真的遇到愛情了，否則這麼聰明的雲兒怎麼也變成傻瓜了呢？」

雲寫一臉茫然。

佩姨說：「愛了，就努力爭取。陪你過一輩子的不是我，不是阿楚，不是君上，是你愛的人啊！若真心相愛，定會理解你、等你。」

唐證早將一切都告訴她了。

撥雲見月，慕容雲寫心血沸騰，恨不得馬上飛到北邙山，看他毒解了沒有？對他掏心掏肺地訴說一番，讓他等他！

佩姨笑：「你要走也把京中的事情擺平啊！」

雲寫略一沉思，計上心頭。

幾日後大朝，四皇子慕容雲寫當堂吐血半碗，昏死過去！

茶館、酒肆裏流言紛紛，有人說：「昨兒樓下一輛馬車被撞了，一車的布都撒了下來，你看到了嗎？」

「怎麼沒看到？是四皇子府的車，聖上要替四皇子選妃，當然要大肆買布，只是……」壓低聲音，「車裏不光有紅布，還有白布和黑布！」

「大婚買白布、黑布做什麼？」

「誰不知道四皇子天生是個病秧子，前幾日上朝還吐血了，據說把朝堂都染紅了！看來命也不長了，選妃肯定是為了沖喜，弄不好就要紅事、白事一起辦了！」

「這不苦了選中的姑娘，可惜大家閨秀，要守活寡。」

「或者能沖好呢！」

「就算沖好了，也活不過十八歲。我內人的弟弟是御醫，這在宮裏不是祕密！」

「可惜可惜，聽說那四皇子是個絕色的人物呢！」

「是啊！所以，人啊，不能長得太漂亮，不然會折壽的！」

「……」

「……」

四皇子府，君上大發雷霆：「庸醫，一群庸醫！治不好他，你們提頭來見！」

御醫們噤若寒蟬。

佩姨勸道：「君上，殿下只是睏了，想多睡一會，很快就會醒來的。」

君上憤然道：「都滾！」問佩姨，「怎麼突然病發得這麼厲害？」

佩姨拭淚：「太醫說他的病最怕傷神。回宮以來他一直悶悶不樂、憂思重重，很多次天要亮了，我還聽到他在歎氣，不知是什麼原因，我問他也不說。」

君上沉默。

「前兒我在他書案上看到一幅畫，就想他是不是喜歡上誰了？」

君上問：「畫在哪裏？」

佩姨拿來畫。畫中人素白道衣，飄逸瀟灑，風骨清雋，眉眼並不精緻，但看起來很舒服。

「原來是他？」君上恍惚低喃，又自道，「不是他。」

佩姨莫名其妙，君上難道認識此人？

聽君上問：「子佩，此人是誰？」

她略一思量：「雲兒未曾說起。」

君上歎息：「也罷！是他也罷，不是他也罷，劫數在此。」

佩姨聽到「劫數」二字心裏一沉。

聽君上道：「下回別再讓他傷害自己，朕不會每次都由著他！」

說完，起駕回宮。

佩姨莫名其妙地回到雲寫房中，他已經坐起身來，若有所思。

「雲兒，君上的話……」

雲寫道：「佩姨，我這就去北邙山。」

他不顧身子弱，穿好衣衫要出門。

佩姨憂心忡忡：「雲兒，路上小心。」

雲寫對佩姨點點頭，輕騎簡行，直奔北邙山。

第九章　重來回首，琵琶別抱

話說雲寫抱著南宮楚走後，西辭、子塵帶著離昧回北邙山，好在有雲寫的九轉回魂丹護體，長雲道長三天三夜施針，第五日離昧終於醒來。

眼睛閉得太久，睜開時被陽光刺得生痛，分不清自己是在人世還是陰間，直到子塵哭泣聲傳來才回過神。

「公子，你終於醒了！嗚……」

子塵眼睛腫得像櫻桃，裏面布滿了血絲。離昧張口發不出聲，才記起自己是啞巴，只能苦笑。子塵哭得更兇了。

西辭拍拍子塵的頭：「怎麼你比屹兒、祁兒還能哭，這樣可不討喜。」

子塵胡亂擦巴眼淚，忍住哭聲。

西辭眼睛也血紅：「前輩說你能醒來就沒事了。他為你施了三天三夜的針，才去休息。段夫人、段祁、秦屹我都按排好了，你安心養病。」

離感激地點頭，手指動了動。

邱子瑜會意：「你中的不是一般的毒，名叫鉤吻，與牽機、鶴頂紅並稱的三大劇毒之一。好在毒下得少，子塵又帶有百草丹。」

百草丹是長雲道長專門配製的藥丸，可以解尋常毒藥，雖不能解鉤吻之毒，也能稍加抑制，否則不待雲寫送藥他早就死了！

離昧卻在深思：「梨宅中的女子也叫鉤吻，是巧合嗎？段家是正經人家，怎麼會有鉤吻這樣的毒藥？」

休養了半個月，毒解得差不多了，離昧要去看段夫人。西辭說了一番話，讓他打消了念頭。「阿離，你有沒有想過，為何在你回來的時候段家遭滅門了？他們要對付的是你，你留在段夫人身邊只會給帶來禍端！」

或者是因為口不能言，離昧漸漸學會隱藏自己的心事，不將任何事都和盤托出。

這日他在後山漫步，一隻白鶴飛來。鶴是謝堆雪的，離昧從小就幫他養鶴，吹聲口哨鶴就飛了下來。鶴腿上繫著竹筒，裏面有一張紙條，上面印著一個嫣紅的唇印，看著無比香媚誘惑，下寫兩個字：「鉤吻」。

字是謝堆雪的字，可唇印是什麼意思？他瞭解謝堆雪這人從來與「香媚誘惑」等詞絕緣。他是想告訴自己什麼呢？

不管怎麼樣，找到他問清楚一切總歸沒有錯！

他找到西辭，問：「怎樣跟蹤一隻鶴？」

西辭狐疑地看他一眼：「我有兩隻風隼，極有靈性，可以跟蹤。」

離昧知道白鶴定然要去找謝堆雪，將牠放飛，一隻風隼跟著鶴，另一隻替他和西辭引路。白鶴一路向西南飛行，他們騎馬追行。

慕容雲寫疾馳兩天一夜終於到北邙山。想到離昧在山上，所有的疲憊都化成激情。跨到山門口卻停下了。

以往告訴自己為了利用他才親近，現下知道是真的愛了，少了遮掩情感的布，竟有些情怯。

子塵帶著祁兒、屹兒到山門前玩，見他詫異不已。

「雲叔，你怎麼來了？」

雲寫咳了聲：「他……可在？」

子塵遺憾道：「公子昨天才走。」

「去哪了？」

「我不知道，他們跟著梅鶴居士的鶴走的……」見他幽亮的眼瞬間黯淡，禁不住替他難過，「雲叔……」

慕容雲寫什麼話也沒說，轉身下山，背影頹然。

子塵覺得心裏好難過，張口要叫住他，見他看著路邊石壁，似乎入神了。石上字是離昧走時寫的，他看不懂，雲寫卻似懂了，喃喃唸道：

漫搵英雄淚，相離處士家。

謝慈悲剃度在蓮臺下，

沒緣法，轉眼間分離乍。

赤條條，來去無牽掛，

哪裏討煙蓑雨笠捲單行？

一任俺芒鞋破缽隨緣化。

嘴裏不停低唸：「赤條條來去無牽掛，赤條條來去無牽掛……」

越唸越大聲，最後竟帶著笑聲：「呵呵……赤條條來去無牽掛……來去無牽掛……」

子塵只覺得他的笑聲好酸、好苦，聽得他眼淚都流了下來。雲寫一陣大笑後又是一陣大咳。

「哈哈……咳……哈哈……咳咳咳……噗……」

猛然一彎腰，扶在山石上。

「雲叔！」

子塵疾步過去，見他衣袖一掩，長身而去。背影看似瀟灑，實則悲涼，山風送來他隱隱的聲音：

「……說什麼……來去無牽掛，……你牽掛的……只有他……」

子塵不解，卻在看到山石後隱隱有悟。

那上面，多了一塊暗紅色的血跡，血順著字跡往下流，十分磣人！

夜深人靜，四皇子府的大門「叩叩」地被敲響。半晌門衛打開門，罵罵咧咧地問：「誰啊？半夜三更的要不要人睡……」

未說完，一個人倒進門來。就著月光看清來人，嚇了一跳。

「爺？您怎麼了？來人，快叫佩姨！快來人！……」

佩姨過來時雲寫已被送到房中，衣衫污垢，滿面風塵。那麼愛乾淨的人竟邋遢得不成樣子，臉色枯黃，佩姨心都碎了！

「雲兒！雲兒！你怎麼了？太醫來了沒有？快宣太醫！」

太醫替他把完脈，餵了一碗熱湯，對佩姨道：「憂傷神，思傷心。殿下憂思過甚，勞心勞力。但有所求，滿足他為好，莫使心傷。」

「有勞太醫。」

佩姨歎息。瞧他這樣子，怕是此行未能如願。對侍衛道：「把唐證和阿楚叫回來！」

雲寫還未醒，唐證和南宮楚已到了。南宮楚頭上傷未癒，包著白布。

佩姨語重心長道：「你們倆跟著雲兒已近十年了，是他最親近的人，阿楚又叫了我這麼些年的乾娘，有些話我一定要講清楚。」

南宮楚低著頭，做出那樣的事情，被唐證訓了一個月，她也有悔意，只是礙於情面沒有講。

「你們追隨他，不僅個人性命，連整個家族都託付，這是一種豪賭。如果保不了性命，拿何去賭？無論是阿楚，還是雲兒，都須保住性命！就像此刻，如果那個人能令雲兒病好轉，無論他是誰都可！」

南宮楚歉然道：「乾娘，我錯了。」

唐證訝然，這女人平日裏比男人都強勢，竟也有服軟的時候？

忽聽床上人道：「妳沒錯。」

「雲兒，你醒了！」佩姨幾乎喜極而泣。

雲寫只說了「餓」，便再無他話。很快丫鬟就端來一些細粥，雲寫吃完睡去。

第二天起來，全沒昨晚的狼狽。唐證和南宮楚察覺到，以前的爺又回來了！雖病殃殃，但從容不迫、寡言沉穩、手腕淩厲——這才是當朝四皇子慕容雲寫！

逝者如斯，羅嬪壽辰轉眼就至，朝廷命婦攜女入宮祝賀，出現了甚是滑稽的一幕——都聽說四皇子命不久矣，濃妝豔抹，故扮醜陋；而在看到慕容雲寫後，卻又紛紛離席，重新著衣畫妝，粉脂水幾乎沒染紅御花園裏的湖泊。

雲寫覺得無比好笑：「沒想到，我慕容雲寫也要靠容貌來博得歡心。」

「殿下何必妄自菲薄。」清冽的女聲傳來，雲寫抬眼，站在他身前的女子一身淺藍衣裳，十分素淨，臉上也未著粉脂，爽淨俐落，原是邱浣。

邱浣雖著女裝，舉止依然帶著男子的落拓不拘。

他把玩著酒盞，閒閒道：「妳打扮得太素淨了。」

「殿下求的不就是清明素淨嗎？」

雲寫眼一掃滿堂形形色色女子：「白鶴安與雞鴨同流？」

邱浣朗然一笑：「不立雞群，焉知鶴之獨立？」

雲寫自嘲一笑：「邱浣，我倒很想看看妳賭輸是什麼樣子。」

邱浣冷定地對視著他的眼睛：「我不允許自己輸，殿下也不會讓我輸，不是嗎？」湊近一些，笑意更濃，「殿下，我等著你的畫。」說罷步入人群。

席上君上問羅嬪：「那可是丞相的女兒？」

羅嬪適才正看著二人：「君上好眼力，正是丞相家的千金。」

君上道：「猛然一看倒還以為是邱子瑜，神情、舉止都頗為相似，倒是配得上老四。」

羅嬪眼神閃了閃：「聽說她與邱公子是孿生，兩人長得像也是情理之中。虎父無犬子，邱丞相那般人物，兒女自然也不俗的，無論嫁給哪位皇子，都是一個好內助。」

君上咀嚼著這句話。邱浣嫁給誰不重要，重要的是邱家站到哪一邊！目下，他只能站在皇帝這邊！

邱浣不喜與那些女子交談，尋了個因由離席，沿湖漫步。接天蓮葉無窮碧，映日荷花別樣紅。她尋了一個涼快處避暑，竟見慕容雲寫臥睡石上，眉間微蹙，臉被曬得豔勝芙蓉。她身影輕移，替他擋住陽光。真不知他這樣不警覺的人，怎麼在宮裏生活下來的。

見他臉上忽有痛色，呼吸也急促起來，手握住，喃喃低喚：「青要……你……你別走……」

青要？邱浣記住了。

見一宮女行色匆匆，像是羅嬪宮裏的，她覺有異悄然跟上。

宮女懷抱一個包袱，躲過其他人進入羅寢宮，將包袱藏在箱子裏。待宮女走後，她閃身進去，一開箱，發現包袱裏裝的竟是男人的衣裳。

明白是怎麼回事，她悄然退出。不一刻聽人叫「有刺客」！侍衛紛紛湧來圍住羅嬪寢居，搜出那包衣裳。

羅嬪臉色煞白，君上臉色鐵青，君后止不住得意，眾人各有興味，唯慕容雲寫不動如山。

君后說：「瞧這衣服不像是給君上的。」

對照慕容雲寫身上的衣裳，樣式、大小皆一模一樣。

君上怒問：「羅嬪，妳說！」

羅嬪驚慌跪地：「君上，臣妾……」

忽然有個紙片從衣裳裏掉了出來，君上看罷倒笑了起來。

「邱浣何在？」

眾人不解。君后看了紙片，面色不動，眸裏有隱怒。

紙上寫著：

青青子矜，悠悠我心。縱我不往，子寧不嗣音？盼君著我衣，時念我心。

這不是關鍵，關鍵是後面的落款——邱浣。

邱浣進來，看到被抖開的衣裳，臉羞紅：「見過君上。」

君上開門見山問：「妳是否鍾意四皇子？」

邱浣低垂著頭，手侷促地揉著衣角。

羅嬪已經回過神來：「君上這樣直接問，姑娘家怎麼好意思？她原是想借我手將衣服轉送四殿下，我這幾日忙倒把這茬給忘了。」

君后道：「羅嬪，這宮裏私相授受可是大罪！」

羅嬪駁道：「臣妾自是知曉此理。只是君上命我為四皇子準備此宴，服飾、用度等皆由我打點，送買來的衣服也是送，送邱姑娘做的也是送，有何區別？」

邱浣愧疚道：「臣女知罪，只是……」哀怨地看一眼雲寫，「殿下回京以來一直不得見，只能……只能請娘娘幫忙……」

君上說：「難得妳有心。老四！」

雲寫道：「父皇，邱姑娘對兒一片深情，兒已知曉，只是……」

君上厲聲問：「只是什麼？」

雲寫忽然握住身邊綠裳女子的手道：「兒臣對她一見傾心，想選她為妃。」眾人看去，那女子豔若芙蓉，神情嬌憨可愛，雖不及邱浣端莊溫雅，倒格外惹人憐惜，雲寫喜歡她也自有道理。

君上面色陰沉：「你是怎麼對她一見傾心的？」

慕容雲寫目光溫柔地看著她：「適才兒臣在荷池邊睡覺，她用身子替兒臣擋住陽光，讓兒臣得以安睡。父皇，有哪個女子不愛惜自己的容貌？不怕被曬壞了皮膚？只有她憐惜兒臣勝過憐惜容貌，此等深情，兒臣如何負之？」

邱浣心裏五味雜陳。

君上問女子：「妳是哪家的？」

女子大方道：「家父中書舍人陶涇。」

不是什麼大官，威脅不了朝政。

君上鷹眸一掃三人：「既然如此，邱相之女為正室，陶舍人之女為側室，擇吉日大婚。老四你也不小了，成親以後就要定下心來。」

雲寫若有深意地看了眼邱浣，對她歉然一禮：「父皇，兒臣無大願，只想一妻一室，平淡度日。」

君上好不容易壓住太子和君后，平衡了朝中勢力，他若娶邱浣就勝出他們，木秀於林，風必摧之。

君后憐惜地看著邱浣：「委屈妳了。」

羅嬪感歎：「願得一心人，白首不相離，四皇子真是癡情人。」

一直沉默的穆妃道：「君上，四皇子與邱姑娘皆是真性情之人，不如由他們自己商定，兒孫自有兒孫福，何苦為難了孩子？」

眾人不由得看向三人，慕容雲寫還握著陶姑娘，淡淡地看著邱浣，眾人不由在心裏感歎：「傳聞四皇子涼薄，果然沒錯。」

邱浣忽然向他鄭重一拜：「一切如夢如幻亦如電，應作如是觀。婚姻娶嫁，順其自然。」

眾人不由對她另眼相看。

選妃一事就此結束，接下來就是雲寫成親了。

陶姑娘叫陶印兒，原名薛印兒。

離昧、西辭跟隨白鶴一直來到苗疆。這日大雨，二人投宿客棧，被雨困的人不少，已沒有客房，只能在大廳等待雨停。

忽然一陣疾風過，門被吹開，隱隱有鈴聲隨風傳來，「叮叮噹……」在瓢潑的大雨裏，這聲音又細又幽，直透心裏。

離昧忽覺袖中桃木符墜一燙，醒過神來。西辭兀自沉吟細聽，一邊環顧四周。客棧裏這些人都是江湖打扮，個個十分警覺，此刻卻彷彿皆沉醉於鈴聲中。

拿起茶壺狠狠地摔在地上，小二驚醒：「客官，怎麼了？」

西辭警覺不對，狐疑地看了眼窗外。離昧還沒有無事找過碴，尷尬地看向西辭，見他指著茶杯：「茶裏有蒼蠅。」

小二連連道歉：「我這就給您二位重沏一壺好茶。」

窗外風吼雷鳴，卻擋不住那鈴聲越來越響，桃木符墜也越來越燙。

小二關上門，才轉身又被風吹開了。

「娘的，這什麼鬼天氣！」

猛然間，門外赫然出現一個人，高大魁梧，頭戴斗笠，煞氣森森。

「住宿！」從他喉嚨裏僵硬地吐出兩個字。

「……裏……裏面……請……」店小二顫顫巍巍地道。

黑衣人踏入，堂中氣氛頓時冷了幾分，不少江湖人手已握住傢伙。一個戴著斗笠的人跟著店小二進入。離昧覺得奇怪，那人走起路來竟似只有兩條腿在動，甫一跨入，堂中更增了幾分死氣！

兩個、三個、四個……竟一下進來九個。

離昧覺得無比詭異，看向西辭，一慣隨興的他臉色竟也煞白起來。

他一定知道什麼了！

「小二，我們的茶什麼時候上來啊？」西辭出聲打破死寂。

江湖人又開始你來我往，飲酒談笑，只是沒有一人手鬆開兵器。

「就……就來……」小二如蒙大赦般跑開了。

西辭悄悄握住離昧的手，寫了三個字：「趕屍匠！」

離昧一嚇，他曾聽師父說過苗疆有趕屍匠，專門挑八字特殊的人的屍體，困於洞中練成蠱人。此法十分陰毒，早已失傳，怎麼會被他們遇到？

「何以見得？」

西辭寫道：「如此悶熱天氣，戴著斗笠，人體燥熱，周身會有一層熱氣，而這隊人除了第一個，皆沒有熱氣，都是死人！」

離昧如遭雷擊！若真是屍體，九為陽數，陰陽相合，這趕屍匠要多深厚的術法？若相安無事便好，否則他們這一屋人……

西辭又寫：「靜觀其變。」

可天不與人願，忽然一陣風起，吹開鄰座行腳僧的行李，一卷經書眼看就要飛到第九個屍人的身上。屍人身上驀地閃出一道黑光，經書化成利劍反向行腳僧射去！

好霸道的內力！

離昧想也未想伸手去拉行腳僧。眼看經書刺來，西辭長劍一揮，破了煞氣，收了經卷還給行腳僧。

「大師收好。」

行腳僧驚魂未定：「阿彌陀佛，多謝施主……」

他這一唸，九具屍人俱是一震，黑氣煞煞！

江湖人警覺，已明白怎麼回來，暗忖自己不是對手，讓這個行腳僧在店裏早晚會出事！紛紛叫道：「老和尚唸什麼經，聽著討厭！打出去！打出去！……」

離昧訝然，他們難道看不出這些屍人還是忌諱和尚的，把他趕走屍人發起難來更無法對付？離昧不懂，人對一些事情總是心存僥倖。他們覺得和尚會引起屍人發難，把和尚趕走或許就不會了，雖然這機會只有十分之一，也要試試。

西辭抱拳一禮：「諸位聽我一言，有道是四海之內皆兄弟，萍水相逢，你不犯我，我不犯你，如此而已。大家不喜師父唸經，師父閉口就是。外面這麼大的雨，讓師父出去也不合江湖道義。」

眾人暗忖：「斗笠人沒有發話，自是欣然同意了。」

「西辭少俠言之有理，過了今晚大家就各奔東西了，相安為好。」

斗笠人嗓子裏發出「咯咯」的聲音：「和尚留下，道士過來。」

離昧一抖，西辭擋在他前面：「閣下叫我兄弟不知有何見教？」

離昧只覺一股陰森森的光芒從斗笠下射來，渾身似置身在冰窟裏！他知道這人一旦發難，滿屋人都跑不了。深吸了幾口氣，安撫地拍了拍西辭，謹慎上前，行了個道家禮儀。

一股大力忽然將他拉向斗笠人，一雙烏青的指甲直探他眉宇，凌厲如劍。離昧想閃開，奈何身不由己。

「住手！」

西辭大喝，長劍早有防備地向斗笠人刺來。

行腳僧同時唸起《般若波羅蜜多心經》：「南無阿彌陀佛……觀自在菩薩……」

客棧頓時陰氣陣陣，不願被殃及的江湖人紛紛破窗而出，嚇得尖叫：「蛇啊！蠍子！好多蠍子！……」

五毒從窗外爬來，整個客棧頓時亂成一鍋粥！

「快用火燒！」

不知誰叫了一聲，人們紛紛拿起酒倒在地上點燃。然客棧本就小，五毒沒燒到反而燒到自己人，更是亂上加亂！

「阿彌陀佛！」和尚猛然提聲高唸，頭一仰，「喔喔……」一聲雞叫竟壓過雷聲！蛇蠍進攻的動作一止。

斗笠人搖動鈴鐺，五毒又進攻來。和尚默唸《心經》，手敲木魚，長聲高嘯，沉悶如鐘，振耳發饋！

他這邊與五毒作鬥，西辭那邊並不輕鬆，像有無形的鬼控制著離昧，怎麼也搶不回。斗笠人的五指又黑又長，如一把把淬毒的匕首，但凡被它劃到便是一陣黑印！

那是屍毒！

他知道憑自己的本事萬難救出離昧，急道：「阿離，你還清醒嗎？快唸《道德經》！」

離昧剛被控制住了神志，被他一喚清醒，在心裏默唸道：「天下皆知美之為美，斯惡已。皆知善之為善，斯不善已。故有無相生，難易相成，……前後相隨，恆也。是以聖人處無為之事；行不言之教；萬物作而弗始，……功成而弗居。夫唯弗居，是以不去……」

如果天下人都知道美之所以為美，那麼醜的觀念就產生了。都知道善之所以為善，那麼惡的觀念就產生了。所以說，有和無相互依賴而產生，難和易相互對立而促成……前與後相互依伴，這是永恆不變的道理。因此，聖人排除一切人為的努力而從事「無為」的事業；聖人超越一切言語施行「不言」的教化；他任由世間萬物振興卻不加以干涉……功成名就也不居功自傲，正因為他不居功自傲，所以他的功績永恆不滅……

離昧雖不會術法，然他有一顆至善之心，這種善念便是邪魔歪道最害怕的。因此斗笠人壓力驟然增大，屍人也震動起來。

西辭見此大喜：「大家跟著師傅一起唸！」

一時客棧內全是唸咒的聲音。和尚又長吼幾聲，嚇走五毒，震毀斗笠人的鈴鐺。

眾人長舒一口氣。

卻見斗笠人猛然站起，殺氣山嶽般壓來，喉間冷笑：「自不量力！」

又從斗笠下拿出一個銅鏡。客棧中燈光甚暗，他銅鏡一拿出，竟如滿月般皎然生輝！好神奇的鏡子！

聽他疾喝：「起！」

九個屍人竟忽然蹦了起來，將他們團團圍住！

「詐……詐屍了……」

西辭厲喝：「大家不要自亂陣腳！我們掩護，你們尋一個突破口殺出去！」

這些人不通術法，留著也幫不了什麼忙，只會白白送死。

離昧、和尚、西辭各守一方與屍人僵持。

雨越發大了，破舊的客棧時有木頭「咯吱」斷掉，搖搖欲倒！最後一點火苗被水澆滅，只有那鏡子的光，皎潔而詭煞！

西辭忽然說：「阿離，我在這兒。」

無論生或死，我都在這兒，在你身邊。

離昧「嗯」了聲。

和尚唸道：「阿彌陀佛，善哉！善哉！苦海無邊，回頭是岸！施主，人既已死，讓其魂魄安息吧！」

斗笠人銅鏡一掃，屍人猛然發動攻擊，西辭憑巧妙的輕功與屍人周旋。和尚口唸《心經》，手亦變幻著印法，阻住攻擊。只有離昧躲避三個屍人躲得甚是狼狽，被逼到牆角，眼看屍人烏黑的指甲就要刺來，倉促閃躲，頸上銅鏡滑出，屍人手指在他眉間堪堪停住！

好險！好險！離昧深深吸呼，輕輕地爬走。他們為什麼突然停住了呢？咦，自己的銅鏡怎麼也發起光來了？

斗笠人猛然飄來，一把抓向他胸前，離昧驚魂未定，狼狽轉身，竟撞著一個屍人摔倒在地，就此躲開斗笠人的攻擊。

西辭撇開圍著他的屍人，護在他前面：「阿離，你沒事吧！」

未說完，斗笠人又攻來，不與西辭鬥而只攻離昧。

離昧猛然想到斗笠人趕屍用的是銅鏡，是否與自己這塊也有關係？在他又攻來時解下鏡子扔與西辭，果然他突改方向。

兩枚銅鏡光芒閃爍，變幻不定，那些屍人竟不知該如何攻擊。忽然斗笠人唸了聲陰咒，九個屍人守住門窗。

客棧裏再度死寂下來，江湖人已受傷過半，或是被蟲咬，或是被屍人抓傷，或是被同伴誤傷，沒有解毒的藥也是死。他們三人亦元氣大傷，根本不是對手。

斗笠人冷冷地指著離昧：「用你，換他們。」

離昧看了看眾人，點頭。

「阿離！」西辭跺腳。

和尚道：「阿彌陀佛，我不入地獄，誰入地獄？貧僧與願，願替道友。」

斗笠人冷哼一聲。離昧向和尚施了一禮，便要去斗笠人身邊。

西辭拉住他：「既然我們已是你掌中物，你先放了他們。」

斗笠人低「哦」一聲，屍人散開。

西辭道：「大師帶大家快走吧！」

和尚想外面或許還有五毒，跟他們出去。

離昧推西辭走，他溫柔一笑，堅定道：「我在這兒。」對斗笠人道：「他不會說話，閣下不介意我替他翻譯吧？」

兩個屍人上來，尖長的指甲掐住二人脖子。離昧聞到他身後屍人的味道，猛然一震！

斗笠人拿過銅鏡：「你是什麼人？」

西辭道：「他俗家姓段，名閱。道號離昧，是長雲道長的徒弟。」

「不對！」斗笠人道。

「有何不對？」西辭問，離昧亦是急切地看著他。

斗笠人手指探到他眉心，語氣竟大是喜悅：「好煞氣！好煞氣！」

西辭愕然，離昧這種人身上會有煞氣？身子忽然一木，僵立難動。他是如何讓自己難以動彈的？

斗笠人搖著鈴鐺出門，屍人攜著離昧出客棧。

西辭急得心都跳出來了，「咿呦」難言，忽見離昧向他打了個「放心」的手勢，消失在雨夜裏。

與願和尚回來，西辭才能動。斗笠人給他設了一個障，若非他及時被喝醒，後果堪虞。西辭呼喝風隼，久不得回應，許是被與願學雞叫的聲音驚嚇著了。

西辭焦急：「怎麼找他們？」

與願道：「十個斗笠人和一個道士很引人注目，沿途打聽就可。」

然他們問了方圓十里也未打聽出什麼消息，西辭又急又沮喪。

這日中午，他們在涼棚裏買水喝，涼棚建在半山腰上，主人是個七八十歲的老大爺。

西辭看他像是個有見識的人，問：「大爺，最近您可看到有九個戴斗笠的人和一個年輕道長？」

老人倒茶的手一顫：「客人打聽這個做什麼？」

西辭見能問出些什麼，殷殷道：「那個道長是我朋友，我們已經尋找數日了，老人家若知道請一定相告！」

老人家低聲道：「你說的那隊人我沒見過，不過十五年前倒是見過一隊，怕是苗疆有史以來趕屍最多的一次，足有兩百多人，五毒橫行，苗人幾個月不敢出門！那東西極凶，若不小心撞見會折壽的！你那朋友既被趕屍匠拘去，怕是凶多吉少，你們還是不要找了。」

西辭堅定道：「我一定要找到他！」

老人歎息：「我聽老輩人說，趕屍匠都是夜間行走，有專門的趕屍道，直通大山深處的孵屍洞，陰氣甚重，順著那條路走或許能找到。」

「老人家可知趕屍道在哪？」

老人搖頭：「尋常人哪能知道？這是苗族人的祕密，只有族裏的祭司知曉。」

西辭將一錠黃金放在桌上：「如何能讓祭司開口，老人家可否告訴我們一個方法？晚輩感激不盡！」

「苗人崇拜新月，每月新月初升祭司都會祭祀月神，月神祠就在十萬大山裏面。那裏是陰氣最盛的地方，孵屍洞也在那附近。你們若有本事跟著祭司，只是千萬別被發現，祭司法術高深，被他發現任何人都活不了的。」

今日是農曆二十九，這個月月大，後天就是初一，新月升起的時候。兩人問了祭司所在處，辭別了老人。

西辭道：「大師，此事危險……」

與願道：「離昧道友於危難之中救貧僧，如今他有難，貧僧如何能袖手旁觀？」

還有兩天時間，二人不能按兵不動，西辭輕功好，偷偷打探好祭祀的事情，買了夜行衣穿上。

這晚果然有十數個侍女抬著祭司的肩輿，向十萬大山中走去，雪白的衣衫，身姿飄若幽靈，西辭亦為這輕功歎服，帶著與願遠遠地跟著。

這條路果然十分幽冷，陰風陣陣，連個蟲鳥鳴叫聲都沒有。

他們跟蹤了約莫一兩個時辰，肩輿終於停下來了。隱隱可見一個祭祠，地方不大，燈光幽晦。

祭司從肩輿上走下來，一身雪白的道袍像用月色裁成，烏髮如絛，眉心佩戴藍色寶石，襯得眼睛幽光熠熠，面容清俊，竟是一個風華絕代的人物！

侍女毫無表情的聲音叫道：「各宮獻祭品！」

西辭這才發現在月光照不到的地方，竟人頭簇動，這次祭祀規模不小，他們能順利地找到孵屍洞嗎？

西辭悄聲對與願說：「我去別處探探。」

與願拉住他：「有屍氣！」

他們隱藏在樹後，俯觀下方，有的送豬羊做祭品，有的送五毒，……竟還有人送方出生的嬰兒！

與願只唸「阿彌陀佛」，西辭看得心裏發寒，祭祀尚且這般，不知孵屍洞又是怎麼一幅殘忍景象？

侍女忽唸：「遷屍宮送屍蟲九具，活牲一頭。」

「叮叮噹……」熟悉的聲音讓西辭、與願一震。見斗笠人搖著鈴鐺，後面跟著九具屍人，最後是一個穿白色道袍的道士，走路時只有雙腿動！

西辭心裏「咯噔」一下，難道離昧也……又想到方才唸的是「活牲」，說明離昧還是活著的。

斗笠人僵硬的聲音道：「祭司大人，此九人皆是陰年陰月出生，正好孵化蟲蟲。這一人竟也有趕屍鏡，身分甚是奇特，屬下特意帶來獻給大人。」

祭司聲音清朗：「過來。」

離昧兩條腿機械地抬動，走到祭司面前。祭司手指印在離昧額心，散發出月華般的光輝，片刻收回：「命格不凡，大有用途。」

西辭和與願正商量著如何營救離昧，忽覺一股疾風捲來，緊緊抱住樹。見祭司衣袖一揮，樹枝「咔嚓」一聲斷了，二人摔在祭壇上！

「這是誰獻的祭品？」祭司問，無人作答。

西辭摔得骨頭都要散架了：「阿離，你還好嗎？」

見離昧眼珠子左右移動，不知想說什麼。

祭司清冷道：「烹了。」

西辭與願還未反應過來，被送到祭壇頂，一隻大鼎裏裝滿沸騰的油。竟是要將他們二人油煎了！

眼見就要將二人投入油鍋裏，離昧半分也動不了，急得「咿呦」叫。猛然，最後一個屍人縱身上了壇頂，兩掌打飛侍人，攜著西辭、與願落在離昧身邊，解了他的障，掀開斗笠。

離昧見了他，喜極涕零！

果然是謝堆雪！雨夜聞到他身上的香味時，就疑心是他，可這些天一直被障困住，想問也問不得。

謝堆雪臉無表情道：「雪涯祭司，你還是這麼殘忍。」

雪涯負手而立，長身如玉：「謝堆雪，我還替你保留著他的屍體，只是你來得也太晚了些，他馬上就要被蠱蟲吃完了。」

離昧疑惑，「他」是指誰？謝堆雪為何裝成屍人？又為何來到這裏？銅鏡與梨家有什麼關係？那封信又是什麼意思？急切地想問又開不了口。

謝堆雪道：「放他們走，我告訴你一切。」

雪涯冷笑：「你若知道一切，會來這裏嗎？」

謝堆雪道：「你知道的，加上我知道的，就是一切。」

雪涯道：「謝堆雪，你是個精明的人。他們可走——」指著離昧，「他不可以！」

謝堆雪冷冷道：「他必須走。」

雪涯朗然一笑：「二十年，不知你功夫精進幾何了？」

眼見二人要交手，離昧拉住謝堆雪走向雪涯。方才雪涯以指探他眉心的時候，他腦子一瞬清明。他果真不是段家人，那些記憶都是師父灌輸給他的。他俗家姓梨，名雋，小字青要，梨家滅門時被師父帶上山。

離昧在掌心寫下兩個字：「淮國。」

當年淮國兵敗，被斌朝逼到苗疆十萬大山。梨合三征苗疆，歷時八年，終於滅了這個詭異的國度。梨宅的井底有狼圖騰雕像，身為苗疆祭司定然與淮國有所往來。

雪涯不動聲色地看著他。

離昧又大膽地寫了兩個字：「復國。」

雪涯寶藍色的眼波轉了轉，手指一彈，一個黑色的東西進入離昧口中，瞬間似有無數隻蟲子在喉中爬動，奇癢無比，毛骨竦然！

他捂著脖子猛咳，忽然吐出一條綠色的肉蟲來，瞬間鑽到祭壇裏去！

離昧怔忡片刻，「嗚……」大吐起來。

「阿離，你怎樣？」饒是西辭見多識廣也被嚇住了。

離昧吐無可吐，搖頭。

聽雪涯問：「你還知道什麼？說來。」

謝堆雪詰問：「要讓所有人都知道嗎？去孵屍洞。」

「你們可以走了。」侍女請西辭和與願離開。

離昧對西辭使了個眼色，對手太強大，他們在這裏只會成為累贅，不如先行離開。

謝堆雪問：「你來做什麼？」離昧又要寫，他說，「你可以說話了。」

那條蠱蟲不是尋常蠱，可以修復一切破損的東西。

離昧試著張口：「我……」

果然能出聲了，又激動的得發不出聲來，許久，零亂道：「我……不放心……你，……到底……怎麼了？」

謝堆雪深深地看著他：「我無事。」

離昧問：「你是來找我父親嗎？」

「慕容雲寫告訴你的？」

離昧嚅嚅道：「嗯。」

謝堆雪轉過頭去：「是的。」半晌又問，「你喜歡他？」

離昧口吃：「……喜歡。」

謝堆雪沉默，直到要進入孵屍洞才道：「既然喜歡，就不要捲入這事。放下，才能拿起。」加重語氣，「聽我的話！」

離昧想不明白為什麼：「堆雪，我以為，我們之間無話不可說。這世間如果還有最後一個人我可以相信，定然是你。」

謝堆雪終於又正眼看他，越來越像多年前的那個人。雪涯饒有興味地看著他們。侍女一個個魚貫進入孵屍洞，謝堆雪突然發難，長劍一刺，如驚電交錯。他一掌推開離昧，劍氣飛渡，將雪涯逼入孵屍洞，掌如雷霆，擊打著山石！

雪涯大怒，乘勢一掌擊來。離昧眼見謝堆雪被掌風擊飛，撞在堅硬的石壁上，肝膽欲裂。

「謝堆雪！」猛然衝上去！

山石崩裂，堵住洞口！

「謝堆雪！」離昧哭喊。

為什麼又這樣拋下他！到底是什麼事讓他以死遮掩！

「謝堆雪！」

摧枯拉朽的倒塌聲中，只聽他如往日般喟然淺歎：「小離，聽話，回去！我要你……幸福。」

「你這樣成全的幸福，我不要！我不要！……」

離昧歇斯底里地吼叫，未及奔到，洞口完完全全被封住，再看不到裏面半點情形！

他頹然坐地，忽然有人拉著他衝破祭司弟子強行帶走。

新月教的弟子挖開了山石，進洞裏的人大都找到了，唯獨沒有謝堆雪和雪涯祭司。離昧每等一日心焦一分。

西辭勸道：「沒有消息，其實是最好的消息。孵屍洞是雪涯祭司的地方，謝前輩和他在一起不會有太多的危險，我們不能在這裏空等。」

「可該怎麼辦？」離昧半分主意也無。

西辭道：「阿離，有時候隱瞞一些事情，是為了保護一個人。你莫要辜負了謝前輩的苦心。」

離昧豈會不明白，可是事情已經到這個地方，那些懸念像腳氣，癢得你不得不去撓撓。他忽然意識到，自己從未將一系列的事情羅列細想過！

「讓我靜靜。」

尋了張紙將這幾個月的事情一一寫下來——黔西遇到慕容雲寫，借稻種遇蕭灑，慕容雲寫見到銅鏡，撞見雲寫殺人，蕭灑贈瓷簫，梨宅遇鉤吻、見到真實的臉，謝堆雪的琴，神祕面孔的人，謝堆雪見瓷簫出山，井底「復國」二字，再遇鉤吻，段家滅門，秦韓、秦夫人封口，被陷害入獄，中鉤吻之毒，謝堆雪的信，趕屍銅鏡，神祕的雪涯祭司。

可以肯定蕭灑一開始就知道自己的真實身分，故意以瓷簫引謝堆雪出來。那麼慕容雲寫呢？他又知道多少？

從雪涯祭司的表情看來，井底的「復國」是指復淮國，梨家是被苗疆人所害，後被趕屍匠趕走？這塊銅鏡難道就是當年趕屍用的？是師父放在自己身上的嗎？其他部分是在別的兄弟姐妹身上嗎？秦韓認識銅鏡是不是也是自己的親人？為何會被刺殺？

無論是人還是毒，「鉤吻」貫串始終，更有何深意？她顯然也知道自己真實身分，與那個神祕人又是什麼關係？

這樣一分析，離昧覺得要弄清一切，必須回一趟帝都！打定主意，和與願辭別後，立刻出發。

五六日後抵達帝都，處處張燈結綵，原來是四皇子慕容雲寫即將大婚。

離昧一笑，百無聊賴地在街頭漫步，走過菜攤，看過泥人，買了草編，聽到身後吵鬧聲，好奇回首。

夕陽西下，燦然如金。數步之外的人黑色衣袍沾滿灰塵，頭上甚至還頂著菜葉。在人流湧動的大街上，像一座黑石般凝望著他。

他含笑：「是你。」

他莞爾：「是你。」

恍然，回到初春煙雨再見。

到此再度無話。

良久，離昧走過去，拈起他頭上的菜葉子，彈去灰塵：「怎麼弄成這個樣子？」

他不知道雲寫在樓上喝酒，看到他直接從窗戶跳下來，打翻了菜攤、撞倒了茅棚，追了整整兩條街才追上他。

「能說話了？」雲寫聲音輕顫。

「能了。」離昧笑笑。

「……找到他了嗎？」聲音澀啞。

「找到，又離開了。」

「……還要再找？」

「嗯。」

雲寫別開眼，看天際夕陽絢麗如火。過不了多少，就要消散了。如果註定這樣，不如不絢爛。

「……望你……早日如願。」

「會的。」

街道上人聲如沸，越發襯得兩人冷寂的尷尬。

半晌，雲寫道：「我回去了。」

離昧笑容如舊：「再會。」

雲寫深深看了他一眼，竟也笑了。夕陽照得他眼光熠熠，像水面反光。一揚衣袖，長身而去。離昧想叫住他，看著滿街喜慶，到底沒有開口。

他要，成親了。

第十章 劍舞破陣，清刃含碧

邱府，書房。

邱回道：「所有鹽鐵商號已全收歸府庫，薛識雖被流放，到底保住了一條命。阿浣，妳還要替他爭取商鋪管理權嗎？」

邱浣堅定道：「我意從未變過。要送他三件禮物，一件也不會少！」

前兩件送了，他還會拒絕第三件嗎？

她身邊立著一位男子──淡藍色衣袍，腰束玉帶，是恢復邱子瑜身分的西辭。他行走江湖時用「西辭」這個名字，到京中便是邱子瑜。

邱子瑜知道邱浣再次被慕容雲寫拒絕，極其憐惜，想要勸慰。

她竟坦坦然然，爽朗一笑：「他拒絕得好，但絕沒第三次！」

子瑜不禁感歎：「世間女子，哪有如妹妹這般灑脫自信？離昧也是不及的。」

邱回道：「太子被禁足，君后勢力大減，唯獨三皇子一直按兵不動。他和穆妃都不是省油的燈，不得不防。」

邱浣道：「咬人的狗不叫。想必秦韓之事，三皇子已經插手了。他想做壁上觀，這次肯定坐不住了。父親，不如這般……」

父女倆細細商議。

子瑜對權謀無感，只憂心：「縱賭贏了，他的病……」

邱浣神祕莫測地一笑：「他有病，才能活到現在。」不容他置疑，復道，「薛識既然得救，薛印兒和你這義子是否要致謝？」

子瑜道：「是該致謝。」

離昧接到西辭的請柬，如約到墜夢樓裏喝酒。墜夢樓位於帝都之南的烏衣巷。綺香院與墜夢樓並稱兩大青樓，相傳其花魁唇藥姿容猶勝於洗眉。

離昧入樓，見西辭一身青衣，倚窗而坐，瀟灑風姿引得諸女回望，不由莞爾。見他身旁坐著個女子，是和子塵打架那個，隱隱記得叫薛印兒。

西辭道：「阿離，坐。」指著桌中茶具，「今兒還要請你煮茶。」

離昧笑：「說是請我喝酒，原是要替你煮茶，早知如此我便不來了。」

說著還是拿起茶具，照著雲寫教的方法，煮水煎茶。

茶方煮好，一陣不徐不急的腳步聲傳來：「公子請。」

侍女恭敬地推開門。來人薄唇輕抿，劍眉微蹙，面色疏冷。

離昧忽生緊張，見慕容雲寫已在他對面坐下。西辭斟茶道：「四殿下精於茶藝，普通茶入不了口，嚐嚐阿離煮的如何？」

慕容雲寫淺抿一口：「很用心。」

離昧苦笑：「你教的，我能不用心嘛！」

西辭道：「今日請殿下來是想當面致謝。義父雖流放邊關，到底保住了性命。印兒年紀小，有時愛使點小性，但心性善良，成親以後還望殿下多多包涵。」

離昧想：「原來他要娶的是這個女子！果然嬌俏可人。」

雲寫淡淡道：「自然。」

薛印兒上次何等頑皮，這時乖覺地坐著，低著頭，一張臉豔如春花，偶爾含羞帶怯地偷看一眼雲寫，顯然喜歡上他了。

「如此，我和義父便放心了。」對薛印兒笑道，「印兒，還不向妳的未婚夫致謝。」

薛印兒羞答答地舉茶：「我以茶致謝。」

雲寫飲了，體貼地問：「婚事都打點妥當了嗎？」

「有父母操心，我……」

雲寫只說了聲「好」，房間裏寂靜下來。西辭拍了拍手，一會，聽見一聲柔軟的聲音說：

「唇藥姑娘到了。」

一個紅衣妖嬈的女子立於白紗之後，對他們道了個萬福：「各位公子，唇藥不才，以一曲佐茶。」

聲音柔媚，像女子唇上的胭脂。妙曼身姿坐於琴前，信手撥弦，清音緩緩。

離昧壓下心中苦澀，閉目聆聽，似乎雨打荷葉、水滴竹筏、珠擊瓦楞……想起與子塵泛舟而遊的日子，若非遇到雲寫怎麼會有這些愛不得、捨不得的為難？

心越發苦悶，悄然出了房間。外面絲竹嘈雜，將自己隱藏在喧鬧裏，倒覺得安心了。

「彈得不好嗎？」背後忽然傳來清冷的聲音。

「很好，只是覺得裏面有些悶。」

離昧看著雲寫，有許多話想要問他，等到他面前時，卻發覺一句也問不出。

「是你心神不寧。」

離昧苦笑：「或許是吧。」

雲寫直視著他的眼：「你不想問我什麼？」

「想……」頓了頓，到底沒將關於感情的事問出口，「你對銅鏡知道多少？和它有怎樣的牽連？一開始就知道我的身分嗎？我已經陷入此事很深，想弄清一切。」

雲寫問：「就這些？」

「……就這些。」

雲寫低啞苦笑：「呵呵……我還能指望你問出什麼來？」頓了頓，「……我知道的不比你多，母妃去世時桌上有張圖紋，與銅鏡上相仿，我因此留心。你的身分是通過桃木符墜查出來的。」

「你身上的傷疤？」

雲寫毫不隱瞞：「我讓南宮做了一個一模一樣的銅鏡，烙在手臂上，再覆以辣椒粉，新傷就成舊傷。」

「你……」

「因為你有才華，這是讓你替我效力最直接的方法。」

離昧吶吶：「原來這樣。」

「青要……」他還想說什麼，到底又忍了回去。

離昧想他既坦然，自己也不能再隱瞞他什麼了：「我也記起了一些事。我的確叫梨雋，字青要。名出於青要山，『要』通『腰』，因山腰純青而名，峰巒疊翠，深谷清幽，曾為軒轅皇帝『密都』。父親與堆雪便是在此山相遇，因此為我名。」

慕容雲寫聽他說到謝堆雪，一陣苦澀。

「只是……不是你記憶裏的梨青要。」離昧自語似道，「你記得的那個人，叫梨問，是我三哥。我不知道你為何叫錯他，只記得那時，你喚著我的名字，卻看著他的眼睛。」

那時他摔破了手臂，明明痛得眼淚都出來了，卻還倔強地忍著淚笑。以後，任記憶怎麼混亂，他始終記得那雙眼睛。

可最後，怎麼會混亂成這個樣子？

「如果我再見到他，一定告訴他，你還惦記著他。」

雲寫心酸：「青要！」

他淡然地看著他：「雲寫，以後別再叫混了。離昧也好，梨雋也好，段閱也好，別叫青要了。」

原以為他念的是別人，突然得知是自己，卻原來到底不是自己，這種落差，不想再承受。

「……好……好。」

樓裏不知哪個歌娘幽幽咽咽地低唱著〈木蘭花〉：

燕鴻過後鶯歸去，細算浮生千萬緒。長於春夢幾多時，散似秋雲無覓處。

聞琴解佩神仙侶，挽斷羅衣留不住。勸君莫作獨醒人，爛醉花間應有數。

兩人一時沉默，各自默唸著「聞琴解佩神仙侶」，卻都說不出口。明眸皓齒我相思，卻各沉吟似不知。

沉默像一張大網，束縛得他們幾乎喘不過氣來。良久——

「雲寫。」

「嗯？」

離昧低著頭，腳有一下無一下地踢著欄杆：「既然要成親了，就定下心吧！……好好待人家。」

雲寫手撐著欄杆，用整個身子的力量壓定手：「我……知道。」

離昧好看的唇牽強一笑：「這樣，我就放心了。」

「你呢？」

「我挺好。」

雲寫又問：「你和……他……怎麼樣？」

離昧機械地回答：「我們挺好。」

雲寫深吸一口氣：「那時，你說你不是斷袖。」

「嗯。」

雲寫澀聲道：「……是……為了他……甘願……？」

離昧欲言又止，沉吟半晌：「算是吧。」

「轉告西辭，我先走了。」

腳步輕浮地下了樓梯，離昧緊緊地盯著他的背影。

歌女的曲子又改了：「……莫多情，情傷己……」

別後相思空一水，重來回首已三生。雲寫，我們註定只是一場傷心。

近日，朝堂上為鹽、鐵之事爭得不可開交，這是一個肥差，各方勢力都想將其攏到自己那裏，計謀百出。君上雖未明確發話，言談之間倒有等四皇子成親後，將這差事交給他，讓他歷練歷練之意。

四皇子還和以往一樣，對朝事莫不關心，對自己的婚事也莫不關心，病歪歪風一吹就倒的樣子。

離昧數次去找蕭灑，都不得見。眼見慕容雲寫婚期越來越近，他自忖沒那個肚量去喝他的喜酒，想去洛陽梨宅再看看，或者去秦夫人那裏找找線索。

鑼鼓喧天中，他單人單騎離去，渾身輕飄飄地似沒半分重量。到客棧裏吃飯，小二上菜時端了一壺酒。

「貧道並未要酒。」

小二笑容可掬道：「這是免費的。今兒四皇子大婚，帝都同慶，酒水一律免費，客官只管喝，不夠我再給你拿……」

離昧笑，原來到哪裏都免不了要喝他的喜酒，那就喝吧！

「一壺是少了，勞煩再給貧道拿兩壺！」

「好哩！」

不刻又送來兩壺。離昧嚐不出是什麼酒，只是一杯復一杯的地喝著，很快三壺酒就見底了。

小二道：「道長好酒量！還要嗎？」

離昧全無醉意：「老闆不怕喝窮了嗎？」

小二坦然道：「不瞞客官說，今兒喝酒官家有補貼，喝得多補得多呢！再給道長拿兩壺？」

離昧大笑：「好！好！」

又連飲兩壺，酩酊大醉，又哭又笑。

有不懷好意的人見色起意：「瞧道長醉了，走，帶他去醒醒酒。」

店小二阻止：「客官，這位道長……」

那幾人財大氣粗地塞了一錠銀子給他，並威脅地看一眼。

小二悻悻地住口，眼看他們將離昧帶到青樓，直歎：「造孽，造孽！」

四王爺府，張燈結綵，賓客滿門，只等新娘接到，拜堂成親。

慕容雲寫一身大紅喜服，更襯得他臉色蒼白，沒半分喜色。一個小廝到他面前，囁囁難言。

「說。」

小廝吞吞吐吐道：「回爺，離先生喝醉……被幾個紈綺子弟帶走了……」

慕容雲寫臉色頓時烏青，帝都好男風的紈綺子弟不勝枚舉，離昧酒醉被他們帶走，後果不堪設想！扯了胸前紅花便要出門。

「雲兒，你去哪？」佩姨急急拉住他。

雲寫焦急道：「他出事了！」

「新娘子馬上就要到了，君上也會來，你走了怎麼行？冷靜些！」對小廝道，「快去叫唐證、南宮姑娘！」

小廝回答：「爺派他們去接夫人，怕趕不急及……」

未說完，雲寫已出門，佩姨拉又拉不住，急得如熱鍋上的螞蟻。

雲寫還未出得門，聽人報：「三皇子到！」

在門口，雲寫向慕容雲繹一報拳就要出去。

佩姨趕來：「三皇子，你勸勸他！」

慕容雲繹擋住他：「去哪？」

雲寫倔強地仰著頭：「三皇兄裏面請！」側身要走過。

慕容雲繹看情形已明白了幾分，一拳捶在雲寫肩頭！他久在行伍，這一拳只帶了三分力，仍打得雲寫連退幾步，半個身子都麻了，憤怒地看著他。

慕容雲繹眉皺成深深的「川」字，目光深邃幽冷：「你想害死他？父皇不殺你，因為你是他兒子，他卻什麼也不是！」

慕容雲寫驀地僵住！上次父皇已對他有殺意，怎麼一擔心就忘了？自己並未派人跟蹤離昧，剛才那小廝如何得知離昧出事，偏在這個關頭告訴自己？

「你等著。」雲繹一捧袖，高大的身影旋即消失。

雲寫頓時對他心生感激，命人將傳話小廝押起來，重新戴上紅花，迎接賓客。

慕容雲繹的副將不懂：「將軍，四皇子這時走不正好？丟了皇家的臉，君上必然大怒，我們何須幫助他？」

雲繹鄙夷道：「如此卑劣手段，入不了我的眼！他一時糊塗，出門就會清醒，既然那男人是他的軟肋，現在就拔了豈不無趣？」

副將歎服：「將軍思慮周全！」

其實還有一個原因，慕容雲繹未說。去關陝之前，他很喜歡抱慕容雲寫。兩三歲的小孩童，軟軟香香，十分可愛。再回皇宮時，雲寫已經七八歲了，因為鍾妃去世對誰都心生警戒，兩人就形同陌路。

他一慣瞧不上手無縛雞之力的書生，就連太子也是。但說不上為什麼，倒很想親近這個病弱的弟弟，又不願主動，倒像……英雄惜英雄，又放不下驕傲去結交。

當然，他不知道，其實慕容雲寫對他也是這種感覺。

離昧雖醉了，也不是全無知覺，見眼前人影幢幢，笑聲帶著惡意，語音含糊問：「……你們……是誰？」

「喲……醒了？醒了就更好玩了！待會你就知道我們是誰了。」

離昧極力讓自己冷靜點：「這是哪裏？」

又一人急切道：「別跟他廢話，帶他到房間。」

「我要喝水。」

有人倒來水，他未接穩，杯子掉在地上。他撿了塊碎片劃破手，痛得清醒過來。

「你們是什麼人？」

一個面色蠟黃的男人輕佻道：「喲，真醒了，嘖嘖，瞧這俏臉蛋兒、勾魂眼兒，嘖嘖，弟兄們，老規矩？」

四五個形態各異的男人笑得淫蕩不堪：「換種玩法，猜拳每次都是你第一，不公平！瞧這個像是個雛兒，不能再便宜你了！」

「怎麼玩？搖骰子？」

「這個好，老五，你去拿骰子來！」

「你們可不許先動手！」

「放心吧！快去！……」

離昧見門窗都被封死了，自己又不是這五人的對手，身上一無迷藥，二無暗器，該如何逃脫？

「我情知無法逃脫，落到你們手也認命了，只是我是道士，穿著道袍……，實在愧對師父、愧對天神，倘若天神一怒……」帝都人多信奉佛道，他見幾人神色有異，賭對了，「容我卸了道冠、脫下道袍，祭天神還俗後……」

有心急的人道：「誰等你那麼久？」

「用不了許久，只在這屋裏擺上案臺，焚炷香便可。」

他們見說得容易便應了，離昧自己動手將桌椅擺成八卦形，假意焚香禱告，只望以這簡單的八卦陣，能拖多久是多久。

一炷香還未完，男人就等不及了，要闖進來。

離昧大喝一聲：「啟！」

八卦陣啟動，隱去他的身影。

「怎麼突然不見了？見鬼了！」

五個人被嚇住了！

「莫非真是神仙顯靈了？不可能！」

「拿棍來打！我就不信他能憑空消失！」

五人橫衝直撞，胡踢亂打，離昧被打了幾下，死咬著牙不出聲，極力避開他們，向門口走去。

忽聽人道：「定是這些桌椅有古怪，把它們搬過去！」

「完了！」離昧心想。

離昧不顧亂棒加身，一意向門口跑去。門忽然從外面打開了，一個魁偉男子進來，面容冷峻，不怒自威。

「拿下！」

他一聲冷喝，雷霆當空。立時有幾人將屋裏人擒住。

離昧對他感激涕零：「多謝施主救命之恩。」

慕容雲繹問：「這是什麼陣法？」

他一早就在門外，不進來是想看看令慕容雲寫心心念念的人到底有什麼本事，果然不負他的期待。

「諸葛武侯所創的八卦陣，我……」

那般玄妙的陣法竟被他用來對付下三濫，離昧慚愧不已。

一個小小的道士竟會八卦陣？不簡單！

「你叫什麼名字？」

「貧道離昧。」

「你且去我府中住幾日。」吩咐身邊人，「給老四送個信。」

離昧根據他氣度、語氣已判斷出他是三皇子慕容雲繹。看看天，暗想：「這時，雲寫想必已經拜過堂了吧！」委屈、恐懼、侮辱一起襲來，又不能在人前顯露，一時竟都化作悲涼，淒然又決絕地道：「告訴他，我……平安離開帝都。」

慕容雲繹深邃地眼看了看他，點頭。

離昧到三皇子府，小廝送來衣衫、傷藥。清洗罷，小廝帶他到慕容雲繹的書房。他正在看摺子，見他來，問：「手能拿筆嗎？」

離昧點頭。這些小傷，和受刑時比，小巫見大巫。

「可將諸葛武侯八卦陣畫下來？」

離昧想想：「此陣甚為繁複，貧道亦記不全，要沙盤演練，才知疏漏。」

陣法用於軍中，一旦疏漏關係生死勝敗，他並不敢大意。

慕容雲繹很欣賞他謹慎的性格。推開另一扇門，房正中是一個偌大的沙盤。

離昧眼睛一亮：「甚好！我先將幾個陣法畫下來！」便提筆作畫。

慕容雲繹見他一拿起筆，臉上全沒方才悲苦之色，反而熠熠生輝。他是想藉此轉移悲傷？打消了讓他休息一晚的念頭。

只是不知這個夜晚，慕容雲寫用什麼轉移悲傷？

離昧一旦用起心來就廢寢忘食，連畫了幾幅陣法，與慕容雲繹在沙場上演練起來，或攻或守，激戰方酣，查找疏漏之處，尋找最佳攻擊方法。彼此不禁對對方都產生了敬意，二人倒成了知己！

慕容雲繹問：「先生何以知曉陣法？」

離昧笑道：「貧道八歲跟師父上山，山中除了師父和子塵再無別人，平日裏無聊只能看書。師父書房裏的書被翻了個遍，難得幾本有趣，便在沙地裏瞎畫。終於能下山去玩了，這尋找奇書的毛病卻改不了了。」

「難怪如此。尊師何人？」

「家師長雲道長，向來閒雲野鶴，不為人知。」

慕容雲繹讚許：「這才是名士風度。」

有人敲門說早朝時間到了，原來他們竟談了一夜！

「先生先休息，下了朝我們再討論。」

離昧頷首。梳洗罷吃了早餐，一覺睡來已是半晌。和雲繹一起吃了午飯，書房悶熱，將沙盤移到湖中清涼亭，兩人就陣法、武器研究起來。

慕容雲繹拊掌歎息：「可惜先生不會功夫，否則與君縱馬揚鞭、馳騁沙場，何等快意！」

離昧豪氣頓生：「功夫不會，劍舞倒是會些，將軍可願觀看一場〈破陣子〉！」

「好！」

離昧拍手：「劍來！劍來！」

慕容雲繹解下隨身佩劍獻與：「為君擊節！」

離昧拔劍，清鋒冷厲，幽光爍爍，殺氣凜凜，是一把飲了無數血的劍！

「好劍！好劍！」

見他一躍而起，於山光湖色中慨然起舞，其姿澄浹峭特、瘦挺勁健，姿勢奇特，似舞非舞，似武非武。水上水下兩影輝映，時而長嘯，時而低吟，或如馬踏清秋的勁朗，或似萬馬千軍齊騰奔的雄渾，一橫眉，一挑眼，俱是唯我獨尊的強勢霸氣！

慕容雲繹拊掌喝彩：「好！好！〈破陣子〉我觀之久矣，竟未想一人也能舞出如此大氣！」

離昧仰頸一嘯，似在呼出數月來的抑鬱，劍勢越發凌厲無匹，朗朗唸道：「醉裏挑燈看劍，夢回吹角連營。八百里分麾下炙，五十弦翻塞外聲，沙場秋點兵！馬作的盧飛快，弓如霹靂弦驚！」

到此嘎然而止。

慕容雲繹與他相視，皆長聲而笑，虎嘯龍吟。

清涼亭外，一對男女駐足而觀，女子嬌俏可人，男子清俊無雙，是新婚的慕容雲寫夫婦。

慕容雲寫怔忡地看著意氣風發的男子：面容清瑩含冰玉，宛然風節溢其間，此人此舞俱絕俗！

他是梨青要？不是！他認識的梨青要平日溫潤灑脫，偶有豪氣，卻絕不會有這麼凌厲無匹的霸氣！

這人應該是梨問！

引路的三皇子妃見他不走，問：「四弟怎麼不過去？」

慕容雲寫躁亂不已：「他到底是誰？」

三皇子妃詫異：「四弟不認識此人？難道昨兒你三哥尋錯了人？他叫離昧，是長雲道長的徒弟……」

慕容雲寫忽然哈哈大笑起來原來，他從來都沒有完全地認識過離昧！又突然有些憤恨，既然他心裏有個謝堆雪，又為什麼對他嘘寒問暖、以死相護，以致自己愛上了他！不！不光對自己，他對所有人都是這般，道似有情卻無情！

瞧！此刻，他不與也慕容雲繹情投意合嗎？

離昧收劍入鞘，還與雲繹：「今日一舞，大覺快意。」

雲繹推拒：「寶劍贈英雄，先生請收下此劍。」

離昧想他在府中尚配此劍，可見對其愛重：「將軍才算得上英雄，貧道慚愧，怕辱沒了這劍。」

雲繹目光深邃，暗藏鋒銳：「先生正如此劍，藏於鞘中何知其銳？本將平生未識錯人，先生必有用得此劍之日！」

離昧再推讓也不好，「如此，多謝將軍。」

「先生可知此劍名何？」

離昧見劍刃、劍鞘上皆未有，好奇。

「此劍，名為斂刃！」

斂刃？果然是鋒芒暗藏的劍，倒更適合慕容雲寫。才想到他就聽雲繹高聲道：「皇弟如何不進來？」

離昧覺得老天似在故意捉弄，想見的時候見不到，不想見的時候總能見到。才幾個月，慕容雲寫已長成大人了，有了自己的妻子和家，再也不是那個半夜會鑽到他懷裏，睡得像個孩子的人了。

慕容雲寫夫婦新婚剛罷，給帝后奉了茶來見兄嫂，行過大禮。

離昧也對他們夫婦恭恭敬敬一禮：「貧道有禮了。」

慕容雲寫沒說話，薛印兒甜美地問：「先生原來你還在帝都。」

離昧保持慣有的微笑：「得遇知己，多留幾日。」

薛印兒四下看了看，語氣有點氣惱：「怎麼沒見那個臭小子？」

離昧道：「他並未隨貧道來帝都。貧道教徒不嚴，改日請施主吃粥，望施主不要計較小徒冒犯之處。」

薛印兒也不好記仇的人，好奇地打量他：「先生會做飯？」

慕容雲寫溫言調笑：「先生的廚藝比宮裏的御廚有過之而無不及。印兒的廚藝如何？要不要為夫替你找個師父學學？」

薛印兒侷促地扯著衣角：「我……」

慕容雲寫親暱地握住她的手，細細撫摸：「不會也無妨，讓印兒這樣的手做飯，為夫於心何忍？」

薛印兒俏臉飛紅。

離昧禁不住看看自己的手，不如薛印兒的細嫩白皙，布滿老繭，十指俱有傷痕。這樣一雙手自是不必憐惜的。

三皇子妃羨慕道：「四皇弟真是溫柔體貼，弟妹好福氣。」看了眼慕容雲繹，頗有哀怨。

慕容雲繹對她的眼神視若無睹：「暑氣正熾，吃了晚飯再回去。」

慕容雲寫道：「多謝三皇兄。」

三皇子妃道：「妾身這便命人張羅。」

對薛印兒打了個眼色，她也跟著去了。亭中一時只剩下他們三個。

慕容雲繹遞了個玉瓶給雲寫：「塗在淤血處揉半個時辰就消了。」

離昧一震，憂心忡忡，欲問又止。

雲繹又對離昧道：「你滿身的傷，可有人替你上藥？」

雲寫一震，憂心忡忡，欲問又止。

慕容雲繹心裏明瞭，對離昧道：「先生，方才這一戰你還未破陣，繼續打完？」

離昧看了眼雲寫：「好！」執旗與雲繹較量，以往總是相持不下，一場仗要打一兩個時辰，這次僅一炷香就結束了。

離昧輸了，全線潰敗。

慕容雲繹眉皺成「川」字，冷峻斥責：「指揮毫無章法，無明確的攻擊地點，反應遲鈍，首鼠兩端，如何不敗！」

離昧臉漲得通紅：「慚愧！」

「你心緒不寧，這一戰也罷。老四，你我較量一場。」

雲寫謙虛道：「皇兄縱橫沙場多年，我如何敢班門弄斧？只是瞧著陣法甚是稀奇，不知是何陣？」

「諸葛武侯的八卦陣。」

雲寫訝然：「此陣不是早已失傳？」

「這就要問離先生了。」

離昧道：「此陣原是根據《周易》推演出來，武侯八卦陣雖失，《周易》尚在，況一些古書裏也有記載，家師廣查博考，雖未恢復舊陣，也勉強可用。」

雲寫看看沙盤又看看圖紙：「原來如此。我如何能會此陣？皇兄自己演練便是。」

「瞧先生也累了，讓他休息會，你我下一盤。」

小廝送上棋盤，兩人臨水對弈。離昧坐與觀山水，偷眼看雲寫，見他眼波流轉似乎瞟到自己，狼狽別開眼，又見慕容雲繹目光凌厲掃來，竟尷尬得不知將目光放在何處。

想看又不敢看，不看又心癢難耐，默然長歎，眼不見為淨，出了清涼亭。

一炷香後，慕容雲寫怔怔地看著棋盤，他自負棋藝，從未被殺得如此狼狽。

雲繹道：「我要琢磨會兒陣法，不喜人打擾。」

雲寫心早就飛了：「臣弟告退。」

滿園尋找離昧，在貼水的木橋上看到他，雪白道衣映在碧水中，風景如畫。

他一時情怯，躊躕半晌走過去，沉聲問：「你受傷了？」

離昧脊背一僵，驀然轉身：「……小傷，無妨。」

「傷在哪裏？」

離昧道：「只是被棒子打了幾下，算不得傷，過兩天就好了。」語氣戒備生疏，「你如何……也受傷了？」

雲寫心有怨氣，存心氣他：「在床上傷的！」

見離昧臉上青白交錯，眸光破裂，身子搖搖欲墜，心痛得像被撕裂。逼上前，想狠狠地抱住他，最好勒死在自己懷裏，好出了這口惡氣。

離昧卻退後一步：「你……」

「我怎麼？」怒火難消，咄咄逼來，「你就相信……」

離昧指著遠處，顫抖道：「你夫人來了……」

薛印兒歡快地招手，銀鈴般的聲音喚：「夫君、先生，該吃飯了！」

慕容雲寫滿口解釋的話，被硬生生憋了回去，憤恨捧袖，掉出一物。

薛印兒親暱地挽起他的手臂：「皇嫂做了好多好吃的菜呢！想讓夫君嚐嚐是離先生做的好吃，還是她做的好吃！」

慕容雲寫應道：「嗯。」見離昧未走，不冷不熱地道，「怎麼不走？做得不如她也不必慚愧……」

薛印兒覺出不對：「咦，先生，你怎麼……」

未待她說完，離昧身子往後一仰，「咚」的一聲，摔進湖裏！

「青要！」慕容雲寫嘶聲一呼，緊跟著跳下湖裏，猛灌了幾口水，才發現自己並不會游泳！

「夫君！夫君！救命啊！救命！來人啊……」

慕容雲繹聽到薛印兒呼救，縱身一躍，蜻蜓點水飛過來，跳到她手指的地方，救起慕容雲寫，見他連嗆幾口水——

「青……青要……救他……」

湖面水波平穩，沒有掙扎的樣子，難道他……雲繹不敢多想跳下水，湖很大，將軍府的侍衛也下水尋人。

一秒、兩秒、三秒……等越久，慕容雲寫的心越沉。青要，青要，你千萬不能有事！我再也不惱你、怨你了，我不該那麼刺激你，我不知道原來你是真心地喜歡我！

猛然起身走向湖邊，喉中一股腥膩，「哇」的一聲吐出一口烏血！

「夫君！」薛印兒扶住他，「夫君……」

慕容雲繹不知自家後院的湖竟如此深，湖底水草茂盛，水草深處，白衣人靜靜地懸浮著，蒼白的臉痛苦死寂。

扯掉纏身的水草，忽見他手中緊緊攥著一物，好奇掰開，原是一塊玉佩，和他腰間那塊一樣，只是字跡不同，這塊篆刻著：「賜皇四子慕容雲寫。」

抱著他浮出水面，慕容雲寫急急奔來：「他怎樣……」未及說完又吐了口血，「他若有事，我……我……」

身子一軟，暈了過去。

慕容雲繹看著昏迷不醒的兩個人，忽然想到四個字——情深不壽。

慕容雲繹用內力替離昧逼出喝下的水，感覺他體內有淤血，想是昨日被那些人打出內傷來，竟還像沒事人樣，連自己都被唬弄過去了，不知老四說了什麼讓他內傷突發，摔到水裏去。

待離昧氣息舒緩過來，放他平躺著。

替雲寫醫治的大夫來稟：「老夫斗膽，四皇子嗽疾已傷肺腑，又兼情思難解，這般下去……只怕……」

慕容雲繹揮揮手：「好生調理著。」

看著一左一右兩個絕色人物，歎息：「孽緣！孽緣！」

又想：「若非生在皇家，你們兩人隱居山水，不忌世俗，何等快意瀟灑！老四，我倒是有些羨慕你。」

侍女端來溫湯，餵了下去。

三皇子妃悄聲對雲繹道：「夫君，這事……」

雲繹冷峻道：「把嘴閉好了！誰敢吐出半字，殺！」

三皇子妃頓覺一股陰寒之氣襲來，悄然退下，掩上門時偷看了他一眼。

對這個丈夫，她又是愛慕，又是害怕。一起生活了十多年，孩子也生了幾個，可她覺得自己從未走近過他。知道他是天子驕子，胸懷天下，不該為兒女私情所絆，情願做他背後的女人，替他將家庭、兒女打理得妥妥貼貼。他對她也很好，舉案齊眉，相敬如賓，每每回京都會抽空陪她回娘家，備上厚禮。家裏雖有幾房妾室，他去他們那裏並不比自己這裏多，妾室們也都安分守己，從不爭風吃醋……

整個貴族階層，他們被當作模範的一對，可不知緣何，她的心裏總是空落落的。今日看到慕容雲寫和離昧，她忽然明白了，他對她，只有敬，沒有愛！

剛成親時他對自己這樣，一年這樣，兩年這樣，十多年後，還是這樣！沒有新婚燕爾，沒有如漆似膠，沒有喜新厭舊，更沒有情深意篤！

他不愛自己，也不愛妻妾，那麼，他愛誰？只有沙場，只有天下嗎？

她忽然覺得悲哀，為自己悲哀，也為他的夫君悲哀。

薛印兒已經嚇得不知所措了：「皇嫂，夫君他……」

她拍拍薛印兒，安撫：「太醫說沒事，休息一會就會醒來，別擔心。」

可憐的女孩兒，我的丈夫愛著天下，他擁有了天下，我也擁有了榮華。你的丈夫卻愛著別的男人，他若擁有了那個男人，你將一無所有。

「妳也餓了，先去吃些東西吧。妳三皇兄在裏面守著呢！」

薛印兒擦擦眼淚：「多謝皇嫂，我不想吃。」

「這怎麼行？皇弟醒了還要妳照顧呢，妳若先倒下了怎麼成？」

左勸右勸，終勸得她吃飯了。

慕容雲寫心念著離昧倒先醒來，看著他蒼白的臉痛楚難當，手指痛惜地撫過他的眉眼，「何苦如此！何苦如此！」帶著無奈和歡喜，在為他嘆息，也是在為自己嘆息。聲音羞澀地顫抖，「青要，我們……相愛吧！」

其實那晚，當他鑽到腋下時，就已然無法拒絕那溫暖、拒絕他。蜷縮在離昧懷裏，蜷曲如句、而勾折如逗，像個怕黑的孩子。

「只緣感君一回顧，使我思君朝與暮。總也忘不了那晚你月下的淚眼，和牢獄裏那個眼神。青要，為君一顧，斷袖何妨？所以，別惦念謝堆雪了，別找他。」

云寫聲音忽然變得艱澀而絕望：「真要捨不得他……也行。只是……別現在，……等我死後再找，我不知道了，就不會心痛了。……青要啊！原諒一個將死之人的自私。」

「啪！」門外有人摔碎了東西。慕容雲寫警覺開門，見薛印兒滿臉驚詫，兩行清淚。

「……」

她忽然一仰頭，憔悴卻驕傲地道：「你敢不敢跟我來？」

慕容雲寫看了眼離昧，掩上門。兩人來到府外竹山。深夜，竹林裏寂靜無半點聲音，月光清冷如水。

兩人相對無語，山風吹過，臉上的淚都乾了，澀然一片。

薛印兒忽然一揮手，袖裏長鞭如蛇般抽來，雲寫眼眸一凝，壓住蠢蠢欲動的衣袖，生受了她這一鞭，皮破肉綻，鞭梢劃破臉，留下一道血痕！

「為什麼不還手！」薛印兒冷凜凜地問！

慕容雲寫薄唇緊抿，不動聲色。

薛印兒又一鞭抽來：「明明有那麼好的功夫，為什麼不還手？別以為我不知曉，夫君啊夫君，你好耐力！我倒要看看你能忍受到什麼時候！」

他依舊未還手，眼見鞭子又落到他身上，薛印兒卸了力道：「把話說清楚！」

慕容雲寫坦然道：「你聽的沒錯，我愛他！」

「既然愛他，為何要娶我？」

「這是交易，他祭獻的是妳，我祭獻的是自己，很公平！」

薛印兒冷笑：「公平？呵……真覺公平你就不會受我那一鞭！你是自願祭獻出自己，可我不願！」

慕容雲寫長歎：「我若知今日，當時再難，也不會做這樣的交易！……可錯已經錯了！」

薛印兒忽然悲笑起來，似乎往日嬌憨刁蠻、方才淩厲驕傲的人都不是她，幽幽咽咽，恍如深閨怨婦：「慕容雲寫啊慕容雲寫，你知道你錯在何處嗎？錯在太容易讓人愛上你，你這種人，禍害！簡直就是禍害！」

慕容雲寫愣住。他與薛印兒才見過幾面，雖成親了，關係也只限於拉拉手，她竟然就愛上自己了？

「……我……」他自己深受情愛之苦，對薛印兒十分愧疚，「我並非有意，妳若不解恨，可以再抽我……」

卻見薛印兒一擦眼淚，傲然道：「打你何用！你若無心我便休！我雖是商賈子女，卻有尊嚴！」

慕容雲寫頓時對她升起幾分敬意：「我倒不如妳。」

「你若無心我便休」若他也有這般勇氣，何至於今日？唯一慶幸的是，離昧值得他去愛。

薛印兒冷笑：「我不知你們約定了什麼，但我要你休了我！」

慕容雲寫道：「一年！一年後我若無子，父皇必定答應休了你，你父親但有所求，我會儘量滿足！」

薛印兒道：「擊掌為誓，君諾勿負！」

「啪！啪！啪！」

薛印兒先行回府，南宮楚出現。

「爺，倘若日後她獅子大口開該如何是好？」

慕容雲寫反問：「她何以知道我會功夫？」

南宮楚道：「爺忘了那日從二樓跳下去追離先生？」

慕容雲寫倏然一驚，他一時心急竟忘了隱瞞自己會功夫？倘若被有心人利用……

「屬下已將當日跟蹤爺的眼線都殺了，只怕有漏網之魚，想必她亦是那日得知。爺，該如何處置？」

慕容雲寫沉吟片刻：「今日之事只怕另有隱情，且靜觀其變。」

南宮楚忽然疾喝：「小心！」

撲過慕容雲寫，一枚暗釘釘在竹竿上，鋒刃幽暗，有毒！

南宮楚低道：「我們被包圍了！」

慕容雲寫頷首。

來人有二十個，步伐沉穩，殺氣極重，不是普通的刺客！

「死士！」

南宮楚覺察事情不妙：「我掩護爺逃走！」

慕容雲寫沉聲道：「同走！」

這些殺手功夫與南宮楚功夫相當，且是死士，拚得一身剮，敢把皇帝拉下馬！

「含碧！」慕容雲寫道。

南宮楚取出含碧劍，鄭重奉上。

慕容雲寫指拂劍刃，聲音清洌：「在三皇子府的人趕到之前，全部解決！」

南宮楚明白，他不能在三皇子面前顯露功夫，否則不僅會成為眾矢之地，連君上都會防備他。

慕容雲寫祭起含碧劍，清光幽洌，月華無色！南宮楚避於後側，見他一聲長嘯，如寒塘鶴唳，含碧應聲閃爍，一脈清絕，「唰唰唰」，疾風掃過，竹子瞬間被伏倒一片，隱藏的死士瞬間暴露在外！

「含碧，含碧，今日你我第一戰，且教那些不長眼之人好好長長眼！」

身影孤拔，如謖謖長松，「醉裏挑燈看劍」，含碧一劍飛渡，頃刻挑了兩個死士！足尖一點，逼殺而來！

死士被他殺氣所逼身形一亂，慕容雲寫絲毫不容他們有歇口氣緩和的機會，「夢回吹角連營」，劍劍鋒芒，招式玄妙，專挑人手腕穴位等關節之處。

猝不及防，已有四五個死士中招。然他們畢竟是不怕死之人，見了血竟越來越悍勇。像一頭頭餓久了的狼，眼神在黑夜裏閃著幽綠的光芒！身形如電，兜頭兜頂地砍來。慕容雲寫舉劍一格，只覺對方內力如泰山壓頂，遠勝自己，心知不能這樣硬碰硬，憑藉輕功縱身立於竹頂。

習武之初，師父就說：「任何劍法都要輔以內力。你因先天體弱，內力有限，不如常人，我教你吐納之術，是望與你病症有好處，你莫強求，能習到什麼程度就是什麼程度。然你根骨清奇，韌性極好，若在劍術上多下功夫，相輔相成，以你天資也沒有多少人可為難你。」

他持劍竹梢，月光映著他衣袍如雪，含碧清幽，竟似天人下凡！斷然長吟：「八百里分麾下炙。」

含碧綻放出數十道幽光，箭般射來。

「好！」

南宮楚亦被他豪情所激，摺扇一揮，數枚暗器射出。見她腰肢一扭，踩彎青竹，以力借力，逼進死士。摺扇勾、抹、挑、刺，端地炫目極致又凌厲無匹！

兩人對視一眼，想要及早脫身。然那些死士中亦有輕功高絕之人，身如猿猱，如張大網緊緊包圍，任他們怎麼突圍竟半分動不得。來人竟還長聲呼嘯，全不怕驚動三皇子府的人！

「不好！」南宮楚暗道。

慕容雲繹的人已包圍此山，且迅速趕來！二人背靠背，小心對付。

慕容雲寫低聲道：「萬不能被他們制住！」將含碧悄悄遞與她。

南宮楚心知不妙，堅決道：「他們似存心逼爺現出功夫，令君上防備爺，爺萬不能再顧念我！」見他不說話，懇切道：「爺！莫辜負我們這些年的努力！」

慕容雲寫沉重點頭！

腳步聲越靠越近，他們能聽到三皇子的呼喝聲，等到他們就好了！

「爺！小心！」

忽然，一枚暗刀疾刺而來，南宮楚拉著他狼狽閃開。第二枚緊接而至，躲無可躲，南宮楚只能推開他。死士迅捷無比地撲來，擒住二人！

「不許動！誰也不許動！」

三皇子府的人趕到，然已經遲了！

「四……放下人質！饒你們不死！」

裝扮成江湖人的死士叫道：「不許過來！誰敢過來我就殺了他！」

刀架在慕容雲寫的脖子上！推著他們到一間竹屋裏！

慕容雲繹趕來：「你們是什麼人？」

黑衣死士道：「只是一些亡命江湖之人，與南宮家有些舊怨，三皇子不必多管！」

慕容雲繹沉聲道：「江湖人竟也敢在我的地盤撒野？」

「我們只與南宮家有仇，和四皇子無關，待報完仇自然還你個完好的四皇子！刀劍無眼，三皇子還是莫動怒的好！」

陰鷙的眼看著慕容雲寫，臉上一道傷痕森然可怖：「四殿下，待會你盡可袖手旁觀，也可出劍殺了我們！」竟將含碧還與他。

果然，他們只是想逼他顯出功夫。但會用什麼手段呢？

黑衣死士轉向南宮楚：「南宮姑娘，可還記得我？」

南宮楚鄙夷道：「鼠輩也配入我眼？」

黑衣死士陰桀一笑，如老鼠磨牙：「鼠輩？說得好！當年我誠心向妳求婚，卻換來這一劍，委實讓我愛之入骨，又恨之入骨！」

南宮楚譏嘲：「原來是你？功夫倒精進了，只是還沒改掉鼠臭！」

「今天就讓妳好好聞聞這鼠臭！」點住南宮楚，封住她內力，「當年妳砍下這一劍時，我就說過，生要得到妳，死也要得到妳！我等這一天等了很久了！」

南宮楚面色蒼白，卻哈哈一笑：「世間竟有你這般可憐可悲之人！你以為我會像那些小兒女一樣在乎這些嗎？皮囊，不過一件要穿終身的衣服而已！」

黑衣死士倒是愣了。南宮楚道：「你既想玩。我陪你好好玩，讓別人看著做什麼？讓他們都出去！」

他桀桀一笑：「你在維護他？可惜，我不光要妳，還要逼著他出手！」

一邊說，一邊粗暴地撕裂她的衣服。

南宮楚腦羞成怒，臉漲得通紅，豔如春花，月光下，曼妙的胴體惹人無限遐想。死士也是男人，熱血沸騰，爭相解衣。

忽然一道冷光刺向南宮楚，穿透她的胸口！

慕容雲寫站在數步開外，身長如劍，目冷如劍，聲凜如劍：「寧讓她死，也不能被爾等折辱！」

南宮楚竟快意一笑，嘴角血跡如毒蛇蜿蜒：「……多謝爺！」

只一瞬間慕容雲繹已衝入竹舍，一劍斬了黑衣死士，其餘人等盡皆生擒。

慕容雲寫衝到南宮楚面前，脫了外衣裹住她：「阿楚……」

慕容雲繹替她封住穴位止血。

南宮楚目瞪如杏核：「替我報仇！」

「妳看著！」

慕容雲寫眼睛血紅，像一頭發狂的獸，撿起笨重的長刀，在石板地上拖出一路火花，雙手握刀，高高舉起，「咔嚓！」長刀砍破血肉，血噴了他一頭一臉——

「一個！」

又一刀——「兩個！」

再一刀——「三個！」

「……」

「留個活口！」

第十三個，慕容雲繹叫。

「咔嚓！」最後一個頭顱落地，刀口翻捲，如同爛鐵。

慕容雲寫白衣染成血紅：「一個也不留！」

轉身，南宮楚已氣息全無，死不瞑目。

慕容雲寫一步一步走過去，想要碰碰她，怕血髒了她，無措地站著，猛然，跪在她面前！

「妳怨的不是他們，是我！我太無用！」

堂堂一個皇子，保護不了自己愛的人，還要一個女人為自己而死！原來自己竟是這麼無用之人！如此無用又怎麼爭奪得了皇位？

他佝僂著脊背，似乎承受不了肩上的壓力，下一刻就要被壓死！

慕容雲繹一把揪起他，冷然逼視：「你給我出息一點！就你這樣也配與我做對手？也配她生死追隨？慕容雲寫，別讓我瞧不起你！」

慕容雲寫忽然拔出含碧，南宮楚的血從血槽裏一滴一滴地滑落，他以劍直指慕容雲繹咽喉：「接招！」

慕容雲繹凜然一笑，鄭重其事道：「我等著！」

慕容雲寫俯身，抱著南宮楚長身而去！

十年磨一劍，霜刃未嘗試。今日把示君，誰有不平事！

第十一章　愛我所愛，牢獄洞房

深夜，邱府。

「嘭！」大門被踹開，薛印兒氣沖沖地進來，揮舞著鞭子。

「邱子瑜，給我出來！出來！」

「姑娘……」門衛驚嚇地看著敢闖丞相府的惡煞，「姑娘妳……」

薛印兒一鞭子抽向門衛，他驚慌閃開，見地上一道深深的鞭痕。

「我……我這就去！」灰溜溜地跑了。

薛印兒怒氣難消，接連踹開幾個門。

「邱子瑜，你給我出來！故意害我是不是？可惡！看我不扒了你的皮！」

「要扒誰的皮？」

一個聲音溫柔卻威嚴不可侵犯，彷彿天生就要攝人心魂的魄力。

薛印兒囂張的氣焰頓時消了，吃吃道：「表……邱……姑娘……」

「收起鞭子。」邱浣聲音平淡。

方才還凶神惡煞的女子忽然變成了小綿羊，乖乖地收起鞭子，跟著邱浣來到書房。邱子瑜也在。她一見邱子瑜火氣頓時上來：「邱子瑜，你知道他是斷袖還讓我嫁給他！什麼意思！」

邱子瑜求助地看向邱浣。

邱浣冷淡道：「我的意思。」

薛印兒囁嚅：「表姐，妳……他分明喜歡那個道士，為什麼還要我嫁給他？我……我……」委屈地想哭又不敢哭。

「因為妳爹拿薛家做了一場豪賭。」

「可我不願意。」

在慕容雲寫面前尚能理直氣壯，到邱浣面前就沒了氣勢。不明白為什麼天不怕、地不怕的自己，到了她面前就成了這個樣子。好幾次故意要和她作對，一看到她的眼睛，所有的勇氣都如泥牛入海，消於無形。

邱浣莞然一笑：「妳若有本事，就拿別人當賭注；若無本事，就被別人當賭注。由不得妳願不願意。」

「我就是妳的賭注？」

邱浣冰冷無情道：「我們每個人，都在賭局上。成不成賭注，要看自己的本事！」

「妳……」

薛印兒覺得她說得很對，又不對。看看她，又看看邱子瑜，再想到慕容雲寫，忽然就哭了起來。

「你們都不是好人！」推開門跑了。

邱子瑜禁不住歎息：「她一小姑娘，妳何必對她說這麼重的話？」

邱浣懶得理會他的話：「他回來了，那些人該行動了吧？」

邱子瑜眉頭緊蹙，很不贊同：「阿浣，這樣做是不是太過分了？妳不是要輔助他嗎？」

邱浣若無其事地拿起筆，輕輕一捽，潔白的宣紙上染了墨跡。

她重新執筆，邊作畫邊道：「在一張白紙上畫出好畫，不算真本事。在染了墨的紙上畫出好畫了，才是真本事！」

語畢，一朵墨梅傲然立於畫中，風骨錚錚。

疾風知勁草，板蕩識英雄。慕容雲寫，若無勁風，你怎知我的作用？我，絕不會給你第三次拒絕我的機會！

她知道慕容雲寫並不是眾皇子中最佳的一個，可是自六年前第一次相見，她便陷入執念之中，如何得脫？

六年前，邱子瑜因情傷心灰意懶，那時他已報了科考，倘若不去亦不行。她一向有鬚眉心，瞞著邱回，代替邱子瑜參加科考。

後來，從父親那裏得知有人與她同居榜首。

拜讀了他的文章後，當即感歎：「紙上烽煙，筆下江山。此人胸懷大志，遠勝我矣！」心裏便對他產生了無限好奇。

參加瓊林宴之前她甚至著意裝束了一番，不為王孫公主垂青，只為讓那人看得上眼。

那天一場冬雪剛罷，她到瓊林苑時，就見慕容雲寫穿著一身厚厚的黑袍立在雪地裏，雪色冰涼，衣色冷肅，他在這突兀的黑與白中，格外地讓人覺得清致無雙，雋雅可慕。

她一向自負才學，這麼多年來想來想去，卻只想到四個字來形容他——梅骨冰心。

被邱回拍打幾下她才回過神來。聽到太學令說：「此次太學閣選出兩篇好文，得君上首肯，二人同居榜首。邱子瑜、慕雲兩位公子還不敬酒謝恩。」

眾人皆轉頭四處尋找，這位「慕雲公子」到底是何方人士？然後，便見慕容雲寫步履徐緩地從角落裏走上前來。

「兒臣見過父皇。」

眾臣皆啞然，連太學令都愣了。顯然，化名參加科舉之事只有君上他們兩人知道。

她迅速回想，除了太子、英年早逝的二皇子、年幼的七皇子外，還有哪位皇子？已聽身邊朝臣伏跪於地。

「恭喜君上，恭喜四殿下！」

四皇子？他就是那個體弱多病，一年中有大半年臥病在床的四皇子慕容雲寫？

偷眼看他，只見他臉色蒼白，唇色極淡，鳳眼氤氳看不清情緒，倒真是個病秧子，教人憐惜不已。

朝臣皆知四皇子體弱多病，也不敢敬酒。慕容雲寫靜坐一側，神情渺遠，像被隔在紅塵之外；有人恭維也只是微一頷首，看不出情緒。

她實在想不出這樣清淡疏寡的人，竟能寫出那樣豪氣的文章！又實在為這樣的人，能寫出那樣的文章而驚歎叫絕。

君上道：「老四，說說你的論策。」

「是。」雲寫這才像是被拉入紅塵之內。

「兒臣以為，自清越帝以來，天下戰亂，六國紛爭；先祖仁斌帝一統五國，建立我朝；然多年征戰兵民疲憊，國庫空虛。父皇當政以來勵精圖治，發展農牧業，百姓安居樂業，國力日強。……然所開發者皆是東南之地。西北之地雖多為沙漠、山地、冰原，地大物博，遠勝於東南之地。尤其是上穀郡，兒臣曾查閱地理，上穀郡多礦藏，而韃靼守著偌大的礦藏卻不知如何使用，暴殄天物。倘若我朝能用，則國力更勝。」

有人問：「縱然如此，幽雲以北皆是韃靼之地，看得到吃不到。」

雲寫道：「故兒臣以為可以實行『封貢互市』之策。」

朝臣皆不解：「何謂封貢互市？」

慕容雲寫道：「我朝封韃靼官位，服從朝廷政策，不得隨意搶殺擄掠，此謂『封』；韃靼每年向我朝進貢馬、牛、羊、礦藏等物，我朝回贈金銀珠寶及韃靼日常所需，此謂『貢』。」

君上道：「此法不足從根本解決問題。」

雲寫道：「關鍵一步便在互市。數千年來，蠻夷之族屢犯中原，民不聊生，究其原因，唯有一條——北地貧寒，適宜畜牧，不適農事、紡織等，日用之物極度缺乏，非搶不可生活，因此鋌而走險，侵犯我境。倘若在邊境建一個集市，百姓互買互賣，各得所需，韃靼犯境便可兵不血刃地解決。」

淡煙含水的眼在談論到國策之時閃出一抹凌厲的光彩，連咳嗽都帶著鏗鏘之色！

一時有人奉承，有人沉默。慕容雲寫說完又靜靜地坐於一側，似乎剛才說話的並不是他。

她知道這是絕好的計策，但是當下卻萬難實施，慕容雲寫似乎也明瞭，並不多置詞。君上又問她，她一番陳詞得君上讚許，回頭時見雲寫似乎看了自己一眼，然後道：「父皇，兒臣身體略有不適，先行告退了。」

定陶帝揮揮手，雲寫便退了下去。

廳外似乎下起了小雪，內侍持傘相送。雲寫揮揮手，執傘而去，背影清寂。

她忍不住跟了上去，見雲寫在一棵白梅樹下微頓，伸手折了一枝梅，繞竹而去。

煮一壺茶，折一枝白梅花，撐一把青傘，泠泠雪落下……

起初她只是想這樣遠遠地景仰著他便好，卻何時這份景仰變成了仰慕？變成了心底的執念？既然如此，慕容雲寫，你必然要是我的！

西山暮色，長風浩蕩，捲得山頂之人縞衣獵獵。他們前面，是一個新堆的墓，墓碑上用血寫著：「南宮楚之墓。」

「再也不會了！」慕容雲寫道。

「爺。」

唐證聲音低啞，眼眶血紅。再也沒有人叫他「阿粗」，再也沒有人取笑他了。那樣可惡的女子，傾刻間香消玉殞！

慕容雲寫鏗然立誓：「今日種種，我必叫他十倍、百倍地償還回來！一個也不放過！」

唐證曲膝長跪：「屬下定追隨爺身後，赴湯蹈火，萬死不辭！」

「好！好！」指著南宮楚的墓，「總有一天，我定會提著蕭滿的頭來祭奠她！」又對唐證道：「棺足夠大，百年之後，你們一家人，再團聚。」

唐證兩眼一紅，哽咽：「爺……」

慕容雲寫聲音低啞悵恨中帶著決絕：「我們保護不了自己愛的人，終會失去他們，你失去了阿楚和孩子，我……我將失去青要！」

近來，江湖人人自危。四皇子被江湖人追殺，嚇得舊病復發，難以下床。君上大怒，下令三皇子慕容雲繹絞殺江湖群豪，武林血雨腥風。

南宮楚家也遭殃，慕容雲寫在江湖的勢力大大削減。他商鋪之所以開得這麼大，多半是因南宮楚家在江湖上的地位，黑道、白道都吃得開，生意自然就做大了。才經李文昌查抄，南宮楚家又遭不測，商鋪孤立無援，慕容雲寫的艱難可想而知。

唐證焦急：「爺，我們不能袖手旁觀。」

慕容雲寫正自己和自己下棋，淡然說出四個字：「不破不立！」

唐證不懂博弈，但信任慕容雲寫：「離先生求見。」

拂亂一盤死棋，重新布局。

慕容雲寫深吸一口氣，忍止不住聲音裏的顫抖：「……不見！」

唐證還要再說什麼，慕容雲寫道：「除了御醫，誰也不見！」

連南宮楚都保護不了，何況離昧？不如不見！

唐證退去，半日後又進來：「爺，離先生一直在門外等著，不見到你不走。」

見他手一抖，以為同意離昧進來了，卻聽他道：「讓薛印兒去打發他。」

離昧第一次到慕容雲寫的家，那一場盛大的婚禮雖過，餘韻猶在。

大紅的「囍」字、鮮紅的燈籠、朱色的錦緞，炫得離昧眼花繚亂。可以想像出慕容雲寫穿著大紅喜服的樣子，一定迷倒了不少人吧？穿黑衣都壓不住眼眉的媚惑，何況紅衣？

一壺茶從早上喝到午後，看來雲寫是真的不願相見。衣袖內的手不停地撫摸著玉佩，等下去，只為夢中那一句：「我們相愛吧！」

「先生，夫人到了。」

離昧回神見薛印兒婀娜而來：「讓先生久等了。夫君身子不好，不便見客。先生有何話，不妨跟我說，我定會轉告夫君。」

一口一個「夫君」叫得離昧臉色發白。

「也無甚大事，聽聞故人患病，前來探望。」

薛印兒憂心道：「先生有心了。只是，太醫說夫君需要靜養，不便見客。先生也知道，前些日子夫君為大婚之事操勞，難得這幾日有暇，該讓他好好休息。」

「貧道略會些醫術，可替他診診脈。」

「父皇已經專程派了御醫，並下令除他們誰也不能給夫君看病。」

離昧知她存心回絕，心中有氣：「四殿下成了親，便要與故人絕交嗎？」

薛印兒無辜道：「先生這話倒好似我這個妻子跋扈無理。也罷，先生既然要見，我便帶先生進去。」

出了客廳是一個小庭院，花木扶疏，迴廊曲折，廊簷下一個鳥籠裏關著一隻鳥兒，「啾啾」鳴叫。

薛印兒指著鳥籠問：「先生可知這是什麼鳥？」

「貧道不知。」

「夫君說牠叫老鴇，是一隻下賤的鳥，特意捉來任我處罰。」

離昧不解：「一隻鳥何有下賤之說？」

「鳥和人一樣，當然有下賤的。這是一隻雄老鴉，卻專愛勾引其他老鴉的相公，先生說是不是很下賤？」

離昧臉頓時青白交錯，嘴唇發抖。

薛印兒渾然不覺，捉過老鴉：「夫君說任我處罰，先生覺得我該怎麼處罰這隻鳥呢？要不要拔光牠的毛，放到那些被牠勾引的鳥面前，讓牠們看看牠究竟是個什麼貨色？」

說著拔掉羽翅上的一根毛，小鳥「啾啾」慘叫。

「噫？先生你怎麼了？臉色怎麼這麼差？老鴉再下賤也只是一隻畜生，若是勾引別人夫君的男人，那才真是下賤不堪呢！」

離昧腳趾尖都紅了，第一次明白什麼叫羞辱，就是上次被那些紈綺子弟調戲也未如此恥辱過！

慕容雲寫，你不願見我便罷，何故讓這女人說出這般話？原來對你的情，竟是下賤的？

「扯遠了呢！先生隨我去見夫君吧！」

「……」

「先生怎麼不走？」

「離先生！」一個雄渾的聲音傳來。

薛印兒回首，見慕容雲繹陰沉著臉大步流星地走來。

「我想到一個陣法，一時破不了，先生隨我回去。」

薛印兒吃驚：「皇兄何時來的？」

慕容雲繹冷冷道：「本是想來看皇弟，既然要靜養，本王就不留了，先生也隨我回府吧！」

離昧怔忡不動。

慕容雲繹牽起他的手，冰冷而顫抖，禁不住緊緊握住，拉著他快步走去。

亭樓上，慕容雲寫極力從他們相握的手上移走目光，卻發現怎麼也做不到。

那麼多人想握你的手，我才一離開，他們就迫不急待地伸出手來。不知道，當我有能力握起你的手時，你還容不容我握？

慕容雲繹拉他到街上，指著一個酒館：「去喝一杯？」

離昧道：「到山上去喝。」

慕容雲繹買了兩罈酒，拉著離昧幾個縱身到山頭。眺望四野，天際一抹紅霞如血，山巒青黛，溪水半是瑟瑟半血紅。

離昧拿出一支笛，臨崖吹奏，山風吹動他白色衣袂，飄飄蕩蕩，瘦長的身子似要隨風而去。

笛聲淒涼落寞，像寂然飄落的春花，莫怨東風當自嗟。

慕容雲繹坐在山石上，提著一壺酒，邊飲邊看著離昧。夕陽在他帶著女氣的臉上鍍了一層金色，變得硬朗起來，界於男人與女人間的容貌，竟是無比神祕與魅惑。

慕容雲繹忽然覺得自己心跳有些加速，像在戰場上見到匹敵的對手。

不知不覺酒壺已空，他忽然明白，古往今來為何有那麼多昏君，因為以美色下酒，是人生第一快事！

夕陽落盡，離昧收了笛，敲掌歎息：「不如隨身一壺酒，管他是沸還是涼。」

慕容雲繹將酒壺拋於他：「得歡當作樂。」

離昧試了試罈重，笑了笑：「這酒夠喝嗎？」

拍開泥封，仰頸長飲。

慕容雲繹見他朱唇水潤、雪顎精緻、脖頸雪白，隨著酒意漸漸泛起紅潮，無比妖冶香豔，禁不住嘸了口口水。

一壺酒果然不夠離昧喝，意猶未盡地舔舔唇，對他躬手行禮：「將軍，貧道告辭了。」

「為何？」雲繹驚措。

離昧道：「京中已無甚事，貧道早該回洛陽。」

雲繹問：「受了傷就逃開，是懦夫的行徑。」

離昧無所謂地笑笑：「將軍言重了。無關懦不懦夫，世間事本沒有什麼可執著的。」重複剛才的話，「不如隨身一壺酒，管他是沸還是涼。」

慕容雲繹想想：「幫我繪完陣圖，我送你去洛陽。」

離昧想大恩未報，也確該如此：「好。」

第二日早朝，君上忽然要查看各皇子的龍環玉佩。龍環玉佩乃是皇子身分的象徵，如同帝王的全國玉璽。慕容雲寫玉佩丟失，君上大發雷霆，要將他逐出皇室，眾臣求情才得免；然，被剝奪一些皇室權利，幽禁於冷宮，任何人不得探視。同一日，慕容雲寫一目突然失明！

消息傳到三皇子府時，離昧正與慕容雲繹下棋，手一抖，棋子落地。慕容雲繹抬眼看看他，若無其事地撿起。

「太醫診斷如何？」

「是藥三分毒。四皇子長年吃藥，毒性堆積，壞了眼睛。」

「可否治好？」

「暫時未有醫治之法。」

「另一隻眼睛如何？」

「亦開始模糊，太醫尚未有把握。」

「下去吧！」

離昧心痛難抑！失明！為什麼老天偏偏那麼折磨他？病痛還不夠，竟又奪走他的眼睛！

「將軍，請你救他！」

慕容雲繹拈子看著他，靜默不語。離昧急切地拉著他的手：「冷宮多瘴氣，他住在那裏……是……是死路一條啊！」

雲繹從未見他如此失態過，鄭重道：「父皇已下令，求情者與之同罪！」

「玉佩在我這裏，並未丟失！陳述實情，君上定會原諒，父子連心……」

雲繹冷聲道：「離先生，最是無情帝王家。便算他玉佩未丟，父皇要治他罪亦有千條、萬條理由！試想一人懷抱璧玉，防備一群眼饞之人，獨獨對一個無攻擊力的人毫無戒心。忽然有一天，發現這個無攻擊力的人竟暗藏爪牙，是何心情？」

離昧愣住了。

「受欺騙！被背叛！在這種情況下，父皇沒有殺他就是最大的寬容！」

離昧吶吶：「你們……是兄弟……父子……」

雲繹冷笑：「在皇室，血緣只是爭奪權力最有利的武器而已！」

「……本是同根生，相煎何太急？」

雲繹目光幽深：「若要我救他，也可。但有一個條件。」

「你說！」

雲繹猛然將他拉到胸前，抬起他的下顎，目光灼熱幽亮：「從此跟著我，做我的人！」

離昧心跳如鼓：「只要你肯救他，我會竭盡平生所學報你恩情。鞠躬盡瘁，死而後已！」

雲繹扣得更緊，幾乎要捏斷他的顎骨：「我要你死做什麼？要你對我像對他一樣！做我的愛人！」

離昧猛然明白過來，腦羞成怒：「休想！」驀見他眼中暴戾，急道：「君上不許他斷袖，何況你！」

雲繹輕蔑道：「他豈可與我相比？我軍權在握，有子有女，父皇又能如何？且軍中少女人，兩個男人做什麼都不稀罕。」

離昧憤然道：「慕容雲繹，你這樣，不僅侮辱了我和他，也侮辱了你自己！」

慕容雲繹放開他：「我喜歡用最快的方法得到想要的東西。給你時間考慮，但你要記住，你考慮的時間越長，他的命就越短！」

邱府是仿江南園林建造的，粉牆黛瓦，亭臺軒榭，十分雅致。

正是清晨，一夜雨過，清風微涼。簷角的水打著芭蕉葉，滴答有聲，窗內竹榻上一人正在酣眠。

「叩叩……」有人敲門，「公子，該起床了。」

榻上人翻了個身，伸伸懶腰：「小夜微雨潤夢酣，懶腰長伸風鈴喧。笑問昨夜囈何語，靈臺通透一點禪。」

敲門人笑道：「公子好詩！快起床，有客來呢！」

著小丫鬟過來伺候穿衣梳洗。邱子瑜慵慵地任她們擺弄。

「這麼大早是誰啊？擾人清夢，這下雨天正好睡覺呢！唔……好睏！」

敲門人神祕一笑：「公子若知道是誰一定就不睏了。」

「哦？」

「是離先生。」

果見邱子瑜精神一振：「這大清早的，他怎麼來了？也不早點叫我！快把水端來我洗臉，快！快！」

「急什麼？」

來人腳步輕微，聲音清徐，是邱浣。往日一早她都上朝去了，不上朝時也不會到他的房間來。

邱子瑜好奇：「阿浣？」

「我來囑咐你一句。」

「嗯？」邱子瑜不解，「囑咐我什麼？又有什麼事發生了嗎？」

邱浣秀眉一蹙，敲門人趕緊道：「前兒君上幽禁了四皇子，昨兒四皇子左眼瞎了，離先生來是為四皇子吧？」

邱子瑜一向不問朝中事：「阿離讓我替慕容雲寫求情？」疑惑地看著邱浣，「出這麼大事妳一點不擔心？」

邱涴道：「跌到深淵才有力反彈。」

邱子瑜都禁不住為她的狠心側目：「妳不怕他摔死？」

邱涴自信一笑：「若真摔死了他也就不是慕容雲寫了。」

「阿離來我總不能避而不見吧？」

邱涴道：「無論他求你做什麼，都先應承下來，但不做肯定答覆，讓他去找蕭灑幫忙。」

「任誰都看得出蕭灑對他有不良企圖，怎麼能推給他？好容易他來求我了，我說什麼也要幫一下吧？」

邱涴恨鐵不成鋼地瞪著他：「聽我說完！你想在慕容雲寫嘴裏搶東西就要沉住氣！讓情敵自相殘殺豈非最好的手段？」

邱子瑜對朝政遠不如對江湖敏感：「妳又有何計？」

邱涴揮退僕人：「蕭灑最大的缺點就是錙銖必較，他絕不會幫離昧，這便顯出你的真心。你還記得送秦夫人的那個輪椅嗎？」

「當然。」那樣精巧的東西任誰見了都要歎服。

邱涴道：「附耳過來……事成之後，你便可與他雙宿雙飛了……」

細細低語。簷前，雨滴依舊滴答滴答響個不停；簷下，一個計謀再次釀成。

離昧一個多月沒見到蕭灑，驀然見到嚇了一跳。原來陽光又邪氣的蕭灑，這時披頭散髮、一臉大鬍子，看著無比怪異。

「找我何事？」聲音低啞。

「你……你怎麼這般？」離昧訝異問。

蕭灑逼進，清亮的眼迷亂：「是想讓我救他嗎？阿離，你找我，從來都是為他，這次也是為他是不是？」

「是。」

「這次你又要怎麼說動我？堅持心中的美好？說什麼堅持心中的美好！」忽轉狂亂，歇斯底里地吼著，「屁話！我這般都是我最喜歡的人給逼的！我很喜歡、很喜歡姑母，他逼我走上我最討厭的路，為她的兒子鋪路！我很喜歡、很喜歡我的父母，他們逼我離開我最喜歡的女人！我很喜歡、很喜歡的女人，她和別的男人生孩子；我也很喜歡很喜歡你，阿離，你又如何對我呢？」

同是天涯淪落人，離昧悲歎：「哎……你……」

「為了護她周全，我假意斷袖，在山裏給她建房子、買僕人……她想要什麼我給她什麼，可是她竟然和別的男人生下孩子！」

他驀然逼問離昧：「你說我是不是該殺了那個野男人和他們的野種？該不該？」

離昧勸慰：「你冷靜些！該是你的，終究會是你的；不是你的，強求也無用！」

「你能強求慕容雲寫，我為何不能？」

離昧忽然明白了，笑笑道：「我不強求，只是想護他周全。他是不是我的都無所謂，我只想他好好的，一生都好好的。」

「你憑什麼護他？」

離昧歎息：「是啊！我憑什麼？我一無權力，二無金錢，三無功夫，憑什麼救他呢？可我還是要救他。我們兩個人，任誰都覺得我該是被護著的那個。可是我想護著他，像年老的母親，希望護著壯實的兒子一樣。想要他好好的。」

「阿離，我不想你得到和我一樣的結果。」

「我不在乎。」

蕭灑惱怒：「比慕容雲寫好的人多得是，比他適合你的人也多得是，可你為何偏偏就認定了他？」

離昧笑笑：「你們都很好，可我偏偏不喜歡。」

蕭灑感歎：「公無渡河，公竟渡河。墮河而死，將奈公何！」

此曲為〈箜篌引〉，為朝鮮津卒霍里子高妻麗玉所作：子高晨起刺船，有一白首狂夫，披髮提壺，亂流而渡，其妻隨而止之，不及，遂墮河而死。於是援箜篌而歌曰：「公無渡河，公竟渡河。墮河而死，將奈公何！」聲甚悽愴，曲終亦投河而死。子高回家，把所見之事告訴了麗玉。麗玉感傷，乃引箜篌而寫其聲，聞者莫不墮淚飲泣。

你不能渡河，為何卻要渡河？掉河裏淹死了，我該拿你怎麼辦？

「好吧！跟我去見姑母。」

有陽光的地方就有陰暗，富麗堂皇的皇宮裏，亦有骯髒與污穢。屋頂上烏鴉在叫，地上老鼠在跑，潮濕的稻草散發出腐敗的味道。一線陽光透過狹小的窗口射進來，可見跳舞的塵埃。

窗戶下，一人剪手而立，白衣如雪，長髮如瀑，眼睛上蒙著一條雪白的綢緞，仰首承接著陽光。

牢門外，離昧靜靜地看著他的背影，挺直的，像松般剛硬不屈。慕容雲寫，他從就不曾軟弱過。

內侍打開牢門，便去喝酒了。

他輕步過去：「雲寫。」

他不曾回頭，也沒低首，聲音與往日無二：「你來了。做何？」

「來看看你，還好嗎？」

「好。」雲寫淡漠道，手握了握，「……看完就走吧，這裏不宜久待。」

離昧神情一黯：「送來的菜可合胃口？」

慕容雲寫淡淡道：「你做的菜一慣好，只是那盤『冰糖煮黃連』，我不喜歡，以後不要送了。」

冰糖煮黃蓮——同甘共苦，苦中有甜。

離昧沉默。老鼠「吱吱」叫著從腳下爬過，小小的眼睛滴溜溜地打量著兩人，樑上的烏鴉「呱呱」直叫。半晌——

「那麼……我走了，你……自己保重！」

腳步聲向門外移動，接著「咔嚓」一聲門鎖住了，牢房裏除了烏鴉、老鼠叫再無別的聲音。

久久，慕容雲寫低歎：「為什麼不走？」

雖然沒有聲響，可他能感覺到他的氣息還在。

沒有聽到回答，他忽然就有些不確定了：是否他已走，只是自己感覺他還在？他真的走了嗎？

猛然回頭，黑暗，目光所及全是黑暗。看不見他！無論他在或不在，都看不見！再也看不見！

第一次，失明的惶恐襲上心頭，他四下摸索：「青要！你還在不在？」

張著雙臂四下打轉，無助得像個迷路的孩子。

忽被東西絆倒，一雙手無聲無息地接住他，緊緊擁入懷中，有什麼溫熱的東西接二連三掉在他臉上。

「青要。」雲寫緊緊抱著他，忽然就安心，「是什麼絆倒我？」

「一根草繩。」

雲寫苦笑：「你看，現在連一根草繩都能絆倒我，真是沒用啊！」

「……」離昧心痛如絞。

驕傲的鷹，怎能忍受折翼後的苟活？

雲寫沉聲道：「你還是走吧。」

離昧哽咽：「我若走了，誰來扶你這把。」

雲寫推開他，忽然就笑了起來：「呵呵，扶我一次，能扶我一生嗎？」

離昧誠懇鄭重道：「能！你的一切，我都陪你，斷袖也好，生死也罷，我都陪著你，相互扶持。」

雲寫負手而立，傲然道：「你縱願意，我卻不願。我慕容雲寫堂堂七尺男兒，豈需要他人攙扶？」

離昧悲傷又愛戀地看著他的背影。黔西初見時，兩人同樣高；不過半年，雲寫就比他高出半個頭來。

「我明白你的驕傲。我只是愛你。縱然你比我高，比我有錢、有權、有謀略，我依然想要將你護在懷裏，好好地寵，好好地愛。」

雲寫脊背一顫，卻沒轉過頭來。

「因為我愛你，縱然幫不了你一絲一毫，也要陪在你身邊；因為我愛你，在你振翅高飛的時候仰望你，在你折翼的時候接住你；因為我愛你，你在我心裏永遠都是一個孩子。放下你的面具吧！想哭時，來我懷裏；想笑時，抱著我一起笑。好不好？」

牽著他的手，十指相扣。

「我一直記得你我的約定，今後若你渴了，我在桃花樹下為你煮一酒一茶；若你累了，我在桃花樹下為你置一几一榻；若你悲了、傷了，我也為你舐去淚水。可是啊，雲寫，你這麼要強，就是悲了、傷了，也不肯低一下頭。我能為你做什麼呢？」

慕容雲寫眼角一酸，下意識地別過臉，仰起頭。

離昧解下他蒙眼的青綢，手搭在他肩上，踮起腳尖，輕柔地舔舐他眼睛。

「雲寫啊，不要對自己那麼苛刻。縱然是刺蝟，也有一處是柔軟的。」

酸澀的味覺溢滿口舌。他輕吻雲寫嘴角，低吟：「雲兒，受傷了，不要再獨自舔著傷口，好不好？」

雲寫眉角不停地抖動，忽然拉開他的手臂，退後一步：「我看不見你，解開了青綢依然看不見，我的兩隻眼睛都瞎了。」

覺察到離昧身子一抖，猛然扣住他手腕：「你聽好了！我是一個瞎子，病入膏肓，且有無數的仇人、政敵。或者今夕，或者明朝，就會死亡，你還願意陪著我？」

離昧毫不遲疑：「願意！」

「我並非什麼良善之輩，手裏的血腥遠不是你可想的，就是秦韓、秦夫人之死，也未必與我無關，若非覺得你有才可用，那晚亦會——殺了你！」

離昧臉上血色全無，嘴唇駭然抖動。

慕容雲寫將他困壓在牢壁之上，聲音低沉陰鷙：「我必將問鼎王座，成，一朝為帝，我會有很多女人，三宮六院七十二妃，你卻什麼也得不到，或者我還會親手殺了你，洗脫我斷袖的惡名；敗，株連九族，你的師父、徒弟、母親、侄兒，連同謝堆雪，所有與你有關的人都得死。」

離昧忽然絕望了，他愛雲寫，可以為之生、為之死，卻不能讓別人因之死！他不能！

慕容雲寫撫著他的臉，空洞的眼裏閃過邪惡的悲涼：「離昧道長，你還敢陪著我嗎？」

離昧顫聲問：「你為何要告訴我這些？……你知道我可以忍受一切，卻唯獨不忍別人因我受難。雲寫，你這般瞭解我。」

他退出慕容雲寫的桎梏：「誠然，我不能，不能陪你一直走下去。」

懷裏一空，慕容雲寫覺得生命中最重要的東西再次流失。這樣也好！也好！沒有了牽掛，他才能走得更遠，走得更好。這一根軟肋，就讓自己折斷！

「可我愛你，就讓我在你最黑暗、最無助的時候陪著你，等你羽翼恢復了，重新高飛了，我就……離開。」

雲寫猛然轉身，嘶聲怒吼：「可我不愛你！我不是斷袖！我不喜歡男人！」

離昧神色變幻不定，目光古怪至極，忽然脫下外袍，解開衣帶……

雲寫聽見衣料簌簌落地，喉間一哽，聲音沙啞：「你……」

感覺離昧一步步靠近，幽香細細，呼吸越發粗重：「你……你要幹什麼……」

離昧身子貼著他的身子，略粗的聲音竟帶著挑逗：「你害怕什麼呢，嗯？」

雲寫避開他，語無論次：「我……你……沒……別這樣……」

離昧猛然將他困在牆壁上，身子貼著身子：「耳根都紅了，是在害羞嗎？」親吻他耳根，「我不信你的話，你愛我。」

「不……」

離昧抓住他的手，放在自己臉上，牽著它一路輕撫，到鎖骨、到胸前。觸手溫潤柔軟，不盈一握。雲寫只覺一股氣血從腹部上湧，直沖大腦，幾乎沒流出鼻血來。

「……妳……妳是……妳……」

「我是女人。」

雲寫像被燙了般縮回手。離昧忍著難堪，牽他兩隻手放在自己身上，被他一觸渾身像是著了火。

「那晚我聽那人說：『你是女……』以為你是女人。也曾試圖抗拒你，卻不能夠……怕你知道會覺得噁心，只能以男裝繼續下去，哪曾想是我多心。」

雲寫悲喜交集，竟不知該什麼表情：「……我以為，妳是男人。」

小時候他和「梨青要」游過泳，真真切切地看到他是男孩子，因此見離昧真容時，先入為主，以為也是男的。

陰差陽錯，白白受了這麼多折磨。

雲寫到底還是推開了她，苦笑：「縱然妳是女人又如何？妳不能忍受我有別的女人，更不能忍受一路血腥。」絕然地轉過身，「還是走吧，把妳這乾淨的身子，留給只屬於妳的男人。」

像有把刀，一下一下刺在離昧心頭，鮮血淋漓。

「你就這麼不想見我？好！好！我這就告訴你三哥，我嫁給他，我嫁給他，做他的女人！我……」

說未完，忽然被慕容雲寫扯進懷裏，唇肆無忌憚地吻咬了過來：「妳敢！妳敢！」

壓倒在草鋪上，離昧衣衫本就解開，被他三兩下剝盡，急切地吻上去，像隻撲向獵物的豹子。

離昧直到雲寫離開她的唇才得以喘息，莫名的酥麻與燥熱襲滿全身。見雲寫解開衣衫，寬肩窄腰，瘦弱中帶著習武之人的修韌，清俊的臉濕漉漉的，額間那枚朱砂痣泛著媚人的豔色。

心癢難熬，離昧情不自禁地抱著他湊上唇：「雲寫……」

這個男人，像罌粟，讓她欲罷不能。

一個火星掉到油桶裏，儲存的情感猛然爆發出來，蛇一樣地纏繞著彼此，親吻撫摸。

「雋兒，我怕害了妳，若我死了……」

離昧用唇堵住他：「我要你。」

雲寫深深地吻著她，滿身蓄勢待發的力量：「我也要妳，死也要！」他自制力一向是極好的，初時還問離昧痛不痛，不一刻就失控了，狼狽、猴急地攻城掠地，貪婪得像個酒鬼。

待雲收雨歇時，離昧無力地躺在他懷裏，痛得臉色蒼白，額間細汗，骨頭都要散了。

雲寫懊惱地揉著她的腰，緩解疼痛：「很痛嗎？對不起，我……我太想妳了。」

帶著鼻音，軟軟糯糯像是撒嬌。

離昧覺得被抱的應該是他才對，見他眼角、眉梢依然帶著春潮。一慣冷情的慕容雲寫啊，因自己而情動，因自己而失控，何其有幸！

「你剛叫我什麼？」

「雋兒，我的雋兒，你終於成了我的女人。」

離昧吃醋：「還會有第二個、第三個……第三千個。」

雲寫緊緊扣住她的手：「只有妳一個。在我一無所有、眼瞎病重、生死難料的時候，妳願意把自己給我，我又怎麼能負妳？」

離昧緊緊倚著他：「雲寫啊，你不知道，我愛絕了你，愛絕了。」

兩人裹著同一件衣衫，肌膚相貼，相擁並臥。

「我也是，愛絕了妳。只是委屈了妳，我曾設想我們的……呃……初夜……」

離昧臉一紅，低噥：「你那時不是以為我是男子嗎？」

雲寫緊緊地摟著她，恨不得揉進骨血裏，胸膛被滿滿的愛漲得生痛。

「我早為妳做了斷袖的準備。便算妳真是男子，我也要妳。」

離昧覺得滿足了，有這一句話，所有的傷都不痛了。

「你幻想的……嗯……是什麼樣子呢？」

兩人交頸而臥。

「要有椒房、囍字，紅燭高照，床上撒滿紅棗、花生，鋪著一層桃花瓣。『桃之夭夭，灼灼其華。之子于歸，宜其室家。』可我卻給了妳這麼一個洞房，沒有紅燭，沒有花生，連喜床都沒有……」

「妳的胸膛就是我的喜床、我的椒房、我的天地。有了妳，我就有了一切；沒有妳，我什麼也沒有了。」

雲寫囈語般道：「我以為這次會徹底地失去妳，卻意外地得到妳。怕這只是一場夢，夢醒了，妳就不在了。」

「那麼，抱緊我，緊緊地抱著我，就不怕我走了。」

哪怕是夢也好，生生世世，都記住這歡愉。

唐證送來筆墨紙硯、算珠等物，離昧在破舊的案板上寫寫畫畫。雲寫漸漸適應了黑暗，以草為劍，重練劍法，漸漸適應了黑暗。

離昧有時寫累了，抬頭就可見他清拔的身影，舉手投足優雅凌厲，一根草劍也能使出萬鈞之力。支頤靜靜地看著他，把他的身影印在腦海裏，烙在心頭，越看越愛不釋手。

雲寫總能感覺到她的目光，於是收了草劍，嗔怪道：「妳這樣看我，讓我怎能專心？」

她疑惑地眨眨眼：「我怎麼看你了？自己不專心還賴我……」

他摸索過去，一俯身，吻住她的唇，濕淋淋的汗滴到她臉上。

「妳看不看我，我都不能專心下來。畫了這麼久也坐累了，來，陪我過兩招。」

「我那是舞劍，不是武劍。」

被強拉起來，雲寫將草劍放於她手中：「為夫讓著妳便是。」

離昧臉驀地紅了起來，嚅囁嗔罵：「……貧嘴……」

雲寫哈哈一笑，手握著她的手：「我上次見妳舞的〈破陣子〉，作為舞是極好的，但有些地方美則美矣，卻殺傷力不足，倘若稍加改動，如這般這般──」牽著她的手比劃，「這一挑可挑人手腕，打落兵器。這一點可刺人穴位……」

離昧不情願：「劍舞本就只為觀賞，不為殺人。」

雲寫鄭重道：「我知妳心慈。不為別的，只是防身。若有劍法，那日也不致被一群紈絝子弟欺辱。」

離昧知他用心良苦：「好吧。只是還要畫圖，我怕精力不足。」

雲寫氣悶地扔了草劍，彆扭地坐在稻草上：「說是來陪我，卻整日埋頭案上，將我丟在一邊。」

離昧哭笑不得：「怎麼越發像個孩子了？」

頭枕著他的肩頭，跳脫地問：「記得我那小舟嗎？」

「記得。」

「雲兒，我要送你一件禮物。」

在他手心寫：「能夠像魚一樣在水底自由沉浮的武器。」

雲寫肩膀一聳：「可行？」

「當然。」得意地吻吻他的耳墜，「只要你不打擾我，一定能行。」

雲寫點頭：「好。」忽然將她壓倒在草堆上，吻纏綿落下，「但這會兒妳要先任我『打擾』個夠！」

多年後，慕容雲寫想，自己這一生，最快樂的日子就是和離昧在牢房裏的那些天。雖然黑暗、骯髒、困頓，甚至要與老鼠搶發餿的飯，可只要能抱著她、吻著她，就滿足了。

他們像兩隻小老鼠，躲進徒有四壁的家，躺在稻草鋪成的床上，盡情地歡愛，忘乎天地。

那種滋味，叫做——幸福。

慕容雲寫入獄不久，右春坊右中允趙資病歿，禮部擢徐圭為右春坊右中允，兼管國子監司業。

御史臺彈劾蕭李貪污受賄、克扣軍餉等十餘條罪名。彈劾三皇子慕容雲繹治軍不嚴，擾亂百姓。君上將摺子留中未發，卻時常召見御史臺官員，一時朝廷上下惴惴不安，朝臣摸不清君上心思，如履薄冰。

這晚，君上照舊宿於寵妃羅嬪處，半夜忽然發熱，昏迷不醒。太子、三皇子、七皇子侍疾。而此時關陝忽然來報韃靼突襲，軍情危急，三皇子請兵去往關陝。

慕容雲寫接到線報後，神情變幻莫名，慵懶地抱著離昧：「不知朝中又有多少暗流，我們在這裏正好躲著清閒。」

「有多少暗流？」

離昧雖不懂政事，可喜歡他談論政事時雄才大略、將天下運於掌中的感覺。

慕容雲寫侃侃而談：「右春坊右中允與國子監司業都只是六品官員，右春坊右中允主要職責是管理太子的來往公文，以及為太子提供文書幫助。此職於太子可謂至關重要。」

離昧點頭：「隨時被人監視著的感覺實在不好。」

「國子監職能具有二重性：一是作為官學最高管理機構，二是生徒就學的最高學府。設國子監祭酒總管學校，國子監司業職位僅次於國子監祭酒。招收七品以上官員子弟入學，光此就是一個龐大的人脈網，且能從國子監出來做官的，前景十分可觀。」

「有此二職，既可監視太子，又有龐大的人脈關係。因此，徐圭是誰的人引起大家的猜測。若是父皇的，可見他對太子防備之嚴；若是太子的，那麼太子之心路人皆知，以後國子監學員皆成太子門生，太子勢力又增；若是君后，或三皇兄的人，則有一把利刃懸掛在太子頭上。」

離昧癡癡地看著雲寫，根本未聽清他在說什麼。

「韃靼進攻中原有兩途：一從河北，雖說幽雲十六州已失，但有真定、河間、中山為屏障，大將曲玄防守，此途已然不通；一從關陝，圖破關陝防線則可沿黃河一路而下，再難抵擋，因此關陝防線至關重要。」狐疑道，「只是，韃靼一向在冬天時發兵，春夏之季正是牧羊、牧馬好時節，怎麼會突然來襲？」

「你不擔心你父皇的病情嗎？」離昧問，心裏升起一些莫名的情緒。

慕容雲寫猛然一震：「原來如此！好一個兵行險著！」

「什麼？」離昧不解。

雲寫在離昧耳邊道：「父皇不會有事，我們也不會有事。」大叫，「來人！我要見父皇！我要見父皇！」

「三皇子，您在禁足中，沒君上允許任何人不能放你出去！」

雲寫歇斯底里地叫了一通，仍然不得應允，只能讓獄卒送座太上老君神像來，每日誦經祈禱。

獄外，大臣們個個如熱鍋上的螞蟻。君上昏迷十日未醒，丞相邸回掌管國事認為，君上有太子和七皇子侍疾，救戰如救火，同意三皇子去關陝。樞密使蕭李言則認為，非常時期，大軍一動，民心不安，且糧草、軍械籌備未全，不同意三皇子去關陝。

如此僵持數日，關陝戰報越來越緊急，各退一步，讓三皇子帶親衛軍千人前往關陝，調西川兵馬援助關陝。

蕭李此計不可謂不毒，若君上一旦病危，則迅速包圍皇宮，立七皇子為帝，就算三皇子得到消息折返，兵將分離，也構不成威脅。倘若君上病好，維護帝都乃是其職責，且有三皇子人馬，亦可向君上表示其未有謀逆之心。

朝臣見此情形，往來蕭李府越發勤快。太子寸步不離地侍奉在君上身側，餵藥、端水，十分殷勤，連內侍都自歎弗如。

朝野內外像鼎裏煮的水，只差一把火就要沸騰了。

然，沒等到那一把火，君上竟突然好了！

此時三皇子已到關陝，戰爭依舊如火如荼。君上下令樞密使蕭李督軍關陝，朝中軍事暫由太子代管。太子順理成章地將三皇子所留兵馬收歸中央。

到此，朝臣才明白，原來君上並沒有病危。這只是一場陰謀——君上病危、皇位更替之時，有野心的都會動；太子沒動，因此得了軍權。蕭李動了，被派往關陝，與慕容雲繹彼此牽制。

君上醒來十天後，忽然夢到鍾妃和四皇子，遂親自去獄裏探望。見四皇子正坐在太上老君神像前殷殷祈禱，老鼠爬到肩頭也不知曉。

「信男慕容雲寫，祈天神庇佑父皇，早日康復，願獻上餘下的生命……」

君上猛然動容。見獄卒送來發餿的飯，杖斃獄卒，下令釋放四皇子。

第十二章　景致如畫，情濃似酒

回到府中，遠遠就見佩姨候在門前，眼睛腫得像櫻桃似的，拉著他的手打量一遍又一遍。

「我的雲兒，我的雲兒，怎麼瘦成這個樣子，苦了你了……」

雲寫眼裏酸澀：「佩姨，我很好。不是好好的出來了？」

「眼睛好了沒有？御醫都怎麼說？」

雲寫想了想：「以後會好的。」

其實他右眼已漸漸好轉，只是目下不能讓人知道，以免再遭算計。

雖然，大夫說眼睛是因長年吃藥的原因，但他心裏明鏡似的。當日被君上砸破頭，君后賜藥，他豈敢隨便用？先讓長雲道長查看了，藥是癒合傷口的不錯，但其中含有一味，若與他平日所吃的藥結合，便可使眼睛失明。

這次入獄，他將計就計，塗抹藥物，為得君上疼惜，沒想到竟然還得到了離昧，便算真瞎了一眼也值得了！

「我瞧殿下紅光滿面，又有佳人在側，想必在獄裏好得很呢。」薛印兒譏誚道，敵對地看著離昧，被慕容雲寫空茫的眼睛一掃，打了個寒顫。

雲寫攙著佩姨：「進去再說話。」

侍人端來水和樹葉，洗去晦氣；又備了熱水，兩人痛痛快快地泡了個澡，渾身頓時清爽起來。佩姨已準備好了飯菜，薛印兒並未入席，倒方便他們說話。

「佩姨，她是……」

佩姨莞爾截斷他的話：「是你畫中的女子。你不說，佩姨豈能看不出？我們雲兒好福氣，有這麼美麗的女子願與你同甘共苦，佩姨也安心了。」

雲寫握著離昧的手，笑容裏溢滿幸福：「雋兒，還不叫『佩姨』。」

離昧臉漲得通紅，侷促低喚：「佩姨。」

佩姨扶起她，拍著她的手：「好孩子，難為妳了。」從懷裏拿出一只錦盒，一隻清潤碧透的玉佩靜靜躺著，「第一次見面，也沒什麼好送的，這個玉佩妳留著把玩吧。」

離昧不敢貿然收，雲寫親手為她繫上。

「溫潤如玉，正是我的雋兒。」

唐證和佩姨對視一眼，從未見雲寫笑得這般開懷！猛見雲寫一驚，將離昧與佩姨拉到身後，唐證拔劍戒備，一個黑衣人破窗而入。

「你是什麼人？」唐證冷冷地問。

黑衣人驀然衝上來，刀刀兇悍，功夫竟與唐證不相上下。府上侍衛被驚動，紛紛圍來。雲寫知離昧看不得血腥，欲帶她和佩姨出門。這時，樑上一人猛然俯衝下來，一把抓向離昧後背。

「小心！」雲寫拉過她。

只聽「哧」的一聲，離昧背後衣衫被抓破，她驚駭回頭，猛然看到那人的臉，臉色頓時蒼白！

那人卻對他邪肆一笑，冷厲的唇吐出一個字：「撤！」

兩個黑衣人倏忽消失，當真來無蹤，去無影。

慕容雲寫臉色鐵青，感覺到離昧不停發抖：「沒事了，別怕。」

唐證奇道：「這兩人是何目的？」

江湖中未曾聽聞這等身手的人。

佩姨問：「快看有沒有受傷，會不會……」看到離昧撕破的衣背，臉色驟然大變，「這……這……妳……妳是什麼人？」聲音顫抖而驚恐。

「怎麼了？」雲寫擔心地攬住離昧，「受傷了嗎？嚴不嚴重？」

「沒受傷。」唐證道，「只是……」

「只是什麼？」雲寫喝問。

唐證咳一聲：「那個……離先生背後有一個……吻痕。」

雲寫臉一紅，窘迫不已：「咳咳……這個……這個……我……」

佩姨連連搖頭，像避瘟神一樣躲開離昧，語無倫次：「不……不是的……這不是吻痕……是……是個刺青……一個可怕的刺青！」

三人皆不解：「佩姨，妳在說什麼？」

唐證斥退所有人。

佩姨擔憂地分開他與離昧：「雲兒，那個刺青是不祥之兆啊！會害死你的！你不能和她走得太近，會牽累你！」

雲寫不敢置信：「佩姨，妳在說什麼？」

佩姨卻像是猛然想到什麼：「我不能說！不能說！會害死你們的！雲兒，你們，分開吧！」

雲寫深吸了口氣，牽起離昧的手，沉聲道：「我們不會輕易說分開。佩姨，說說妳的理由。」

佩姨也冷靜下來：「我不能說。我希望你們能平安！」說完，腳步踉蹌地走了。

三人沉默了下來。

半晌，唐證說：「剛才那黑衣人的目的，就是讓佩姨看到這個刺青。」

雲寫撫摸著離昧背後的刺青，在蝴蝶骨下，形如少女的唇。

「是什麼時候有的？」

離昧想想：「我不知道，沒有人跟我說過。」

雲寫不死心：「從來沒有人看過嗎？」

離昧看了看他，欲言又止。

雲寫冷道：「有什麼儘管說。」

離昧支吾：「……或者……可以問問謝堆雪……」感覺雲寫手一抖，寒意浸入骨髓，忙分辯，「只是小時候洗澡被他看到，沒有什麼。」

雲寫衣衫一捲，裹住她：「回房。」

離昧驚詫地道：「雲寫，剛才那人，長得和我很像。」

「是嗎？」雲寫冷淡地道。

離昧黯然道：「就是他告訴我：『青青子衿，要銘於胸。』他會不會是你要找的……」

雲寫截斷她的話：「我要找的已經找到了，是妳。他來的目的已經很清楚了，要佩姨看到妳背後的疤痕。只是，佩姨為何如此忌諱？」

離昧坦誠道：「我去梨宅時遇到一個『女鬼』，名喚鉤吻；娘給我下的毒，也是鉤吻；謝堆雪寄來的信，只有一個唇印和『鉤吻』兩個字。我想，這些必有牽連……」猛然一震，「那次，似乎感覺到鉤吻在背後刺我一刀，昏迷過去，可醒來卻沒感覺到一點痛，難道是那時？」

雲寫道：「單從刺青，無法斷定時間。」

離昧複雜歎息：「他們比我都瞭解我。在仵作剝下假面之前，我都不知道自己原來長成那樣。第一次見到鉤吻，她就暗示我的容貌。想來封秦夫人口的，也是和我長得一樣的人。他們到底想如何呢？」

雲寫看著她，穩穩道：「雋兒，如果我說，不讓妳再管這些事，妳肯嗎？」

「……」離昧語塞。

「試想當時梨家的權勢、梨映宇的功夫、蕭豈的機智，尚且被滅門，今日縱然妳們五姐妹各懷異能，也只是蚍蜉撼大樹。」

離昧沉吟片刻：「樹欲靜而風不止，我還是要去。」

雲寫冷笑：「心不靜吧？」

「是的。謝堆雪當日想是查到了什麼，才去苗疆；為了救我而與雪涯祭司掉入孵屍洞，生死不明，我不能不顧他的死活。那些人若真是我姐妹，我又怎能看著她們去冒險，自己做壁上觀？」

雲寫悲涼一笑：「我就知道。」

「兩情若是長久時，又豈在朝朝暮暮。」

雲寫反駁：「夫妻之間不共朝朝暮暮共什麼？謝堆雪我會派人去找，妳無論如何都要陪在我身邊。」

離昧愕然，竟不知雲寫如此霸道。

窗外不知何時下起了雨，打在芭蕉葉上滴答有聲。雲寫牽著她沿曲廊漫步到聽雨軒，四壁荷花三面柳，半潭秋水一房山。

秋來蓮花妝舊，蓮葉半殘，蓮子初成。

「雋兒，我許久沒有聽到妳的琴聲了。」雲寫推著離昧的肩膀坐在琴前，「古有蕭史弄玉，伉儷情深。我們也效仿先人，琴簫合奏，如何？」

離昧微訝：「你竟會吹簫，何不早告訴我？」見雲寫只是笑笑取來骨瓷簫，「吹奏何曲？」

「妳且彈，我跟著便是。」

「那我便不客氣了。」

調試下琴弦，聲音甚妙。看看雲寫，信手彈起《衛風．淇奧》。

雲寫莞爾一笑，便跟了上來。琴簫纏綿，天衣無縫。

瞻彼淇奧，綠竹猗猗。有匪君子，如切如磋，如琢如磨。瑟兮僩兮，赫兮咺兮。有匪君子，終不可諼兮。

二人深深地對視，在彼此眼裏，對方何嘗不是清標如竹，雅致無雙？

雨漸漸小了，「沙沙沙沙」，纏綿而迷離。待琴畢簫止，雲寫坐在軟榻上，離昧枕在他膝上，想到那時梨花如夢，他臥在竹榻上，灑了一襟一袖的梨花，美麗不可方物。

「晨風過簾熄夜燈，榻下梨花水色濃。小憶兒時歡樂事，側臥涼席聽雨聲。雲寫，我總覺得是一場夢，無意中驚破梨花之神的美夢。無論是那時，還是此刻，都像是夢，太過美好，美好得近乎虛幻。」

雲寫憂鬱又痛惜地吻著她眉心：「我亦如此，雋兒。那時，我以為再也沒有機會得到妳，卻又意外地得到了。太容易了，反而讓我心生不安。大婚那晚，我做了這樣的一個夢——我在朝廷裏處心積慮，步步算計，終於戴上那頂皇冠，卻形單影隻，煢煢孑立。妳在世外桃源裏，灌園鬻蔬，徒友環繞，與謝堆雪琴簫合奏，怡然自得。我白髮蒼蒼，形容枯槁，而妳，還如三年前秦淮河初見時，風神秀徹，片塵不染。知君仙骨無寒暑，千載相逢猶旦暮。」

離昧抱著雲寫的脖子，半身吊在他身上，面面相對：「我知道你的憂心。我雖答應陪你，世事如潮，怕會將我們強行分開。縱然如此，你也無須擔心，因為在路的終點，永遠有我候望的身影。」

雲寫喉節哽動，情緒起伏，伸出小拇指，孩子氣地認真道：「拉勾。」

「咦？」離昧啼笑皆非，「多大的人了？還玩這個。」

雲寫執拗地勾住她的小拇指：「每次妳答應子塵事情都和他拉勾，從未反悔過，我也不許妳反悔。」

離昧苦笑：「好。拉勾，上吊，一百年不許變。」

拇指相壓，諾言結成，兩隻手隨即緊緊扣在一起。

離昧仰首，見雲寫正俯看著她，漆黑的瞳孔幻出迷離魅惑的光澤，薄唇帶笑，水色瑩潤，勾引得她前去品嘗。

「雲兒，雲兒。」她癡癡低喚，「是桃花浸入了酒？釀成你未醒時的風流。這一生，要如何才能飲得夠啊！」

雲寫將她打橫抱起，大步流星地走向寬榻。放她於榻上，肌膚相貼，手撐著她臉側，癡癡望著身下的女子——鼻尖滲出細密的汗滴，貝齒咬著紅唇似怕呻吟脫口而出。最要命的是她那煙眉水目，燃著火苗，似乞求又似渴望……

腹下如燒，雲寫低吼一聲，化身成獸，將身與心埋在她身與心裏，沉淪前閃過一個念頭。

原來，清淡的道者動起情來，竟是這般極致的魅惑。

這日，離昧與雲寫興起到街上逛逛。迎面來了頂馬車，堵住了去路。王府車隊不讓，那輛車竟也不讓。

車夫道：「瞧那車想必是墜夢樓的，竟也敢擋王爺的路，膽子不小。」

離昧說：「我們退後一點吧。」

車夫見雲寫沒有說話，不動。

離昧對雲寫道：「有這相持的時間早就走過了。我們下車走走吧。」

「嗯。」雲寫扶著她下車，「讓它先過。」

車夫退到一邊。

那輛馬車經過他們身前時，車簾捲起，一個幽魅的女聲道：「小女子唇藥多謝道長讓路。」

離昧只見一雙眼睛，盈盈如秋水，凜凜如寒冰，竟有些熟悉。

「這人是？」

雲寫疑問：「墜夢樓的花魁唇藥。妳認識？」

離昧神情疑惑：「眼睛有些熟悉，但我不應該認識她啊？」

「這有何難，過兩天我帶妳去認識。」

離昧鼻尖一聳：「莫不是你想認識吧？」

雲寫擰了擰她鼻子：「她豔名遠播，正好比較一下妳與她誰更美，也不枉妳讓路一場嘛。」

車夫不忿道：「連王府的車駕都敢攔，墜夢樓也太大膽了！」

離昧躲開雲寫的手，嬌斥：「這是在街上！」

見雲寫惡意一笑，臉微紅，離昧岔開話題：「前朝丞相家的鄰居蓋房子，占了他家三尺土地，兩家因此鬧得不和，爭吵不斷，寫信給丞相。丞相看了信後回道：『千里家書只為牆，讓他三尺又何妨？萬里長城今猶在，不見當年秦始皇。』家人收到信後退後三尺，鄰居見了也退後三尺，這六尺巷便成了佳話。那車夫顯是不明白丞相與你的度量。」

雲寫畢竟是皇室子弟，縱再謙和，讓他給一個青樓女子讓路委實不易，離昧此說一為寬慰，一是勸解。

雲寫顯然聽進去了：「此話有理，成大事者，無須斤斤計較。」

集市上人挺多的，買吃的、用的都有，還有許多小玩意兒。離昧牽著他的手給他引路，一邊向他描述街上的情景：「孩子手中拿著的像雲朵一樣的糖，叫棉花糖。」

雲寫問：「棉花糖是什麼？」

離昧想：「他從小在宮裏長大，怎麼會知道民間的小吃？」

「在那邊，我們也去買個。」

尋到攤前給他買了一個，撕了一片送到他唇前：「嚐嚐。」

雲寫赧顏，小孩子吃的東西，他一個大男人……

離昧笑了：「這裏除了我又有誰認識你？生活也需要隨興一些，才好玩。嗯，嘗嘗。」

雲寫小心翼翼地去舔棉花糖，結果舌尖才碰到，棉花糖便消失無蹤了，唯餘舌尖絲絲甜意。他本來不愛吃甜食，可這甜卻不像一般的甜，還帶著桂花的清香。

「怎麼樣？好吃嗎？」

雲寫點點頭。

離昧含笑：「這是用桂花糖做的，清香馥雅，入口即化，甜而不膩。我和子塵小時候都最喜歡吃。」

相比之下，雲寫倒覺得好玩勝過好吃，明明一大團糖，一舔之下卻又沒有了。興味起舔了幾口，卻弄得滿鼻尖都是。離昧忍笑，一時情動，忽趁人不注意的時候，舌尖一伸，舔掉他鼻尖上黏的糖屑。

雲寫渾身一震，眼眸幽深，似笑非笑：「回去再好好算帳。」

離昧半嗔半羞地別了他一眼，眼含秋波，風月無邊。

雲寫明明蒙著青綢卻像看見了，猛然攬住她的腰，輕蹭了蹭，聲音沙啞低沉：「時候不早了，我們回家，嗯？」

離昧臉騰地燒了起來，掙開他：「我還要買東西。」

說完，扯著他衣袖，離得遠遠的。雲寫狼狽苦笑。

九月是個豐收的季節，栗子、橘子、石榴、銀杏等都熟了。離昧知他喜歡吃水果，買了一些，又見攤邊阿婆在賣銀杏，也買了些。

雲寫蹙了蹙眉：「妳買銀杏做什麼？」

邊說邊避著銀杏遠遠地，似深惡痛絕。

「吃啊！銀杏補腦，藥用價值很高。你不喜歡銀杏？為什麼？」

雲寫有些汗顏，咳了聲道：「那個東西很臭的。」

離昧想其中必有故事，便耐心傾聽。

「那時我只有四五歲，有一天太子拿幾個白白的果子給我吃，味道很好。我問他是哪來的，他說是偷的。趁著夜晚帶我來到宮後的一棵大銀杏下。樹上結滿了果子，我爬上樹偷了許多，太子讓我嚐嚐，我一咬……」結果不言而喻。

離昧忍不住大笑起來。

雲寫窘迫道：「就知道妳會笑！」

離昧一聽，越發禁不住：「那是你生平第一次做壞事吧？竟然就這麼被戲弄了。呵呵……那時太子都做孩子他爹了，怎麼還戲弄你？」

雲寫眉頭一蹙，仰首觀天。他兒時與太子關係很好，長兄如父，雖然偶爾會遭他戲弄，卻也一直保護著他。可是從何時起，他們兩人竟成敵對？最是無情帝王家，權力終歸使人形同陌路。

離昧握住他的手：「雲寫，做你自己便好。有些東西，揹不動，就別揹了。記住，還有我，在你身後。」

雲寫反握著她，低道：「雋兒，唯願歸田解甲之後，還能捧杯妳沏的茶。」

離昧微笑。

雲寫問：「妳買銀杏做什麼？」

「糖絲白果吃過沒？」銀杏又名白果。

雲寫搖頭。自從那次後，他對銀杏敬而遠之。

「將銀杏去殼和紅衣，洗淨後用開水汆燙一遍，瀝淨水分。將冰糖研成末，加入銀杏繼續煎烤，不斷炒動，防止焦化。待糖拉成絲、銀杏呈金黃色時，放入糖桂花推勻，即可起鍋入盤。香味清雅，色如琥珀，甜糯爽口，師父和子塵都百吃不厭，還有開胃健脾、止咳平喘之功效。」

見雲寫只是笑，問：「你笑什麼？」

雲寫一把攬住她的腰，調侃：「我在想，這麼個賢妻，我要早些娶回家才安全，不然哪天被人拐跑了，我豈不就虧大了？」

離昧額頭碰了碰他的額頭：「貧嘴。」

「後山景色不錯，我們去那裏走走？」

此時秋高氣爽，晴空萬里。二人並肩立於山崗上，雲寫一襲深黛色天水錦長衣，腰間青玉為飾，丰儀清逸，骨骼清標。

離昧雪白道衣外著素藍紗綢，七尺長髮用道冠束於頂上，氣質幽遠淡泊，舉止疏落灑脫，雖及不上雲寫奪人之姿，卻自有一股出塵風度。

滿山清芬宜人，離昧見雲寫低首採了一朵豐碩的白菊花，湊於鼻端把聞，清瞳半翕，斂下無邊風月，羽睫如扇，雪頷、白菊幾成一色，一時心動，湊上去，隔菊親吻他緋薄朱唇。

雲寫得意一笑：「是不是覺得我比這菊花還好看，愛不釋手了？」

離昧一嗆，腮染桃色、雪頰暈玉，坐在菊叢裏假意賞景。

雲寫伸了個懶腰，躺在她身側。

離昧看不夠似地描摹著他眉眼，喃喃低吟：「玉山傾倒花間醉，竹骨詩眸燕子頷。」

枕在他胸膛上，十指相扣，纏纏綿綿。

九月，關陝傳來軍報，三皇子大勝韃靼大軍，連擒數員大將，韃靼太子完顏穆前來議和。君上接到奏報大喜，下令犒勞三軍。恰逢君上壽誕，封三皇子慕容雲繹為平王，封地在蜀。四皇子慕容雲寫為定王，封地在冀。七皇子慕容雲育為安王，封地在吳。

蜀地是天府之國，吳地為魚米之鄉，燕地貧瘠僻塞。蜀與冀皆是軍事要地，朝廷門戶。三皇子久在沙場，鎮守西北無異議。然幽雲十六州已失，全靠真定、河間、中山幾處抵擋韃靼，將此要塞交予四皇子，一旦有失，河北再無天險可守，韃靼鐵騎便可渡過黃河，直逼帝都。

朝臣對此議論紛紛，君上卻道此乃皇帝家事，不容眾臣過問。

十月，完顏穆率使臣來到帝都，住近驛館。

雲寫自出獄以後便以眼疾為由，不大理會朝裏的事，每日只和離昧遊山玩水，做一對神仙眷侶。這日是十月十五，墜夢樓設垂青宴，文人才子各憑本事引墜夢樓花魁娘子垂青。

墜夢樓位於帝都之南的朱雀街上，綺香院與墜夢樓並稱兩大青樓。

雲寫實現諾言，帶離昧來認識唇藥。

離昧道：「我聽說唇藥的姿容絕世，定然也能入你眼。」

雲寫揉了揉鼻子：「嗯，這醋存了多久了？這麼酸。」

離昧微窘：「我們打個賭如何？看誰能成為唇藥姑娘的入幕之賓。」

雲寫湊到她耳邊：「我成入幕之賓不打緊，左右不過豔福一場。妳若成了，可怎麼辦？入幕了做什麼呢？嗯？」

離昧惱怒：「你敢！」

雲寫哈哈一笑：「原來離昧道長竟也是個醋罈子。」

兩人上了樓，只聽一聲柔軟而清透的聲音說：「唇藥姑娘到了！」便見一個紅衣妖嬈的女子立於白紗之後，對眾人道了個萬福：「各位公子能到此，是唇藥的榮幸，敬以一曲以為答謝。」

聲音柔而媚，像女子唇上的胭脂。坐於琴前，信手撥弦，清音緩緩。

離昧閉目聆聽，聲音輕快靈動，如落珠滴雨。慵懶地趴於桌上，手指有一下無一下地叩著桌沿，想到那晚與雲寫聽雨，恰巧雲寫亦向她看來，目光交匯，情絲綿綿。

一曲罷，方才說話的那個小丫鬟說：「唇藥小姐所出第一題，誰能將自己的名字寫得最高，就可進入下一局。」

四周皆是高閣，唯一竹竿聳立最高。男子紛紛上去，或高或低地寫下自己的名字。一時大街小巷會功夫之人紛紛躍起爭相寫下自己的名字，遠遠看去，倒像是猴子翻山一樣滑稽。

離昧莞然含笑，向小丫鬟借來一塊手帕，幾根竹條撥弄著。

寫字之人漸少了，但沒有人能寫到竹竿最上方。忽然有一人平地躍起，如雲中之鶴，扶搖獨碧落。

那人著一身黑衣，身影矯健非常，猿臂長伸，一氣便躍至竿頂，以迅雷不及掩耳之勢刻下自己的名字，然後再一躍，一氣竟然又躍到閣樓之上來。

這一騰一躍之間何止百尺，而他立於閣上之時竟然臉不紅，氣不喘。

有熟識的人喚他「楚弓」。離昧見他背上揹著一弓，手握一支箭，面容算不上英俊，但卻有一種豪邁，帶著幾分原始的野性與憨厚，像一隻獸，生長在森林中的野獸。

雲寫審視著楚弓，像獵人見到獵物。

離昧扯著引線，一隻白色風箏高高飛在竹竿之上，上面寫著「離昧」。這時一隻蒼鷹飛來，鷹爪上抓著塊布巾，寫著「慕容雲寫」。

便在此時又有一人凌空而起，衣袖一揮，風箏被他捲去，隔空取物！好內力！見他足點廊沿，如白鶴亮翅，輕巧躍了過來，衣袂橫掃，氣勁排空，桌倒椅翻。

好一個狂士！離昧又是佩服又是驚歎。

那人橫掃閣中眾人，目光落在她身上，精光一閃。離昧見他突然探手，如盤旋空中的獵鷹認準獵物，穩而狠地襲來。忽然一笑，不退反進，竟不怕被氣勁所傷，一把抓向他懷中風箏。

那人見她出手有模有樣，不知深淺，避開擒拿，卻撕去她的假面。那一刻滿樓脂色，都比不上她梨花般的容顏。

慕容雲寫聽見眾人抽氣的聲音已知為何，扯了紗縵遮住她的臉，卻被離昧緩緩拉下，莞爾一笑，傾國傾城。

那人愣怔，未料她驀然點住他尺關穴，迅速退出他掌風範圍，淡笑而視。不想那人再度出手，迅速扣住她下顎，甚是滿意：「比畫上的好看，還有點硬氣，我喜歡！」

慕容雲寫劈手砍來，他一退數步，狂傲一笑：「這門婚事我同意了！離昧，記住，我是完顏穆！」

來無蹤，去無影。

閣中一片死寂。完顏穆是韃靼太子，在天朝帝都竟還敢如此猖獗！

慕容雲寫疑惑不已，完顏穆如何知道她的名字？什麼畫？哪裏來的婚事？她怎會看出完顏穆的破綻，在危急關頭智挫敵人？

這時，唇藥著人請了十人進內閣，小丫鬟送上第二題，請以一詩求見唇藥姑娘。小廝呈上筆墨紙硯，離昧想了想，寫了一首〈憶秦娥〉。

西風亂，琵琶聲裏梨花怨。梨花怨，情絲難結，塵緣易散。
洛陽城裏胡琴斷，紫陌輕塵誤撫弦。誤撫弦，伊人別去，回眸誰看？

不久，便聽一聲：「唇藥小姐到！」

離昧轉身，見她水髮滴墨，雪顏凝月，水靈的眸像是被秋水潤染過，盈盈一拜。不是鉤吻又是誰？

「唇藥見過諸位公子。諸位公子能來是唇藥的榮幸，此次留下的人已定了，唇藥拜謝諸位。」

很有頭牌花魁的傲氣。說完，又要進去，楚弓一把攔住她：「妳故意的！」

唇藥嫵媚一笑：「公子說什麼故意？」

楚弓神情窘迫，唇藥拂開他的手便進去了。瞧樣子，二人倒似相識。

離昧低聲道：「梨宅中的鉤吻就是她。」

「妳認識完顏穆？」雲寫問。

離昧訝然：「我從未和韃靼人接觸過，怎麼會認識他？」

雲寫質疑：「那麼，妳如何看出他的破綻？」

離昧被問住了，不知為何，看著完顏穆出手就知道他的破綻在何處，吶吶搖頭：「我不認識他，可為什麼能看出破綻？」

慕容雲寫感覺不妙：「怕有陷阱，我們回去。」

離昧搖頭：「她就在這裏，怎麼著也要問個明白。」

雲寫沉聲：「青要！」

離昧拍拍他的手安撫。

這時小廝出來公布入選人的名字——慕容雲寫、離昧、楚弓。楚弓臉上頗為意外；聽小廝報了第三關的題目，又一臉失望之色。

第三關是較量琴技。離昧於此一道向來自負，便一拂袖於琴邊坐了下來，素手撥琴。忽然琴弦被人一壓，抬頭便見慕容雲寫陰寒著臉冷冷凝視著她。

離昧道：「你先。」

「既然要比，就好好比一下琴技。」一拂袖坐在對面的琴邊。

離昧怡然從容的地撥弦，慕容雲寫琴聲立時跟了上去。他琴藝不如離昧，卻將內力注入到琴弦之上，一聲聲貫入人耳，擾亂心神。

離昧唸了聲道訣關閉五蘊六識，慕容雲寫立時加大內力，突破封印進入離昧耳中。他不能讓她陷入別人的陷阱裏，這溫柔鄉後不知是什麼殺人刀呢！

離昧被震得心神錯亂，大腦亂烘烘的，噁心想吐，額頭冷汗涔涔而下。她不想雲寫這般阻止自己，可埋藏在心底這麼久的疑問眼看就要解開了，怎能放棄？咬唇凝住意識。

兩人皆是倔強之人，竟這般執拗了起來。她越是隱忍，雲寫越是不放心，注入更多的內力。離昧咬破了唇，血沿著蒼白的嘴角流下。

慕容雲寫心如針扎一般，終究收了力，長歎一聲摔袖而去。到門外對韓子奇吩咐：「查清完顏穆的一切！」

離昧抱得了花魁歸，自然要在墜夢樓裏歇息的。房間裏紅燭靜靜地燃著，散發出幽幽的香氣。離昧對這種香味十分熟悉，深嗅著躺在床上，臉色漸漸潮紅，含糊地低唸著：「雲寫……雲寫……」

唇藥歎道：「真是個懦弱的癡情人！」摸出她脖子上殘鏡，「這殘鏡放妳身上真是浪費了！」

唇藥手突然被抓住，離昧順勢坐了起來，莞然而笑：「放誰身上不浪費呢？鉤吻姑娘。」

唇藥媚眼一勾：「原來妳未中迷香。」

離昧笑道：「在同一地摔倒兩次，那是傻子。」欣賞著床邊依蘭花，「依蘭花十分稀有，貧道只在書上看過，實物倒還是第一次見。更難得的是，春季雖過，這盆依蘭花開得依舊這麼好。」

「算不得什麼，只是多花了點心思而已。」

離昧又指指床前，香氣嫋嫋、金蟾齧齒的香爐：「這鵝梨香清雅香甜，十分難得。」

唇藥道：「妳鼻子倒靈。」

「我只是僥倖辨出妳用的迷情藥是依蘭花與鵝梨香而已。姑娘以往對擅入梨宅者殺無赦，為何卻沒有殺我？」

昏藥嬌媚而笑：「妳長得這麼好看，我捨不得呢！」

離昧搖頭：「二姐，何必再取笑我。」

「二姐？」昏藥驚詫，「我何時有了個妹妹？」

「出梨宅後我仔細回想，關鍵在於那隻兔子的眼睛，能夠惑人心魄。所以，我以為我見到妳只用了一炷香，實則不然。我進梨宅時是黃昏，而見到妳時，月已半懸。從月亮的高度推算，我被迷惑足有一個時辰。」

「妳倒是精明，以前小看妳了。」昏藥這話不知是讚是諷。

「這一個時辰盡夠一個熟悉乾坤結的人解結、做骨笛。」

「如何？」

「所以，妳必是熟悉乾坤結的。而乾坤結是母親蕭豈所創，我記得母親只教會了妳我。」

「妳記憶恢復了？」

離昧搖搖頭：「畢竟年歲太小，也記不得什麼。」

「不錯，我是梨屑。」

離昧問：「想來其他大姐、三哥、小妹也都知道自己的身世了吧？妳和他們都有聯繫嗎？」

鉤吻眼角微勾，靜靜地打量著她：「若想見他們也行，只是妳須先拿一樣東西來。」

「什麼東西？」

「佩姨的妝奩上有一個抽屜，妳去將裏面的東西拿來，我便帶妳去見他們。」

離昧笑笑：「上次抓破我衣服的人，能在層層戒備下來去自如，有這樣的高手，何須我？」

「進出王府不難，難的是打開那個抽屜。那鎖設有機簧，非巧匠不可為也！故，此事只能勞煩妳了。」

離昧道：「是嗎？再精巧的機關，用鉤吻切下去，便也廢了。」果見她臉色微變，「據說那匕首削鐵如泥，不知是也不是？」

前些日子她接到即墨拊的回信，得知有一把匕首也叫「鉤吻」，短小精緻，削鐵如泥，匕身緋紅，刃上有倒刺，留下的傷痕如美人的吻痕，因而得名。只是，即墨拊也不知這匕首的來歷，今落誰手。

鉤吻道：「看來，妳已經知道了不少事。」

離昧搖頭：「我若知道得足夠多，就不會來見妳了。我若真依妳所要求的去做，日後該如何面對雲寫呢？」

「妳倒是重情，卻忘了義。和他纏綿恩愛時，可曾想過替妳死的謝堆雪了嗎？」

離昧臉色一白，慚愧地低頭：「妳知道堆雪下落？」

鉤吻溫柔含笑：「他和雪涯祭司傷得都不重，只是震傷了六腑，將養了兩三個月了，也快好了吧？四兒不必掛懷。」

「姐姐一句話，實在不足以讓人相信。」

鉤吻拍拍手，丫頭抱上琴來。

離昧一眼便認出那是謝堆雪從不離身的古琴，深吸了幾口氣：「我去便是！」

「這才是重情重義。」

離昧轉身而去，忽然又道：「我曾聽聞有個富商愛慕姐姐，贈稀世之寶空青石，不知姐姐可否借空青石予我一觀。」

空青石產於上穀郡，本是極稀少之物。

鉤吻歎息：「早知妹妹喜歡，我便留著送與妹妹好了。」

離昧擺擺手：「是我沒有眼福。」

出了房間，見慕容雲寫站在窗外，想必房內若有異動，他便要破窗而入。秋夜寒涼，更深露重，竟沒有多披一件衣服。心裏一動，疾步過去抱住他的腰：「我沒事，我們回去吧！」

雲寫緊緊地抱著她，冰冷的懷抱卻帶著火一樣的絕望與沉痛，幾乎要灼傷她。

「雲寫，你怎麼了？」離昧覺得不對勁。

雲寫只是埋首在她頸間，用力嗅著她的氣息，像擱淺的魚呼吸空氣。

回到定王府，離昧道：「聽說佩姨房裏有個抽屜設有機簧，我想試試能否打開，不知佩姨允不允許。」

雲寫暗中一驚，他都不知道佩姨房裏有這麼個抽屜。

「是那個唇藥讓妳這麼做的？」

「她是我二姐梨屑。」

雲寫淡淡道：「是嗎？妳認定了她？她讓妳做此事目的何在？」

離昧坦言：「認定了。她想要抽屜裏的東西。」

「妳知道抽屜裏是什麼？」

「不知道。」

雲寫冷笑：「既是姐妹，何以逼妳做不情願的事？妳又為誰這般為難我？」

他瞭解離昧，絕不會做這般不利於他的事。除非，為更重要的人？

「我只是問問，若不行……」

雲寫憤然截斷她的話：「又是為了謝堆雪吧！」

「是的。」

雲寫酸澀而笑：「呵呵，果然如此，果然又是如此！」

離昧無奈：「他替我進孵屍洞，生死不知，我心裏有愧，不替他做些什麼總是寢食難安。」

雲寫冷淡道：「只怕佩姨不肯。她都沒有告訴我那個抽屜，對她來說想必意義非凡。妳也知她很忌怕妳那個疤痕。」

離昧歎息：「那便算了，總有別的辦法。」

月明星稀，紅燭如夢。

雲寫夜半醒來，枕邊並未有離昧，喚了聲未有回答，趿鞋而起。夜間未蒙青綢，依稀見佩姨房裏有光，原來離昧也在她房裏。大半夜的，兩人有什麼話說？

他好奇地倚在門口，依稀見佩姨坐在床頭，離昧素白單衣，執劍挽幾個劍花，正是〈破陣子〉裏「醉裏挑燈看劍」。

兩人大半夜竟有心看劍舞？雲寫哭笑不得。忽見離昧劍轉凌厲，纖腰一折，一招「夢回吹角連營」送出，直逼佩姨。劍舞裏這一招不過是虛勢，傷不了人，然離昧手腕一轉，竟用了雲寫修改過後的實招，一劍直刺佩姨胸口！

「……」雲寫瞬間僵死。

離昧一劍當胸刺過，拔劍，血噴在她臉上，猶如羅煞！

劍力一撤，佩姨摔倒在地上，怨悔地看著雲寫：「你……怎麼可……看著她……殺我……」

唐證趕來，佩姨已經沒有氣息了。

「爺！爺！」

雲寫全聽不到他的叫喊。

「離先生，這是怎麼回事？」

見血流到她眼睛裏，遮住恐懼與慌亂。

府裏被圍得水泄不通，可看不到半點殺手的影子。

「爺？」

見慕容雲寫依然沒有反應，側身看了看，只見他面無表情，兩眼空洞，灰敗欲絕。唐證猛覺不對——。

「爺！」

迅速出指在他的穴位一點，淤積在心口的血猛然噴了出來。

聽他從胸腔裏擠出兩個字：「佩姨！」字字悽愴。

「雲寫！」

離昧猛然驚醒，驚恐地扔了劍。

雲寫大步上前，逼視著她：「為什麼？」

離昧全身發抖，像受了極大的驚嚇：「……我……不知道……」

他緊緊扣住她的肩膀，幾乎要將她骨頭捏碎：「為何要殺佩姨？為什麼？」

唐證驚詫：「爺？這怎麼可能？」

雲寫哪聽得到他的質疑，狀若瘋狂、歇斯底里地嘶吼：「為什麼？為什麼要殺她？告訴我為什麼？」

「我不知道，我不知道，我不知道。」

離昧只能不斷地重複這一句。雲寫猛然一推，她頭撞在門上，腦子一片空白。

「妳不是她！是假冒的！是假冒的！」拔出唐證的劍指著她，「她在哪裏？她在哪裏？」

唐證驚疑：「爺，這是離先生啊？」

雲寫忽然一把提起她，嗅了嗅，血腥掩不住她身上的木槿幽香，以及纏綿過後的味道。不死心地扯開她衣襟，胸前那兩個蝴蝶樣的唇印，是他今晚刻意吻出來的——比翼雙飛。

他忽然狠狠地抱住她，狠狠地、狠狠地抱著，像要這樣將她勒死在他懷裏。「啊！」低悶嘶吼，愛恨不堪，痛徹心扉！

天堂與地獄，不過在片刻。

燈火幽暗，唐證猛見相擁的二人淚如長河。

第二日，離昧被帶到佩姨房中，滿室血腥尚在。

慕容雲寫臉色烏青：「開鎖。」

他倒想看看他們想得到什麼，目的何在？

離昧心亂如麻。抽屜的機關極為巧妙，雖有鑰匙，但開鎖步驟若有錯也會毀了裏面東西。

佩姨死得突然，不知道開鎖步驟，離昧只能邊用鑰匙邊聽著機簧跳動的聲音拆解。拆了一日也未能拆開，離昧一直緊繃著的大腦脹痛不已。

雲寫道：「去歇息一會，這樣耗神反而會弄錯。」

離昧想想也是，放下手中活，到後院走走。

夜月如醉，池裏蓮花妝舊，蓮子半熟，時有一兩聲蛙鳴，清風徐徐，十分愜意。

離昧全無心情欣賞，閉目養神。猛然有人在背後推了她一把，身子一傾，掉進荷塘裏。她水性極好，掙扎著浮出水面，後頸被擒住，狠狠地按到水裏。

那人手勁極大，任她怎麼掙扎都脫不開，呼吸漸弱，連喝了幾口水，嗆得頭腦發脹，意識越來越模糊。

離昧走後，雲寫自己琢磨這個抽屜，越想越奇怪，心裏忽然一震：「她還沒回來？」新來的侍衛韓子奇拍拍手，然跟著離昧的侍衛並未回應。兩人心覺有異，疾步向荷池邊走去，見兩個侍衛暈倒在地上。

雲寫神智一亂：「青要！青要！妳在哪裏？青要……」

王府侍衛紛紛來尋，終於在蓮葉茂密處找到離昧，已經暈厥了過去。雲寫五內如焚，用內力將她喝下去的水逼出來，半晌她才咳了聲，緩緩轉醒。

雲寫心喜如狂，只想將她緊緊地抱在懷裏，再不放開，可想到佩姨的死，到底放開她，冷冷道：「出來走走也能掉到水裏，妳越發出息了！」

離昧虛弱道：「……有人……推我……」

雲寫眼神一冷，長身而起：「帶離先生去換件衣裳。傳令府裏上下人等，這裏路太滑，晚上不許來此。在荷池邊壘上石頭，防止意外。」

眾人散去，雲寫聽唐證在耳邊低言幾語，冷然一笑：「是嗎？」

離昧換了衣裳又來到佩姨房裏，經水一淹她腦子倒似開竅了，三兩下就解除了機關。抽屜裏只放著一張牛皮紙，畫的似乎是一張地圖，邊緣磨損甚厲害，瞧著很有些年月了。旁邊有一行小字：「景朔十一年。」

「這是什麼年號？」離昧不解地問雲寫。

「景朔？」雲寫蹙眉，「前淮國景帝年號景朔，這張圖莫非是……」臉色倏然一變。

「還有一條手帕。」離昧道，打開血腥撲鼻，「是份血書。」

雲寫探頭去看時，樑間一人猛然竄下，劈手奪他牛皮紙。

雲寫早有防備，側身閃過，冷笑：「閣下只會這點把戲嗎？」

離昧無故落水他便心有疑惑，讓唐證留心著，果然是調虎離山之計。

那人唇角一勾，極為熟悉地道：「阿寫，這麼些年沒見，你都長這麼高了呢！」

雲寫神情一變：「是你？」

「是我。青青子矜，要銘於心。」

離昧神色複雜地看著他——玉面紅唇，煙眉水目，和自己長得一模一樣，只是眉宇間的傲然英氣，是自己怎麼也比不上的。

「你到底叫什麼名字？」

「梨問。」

「為何告訴我你叫青要？」

梨問無所謂道：「只是覺得她的名字比我的好聽而已！」

「真是個好理由。」雲寫低聲道，聽不出情緒。

梨問對離昧道：「阿雋，妳也該回去了。」

身形一閃，忽如鬼魅般逼近離昧，一把奪了她手裏的巾帕，劍逼在她脖頸：「阿寫，你似乎很喜歡我家老四，換你手裏的東西吧！」

雲寫冷笑：「果然，名字一變，人也變了。你知道，我從來不接受脅迫！」

梨問看了看巾帕，煙眉一挑，邪魅無邊：「是嗎？怕這回你要破例呢！阿雋，讀給他聽聽。」

離昧看了血帕上的字，臉色倏然大變——驚訝、狐疑、恐惶、絕望一一閃過。

「阿雋，讀給他聽聽！」梨問又道。

半晌，離昧聲音發顫道：「你把劍拿遠點，別誤傷了我。」

梨問鄙夷地拿遠了點：「梨家怎麼會有如此怕死之人？」

離昧淡淡道：「只有死人才不怕死。」讀道：「雲寫吾兒，待你看到此信，娘已長眠九泉……」原來是鍾子矜的遺書。

梨問饒有興致地看著雲寫，後者臉色變幻莫明，驚覺讀聲忽止，竟見離昧將那巾帕吞下，急捏她下顎欲搶巾帕，唐證劈手奪了他的劍。梨問憤怒至極，一拳打向離昧的肚子，讓她吐出巾帕，雲寫擋住他拳頭，卻不料他忽然變換手勢，劈手奪了牛皮紙，迅速退出戰圈，破窗而出，唐證追去。

「妳還好吧？」雲寫擔心問。

巾帕吞入腹中，離昧被血腥味逼得乾嘔了一陣：「無妨。」

「寫的什麼？」

這是他最關心的問題，母妃到底有什麼祕密要這般小心守著？被梨問看到了會不會對自己不利？

離昧也萬分為難，信上所寫有雲寫的死穴和自己的……，梨問知道會不會以此加害雲寫？雲寫會不會殺梨問滅口？而雲寫若真知道了自己的身世與恩怨，會如何？

「到底寫的什麼？」雲寫催問。

離昧忽然無力地靠在他懷裏：「你娘說你的病是從娘胎裏帶出來的，血裏有毒，要想治好，除非換血。只是成功率極低，且是禁術，不到萬不得已，一定不能使用此法。」

雲寫狐疑地看著她：「是嗎？」

離昧懇切地握著他的手：「我聽師父說過此種療法。雲寫，跟我去北邙山吧？」

雲寫一瞬不瞬地看著她：「青要，妳從未對我說過謊。」

離昧無力地閉上眼。

「告訴我，上面到底寫的什麼？妳這般是想維護梨問嗎？妳篤定我若知道會殺了他、他若知道會陷害我，左右為難，對嗎？」

「你果然是瞭解我。」

雲寫傲然道：「狹路相逢，勇者勝。你無須為難，這是我與他的決鬥，輸贏自負。」

離昧猛然拉住他的手，眼神殷切又恐慌地看著他：「雲寫，跟我走吧？跟我走。我們尋一處世外桃源隱居起來，開一塊地，你挑水，我灌園，養一群雞、鴨，一頭牛，生幾個孩子，等到白髮蒼蒼時，坐在陽光下看兒孫繞膝……」

雲寫眼前浮現出一方桃樹交織成的殿堂，他們在桃花殿下慢慢地講著故事，幾個小孩在膝邊奔跑，男的像他，女的像她。

離昧見他神往，緊緊地抱住他，身子禁不住顫抖：「雲兒，我愛你，跟我走。」

聽到最後三個字他猛然驚醒，一把擒住離昧的肩膀：「為何要離開？信上到底寫的什麼，妳如此懼怕？」

離昧閉上眼，卻不死心：「跟我走，我……求你。」

慕容雲寫猛然推開她：「我不甘心！妳忘了要陪我一起看河晏海清、百姓安居樂業？我為此忍辱負重十五年，母親沒了，南宮沒了，佩姨沒了，落了一身病痛，賠了眼睛，大仇未報，功業將成，這個時候，妳竟讓我離開？」

「失去的已經失去了，現在你至少還有我，再走下去，我怕我也不能陪著你。」

「妳威脅我？」雲寫寒著臉，冷聲斥問。

離昧無比悲涼道：「我怎捨得威脅你？結局勢必會如此。」

雲寫對信上內容越發好奇看來她隱瞞不光是為了梨問，母妃遺言到底說了什麼？冷定下來，一字一頓道：「我的路既然選了，就一定會走下去，任何人也改變不了。」

離昧面如死灰，眸光碎裂。

「說還是不說，妳仔細想清楚，明天早上告訴我。」甩袖而去。

躺在床上心緒難平，輾轉反側，難以入眠，既嚮往她所描繪的生活，又放不下仇恨與權力，更恨離昧不夠坦誠。兩人患難與共、同床共枕這麼久，她何以反不如當初相信自己？

忽聽窗外有腳步聲，辨出是離昧，深吸了口氣假意睡著。

離昧在門外站了一陣，躡手躡腳地推開門，走到他床前，良久的沉默，有衣衫簌簌落地。雲寫怔忡，她已輕輕地爬上他的床，鑽進被窩。

今夜滴水成冰，只站了一刻已渾身冰涼，雲寫一激靈，將她攬到懷裏焐著，她身上竟未著片縷。

離昧沒有說話，待手焐熱，然後解開他中衣的帶子，褪去睡衣、睡褲，兩人裸裎相對，忽然一翻身壓住他，唇一寸一寸地親吻著他的臉頰，眷念又絕望。

雲寫在她的吻裏感受到訣別之意，惱怒地壓著攀升的欲望，恨恨地瞪著她。離昧手在他敏感的地方不停地撫弄揉摩：「雲兒，做吧，嗯？」妖魅如狐地邀請。

雲寫血液如沸，猛然坐起，冰冷的空氣使他頭腦清醒了幾分：「妳……妳是想……」這樣主動的她有些異常。

離昧跨坐在他腿上，臂環著他的脖子，怕冷似地貼著他，下身在他下身來回輕蹭。雲寫倒吸了口冷氣，所有的疑慮都消失無蹤。

今晚的離昧像一隻火狐，極盡熱情與妖媚地挑逗，而他則像一隻獸，無比暴烈地占有她，索求她。

高潮將至時離昧攀在他耳邊低聲求道：「跟我走，好不好？」

一個「好」字幾乎脫口而出，雲寫倏然怔住了。見她目光迷離，臉上不知是汗還是淚，溢滿紅暈，像一朵帶雨桃花。

「到此時還如此清醒，我的雋兒，妳真令我佩服呢！」雲寫恨恨地想著，猛然退出，用要刺穿她的力道狠狠一撞。「啊！」離昧慘呼，似痛苦又似歡愉，緊緊地攀著他的背，脖頸彎成絕色的弧度。

「雲寫，雲寫……跟我走……」

雲寫不動聲色地看著她，兩眼被欲望逼得血紅，離昧像孩子般趴在他的肩頭，清淚如珠，低喃哀求：「雲寫，給我……嗚嗚……我們走……」

雲寫安撫地吻著她：「信上寫的是什麼？乖，告訴我。」

離昧未答，不停地扭動著身子。雲寫又愛又恨，狠狠撞擊，半點不憐惜，終於在飛向雲霄時離昧驚叫著暈過去。

離昧醒來時東方微白，雲寫泡完澡換上新的裏衣，淡淡地道：「去洗洗，水已經準備好了。」

離昧才一動，渾身痠痛，又跌回床上。

雲寫抱起她放在浴桶裏，替她洗淨身子，穿好衣服。

「我不會追殺梨問，但妳也必須保證他不用信上內容來威脅我，否則……」眼神孤寒冷利。

「好。」離昧低聲道，聽不出情緒。

拿了個大氅給她：「妳去客房睡吧。」

「嗯？」

雲寫憤恨道：「以後別想在床上套我什麼話！我慕容雲寫是為妳癡迷，卻還未到昏聵的程度！」

離昧怔愣半晌，忽然笑了：「我知道了。是我高估了自己在你心中的份量。」將身上大氅還他，鄭重一禮，「貧道告辭。」

「……」雲寫氣結，「妳到底想如何？」

離昧直視著他：「跟我走。」

雲寫躁怒：「連個理由都不給我，要我怎麼跟妳走？」

他知道離昧這一走怕就再也不會回來了。

「我愛你，想和你永遠在一起，這個夠不夠？」

「留下就不能在一起了？信上說的什麼讓妳如此害怕？妳以往從不會這般隱瞞，梨青要，我越來越看不懂妳了！」

他走不了！完顏穆不知為何請君上將離昧賜給他，君上已經准了旨。他有著皇子的名份還好，君上畢竟還顧惜他，若跟她走，惹惱了君上如何保護得了她？可是他不能告訴她這個原因。

「要麼離開，要麼分手。」

離昧冷冰冰道，到現在她依然心存僥倖。

雲寫澀聲長笑：「呵呵，我已經放過梨問，妳仍不肯說，那麼想必是為了……」深吸一口氣，「謝堆雪吧？雋兒啊雋兒，妳對他可真是情深意重！為了他殺佩姨，為了他忍心別人把刀架在我脖子上！為了他竟然像妓女一般勾引我！好！真好！謝堆雪，謝堆雪，他謝堆雪就那麼好，妳就那麼愛他？」越說越氣，越氣說話越難聽，「他比我更早地看過妳的身子，是不是也比我更早地擁有過妳？那些床上之術是不是也是他教妳的……」到最後已是嘶吼。

「啪！」一個耳光響亮地打在他臉上，離昧胸膛劇烈起伏，目光冰冷如劍，「原來瞎的是我。」

踉蹌出定王府，天將破曉，道上行人並不多。萬念俱灰地走著，不知不覺來到一條僻靜的胡同，有絲弦聲悠悠傳來，於月色中更添幾分淒怨，隱隱約約聽一個聲音伴著絲弦低吟淺哦，一個女子在唱歌。

你是個多情的涼薄人，頻頻游走於愛情之中。
用偽善溫柔的眼神，所向披靡地擷取少女的芳心。
我是個涼薄的多情人，冷眼旁觀著愛情枯榮。
用冷漠疏離的外表，維護自己想愛卻不敢愛的心。
可又如何敵得過你，這溫柔一針？
註定沉淪，你眉宇間的溫存，毒入膏肓也無力喊痛。
……
我知道這一生的汗漫，終究會消散於紅塵。
愛或不愛都無可明證，可是又怎能以愛為名，放棄自尊？
……

離昧聽著聽著，沿著牆壁滑坐在地上，自嘲地著哭了起來：「又怎能以愛為名，放棄自尊？」

一個世俗之人都明白的道理、都堅持的驕傲，枉費自己一個世外道士，自詡灑脫通透，竟然都不明白，白白受他折辱，離昧啊離昧，妳真是活該！活該！

一時哭，一時笑，到最後竟不知是哭還是笑。

這時一方巾帕遞到她面前，接著又是一罈酒：「把這一壺喝了，就不會難受了！」

那人站在牆角裏，離昧看不清他的樣子，只覺聲音有些耳熟。可此時她實在很想喝酒，接過喝了一口。酒甚是辛辣，喝了一半，嗆了一半。

那人一聲朗笑——是完顏穆！

離昧身子忽然一軟，渾身無力，被他抱起，耳邊風聲呼嘯，竟騰空而起。片刻，完顏穆將她放在一地，粉脂甚濃，歌樂俱有，是在青樓。

「我說過妳會是我的女人。」完顏穆俯在她耳邊低聲道。

離昧想出聲，嗓子裏似塞了團棉花，怎麼也發不出，驚駭得瞪著完顏穆。

完顏穆的手指像一條毒蛇，沿著她的額頭滑到脖頸、到胸前。離昧起了一身雞皮，心每跳一下都像在擂鼓。

完顏穆忽然吻吻她的眼睛：「我喜歡妳驕傲的目光，也喜歡妳哀求的樣子，這樣讓我更想得到妳。」

解開她的衣帶，手探進衣衫裏。

「不！不！殺了我吧！殺了我！……」

離昧一聲聲尖叫，可發不出半點聲音！

「妳們漢人有句話，嫁雞隨雞，嫁狗隨狗。」

已經全解開離昧的衣衫，看到她身上的痕跡頓了頓，末已，蛇般的手指再度撫摸上。

「瞧這滿身痕跡，好一場激烈的歡好，我可是很嫉妒呢！我們韃靼人雖不在乎女子的貞操，但妳以後就只能跟著我了，遲早要洞房，就從今晚開始吧！」

「不！雲寫！救我！」

她想要咬舌，卻連動動牙齒的力氣都沒有，可心為什麼還在跳，為什麼不乾脆停止跳動！

「雲寫，這難道就是我們的結局？雲寫……」

隨著完顏穆的親近她心跳越來越快，眼看就要達到極限窒息而死，門忽然被踢開了，接著一股異香撲入鼻中，她能動了，看向門口。

那一刻，離昧寧願自己瞎了！

進來的有鉤吻，還有慕容雲寫。

完顏穆將她死死扣在懷裏。

「四殿下，勞煩你轉告你們的皇帝陛下，他賜的女人我很滿意，火一樣熱情，狐一樣妖媚，也多謝四殿下你忍痛割愛。」

慕容雲寫道：「我竟不知她這麼快就爬上了你的床，完顏太子果然魅力無邊！」

離昧覺得自己像薛印兒口中那隻老鴇，被剝去衣服，忍受所有人目光的凌遲，體無完膚，生不如死！

「哈哈……」完顏穆得意高笑。

笑聲未歇，一道劍光飛渡而至，直刺他咽喉。完顏穆反應神速，側身避過，威脅道：「四皇子，你謀殺議和使臣，想兩國再度開戰嗎？」

雲寫劍勢一滯，完顏穆又道：「這個女人雖是你們皇帝給的，我用著也甚是滿意，不過你若不捨，就拿回去好了，反正你們漢人多得是美女，再給我挑幾個就是。」

將離昧從被子裏提出，赤條條地扔了過去。

慕容雲寫接住她，緊緊地抱在懷中，聲音如大地岩石般深沉絕望：「雋兒，我不能殺他，我殺了妳好不好？南宮被辱，我殺了她。妳被辱，我也殺了妳好不好？」

離昧喉管腥膩，一口血噴出，染得雲寫滿身血紅！

他緊緊地抱住她，似要將她揉碎了嵌入血肉，忽然仰首悲吼，如一頭噬血的狼。

「啊……」綿延不絕，痛徹心扉！

再低首，雙頰赫然掛著兩行淚。

「啊！」

鉤吻驚呼，連完顏穆也退後一步。猛見慕容雲寫一低頭，齒尖如狼，狠狠地咬住離昧的咽喉！

吃了她！吃了她，她就融入我的血肉，永遠只是我一個人的了！吃了她！

這個念頭一旦升起，就像毒藥侵入五臟六腑！

雋兒，讓我吃了妳！讓我吃了妳，妳只是我一個人的！我一個人的！

第十三章 因愛生恨，牽機斷腸

「慕容雲寫竟然沒有殺完顏穆嗎？」

鳳藻宮，蕭滿聽梨問說了當時情況後，竟微有讚賞。

梨問不忿道：「看著自己心愛的女人受辱，竟束手無策，真是個窩囊廢！」

蕭滿冷斥：「你懂什麼。這正是慕容雲寫的厲害之處，在這樣的恥辱下都能保持理智，隱忍不發，豈是一般人可為的！」

完整的故事是這樣的：君后命人在完顏穆住宿的驛館裏掛著一幅道者畫像，畫上人容顏絕世，清逸出塵。完顏穆一眼便被引吸住了。驛館官員告知，這幅畫是黔西一位畫師參照一位道長畫的。這位道長心地善良，愛民如子……又得知這道長原本是個女子，心裏好奇，親自去垂青宴看畫中人，被其容貌驚豔，向君上要畫中人，君上欣然應允。

君后告訴完顏穆：女道士早已是四皇子的人，四皇子對她愛如至寶，斷不肯相讓的；但漢族男子最恨不貞的女人，如果生米煮成熟飯，四皇子也就無法了。畢竟兩國事大，不可能因為一個女人而翻臉。

這是一條萬全之策。若慕容雲寫殺了完顏穆，自己也活不成，韃靼與斌朝必然要開戰，她可趁機別圖。慕容雲寫不殺完顏穆，與離昧將徹底決裂，無異在他心頭捅了一刀。而君上將離昧賜給完顏穆，則是父子間的鴻溝，慕容雲寫一旦沒有君上寵愛，什麼也沒有。

「只是完顏穆為何又不要離昧和親了？」君后吶吶道，「是想賣個順水人情給慕容雲寫？慕容雲寫此時去河北，難道與完顏穆有勾結？」

「這是叛國，慕容雲寫為她竟敢如此？」

君后眼裏盡是算計：「先按兵不動，蒐集把柄。君上疑心甚重，必要時不妨『莫須有』？」又問，「地圖呢？」

梨問將從佩姨那裏拿來的淮國地圖呈給她。

蕭滿打開看看，確定是真圖後，對梨問吩咐：「完顏穆必須死在斌朝的土地上，這樣我們才有機會處理淮國的事，你行事小心些。」

「是。只是阿雋還望姨母多垂憐，我與她是雙生子，她的痛苦我也感同身受。」

蕭滿慈祥地摸摸他的頭：「好孩子，你們是妹妹的孩子，我怎能不憐愛，只是我若不對你們嚴格，梨家大仇如何能報？這些年苦了你們了。」

梨問眼睛一酸：「有姨母這句話，再苦問兒也能忍受。」

蕭滿忍著不耐寬慰：「你們都是好孩子，好孩子。」

數日後，影衛來報：「稟君后，自那日後四皇子整個人都垮了，每日酗酒，今兒上了摺子請命去封地。」

蕭滿玩味一笑：「去請國舅爺來。」

慕容雲寫啊，你可知道，你從牢獄裏出來是最大的錯誤！

不刻蕭李便到了，聽聞後道：「河北時有韃靼進犯，死是太容易的事。」

君后卻不是那麼認為：「你忘了當年他的那一篇策文了？三年前他只十二歲，便如此目光如炬，雄心大志，豈容小覷？此次我只怕放虎歸山，縱龍潛海。」

蕭李不信：「便算他去了，一個病秧子又怎麼能收服河北諸將？妳看他現在的樣子，簡直就一個廢人，何必再為他費心思。倒是平王居天府，握重兵，戰功赫赫，不可不防啊！」

君后蹙眉：「派七夜繭時刻監視著慕容雲寫。」

十一月初，慕容雲寫前往封地河北。臨行前一夜來到京城郊外，遙遙地看著那幢矮小的房子，忽然駐馬，竟有些近鄉情怯的感覺。

風甚大，裹著雪霰，打得臉生痛，他卻似沒有覺察到，深深地凝望著小樓，柴門緊閉，一盞燈火熹微。

她還沒有睡嗎？這麼冷的天，有沒有點一盆炭火，或暖一個湯婆子？

注視了良久，他終於下了馬，韁繩拴在樹上，輕輕走去，抬手欲叩門，卻終究僵在半空。

便算叫她出來，又能說什麼？那麼深的溝壑，足以隔絕兩人所有的情份。

他就那麼舉著手，不甘心收回，不能夠敲下。

夜風呼嘯，天上明明可見一鉤彎月，可風中卻帶著雪霰，吹到他眼睛裏，又澀又痛，幾乎要流出淚來。

為什麼殺佩姨？為什麼不告訴他信上到底寫什麼？為什麼始終放不下謝堆雪？君上為何會把她賜給完顏穆，完顏穆又為何悔婚了？

像一把把刀，絞得他心頭鮮血淋漓！

那時，真的想殺了她，一了百了，可現在想來，卻那麼後怕。如果再也見不到她了，如果再也聽不到她了，如果再也觸不到她了，該怎麼辦？

幸而她沒事。可此刻，她就在一門之後，自己又怎麼能去見她？

雪霰越來越多，地上積了密密一層。

敲，或者不敲？見，或者不見？都是那般為難。

夜如此寒冷，連馬都禁不住打響鼻，月影西沉，時間一刻一刻流逝，他的手都凍僵了，卻始終無法敲下去。

青要啊，我到底該拿妳怎麼辦？他長歎一聲，踏著碎霰而去。無話可說，終究無話可說。

門內，一個身影沿著柴扉滑坐在地上。雪霰灑了她滿頭，細白細白的一層，看著那般美好。

她知道他今天一定會來，留一盞燈，在柴扉內等著，幻想著「柴門聞犬吠，風雪夜歸人」，她替他抖落滿身雪粒。

她一直等著他，從日出等到日落，從月升等到月落。聽到他馬蹄漸近，也聽到他腳步遲疑，等著他從容叩響柴扉，卻始終沒等到敲門聲。

他不叩門，她便無從開門。

就像他不問她和完顏穆的事，她也無法告訴他，她的身子還是他一個人的。

他介意的她也介意，可是他的介意卻像一把劍，深深地刺傷了她。

雪霰越下越大，地上的腳印已越來越模糊，像從來都沒有人來過。慕容雲寫，這一刻，我也希望，你從來都沒有來到我心裏過。

昏鴉盡，小立恨因誰？急雪乍翻香閣絮，輕風吹到膽瓶梅。心字已成灰。

她揹著行囊，向著他相反的方向，漸行漸遠。

月，鉤折如眉，斜掛天際搖搖欲墜。

比月色更寂寥的，是古巷盡頭那個人的身影。

古巷裏有一個酒家，高高的木旌上挑著個「酒」字，此時並未打烊，燈光透過窗戶照到窗外，一樹梅花如新月堆雪。

梅花樹下，那人依著梅樹而立，目光不知看向何處，青衣凝月，烏髮染夜，背影清寂寥落，如新釀的竹葉青。

連梅花，都飄落得帶著幾分小心翼翼。

離昧呼吸一窒，只恨自己此時沒有帶筆墨，未能將此情此景繪下來。

忽見那人，袖底一揚，鉤月銀輝劃空而過，竟有長劍於手，橫於眼前。就著劍光，離昧終於看見那個人的眼。

眼睛狹長，眼角微勾，琉璃色的眼瞳，寒媚至極，又清鬱奪人。

一片梅花落在劍鋒上，劃過之時，已變成殘缺的兩瓣。

忽見劍身微動，清刃如水，便似有雪光瀲灩，裹著淺白花色，見他身影倏起倏落，古舊的小巷裏，唯見一道青影如月色凝練暈散，耀映於寒媚劍光，幻滅無跡。

離昧雖不懂劍法，然而在這個梅花飄舞的小巷裏，看著此人之劍，只覺寒涼薄媚中，又帶著濃郁的痛楚。

翠袖佳人依竹下，白衣宰相在山中。

離昧忽然想：「是否，某個年月，同樣飄著梅花的夜晚，他與某人把酒夜飲，談笑論劍？而如今，物是人非，才令他如此深痛，劍舞憑弔？」

定然如此吧！

心裏竟也是一片蕭瑟之意，似不能承受此痛，閉了閉眼。再睜開眼的時候，深舊的古巷，唯有梅花寂然飄落。

離昧愣怔站在小巷裏，風捲著一瓣梅花落在她肩頭，她拈於指間。花瓣上刻著三個字，字跡硬瘦，落筆爽利，快刀快劍之間，又隱含鬱鬱──梨映宇。

她忽然拔足奔到酒肆內，裏面依舊人聲嘈雜，賓客滿席。她一眼就看到窗角下的人，燈光微暈，照在他蒼白的臉上，憑添幾分寂寥。

他落落寡合地坐著，一杯復一杯地自斟自飲。

離昧走到他面前，靜靜地站著，無語凝噎。

謝堆雪斟了一杯遞給她：「晚來天欲雪，能飲一杯無？」

離昧仰首一笑，逼回眼淚：「共君此夜須沉醉，且由他，蛾眉謠諑，古今同忌。身世悠悠何足問，冷笑置之而已，哈哈……」舉起杯時她忽又怔住了，「我不敢喝，怕等醒來，你又走了。」

謝堆雪鬱鬱地看著她：「不會。」

「啪！」清脆地瓷響，她一飲而盡，口齒不清道：「然諾重，君須記。」

德也狂生耳！偶然間，淄塵京國，烏衣門第。有酒唯澆趙州土，誰會成生此意？不信道，遂成知己。青眼高歌俱未老，向樽前，拭盡英雄淚。君不見，月如水。

共君此夜須沉醉，且由他，蛾眉謠諑，古今同忌。身世悠悠何足問，冷笑置之而已。尋思起，從頭翻悔。一日心期千劫在，後身緣，恐結他生裏。然諾重，君須記。

沉醉醒來，離昧發覺自己躺在京郊小院裏。昨晚的一切，難道只是一場夢？

「堆雪？」她猛然推被而起，「謝堆雪？」

門忽然開了，一人背對著她盤膝坐於廊前，青衣凝滯，脊背挺拔，正迎著日光拭劍。

離昧心安了，披衣而起。

「原來我真的找到你了。」

樓下的雪已經融化了，唯山陰還剩些許，點綴在山松之間，青白交錯，很是好看。

她悵然道：「記得去年第一場雪，你我在青要山頂結廬而居，把酒賞雪。那時，雪海松風清几榻，天光雲影護琴書，何等逍遙。這些天我總在想，那時若聽你言不下山，一切當還如舊時。去留無意，漫隨天際雲捲雲舒；寵辱不驚，閒看庭前花開花落。多好！」

「哪時？」謝堆雪淡淡地問。

離昧一時愣住，哪時？是今春黔西之行嗎？不對，四年前上元節她就不該下山，不該遇到他，從此心便不在北邙山了。

離昧蹲在他面前，手握著他冰冷的手，煙目殷殷：「堆雪，告訴我。」

謝堆雪琉璃色的眼一瞬不瞬地看著她，時而清冷，時而恍惚：「一定要知道？」

離昧果斷道：「一定！」

謝堆雪眼裏有痛色一閃而過，撫開她的手，收了劍長身而起：「好。」

回到房中，問離昧：「骨瓷簫可還在？」

離昧忙拿出：「與這簫有何關？」

謝堆雪讓她坐下：「此簫是用你先祖梨知的骨灰燒製而成。」

「嗯？」離昧驚愣，「梨知？可是『竹骨梨章』的梨知？與竹廿師祖並稱的淮國大書法家？」

竹廿乃是清越帝慕容雪弄的妃子，清越年間最負勝名的才女，離昧是其嫡傳弟子。

「梨知與竹廿是莫逆之交，梨知死後將其胞弟梨合託付竹廿，後成一代名將。」

離昧咋舌，原來自己先祖竟是淮國人，難怪在梨宅下看見狼圖騰。只是史書記載，淮國是在梨合手下覆滅的，他怎會對故國拔劍？

「此簫一直由梨家嫡子繼傳，當日我見妳拿此簫才知梨家出事，遂去梨宅。」

離昧忍不住問：「你是否也遇到一個叫『鉤吻』的女子，所以寫那封信給我？」

「我未曾寫信與妳。」

離昧忙將隨身收藏的信拿出：「你看看，是不是你寫的？」

謝堆雪搖頭：「很像。」

離昧便將當日情況說了一遍，疑道：「那鶴是誰的呢？他知道我收到你的信必然會追去，引我去苗疆又是何意？」

「也或者是那風隼主人之意。」

「西辭？」離昧下意識地搖頭，「不可能，他與此事扯不上關係。」

謝堆雪道：「送瓷簫那晚，他來得很恰好。」

離昧沉吟，蕭灑剛送她瓷簫，便遇到了西辭，而且謝堆雪行跡絕少有人知道，他去得是太「恰好」了。如果沒有白鶴，他們其實是跟著風隼走的話，他帶自己去苗疆又是何意呢？想不明白，離昧苦笑：「不會是為了苗疆那些被趕的屍人吧？」

此言一出自己反愣住了：「與銅鏡有關？」

若非去苗疆，她怎麼會知道自己胸前這銅鏡竟有此功能？

謝堆雪眉頭蹙了蹙斷言：「梨宅有苗疆符咒，他若識必不簡單。」

離昧覺得人心實在深不可測：「你在孵屍洞裏看到了什麼？怎麼出來的？」

謝堆雪看著她，聲音低沉肅穆：「屍體。妳一家人的屍體。」

「什麼？」離昧大驚失色。

「除了妳們五人與妳娘，其他人的屍體皆在洞裏，尚未腐化。」

「這怎麼可能？洛陽與苗疆相隔何止千里，屍體怎麼會去哪那裏？又如何能不腐化？難道是雪涯祭司使用了什麼蠱術？是誰滅了梨家滿門？」

「妳娘蕭豈會苗疆蠱術，我在孵屍洞裏看到一個咒印，確是她畫的，咒印封住唇形的孔。」指著信上唇印，「與此相同。」

離昧急問：「那時你可曾看過我背後有唇印？」

「是何唇印？」謝堆雪疑問。

離昧此時急著探知祕密，況謝堆雪與她相識十幾年，待她如父如友，連第一次來月信都是謝堆雪餵她喝止痛藥、紅糖水，她又素來以男子裝扮，對男女大防未多在意，背對著他解了衣衫。

「蝴蝶骨下的。」

謝堆雪見她如雪的脊背上一個唇印嫣紅香媚，迎著日光顏色微微變幻。

「銅鏡。」

接過離昧遞來的銅鏡，把日光折散到唇印上，隱隱約約浮現出兩個字來。謝堆雪湊過去，聚精會神地觀看。

慕容雲寫辭別君上、君后，左思右想還是不忍心拋下離昧一個人，這一去不知何時才能回來，總要問清楚才甘心。

一旦想明白，思念如潮，疾馳而去，猶嫌不夠快，老遠捨了馬幾個縱身躍到小樓上，卻見離昧光裸著上身，謝堆雪正伏在她背後……怒火如沸，劈手便向謝堆雪砍去。

謝堆雪正看得入神，猛覺殺氣逼來，抱著離昧就勢一滾，躲開攻擊，對上慕容雲寫透著火光的眼睛，有些不明所以。見他一招接一招地襲來，招招狠毒，只能抱著離昧閃躲。

離昧被突然的變故弄得暈頭轉向，好容易定下神來，看到雲寫心裏一喜，又見他奪命一掌大驚失色。雲寫那一掌不是攻擊她，卻直擊謝堆雪胸口。昨晚她已看出謝堆雪內傷未好，這一掌再下去不死也會武功盡廢，想也沒想撲在他胸前。

雲寫一掌已出，見此急急收力，然此時他心神大亂，況內力又未練到爐火純青之地，縱是收力已來不及，一掌擊中離昧背心，自己也被反震摔在樓下。

那一掌落在離昧身上只剩三分力，已打得離昧五臟混亂，血氣翻湧，想到雲寫，猛然推開謝堆雪跑出來。

二樓的門窗欄杆已經被撞斷，零零散散地落地慕容雲寫身邊，他踉蹌著站起身，看著樓上頭髮零亂、衣衫不整的女子，以及她身邊的謝堆雪。

可笑，真是可笑！昨晚還在門外候了那半晌，若真推門進去豈不要捉姦在床了？

「下次行房時，記得把門關好。」

拍拍一身泥垢，仰天長笑而去。

離昧只覺心如刀絞，氣血翻滾，頭一重向樓下栽去。

唐證遠遠地看著慕容雲寫仰天大笑，只覺不對，馳馬過去。

「爺！」

見他越笑越大聲，笑著笑著，猛然一口血激噴而去。

唐證身影一閃接住他：「爺，你怎麼了？」

見他滿襟是血，不停道：「走！走！離開！」

離開這裏，離開這個讓他生不如死的地方！

已經是第三天了，離昧還沒有醒來，謝堆雪憂心不已。怎麼會愛上那個人呢？幾個月前毀了她的歌喉，現在又為他吐血昏迷，她就這麼愛他？靜靜地看著依舊昏睡的離昧，眼神暗了暗。

見她臉色蒼白，眉頭緊緊地蹙著，禁不住輕輕撫開，撩起她零亂的頭髮，卻見她唇角動了動，夢囈低語：「疼……」

手按著胸口，眉痛不可遏地跳動。

謝堆雪心痛得顫抖，一個強烈的念頭升起：「帶她走！不許她再跟著那個傷害她的人！」他會更好地保護她！

可她下一句話卻像冰水澆滅他的激情。

她纏綿低喚：「雲寫……雲寫……」

謝堆雪終於禁不住長歎：「他究竟有多好？」

一時心疼她的疼痛，一時又惱怨她好了傷疤忘了疼，竟難自持。

午後離昧終於醒來了，可看到她眼神，謝堆雪寧願她昏迷著，那樣的空茫與死寂令人絕望。

他知道離昧平日裏隨興，可一旦較起真來近乎偏執，慕容雲寫就是那個令她較真的人。

「只是誤會，我與他澄清便好了。」

不能說什麼讓她放棄的話，只能寬慰。

離昧茫然道：「冰凍三尺，非一日之寒。」

從頭回想，自發現對他有情以來，相怨相疑便遠勝於相愛相戀。更何況他們之間從來就沒有相信。慕容雲寫不相信她，她也沒有相信過他。

在謝堆雪的誘導下，她將下山以來與慕容雲寫的種種都說了。

謝堆雪知道癥結所在，目前能讓離昧重新振作的唯有一件事：「苗疆有一種邪術能控制人，想必是有人對妳用了此術才殺了佩姨，完顏穆的事也與此人有關。」

離昧眉角跳了跳，其實有些事情她只是不願意去深想、去追究。遲疑道：「回北邙山吧。」

一路風雪載途，爬完漫漫山道，在觀門口見到三個小孩子，臉凍得紅紅的，似乎等待已久。

「公子！」子塵率先奔來。

半年未見他長高了，聲音粗啞，少了些稚氣，顯出少年的青澀英俊。

「子塵。」

離昧欣慰地笑了，撫摸著他的頭。這個自己一手帶大的孩子，在風雪中候她回家。

「公子，妳總算回來了，再不回來，我以為妳不要我們了呢！」甕聲甕氣道。對後面兩個孩子招手：「屹兒，祁兒，還不快過來。」

秦屹和段祁互看了一眼，怕生地走過來。

離昧心生愧疚，溫柔地摸了摸他們的頭，拿出一早準備的零嘴兒：「乖孩子。」

問子塵：「師父在哪？」

「在閉關，到明年開春才能出關。」子塵回道。

離昧聞言眼睛暗了暗，師父料到她此時回來故而不見？就算見了她也未必能從他口裏問出什麼話來。

「師父閉關，你們怎麼辦？」

「邱叔派人來照顧我們。屹兒和祁兒都很聽話，師祖讓我教他們武功。」

離昧歎息著拍拍子塵的頭：「你長大了。」

又對謝堆雪道：「待我見過母親再陪屹兒去見他娘。黛眉山久無人煙，你便在觀裏將就一下吧，省得大冷天的打掃。」

謝堆雪頷首。

段夫人依舊瘋瘋癲癲的，離昧帶著段祁與她說了一陣話，便回去了。本打算只帶秦屹一個人去見秦夫人，可他十分依戀子塵，離昧又不忍見子塵失望，便帶著三個小孩子一起去。

雪已經化了，路邊泥濘，馬車十分難走，到秦夫人住居時已近年關了。秦夫人見到屹兒，臉高興得通紅。母子親熱罷，離昧讓子塵帶屹兒、祁兒出去玩。

「夫人身體還未恢復嗎？」離昧問小紅。

小紅眼睛紅了：「請了許多大夫，都說筋脈已斷，再不能續了。」

「那人是先用火炭燙啞了夫人的嗓子，然後挑斷手腳筋脈嗎？」離昧問。

小紅有些不明所以，仍然點了點頭。

「那個人和我長得很像嗎？」

「很像。」

「他只是一個人？」離昧又問。

「是的。」

離昧莫測深淺地一笑，轉向秦夫人：「夫人認識那個人吧？」

小紅狐疑地看著她，滿眼防備，秦夫人眼神也深沉了下來。

離昧很溫和地看著秦夫人：「那個人叫梨問，對嗎，大姐？」

「妳說什麼？」小紅防備道。

離昧笑容越發親和：「我與三哥雖是龍鳳胎，但小時候長得並不好看。他粉琢玉雕，像個陶瓷人兒，我卻黑瘦、愛流鼻涕，大家都不喜歡和我玩，叫我鼻涕蟲，只有大姐對我最好，陪我玩兒，給我擦鼻涕。」歎息道，「大夢忽醒，大姐的兒子都這麼大了。」

秦夫人眼裏亦是歎息。

離昧握住她的手：「大姐，妳何苦如此對自己？」感覺到她手一震，輕撫上她的臉，「是什麼事情讓妳自毀嗓音，挑斷筋脈？」

此言一出，連謝堆雪都驚訝了。

「妳胡說什麼？」小紅急斥。

離昧痛惜：「小紅說，有人先逼妳吞下火炭再挑斷筋脈。倘若如此，妳必會掙扎。然妳手上毫無傷痕，可見妳是甘願的。大姐，妳隱瞞的是什麼？」

秦夫人臉色忽地沉了下來，對小紅打了個眼色。

小紅對謝堆雪道：「先生，可否借一步？」

謝堆雪離開後，秦夫人眼睛直直地盯著一個花盆。離昧將花盆輕輕一轉，竟有一間暗室。推著她進去，忽然有一個低沉的聲音道：「老四，我們等妳很久了。」

燈火亮了，說話人不是一向神出鬼沒的梨問是誰？站在他身後的除了鉤吻，竟還有薛印兒。

難道……離昧臉色倏然一白。

薛印兒巧笑嫣兮：「四姐這是怎麼了？看到我如此害怕？」

離昧緊緊扶著輪椅靠才站穩：「她是我的妹妹？我搶了我妹妹的丈夫？我……我怎能這般？」

薛印兒挑挑眉，似譏非譏：「聽大姐說，小時候數四姐長得最醜，一晃十年不見，四姐把我們都比下去了呢。」

鉤吻嬌笑著捏捏薛印兒的臉：「小音兒這是在拈酸吃醋嗎？」

薛印兒「哼」了一聲扭過頭。

梨問對離昧道：「妳心裏的疑問盡可說出來。」

他這麼坦白倒教離昧愣了一下，想了想從最開始問：「是蕭灑用瓷簫將我引入這個漩渦，你與他是什麼關係？」

「表兄弟。蕭李、蕭滿與母親蕭豈是堂兄妹。」

「他一開始就知道我是誰？」

梨問道：「長雲道長將妳隱藏得很好，直到妳出現在慕容雲寫身邊，與他有關的人我們都關注，而妳又有殘鏡，便斷定了妳的身世。」

離昧問：「所以你引我去梨宅，讓二姐提醒我容貌與身世？那個狼圖騰也是你故意讓我看到的吧？」

梨問冷冷道：「不錯。這也是一個試探，看妳對慕容雲寫坦誠到何種程度。如果妳口無遮攔，下場只怕……」

說著看了梨醪，顯然是警告。

離昧心裏一寒，對這個孿生兄弟又多了分懼怕，轉身問鉤吻：「段家的火是妳放的？」

鉤吻道：「我去過段家找桃木墜，段祁身上的空青石也是我的，但火不是我放的，而是段夫人。」

「什麼？」離昧驚得幾乎跳起。

鉤吻道：「段夫人是母親的婢女，梨家滅門後她帶著妳，妳的記憶便是被她抹去。我找到她後，她將母親的遺書交給我，怕長雲道長警覺，一把火燒了段家，用這種隱晦決絕的方式，告訴妳妳不是段閿，也不再是離昧，而是梨青要！」

原來她給自己下鉤吻之毒用意在此。是什麼令她殘忍地燒死自己的丈夫、兒子？是為了他們口中已經滅亡的淮國嗎？好可怕的念力！好可怕！

離昧吞吞吐吐地問：「秦大人……又是……因何……而死？」

秦夫人臉色煞白，喉嚨「咯咯」直響，眼神絕望而狂亂。

梨問低沉道：「是大姐殺了他。」

「那麼，妳……妳變成這樣是……是甘願的？」

薛印兒激憤道：「誰願意變成這樣！可那個時候大姐被所有人盯住，唯有自殘保命！各方勢力都認為，動手之人有把柄落在大姐手中，但又必須用到大姐，才下封口留命。讓殘廢成這樣的人活下去唯一的念力是兒子。他們都想探知對手把柄，才保全大姐母子！」

離昧看著他們，像看著一群吞噬人的惡魔。她本想問問他們為何要陷害自己，現在已沒有必要。連最親的人都可以殺，連自己都可以如此地傷害，還有什麼不能做？她的這些兄弟姐妹怎會如此？

「為什麼？」她忽然跪在秦夫人面前，捧著她的手，「大姐，妳告訴我為什麼？是什麼東西令妳如此？是什麼令我那連一隻螞蟻都不忍捏死的大姐這樣？是什麼？」

梨問冷然道：「是淮國！我們都是王室子弟，擁有最高貴的血統，卻淪落到為奴為婢，天道不公，唯有以人力奪回原本屬於我們的！」

又是權力！看來雲寫為了權力捨棄她並不稀奇。權力果真是一個極至的誘惑。

「秦大人知道了什麼？」

「他查到鍾子矜原是淮國大將李玄的女兒。」

她想到鍾子矜的遺書，告訴他們蕭豈原是淮國王室獨女，梨醪、梨屑、梨問、梨雋、梨音是王室正統，鉤吻神匕是淮國王室象徵，等同於斌朝的傳國玉璽。得此匕且背有狼圖騰者，便為王。

「遺書我可以看嗎？」

鉤吻遲疑了一下將遺書遞與她。這一份寫的是潛伏在斌朝淮國舊臣的名單，比如薛識，找到鉤吻神匕便能號令這些人。

「銅鏡有什麼玄機？當日是誰引我去苗疆的？」

邱子瑜還是他們？這份名單裏並沒有邱回的名字。

梨問道：「邱回早年與父親頗有交情，妳我與邱氏兄妹還指腹為婚了，這些年他一直在尋找我們。」

離昧差點被口水嗆著，世間怎有如此巧合之事，她與梨問是龍鳳胎，邱浣與邱子瑜也是龍鳳胎，恰四人還被指腹為婚？

「堆雪去過孵屍洞，說……梨家人都在裏面。怎會如此？雪涯祭司與淮國又是何關係？」

梨問斷然道：「所以，我們要去一趟苗疆。」

離昧拒絕：「我身上並未有狼圖騰，也不想與淮國有所牽連，你們放過我。」

梨問涼涼一笑：「我不是一個嘴緊的人，若哪天喝醉了，不小心把慕容雲寫的身世說出來，阿雋妳切莫傷心。」

離昧心裏「咯噔」一下，那是雲寫的死穴，倘若蕭滿知道，後果堪虞。梨問與蕭滿不是一夥的嗎？怎麼沒說出去？難道他們也有利益衝突？也對，誰不垂涎至高無上的權力？

鉤吻道：「我們五兄妹終於齊集了，先去梨宅祭奠一下。」

得到贊同，他們約定好到達的時間便各自散去。

長雲道長一直沒有出關，離昧陪子塵他們過完年，預算了時間便去了梨宅。或者是因雲寫的事，她近來一直意興闌珊，渾身疲倦，到梨宅時已是正月十五。

祭奠完，他們又在梨宅裏尋找了一番。離昧來到那個古井旁，香樟樹葉已經落光了，越發顯得根柢粗。她忽生疑惑，梨氏被滅已十年，為何這樹看起來只有五六年粗細？根部為何如此粗？

想到曾見河南一些棗樹根部也是這麼粗，問果農，說是特意用刀砍破樹皮，這樣結的棗子又多又甜。香樟不結果，砍樹是為何？裏面……

對梨問道：「沿著痕跡將此樹砍倒。」

梨問以此叩了叩樹幹，一劍下去，樹轟然倒下，樹心果然置放著一個金盒子。

梨問示意他們退後，以劍挑出金盒，小心翼翼打開，裏面竟是一把匕首，鑲金嵌玉，小巧玲瓏。拔出匕首，鋒刃緋豔，帶有倒刺。

「果然是鉤吻神匕。」鉤吻見著劍鞘上的字道。

離昧問：「神匕已找到，誰身上有狼圖騰？」

沒有人回話，離昧又問：「二姐，我身上的疤痕可是妳刺上去的？」

鉤吻道：「淮國王室生下來就刺上此痕，尋常顯現不出，須用密藥泡過的桃木墜薰烤才可見。」

離昧接過鉤吻仔細觀察，一邊想：「謝堆雪說孵屍洞裏有鉤吻印記，又是何意？」忽然指尖一痛，原來是不小心被鉤吻劃破了，殷紅的血珠流出，她放於唇上吮了吮，隱然有細微的酥麻漫入血液。

悄然回到客棧，已過四更，鑽進被窩再睡兩個時辰。這一覺睡得十分沉，直到天明有人敲門才醒。想開門，渾身痠軟如綿，竟坐不起身。

「誰呀？」嗓子沙啞得像被烙鐵烙過。

「妳怎麼了？」門外是鉤吻的聲音，顯然發現她不對勁。

離昧努力想坐起身，全身筋脈似被抽盡，綢緞一般癱在床上，驚懼不已道：「我……我……」

鉤吻破門而入：「怎麼了？」又觸她額頭，被燙似地彈開，「怎麼這麼燙？」忙叫小二去請大夫。秦夫人、薛印兒也進來探望。

不一刻大夫便至，號了脈：「恭喜夫人已有三個月的身孕。」

滿屋一時寂靜，梨醪悲憫而歎，鉤吻似羨似憐，梨問眼神複雜，薛印兒滿眼嫉恨，離昧自己亦是悲喜交加。

孩子若能早來些，雲寫是否便願意跟她走了？偏這個時候兩人已決裂，又知道他的妻子其實是自己的妹妹，哎……

「夫人身體本就弱，懷孕以來鬱結於心，對胎兒十分不利，又受了這麼重的風寒，不能輕易用藥。老朽先調幾副安胎健體的補藥，慢慢調養。」

離昧苦澀道：「有勞先生。」

大夫走後房裏又是寂靜一片。

良久，鉤吻問：「妳如何打算？」

「我……」離昧不敢看她們的眼睛，「我要生下這個孩子。」

薛印兒久積的怒氣終於爆發了：「生下來？妳還敢把這個野種生下來？誰知道是我夫君的還是完顏穆的？甚至是謝堆雪的！四姐，妳可真有本事，誰都敢勾引。搶妹夫也就罷了，連長輩都不放過，妳就不怕亂倫嗎？梨家怎麼會有妳這樣不知廉恥的東西！」

離昧臉色蒼白，嘴唇發抖，一個字也吐不出來。

「小五！」梨問低聲斥責，眼神陰晴不定，「如果能夠生下來，就生。」

這句話，像個詛咒。

薛印兒憤憤地哼一聲，不甘心地罵：「賤人！」

「妳確定要生下來？」梨問沉聲問。

「確定。」離昧堅定道。

無論雲寫認不認這個孩子，她都要生下來，這是她的孩子，她的血肉。

後來她才知道，這些都是她的一廂情願。

他們怕目標太大都回去了，只留鉤吻照顧她。七八天後，離昧依舊渾身痠軟，動一下手都不行。鉤吻無法，只得送她回北邙山，卻遇上了離昧此時最想見又最不敢見的人——慕容雲寫。

他原要去河北，出發時忽然病發，御醫束手無策，只能送到北邙山來。

雲寫的病已漸漸好轉，長雲道長怕他醒來憂心，讓他安睡。離昧的病卻越發重了，時常燒得昏迷過去。

長雲道長道：「這並非風寒，而是中了一種奇蠱——蛻。這種蠱十分稀有，以蠶蛹養殖，輔以百藥百毒，千萬隻蠶蛹方可出一隻蠱。蠱蟲擇寄主十分奇特，不論呆子、傻子，只要與牠有緣便行，被選中之人可如蛹蛻變成蝶，因此得此名。」

鉤吻想到離昧曾被鉤吻神匕劃破手指，蛻是下在那裏！

離昧已經昏迷三天，身子像被火烤一般，怎麼都降不下溫度。

長雲道長說：「如果再不能醒來，便不是蛻蠱的寄主，只能死。」

這日恰是二月二，白日天氣晴好，傍晚一陣烏雲來，忽然狂風大作，電閃雷鳴，豆大的雨瓢潑而下，竟像沿海颶風來襲。

唐證奇道：「這天氣如此奇怪，夏天才有雷雨，此時尚未開春啊！」

「這天象……終於來了嗎？」長雲道長喃喃唸出幾日前流傳的童謠，「二月二，龍抬頭。王者歸，北邙侯。四海震，雙龍遊。」

遠處隱者山，即墨拊於山頂上遙望中原，黑雲壓城城欲摧，長聲歎息：「離弟，妳終於還是走上了這條路，雙龍並世，你們倆啊，誰愛得深，就註定要輸得慘。」

雷劈斷百年樹木，暴風掀走屋頂上的瓦片，道觀幾欲摧毀，唐證護著慕容雲寫，鉤吻守著離昧，忽然一個驚雷擊下，屋頂被擊破，雨伴著瓦礫砸下來。

唐證道：「去山洞！」

鉤吻揹著離昧向山洞走去。畢竟是女子，如此大風，步履維艱。唐證想先送慕容雲寫去洞裏再來接她們，正待知會，驀見一個雷電擊下來。「小心！」他疾呼，鉤吻尚未反應過來便被雷擊中！

慕容雲寫被大雨淋醒，睜開眼便見一個閃電擊在離昧身上，腦中一片空白，而瞬間一道金光閃出，竟像一隻威風八面的狼！

他終於回過神奔過去，卻有一個人先於他抱起離昧。

「小離！」謝堆雪驚慌地拍著她的臉，「小離，妳醒醒！」

被雷擊中的她渾身焦黑，頭髮烏捲。背上衣服燒破，大雨沖洗下來，露出的背竟完好無損，然一隻金色的狼赫然刻在其上！

鉤吻驚住了，謝堆雪撫摸著她的背喃喃自語：「這是……狼圖騰！」

倒吸了口氣，用衣衫裹住她，抱起。

慕容雲寫的眼被他們刺得生痛，見離昧睜開眼來，對著謝堆雪一笑：「堆雪。」

她的臉色蒼白，卻像一朵白色的小花靜靜地綻放。

「她從來沒對自己這樣笑過。」雲寫悠悠地想。

不知何時風雨俱停，一道彩虹掛在山澗，赤、橙、黃、綠、青、藍、紫，光彩奪目。可慕容雲寫看不到。

沒有她，萬丈紅塵都黯然失色了。可縱有了她，她的美麗也不為自己綻放。

長雲道長見離昧醒來，知道她已然蛻變成功。

風雨俱歇後，北邙山來了兩位不速之客——君上最親近內侍黃德友和御醫商藉。

商藉久慕長雲道長醫術，二人私聊了一會兒後給慕容雲寫把脈，知他病情好轉，對長雲道長敬佩萬分，又以求師之名給離昧把脈後，笑道：「恭喜夫人，已有三個月的生孕。」

慕容雲寫聞言倏然而起：「她有孕了？」

「回四殿下，懷孕剛好三個月。」

慕容雲寫眼神陰狠如劍，一字一頓問：「多久？」

商藉肯定道：「不多不少正好三個月。」

離昧每聽一句，臉色就白一分，手緊緊握起，青筋暴突。

見慕容雲寫轉向長雲道長：「請道長告知她有孕多久了？」

每一個字都像是從牙縫裏擠出。

長雲道長撚鬚道：「三個月。」

慕容雲寫忽然仰天大笑：「哈哈，哈哈，三個月，三個月，很好！三個月！妳剛好懷孕三個月，真好！」

可他那笑全不像笑，而笑在哭，比雷霆都令人震憾。

忽然轉向離昧，目光血紅：「離昧，妳真對得起我！妳真對得起我！」

離昧憤然而起：「你就相信？你就相信這些？你不信我！你不信我！」

她與慕容雲寫最後一次在一起也是三個半月前，而三個月前正是謝堆雪看她背後疤痕時。

慕容雲寫仇恨地指著謝堆雪，惡狠狠道：「信妳？我才離開妳便和他搞到一起去了，妳不覺得噁心嗎？蕩婦！妳這個蕩婦！」

離昧氣血沖腦，失去理智，揮手便向雲寫打去，被他接住，一巴掌反打過來，頓時摔倒在床上，未幾嘴角流血。

慕容雲寫的眼睛比血還要紅：「賤人！」

謝堆雪勃然大怒，身形一動，以迅雷不及掩耳之勢搧了慕容雲寫兩個耳光。「畜生！」將他搧飛了出去。

唐證衝上去，尚未出招被他一劍抵住咽喉，清致無雙的眼冷冷掃過眾人：

「小離，妳聽著，就算所有人都不信妳、陷害妳，我絕對會站在妳這邊，護著妳和妳的孩子。」

一叩琴匣，一把長劍「錚」然彈出，古樸雄渾，雖未出鞘，殺氣凜凜——晴雪劍！

二十年後，謝堆雪第一次祭出晴雪劍，眉角飛揚，長衫獵獵，俠氣干雲。那個縱橫江湖、特立獨行的劍客重新回來了！

「爾等悉聽，孰敢傷她，先問晴雪！」

說完，抱起離昧，長身而去。

二十年前，他為梨映宇封劍；二十年後，他為離昧拔劍。一生活得跳脫而執著，肆意卻孤寂，謝堆雪，到底是一個怎樣的人？

慕容雲寫殺心忽起，抽出含碧劍，一劍刺去竟是同歸於盡的招式。謝堆雪背後像長了雙眼睛，猛然揮手，衣袖一捲，只聽「錚」的一聲，兵刃交擊，火光迸濺。接著，慕容雲寫倒飛出去，一柄劍透穿肩頭，將他釘在牆上！

慕容雲寫目眥欲裂，看著他抱著離昧越走越遠，血紅的眼布滿絕望。拚死一擊被輕易化解，在謝堆雪面前他就像個小孩子，想在他手中奪離昧，猶如蚍蜉撼大樹，可笑不自量！

含碧劍洞穿了肩膀，但並沒有傷及要害，包紮好後長雲道長等人離開了。

商藉跪拜在慕容雲寫面前：「臣參見四殿下。君上有密詔轉與殿下。」

慕容雲寫木然接過，忽而仰天大笑。

商藉丈二的和尚摸不著頭腦。來之前君上密令他查找北邙山有無懷孕女子，若有便將密詔交與四皇子，若無便罷。密詔上寫的是什麼？

「好！很好！原來如此！」

緊一握拳，密詔化成粉末，從他指尖流逝，他的臉變得猙獰瘋狂：「梨青要！梨青要！得不到妳，我就毀了妳！」

原來二月一日，帝都欽天監發生這樣一件事——

深夜，一個白髮蒼蒼的老者急急奔向御書房。風吹裹著他的官服，越發顯得他瘦，風一吹就飄走。他是欽天監最睿智的長老。

「君上，老臣急奏！」老者尚未到門口便急呼。

內侍忙引他進去。老者伏跪在地：「君上，臣適才夜觀星相，有客星襲主，光蓋紫薇，此兆不祥啊！」

紫薇星主帝王，君上臉色一沉：「此星何來？」

老者急道：「此星對應北邙山，明日是二月二，龍抬頭，北邙山雷雨交加，是蒼龍騰雲之兆！」

君上容色肅殺：「四皇子正在北邙山養病。」

老者一驚：「此星名為危月燕，後帶小星，乃指懷孕女子。」

君上忽然大笑：「女子如何能衝撞紫薇星？愛卿多慮了。夜深了，愛卿也好生歇息吧！」

「君上……」老者憂心而呼。

君上一揮手，內侍請他出去。

防患於未然，這便是君上派商藉前來的原因。

帝都，鳳藻宮。

「離昧竟然懷孕了？」君后詫異，「欽天監所說竟是指她？」

「是。二姐親眼看到她背後有狼圖騰印記，鉤吻亦是被她找到，可見有王者之命。君上派商藉前去，怕是要除掉她！」

鉤吻聽到商藉和長雲道長說離昧懷孕三個月，感到不祥，好在謝堆雪帶走離昧。但他護得了一時，護不了一世，只好告訴梨問。

君后道：「她不能懷有慕容雲寫的孩子，淮國與慕容氏是天敵。」

梨問急道：「慕容雲寫身上亦流著一半淮國的血，這個孩子是淮國的。」

慕容雲育身上亦流著兩族的血。

君后笑道：「問兒，你太不瞭解你妹妹。但凡給她留一點後路，她和慕容雲寫都會死灰復燃。讓她恨一個人實在太難，尤其還是她愛的人。所以，必須把她逼上絕望！」

「姑母！」梨問不忍。

君后拍拍他的肩：「我這也是為她好，慕容雲寫不值得她愛，謝堆雪不就很好嗎？沒了這個孩子，他們正好在一起。」

梨問憂心如焚。他雖行事狠厲，也是有血有肉之人。他與她是雙生子，她的每一分痛苦他都能感覺到，怎忍心她受這樣的傷害？可是怎麼樣才能護住她和她的孩子呢？

謝堆雪帶離昧來到青要山，那裏有一間草廬。兩人住下不久，長雲道長來了。

謝堆雪攔住，長雲道長問：「你不想知道我為何說假話嗎？」

謝堆雪依舊不讓，屋內離昧道：「堆雪，我想聽聽。」

長雲道長看到她，歎了口氣：「妳看過《上古祕術》，可記得裏面有這麼句話——」在她掌心一字一字寫。每寫一個字，離昧的臉色就蒼白一分，眼睛的絕望幾乎壓得人窒息。

長雲道長歎息：「一切皆是命中註定，半點不由人。」從衣袖裏拿出一本書，「這便是妳一直尋找的《豈曰》，看完這書，妳再做決定。不可讓任何人看到，切記！」

書上一半是斌朝文字，一半是淮國文字，離昧不太認識淮國文字，卻辨出了一句話，用紅筆特意描重，忽然大笑起來，被逼入絕境般悲涼長笑。

謝堆雪奪過書：「不必理會這些，我帶妳去更遠的地方，與世隔絕，無須再理會這些事。」

離昧緊緊地抱著他，又哭又笑：「堆雪，逃不掉的！逃不掉的！」

謝堆雪抱起她：「我們這就走！」

推開門，見慕容雲寫站在門口。

離昧瞬間冷靜下來：「堆雪，放我下來，你在外面等我。」

「不行！」

離昧溫柔寬慰：「我必須和他做個了斷，你放心。」說著推他出去。

草廬裏只剩他們兩人，氣氛極度怪異悲涼。

相視良久，離昧長歎：「雲寫，我們相識還不到一年。」

慕容雲寫定定地看著她：「秦淮河燈會才是我們初見。」

離昧莞爾：「原來你還記得。」

「萬星沉入目，一眼已相惜。」

「呵呵，再說這些有什麼用呢？什麼『任他弱水三千，我只取一瓢飲』，什麼『曾經滄海難為水，除卻巫山不是雲』，都還有什麼意義呢？可以一起走過一場場生死，卻不能跨過一道心之藩籬。怨不得我，也怨不得你。」

雲寫指著門外：「我始終弄不明白妳愛的是他，還是我？」

「呵……你若無心，何須多問。」

雲寫抿唇沉默良久，從廣袖裏拿出一壺酒：「這是去年我們一起釀的桃花酒，我昨晚剛挖出來。」倒了兩杯，「嚐嚐如何？」

離昧看著酒盞，笑得極其溫柔：「你真要我喝嗎？」

「喝吧！這是最後一壺。」

「好！好！你讓我喝，我便喝！」

端起酒杯，最後看了他一眼，一飲而盡。放下酒杯時，一滴清淚悄然滑落。

相逢之初，他親手斟她一杯清茶；結束之時，他親手斟她一杯毒酒。

曾經海誓山盟，曾經生死相許，曾經繾綣纏綿，到頭來卻是他一杯牽機葬送她和她孩子的性命！

信錯了！愛錯了！給錯了！一生就這樣錯了！

腹內如刀絞，杯盞落地，摔得粉碎，她直直地盯著慕容雲寫，眼睛像兩口千年古井，裝滿悲哀怨恨！

謝堆雪推門而入，見她嘴角浸血，捂腹倒在地上。腦中一片空白，攬過她，見兩腿之間鮮血淋淋，身子顫如篩糠。猛然拔出晴雪劍直刺慕容雲寫咽喉——

「解藥！」

離昧扯住他的衣袂：「……不要……殺他……」

「解藥！」

謝堆雪雷霆萬鈞地吼。可牽機哪有解藥？

離昧氣息奄奄，斷斷續續道：「我不想……到了黃泉……還要看見他……」

長劍落地，謝堆雪跪抱著她，淚如泉湧，用內力護住她的心脈，將毒素逼到一處。

離昧氣息稍順：「沒了他的孩子，才能斬斷與他的一切。」

慕容雲寫到此時才聽得懂人話：「孩子是我的？妳說孩子是我的？妳騙我！妳騙我！不！不是我的！不是我的，不是我的！妳騙我！」

說著撲過來抓離昧，被謝堆雪一掌打飛出去。堆雪內力結成一個結界，替離昧逼毒。

離昧推拒：「別費力了，這是牽機之毒，治不好的。」

「不！」謝堆雪嘶吼，內力越發洶湧地輸送過來，「別說話！」

慕容雲寫又撲過來：「孩子到底是誰的？到底是誰的？不是我的！我沒殺我的孩子！我沒有！」

結界像一個水牆，他一靠近便被反彈出去。他也是武功高強之人，此時完全忘了，像瘋子一樣摔出去又跑出來，再被摔出去。

「我沒殺我的孩子！他不是我的！我沒殺了我的孩子！」捧著自己的雙手，語無倫次，「我殺了我的孩子……我的孩子……不！」

那一吼撕心裂肺，縱被五馬分屍，也不及那樣的痛！

結界內，離昧緊緊抓著謝堆雪的手：「我要說，有許多話再不說就來不及了。你聽我……說完。」

「我聽著，妳說。」

堆雪手抵著她後心，感覺到她心跳一點一點弱下去，像敲著喪鐘。

「你還記不記得我們第一次見面？那年初雪甚薄，細細地灑在青石板地上，夜色似渲染開的水墨，本就淺淡的顏色又被暈開了一層。我迷路了，在青蒼的竹林裏。」

眼裏滿是神往，陷入回憶裏：「可我並不害怕，因為這時有一陣清悠的簫聲傳來。」

「我順著簫聲而去，青石竹徑的盡頭，一株白梅如新月堆雪。你就在梅樹下持簫而立，髮如蘸墨，青影雋雋，細腰長腿，只一眼便令人再也忘不了。」

謝堆雪一陣恍惚，那年她只有八歲，一身道衣比雪還要白，眼睛清澈得像青要山上溪水，靜靜地站在青石徑上，像誤入凡塵的雪仙子。

「簫聲裹著漫天細雪，細雪裹著你素淨青衣，青衣裹著你寂寂骨骼，那種孤寂，是會令人心痛的。那一刻，我就想，要讓你這一輩子都不再孤寂。」

「堆雪，我不能陪你了，可我好害怕你會像以前一孤寂，即便我死了，也會感覺到心痛。」

「留下來陪我！」謝堆雪哽咽道。

「我後來才知道你吹的那首曲子，名叫〈葛生〉。冬之夜，夏之日，百歲之後，歸於其室。堆雪，你……」

那時是為誰吹這曲子呢？如何忍心再讓他承受如此痛苦？到底沒有問出。

「記得，在百歲之後。」

「……」

「你不答應我嗎？」

「……我……答應。」

離昧精神一鬆，闔上眼。

第十四章　戰場重逢，刀兵相見

定陶十八年夏，韃靼撕毀與斌朝盟書。是年九月，韃靼兵分兩路進攻斌朝，一路由太子完顏穆率領攻打河北；一路由大將完顏察粘率領，攻打關陝。

慕容雲寫到封地河北已兩年了。兩年戰場磨礪，將他原本白皙的臉變成麥色，薄唇緊抿，剛毅堅韌。身形已非少年時的單薄清瘦，而是矯健頎長，儼然一副儒將風采。

河北沃野千里，卻因屢遭兵火，比其他各處都要荒涼，城樓高厚堅固。

他站在真定城樓上，見韃靼騎兵洶湧而至，黑雲壓城城欲摧。城牆上的女牆呈錐形，兩邊皆是錐形的洞孔，每隔數米就有一人揮著旗子，指揮女牆下的拋石機，根據不同的方向、位置射擊。炮石密集如雨，城牆上傷患並沒有幾個，井井有序。

真定守將曲玄指著韃靼軍首領道：「完顏穆竟親自出戰，殿下，是否要開城迎敵？」

慕容雲寫眼厲如鷹隼：「完顏穆，就算化成灰我也認得出來。若非他，我和青要……。」似有萬箭穿心而過。

「曲將軍，你掩護我殺出城去！」未提長槍，已殺氣凜凜。

曲玄迅速撥了五千精騎給他，指揮軍士掩護。眼見慕容雲寫一騎當先，所向披靡，唐證、韓子奇緊隨其後。五千精騎見主帥如此英勇士氣大振，如狼入羊群。

慕容雲寫初來河北時，病奄奄一陣風都能吹倒似的，軍中上下表面對他尊敬，背地裏無不鄙夷。他一來便下令拆除城牆上的大炮，改在城內安置拋石機，城牆設旗手指揮拋石機攻擊。女牆由原來的「品」字形改成錐形，兩邊的網兜換成錐形的洞孔，並準備火油草把。

軍中初時不明所以，曲玄帶人公然抗命，被慕容雲寫當著三軍面打了一頓板子，軍中上下怨氣沖天。直到一個月後韃靼大舉進犯，起初慕容雲寫下令嚴守不出，三日後突然迎敵，眾人才知其中厲害。

遠處的韃靼騎兵被拋石機砸死，近處的被箭射落，爬牆的被火球砸中，衣服上的皮毛被燒著，倉皇敗退。慕容雲寫一騎當先追殺敗軍，英勇無敵，眾將愣怔之後跟上，打得韃靼丟盔棄甲，而斌軍死傷不過百。

那一戰使慕容雲寫威望劇增。後來他督促練兵，演習陣法，鞏固了河北防護。眾將才知這位王爺絕不是個繡花枕頭，武功韜略不下於定王慕容雲繹。

果然，一個時辰後，完顏穆一聲慘叫，敗北。慕容雲寫追擊了一陣便收兵回城。

這日傍晚，數匹馬駛過真定，一個著清冷烏衣的男子，頭戴笠帽，渾身清冷如雪。後面跟著黑衣男子，矯健魁梧。

這兩人正是慕容雲寫與唐證。

雲寫忽然看見路旁馬車邊一人，素衣白如未染的紙，身材修長，背影清削。只一瞬，那人已上車，馬車快速而行。

他心一急，策馬而返，終於在簾幕落下時看見一隻眼，不大，猶如雨後的湖面，泛著淡淡的霧氣，那種縹緲與沉靜，如此熟悉又如此陌生。

他忽然就癡了。回過神來時，馬車早已消失不見了。

那人，是誰？

「爺？」唐證疑惑地問。

他隱隱然覺得那人像離昧，可她不是已經死了嗎？當日他看著謝堆雪抱著她的屍體離開。

雲寫吩咐：「查清那是誰家的車，車上坐的是誰。」

「是！」馬隊中有人應聲。

他們再次策馬而去，到了真定儒商薛子義府中。

除下笠帽，眼神清澄殷切：「可有消息？」

薛子義是薛識的遠親。

薛子義道：「暗衛遍訪深山，未嘗探到他們的消息。」

謝堆雪帶離昧走後，他幾乎崩潰，終於想到讓暗衛追蹤時，早沒了他們的蹤影。這兩年他一直在尋找，活要見人，死要見墓，可上窮碧落下黃泉，總也找不到她。

慕容雲寫的眼睛由殷切變成絕望，兩年來，他每半個月來詢問一次，每一次都彷彿看到她在自己面前死一次！

恨她喝下牽機，更恨自己端來牽機。

「京中形勢如何？」唐證見慕容雲寫又陷入痛苦中，急忙轉開話題。

「君上身邊內侍傳來消息，君上每日食不過半盞，常深夜不能入眠，靠服食丹藥寵幸後宮。前日欲下旨派安王去封地，君后突發重病，安王跪請侍疾，此事就此耽擱。」

所謂金丹，多少含有重金屬，長期服食等同於吃慢性毒藥。君上服食已久，怕已毒入膏肓，命不久矣。在皇權更替的時候他們最應該侍奉在君上身側，而韃靼纏住關陝、河北，如今戰事膠著，他與慕容雲繹無法回京，難道是君后和韃靼勾結上了？

薛子義又道：「爺，前夜大名府副將何龍被暗殺。亦是被一根青瓷梨花簪刺穿腦門，府衙裏有一沓帳簿文書，記載死者生前犯下的種種罪狀，無一不屬實！」

距三個月前第一人被殺，如今已是第四例。

慕容雲寫蹙眉：「他功夫不弱。」

何龍品性不佳，戰場上卻英勇，因此慕容雲寫留他一起守護大名府。那人能在守衛森嚴的大名府殺了何龍，功夫可想而知。

「這四人有一個共同點，都是梨合老將軍部下，得其提拔栽培，梨家傾覆時此四人卻落井下石，不仁不義。」

慕容雲寫一怔，會不會是梨氏兄妹幹的？他們知道不知道青要的下落？

薛子義道：「何副將被殺前搶了個梨春園的小伶，次日一早發現時，何副將已死，那小伶卻不見了。」

這時侍衛來報：「爺，那輛馬車駛入錢將軍的府中，車上坐的是梨春園的伶官。」

唐證臉色一沉：「他亦是梨合老將軍的屬下。」

慕容雲寫翻身上馬，向錢將軍府疾馳而去。薛子義府在真定城東，錢將軍府在真定城西，他們馬不停蹄，到錢將軍府時已是一個時辰後。錢府倒沒什麼異動。

慕容雲寫一示手中權杖：「錢名何在？」

僕人顫抖道：「將軍在……在休息，王爺稍等……」

雲寫心知不妙，厲聲道：「帶路！」

「王……王爺……」

唐證一刀架在他脖子上：「帶路！」

僕人面色慘白地帶他到錢名臥室前，叫了幾聲聽不見回話。唐證一腳踢開門，見錢名衣衫不整地躺在床上，一枝青瓷梨花簪刺穿太陽穴。探了探他鼻息：「已經死了！」

「封府！戒備！包圍梨春園！」唐證果斷下命。

雖知必然抓不住兇手，或許可以查出蛛絲馬跡。抽出簪子，血和著白白的腦漿噴出。簪入腦七分，若非絕世高手斷然做不到！

擦乾淨簪子遞給雲寫，簪僅有一寸長，半個小拇指那麼粗，簪尾燒成梨花狀，色澤白亮，釉色細薄晶瑩，明如鏡，聲如磬，上等的好瓷。

雲寫道：「這並不是青瓷，而是骨瓷。」

當年蕭灑送給離昧的那支簫便是骨瓷燒製的。

見唐證疑惑，補充道：「是將骨頭磨成粉和進泥，封上釉燒成的瓷，比一般的瓷器更薄脆。」

「骨頭磨成粉？」唐證訝道，「梨家滅門後屍體一夜間消失，莫非是被焚燒了做成這些骨瓷簪？」倒吸了口涼氣。

「莫非是梨問？」

他知不知道她的下落？錢府裏找不到人，慕容雲寫去了梨春園，在小伶的房間裏找到一具屍體。

仵作驗明她才是梨春園的小伶，已經死了三個時辰了。也就是說，錢名的馬車來之前，她已經死了，接去的另有其人。

衙役道：「犯人先殺小伶，再冒充小伶殺錢將軍，罪孽滔天。有關人等全都帶回收押。」頓時哭喊一片。

唐證禁不住皺眉。任誰都看得出，小伶脖子上一道紅痕，樑上還掛著水袖。水袖上沾著灰塵和剝落的漆，證明其確實是懸樑自殺而死，死後屍體才被人放到床上來。

忽見慕容雲寫渾身一緊，如遇大敵，只聞一陣狂笑當空：「哈哈……青天白日，朗朗乾坤，爾等竟敢血口噴人，難道就不怕梨花簪刺入爾等狗頭嗎？」

衙役皆嚇得一顫：「誰在說話？出來！出來！」

慕容雲寫抬眼望去，但見屋頂的脊角上，一個人背對而立，身著雪白的戲服，那戲服寬而大，幾十尺的水袖在晨風中飄飄蕩蕩，裹著他披散的長髮，連身形也分不清，只覺其背影異常地昂揚自肆，傲然不羈！

「你是誰？」衙役色厲內荏地指喝。

那人又是哈哈一笑：「爾等屑小豈配知我名姓？哈哈……十步殺一人，千里不留行！」說完，一振身，倏然而去！

唐證一怔，這身形……是離先生！回過神來，才發現慕容雲寫早不在身邊了！

白衣人一路踏風而行，在一個樹梢上猛然停了下來，追蹤的人也在樹梢上停了下來。

他冷冷道：「一個病秧子能跟我這麼久，倒有些能耐。」

慕容雲寫聽不出他是譏是讚，也冷冷道：「你倒不算鼠輩。」

那人哈哈大笑，猛然一掌揮來，慕容雲寫但覺掌風如海浪綿延不絕，他就像海浪裏的一葉小舟，內力本就是他的弱項，只能憑藉輕功一躍退後。白衣人似不想與他為難，振袖而去。

他急呼：「青要！」

見白衣人身子一震，趁機一踩樹枝，借力彈出去，一扣他肩頭就要看他的臉！

那人倏然回頭，眼裏已是滿滿的怒火：「放肆！」

可他臉上分明上著厚厚的戲妝，如何也看不清原本的容貌！

慕容雲寫一瞬間失落已極，被他一掌擊在胸口，踉蹌靠於樹上，邊咳邊喚：「青要！咳咳……青要！……」

那人鄙夷冷笑，飄然而去。

唐證趕來，見他嘴角殷紅：「爺！你沒事吧？」

雲寫輕擺了擺手：「無事。」

唐證帶他到茶館裏稍歇息。慕容雲寫來之前，真定萬人空巷，打了數次勝仗後百姓門才敢出來經營生意，梨春園戲慢慢開唱。

隔壁想是幾個老兵油子，低聲談論：「聽說錢將軍被殺了，也是被骨瓷梨花簪刺死的！」

「他活該！面對韃靼時像個狗熊，搶女人時比誰都快，霸占了軍妓還不夠，連好看的弟兄也不放過。二營的那個新兵，就是長得白白嫩嫩像女人的那個，就是被他活活玩兒死的。你不知道死相有多慘……哎……弟兄們參軍是為了保護家園，竟被一個禽獸給……」

另一個義憤填膺道：「那小伶為我們軍中除了一大害！」

一人低聲道：「你說是不是王爺派人去暗殺的？」

「怎麼說？」

那人將聲音壓得更低：「我有一個老鄉是錢名的親軍，有一回聽到錢名抱著別人叫王爺的名字……」

唐證握著刀的手青筋突暴，恨不得將這幾人大卸八塊，被雲寫按住手，卻見雲寫額頭青筋撲撲跳動，也在強壓著怒火。

一個聲音激憤道：「豬狗也敢垂涎龍鳳？不去補他幾刀不足解恨！」

眾人紛紛附和。

過了一會，又有人道：「你們不知道，那個殺手長得有多好看，那時我正在巡城，剛好看到了！」

一群人都湊了過來：「快說說長什麼樣？」

「他當時蒙著面，眼睛的形狀和王爺的有些像，但沒王爺的威嚴，兩道眉毛看起來特別舒服，呃……」抓抓腦袋，「像睡臥著的小蠶。」

慕容雲寫眉宇皺得更緊。

那人忽然又一拍腦袋：「我想到了，反正你看到了他，就好像看到了說書先生口中的江南煙雨。」

那群人哄然大笑：「張二娃子，你肚子裏什麼時候也灌了墨水了？」

張二娃子面上一紅：「是真的！你們根本想不出他有多麼好看！咱們王爺夠好看吧，你看他一眼就不敢再看第二眼；但是那個人，看了你就移不開眼睛。」靦腆地揉著鼻子，「我的鼻子就是那時候撞的。」

除了她，誰能有這樣的風流氣韻？雲寫茫然地望著窗外，眼神倏然一凝。

一道殘陽掛在天邊，將真定又染了一層血色。窗外的街道上走過一個書生，步履從容，手握著紙扇有一下無一下地敲著掌心，一面隨意地觀賞著真定的石街瓦巷。

「公子，我們何往？」身後的書僮問。

「去坊間喝杯茶吧。」聲音清徐。

火紅的夕陽在他身上染了一層緋色，如殘紅落水。

連唐證都側目了：「離先生？」

這時身後猛然一陣喧嘩：「說書先生來了！說書先生來了！」

原來，每次有人被殺，都會有說書先生到茶館裏講此人的惡行。

唐證猛然覺察有什麼東西襲來，拉著雲寫一側，一個杯盞落在雲寫方才站的地方。原來，樓上人爭相看說書先生，把茶盞擠掉了。

雲寫再回看窗外時，竟已然沒了那人的蹤跡！心裏一惱便要下樓。

此時，一隊官兵衝了上來：「所有人都不許離開！」

撇開官兵到樓下時，哪裏還有那二人的蹤跡？他手上青筋突起，拳頭握了又鬆，鬆了復握。

「爺，此事有蹊蹺！」

出現和消失得都太巧妙，顯然是要跟他們玩貓捉老鼠的遊戲！

「不必多言！」慕容雲寫的聲音有點冷。

第二日仵作來報，錢名死前曾被一種迷藥迷暈，這藥名喚「胭脂燙」，只名伶才會使用。

「胭脂燙？倒是香豔的名字。」聲音清冷中帶點譏嘲，「去洛戲苑。」

真定城人盡皆知的名伶在洛戲苑。

他們來到洛戲苑的時候晨光初起，地面上鋪了一層濃厚的霜，門已經開了，早起的人卻沒有幾個。空落落的戲臺無言訴說著曾經的歡喧、如今的淒清。

他們繞過戲臺，穿過小門向後院走去。

後院裏牆角數枝梅，凌寒獨自開。如雪的花瓣辭樹，恍如流光舞蝶的夢。

梅花樹下有一人，身著雪白戲服，揮舞著水袖，帶動滿樹梅花飄飄灑灑。水袖很長，不如她身姿頎長；水袖很軟，不如她身段柔軟；水袖曼妙，不如她身影曼妙。

然後她一折身，雪白水袖劃過雲寫面頰，帶著梅花的清寒，裹著片片梅花如雪飄落。而當花瓣和水袖都落盡時，終於露出那人的臉來。

因是晨練，她臉上並未著妝，容色素淨、薄彩的唇、清肅的顎，眼底略帶迷茫，恍似昨晚並未睡好。

那麼薄瘦的年輕人，薄瘦到你可以看到她皮囊下清寂的骨骼。

她微微錯愕地問：「你們……」

雲寫像是要哭了：「……青要……」

「青要？」

她學舌地低喚，眼神迷茫，像三魂七魄只剩一魂一魄般。可她的身影卻是清肅的，即便是在迷離中，也讓人無法生褻瀆之心。

慕容雲寫上前欲抱住她，她卻倏忽遠去。二人撲追過去，她早已消失，像一陣風，一場夢。

「青要！青要！……」

雲寫撲追過去，心如刀絞，狀若瘋狂。唐證悲痛地看著他，寧願他永遠不知道離昧的消息，快刀斬亂麻似的痛，總好過鈍刀子割肉。

完顏穆敗北後又來叫陣。

慕容雲寫站在城樓上，指著完顏穆身旁的白袍小將問：「那是誰？」

所指之人身形瘦小纖細如女子，白袍白馬，在血腥的戰場上依然從容自若，氣韻風流。然臉上卻戴著一副銀色面具，十分神祕。

曲玄思量：「與金將交戰許久，從未見過此人，定是新調派過來的。」

慕容雲寫越看越覺得像離昧。

聽完顏穆叫道：「慕容雲寫，別來無恙啊？」語音忽轉曖昧，「怎麼小道士沒在你身邊？本王對她思念已久了呢？」

慕容雲寫陰沉著臉：「你若想見她，我倒是可以送你去。」

奪了曲玄的弓箭，一箭射人，一箭射馬，完顏穆縱身一躍，第三箭恰恰而至，直射心窩！

斌軍正要歡呼，忽見完顏穆身邊白袍小將長槍一揮，快而準地擊落第三箭。完顏穆安然無恙。

慕容雲寫狐疑地看著白袍小將，譏嘲道：「完顏穆，幾年不見你越發長進了，要一個小孩子來保護你。」

完顏穆也不惱：「本將一向沒定王長進，捨得將自己的女人送人，嘖嘖，離昧小道士的滋味真是令人銷魂啦！待本將破了真定，抓她來重續前緣，嘖嘖……」

韃靼士兵轟然大笑，連問完顏穆：「怎麼個銷魂法？」

完顏穆邊防備著慕容雲寫的暗箭，邊和士兵嘻笑，言語下流無比。

慕容雲寫臉上青白交錯。

曲玄大喝：「韃靼賊子，竟敢侮辱王妃，讓爾等有來無還！」

慕容雲寫來軍中兩年，治軍嚴明，以王室之尊與軍士同食同宿，帶頭衝鋒陷陣，在軍中極有威望。斌軍一聽韃靼罵的竟是王妃，群情激憤，紛紛叫戰。

雲寫高喝道：「天朝的兒郎們，敢不敢同我一起將韃靼豬狗趕出河北，復我國土，為我們死去的父母妻兒報仇？」

士兵高呼：「驅除韃靼，以死報國！」

「好！」對曲玄道，「曲將軍，掩護！」

曲玄急道：「王爺，衝鋒陷陣之事由末將來！」

任誰都看得出來慕容雲寫這兩日身體不好。

慕容雲寫厲聲道：「軍令如山！」

縱身上馬，帶五千餘名輕騎兵，分兩路直衝入韃靼軍中。他手執長槍，在弓箭、拋石機的掩護下衝出城去。一騎當先，直逼完顏穆。

馬蹄捲起漫天黃沙，狂風般襲捲衝擊，甫一交陣立時散開，再次衝擊纏鬥，混戰肉搏。

慕容雲寫長槍如銀蛇，緊緊纏住完顏穆，完顏穆彎刀劈砍，兵器交鋒，火石電光。論內力，完顏穆勝過慕容雲寫；論招式，慕容雲寫遠比完顏穆精妙。在千軍萬馬裏內力無法施展，慕容雲寫漸占上風，逼得完顏穆施展不開。

這時白袍小將忽策馬而來，一槍揮開兩人交擊的兵刃：「交給我。」聲音極度清冷低沉。

慕容雲寫對上他的眼睛，銀白的面具越發襯得雙眼幽深，帶著刻骨的寒意。饒是如此，這雙眼依舊好生熟悉！稍一恍惚，他長槍已至，槍身飛舞如龍蛇，紅纓點點似桃花，端地好看至極，又厲害至極！

被逼退幾步後他迅速調整過來，長槍格擋纏鬥，絲毫不落於下風。

「你是什麼人？」

他想明白了，就算離昧真活著，僅兩年她也不能練出如此好的功夫。想到離昧的易容術，定是有人利用他對她的思念，設的局。

白袍小將笑道：「素聞定王殿下好男風，我亦深慕殿下風流，只是長相鄙陋，怕入不得殿下眼。如果殿下不嫌棄，令晚三更，月下銷魂，如何？」

如是說著，手下絲毫不含糊，一招一式皆欲取人性命。

慕容雲寫冷笑道：「完顏穆手下真是沒人了，竟讓一個軍奴上戰場。瞧你這小身板只怕折騰不了幾下。」

白袍小將薄口反譏：「慕容殿下也只配受我這軍奴招待。」

長槍猛然擊出，氣勢如虹，順勢一劈，竟將槍法與劍法融合起來。慕容雲寫看得清清楚楚，那招是「醉裏挑燈看劍」，且是經他改良過的。

「你到底是什麼人？」他急喝。

說著側身閃過，奪住他的槍。白袍小將力氣顯然不如他，拉扯幾下奪不回，順著力道棄馬躍來。凌空一個翻身，手中竟然多了一把劍，腰肢一扭，一招「夢回吹角連營」送來。

如果剛才是巧合，這一招絕對能證明確實是經他修改過的〈破陣子〉劍法，當年離昧就是用這一招殺了佩姨！

「青要！」慕容雲寫躲過，心膽俱顫地喚。

「青要？」白袍小將冷笑，「她不是被你一杯牽機毒死了嗎？」

慕容雲寫五內俱焚，手幾乎握不住槍。白袍小將等的就是這個時候，長劍悄然逼進，直指咽喉。

忽聽雲寫大喝一聲：「我殺了她！我殺了她和我的孩子！」

怒髮如狂，兩目如血，長槍帶著萬鈞之力猛然打來。

白袍小將心道：「不好！」閃之不及，被他一槍打在腿上，半身都麻了。眼見一槍又要刺來，完顏穆及時擋住，與雲寫交手，發現較之前更厲害，竟是捨得一身剮，敢把皇帝拉下馬，不敢戀戰，鳴金收兵。

慕容雲寫緊追不放，白袍小將的胡馬腳程比他的快，眼見相距越來越遠，取來弓箭，一箭射去。

白袍小將奔走間彎身一躲，箭射掉銀盔，一頭烏髮披散下來。髮長七尺，油墨可鑑，在風中颯颯飛揚。

除了離昧，這世間再沒有人有這樣美的頭髮。

她回頭看向慕容雲寫，那一眼，有怒、有怨、有恨，只是沒有愛。

回到軍營，梨雋解開戰袍，半條腿都被打得烏青了，上了些活血化淤的藥，揉搓起來，邊琢磨，兩年未見，沒想到慕容雲寫的功夫增強了這麼多，是她大意了。看來這事要比她預計中的難辦。

一個三十歲許的男子進來，雖做韃靼族裝扮，但看面容就知是漢人。看了眼她的腿，眼眸幽深。

「以妳如今的功夫，他要傷妳很難。」

梨雋頓了一下，掩上傷，淡淡道：「放長線，釣大魚。」

她用骨瓷簪行刺，扮作名伶，為的就是引起慕容雲寫的興趣。

男人似笑非笑：「但願妳不是放水。」

梨雋忽然轉眸，一瞬不瞬地看著他，目光很平靜，卻看得那個男人有些無措，咳了幾聲出帳。她若無其事地穿衣服。

男人叫張達，是君后派過來監視她的。

帳門一掀，完顏穆過來了：「傷得怎麼樣？」

「皮外傷。」與三年前不同，她說話簡潔，神情冷淡，「承諾你的，定會替你辦到。」

完顏穆悻悻地看著她，眼神有點悲涼。

聽她道：「慕容雲寫隨時會來叫戰，七日之內不可出戰，出戰必敗。」

完顏穆沒話找話，笑道：「以前是我們叫戰，他死守不出。如今反過來了，正好出這口惡氣。」

梨雋拿出兵書自顧自地看，對他不理不睬。

完顏穆自己無趣，暗歎一聲：「妳好生休息。」掀帳離開。

果如梨雋所說，這些天慕容雲寫一直帶人叫陣，罵得一天比一天兇。韃靼暴怒，紛紛請戰，被完顏穆壓住。

第八日晚上，梨雋帳中燈火俱滅，一個黑影繞過守衛悄然掠到她帳中，一步步靠近床頭，忽聽「嗞」的一聲，帳中亮了起來，梨雋坐在營帳角落裏，手中火摺子照得她臉陰晴不定。

「一別經年，定王殿下別來無恙啊？」

聲音溫潤含笑，眼裏卻絲毫沒有笑意，一片幽暗。

「青要。」慕容雲寫夢囈般歎息，「果然是妳。」

「是我，但又不是我，殿下。」

她站起，一身黑色薄紗道衣襯得身姿秀挺，清麗無方。

「原來妳沒死。」

那日他眼看著她在謝堆雪懷裏斷氣，謝堆雪抱著她離開，從此再無二人消息。兩年後她突然活生生地站在自己面前，是在做夢嗎？世間哪有東西克制牽機？

梨雋淡淡問：「殿下來是想再殺我一次嗎？」

慕容雲寫臉龐抽搐，像看到恐怖至極的事情：「不！不！」

「呵呵……」離昧點亮燈火，「殿下不殺我，我卻不會放過你。」

慕容雲寫忽然捏住她的肩膀，竟不管外面刀甲林立，怒吼：「妳為什麼不告訴我孩子是我的？為什麼要喝牽機？妳讓我親手殺了我的孩子，妳好狠！」

梨雋扳開他的手，嫌惡地丟開，聲音極冷極淡：「因為我那時恨毒了你。」

怎麼能不恨？把整顆心、整個人都給了他，他卻因別人的一句話而懷疑她和肚裏的孩子，端來一杯牽機。既然他想讓她死，那就死好了，讓他痛悔終生！

回想當初，梨雋不可置信地笑了。那麼傻的人是自己嗎？明知他是那麼涼薄的人，明知他不止一次想要殺自己，明知他已娶親，為何還要以身相許？那個女人怎麼會下賤至此？

「殿下既然來了，就安心在這裏待幾日。」

軍甲已將營帳團團圍起，就是插翅也難飛。

慕容雲寫絲毫不驚慌：「妳怎麼會在完顏穆這裏？」

梨雋訝異：「殿下最不應該奇怪，他是我的『老相好』，不是嗎？」
慕容雲寫瞳孔一陣收縮：「胡說！」
梨雋譏嘲：「為了救堆雪，我只能幫他擒住你。你自投羅網，倒省了我很多事。」
謝堆雪，還是謝堆雪！
「跟我走！」見梨雋懶待置詞，雲寫冷聲道，「妳想要給完顏穆陪葬嗎？」
梨雋眼波一轉，詭祕而笑：「是嗎？算時間定王的奇襲軍應該到了，怎麼卻沒一點動靜？」
說著，便有一個士卒進來：「報告軍師，偷襲的軍隊被截住，生擒九十人，繳獲戰甲……」
梨雋靠在桌邊，懶洋洋地聽著軍士回報。她料定慕容雲寫會來襲營，故早已布下伏兵。
慕容雲寫眸欲噴火，見她辭身而去，伸手擒住。她早有防備，衣袖一拂，足下幾轉，躍然飛到帳頂，四周伏兵盡出。
她下顎微抬，居高臨下道：「慕容雲寫，你束手就擒吧。」
雲寫冷笑：「就這些人也想困住我？」
衣袖一揮，含碧赫然在手。他眼睛幽暗，殺意逼人。
梨雋長聲一笑：「好！好！我早想會會你的含碧劍！」
寬大的衣袂下竟配著一柄寶劍，白刃如霜，乃是當日慕容雲繹所贈。
揮退伏兵，彈劍高歌：「常夢金戈鐵馬聲，眼見流離憤滿膺。若得一劍手中握，為民挑起太平春。」
她聲音原本清柔，被雪涯治好後，變為沙啞低沉，在戰場上又增了幾分雄渾悲沉，一時三軍寂然。見她黑色道袍獵獵作舞，孤梟如鷹。

忽然，一縷閃電般的劍光激射而出，劃破混沌的夜空，俯衝下來。慕容雲寫身形一展，避開鋒銳。梨雋一擊未中，卻是不依不饒，追風逐電般再次襲來，動作之快，竟似帶著無數個虛影！

慕容雲寫不忍傷她，急切間不知如何招架，一退再退。梨雋看出他意思，冷笑一聲，速度分毫未減，出手越發狠辣詭異，直刺他雙目！

慕容雲寫將身一側，避開劍鋒，卻見她手腕一轉，變刺為砍，平削而來，「唰」地一聲削去他的髮冠，一頭青絲散落而下，在風中獵獵飛舞。

「不還手是嗎？」梨雋一手執劍指地，一手把玩著削碎的髮冠，漆黑的眸盡是清厲殺意。

慕容雲寫狼狽至極，幾招下來已知她的功夫比自己有過之而無不及，倘若一味忍讓只怕今日要將命交託在此處。

想她當年悉心替自己束髮，如今一劍削斷自己頭髮，痛如泉湧，幾乎不能自已！

「你怎會有如此功夫？」

便算是天才也不能在兩年之內練就如此高的功夫，可她又分明是青要，難道之前她就會功夫？

梨雋眉梢一揚，傲然道：「士別三日，當刮目相看，此理你竟不知嗎？」

「好！」

慕容雲寫索性不留情，等擒了她再細細分辨。手腕一翻，含碧青刃如水，如潑如灑地揮出，看似輕描淡寫，實則無論勁道、角度無一不巧妙到極點！

「來得好！」梨雋不由叫好，身子一折，竟如蝶飛起，「慕容雲寫，我們便好好較量一番！」

只聽「叮、叮、叮」幾聲，火星迸濺，兩人身影乍合乍分，月光下直如一團墨跡飄忽不定，時有青白二光從墨影中激射而去，竟分不清誰是誰！

張達遠遠地看著，勾起嘴角。

軍士們看得眼也不忍眨，跺腳問：「怎麼樣？誰能看得到什麼情況？」

「太快了！看不清！我們走近一點！」

「你想送死啊！」腳步卻不由自主地靠過去。

正當此時，一道勁力猛然襲來，軍士們尚未反應過來，手中火把已被勁力捲去。定眼一看，成百上千的火把飛蛾撲火般向黑影飛去，一時半天通明，光奪月華！

「天啊！」軍士們驚呼。

火把圍成一道幕牆，隨二人氣勁湧動，時有劍光劈向火障，劍光方畢又合了起來，如抽刀斷水！

「怎麼回事？怎麼回事？」

軍士們忍不住衝過去想看個究竟，又怕殃及池魚，心癢難耐。

張達臉寒了下來，這樣遮擋視線，是不是又要放水讓慕容雲寫跑掉？

忽聽「轟」的一聲巨響，猶如河流決堤，瀑布垂落，火幕一爆，漫天流火四散飛開，逃得快的抱頭竄走，逃不快的只能就地打幾個滾。

待火光落盡，見孤月之下，兩人相對而立，慕容雲寫的劍指著梨雋的心口，梨雋的劍指著慕容雲寫的喉節。

緊張的氣氛令所有人大氣也不敢出一下。

境地。」

「捆了他！」良久，梨雋道，眼神比刀鋒還要冷。

慕容雲寫鳳眼一瞇，映著劍光越發清冷悲涼：「沒想到，兩年後重見，竟又是妳死我活的境地。」

梨雋挑挑眉，臉上沒一絲表情，厲聲對士卒道：「捆了他！」

「妳便不怕我這一劍刺下去嗎？」聲音轉厲。

握劍的手削瘦，腕骨突出，青筋隱隱。

梨雋反而笑了：「我在等著。」

她眼瞳本是極黑的，此時竟帶著幽藍之色：「你殺得了我一次，自然殺得了第二次。我在等著試試，是你的劍快，還是我的劍快？是你刺得狠，還是我刺得狠？」

慕容雲寫深深地閉上眼，壓住洶湧的情緒，收起含碧。端上牽機已成他一生的痛，好不容易她還活著，他怎能再殺她一次？

眷眷凝望著她的眼睛，忽然就有些心滿意足了：「我苟活了這麼兩年，就只為，死在妳的面前，替我們的孩子……償命……青要……我死後……妳……妳別再恨我。」

梨雋冷冷一笑，封住他周身大穴：「哼！他的命無須你償！倘若堆雪無事，我自不會記恨你。」

慕容雲寫臉色一白，無力地笑了，任由軍士捆個結結實實。

「謝堆雪，謝堆雪，呵呵……我一直知道在妳心中，我及不上他，卻不知道連孩子也及不上。青要，我始終不明白，妳那麼愛他，卻為何……卻為何還要招惹我？」

梨雋笑容冷屑：「原來你這麼玩不起。」

慕容雲寫五內如焚，張口結舌。玩不起！對妳來說，我這一場愛戀，原來不過是一種「玩」！

梨雋收了劍，接過軍士遞來的酒囊，脖子一仰，半潑半灑地倒來。酒囊裏裝著燒刀子，河北苦寒，冬夜行軍，只抿一點渾身便熱乎起來。一囊酒有二斤，她竟一口氣喝完，丟開酒囊，掄袖一抹，揚袖而去。

「哈哈……」

慕容雲寫想到隱者山時，她與即墨拊暢飲高歌，那時自己愛極了她的瀟灑風姿，賴在她船上不走。如今她比當年更加瀟灑豪邁，氣度逼人，卻再也愛不得。

不相見，如此才可不相戀。

不相知，如此才可不相思。

第十五章　烽煙遍地，白骨如霜

慕容雲寫被祕密關押起來。

半夜，一個黑影鬼魅般進來，壓低聲音道：「爺，屬下來遲了！」

原來是唐證。慕容雲寫口被塞著出不了聲，待唐證扯掉布，急喝：「快走！」

唐證解開繩索，要帶他走，忽聽一陣機簧聲，擋在慕容雲寫身前戒備。接著，似有某物重重砸下來，火光四起，才發現原來的牢門外又罩了一層鐵牢。

牢門外，梨雋負手而立，道衣飄拂。

雲寫苦道：「我一個自投羅網也就罷了，你又何必？」

唐證心堅意定道：「就是龍潭虎穴，屬下也要追隨爺身後。」

梨雋冷冷地打了個手勢：「都捆了。」

防止再被劫獄，慕容雲寫一晚連換了幾個地方關押。手腳被捆，血液不通，已經失去知覺了。第二日一早被軍士提出，見梨雋一身白袍騎著白馬，英姿勃發，連完顏穆都成了她的陪襯。她薄唇緊抿，對他的狼狽無動於衷。

倒是完顏穆開口：「怎能如此對待定王！還不快鬆綁拿吃的過來！」

得了自由，慕容雲寫稍稍活動手腕，拿過饅頭啃起來。雖餓了一夜，他吃相依然十分優雅。

完顏穆道：「定王，今日還需要你叫開真定城門。」

慕容雲寫冷睨了他一眼：「本王定然盡力。」

完顏穆朗笑：「哈哈！好！破了真定，你就是我朝的功臣，本王定然重賞！」

軍士將慕容雲寫綁在囚車上，唐證關在牢獄裏，韃靼浩浩蕩蕩向真定出發。

雖然慕容雲寫被縛，真定城依然戒備森嚴，曲玄親自帶兵防守，一哨一崗全無破綻。

完顏穆一揮手，囚車被推出，慕容雲寫身上的甲胄已除，只剩單薄的囚衣，頭髮披散，然面容清肅，全然無畏。

以往只稍靠近城牆便有弓箭、擂石發射上來，今日全無動靜。

韃靼士兵大喜，叫道：「曲玄，你們王爺在此，還不快開城迎接！」

城樓上士兵張弓搭箭卻不敢射，但城門卻沒有打開的跡象。

完顏穆道：「曲玄，定王可是你們君上最寵愛的皇子，倘若他有個三長兩短，你闔家性命只怕也不保了！」

曲玄神色一凜，忽然對慕容雲寫抱拳一禮：「末將參見定王殿下！至殿下來到河北，改良武器，訓練士卒，衝鋒陷陣，親力親為，救百姓於水火，拯三軍於危敗，河北民眾無不對殿下敬如天神。今殿下有難，曲玄赴湯蹈火，萬死不辭！」

話鋒一轉，鏗鏘激憤：「然韃靼賊子，豺狼之輩，貪婪兇殘，絕不可放入真定，任其占我山河，魚肉百姓！縱滅我九族，曲某亦不會開城門迎敵！」

三軍聞言一怔，齊喝：「驅除韃靼，復我山河！驅除韃靼，復我山河！……」聲震雲霄。

完顏穆大怒，目光陰鷙：「定王，偌大的河北竟無一人肯救你！」見他抬了抬下顎，扯掉他嘴上的布，「輪到你叫門了。」

慕容雲寫轉向梨雋：「告訴我，這樣對我，為他換取什麼？」

梨雋沒想到他竟有此問，愣了愣：「助他恢復功夫。」

原來她用自己的命叫門只為謝堆雪的功夫？仰仰頭，似要逼回什麼，低聲道：「青要，妳可以忘記曾經的一切，可以恨我、怨我、殺我，但莫忘了血寫的四個字——莫負百姓！」

那時，她被黃寬嚴刑逼供，忍受萬千苦楚等他探獄，用唇齒傳來的紙條上，就寫了這四個字。

梨雋倏然轉首，對上他深深悲涼的眸，聽他嘶聲吶喊：「我乃定王慕容雲寫，城樓上的兒郎們聽令！」

聲勢如雷的真定城樓一時寂靜，只聽見野風吹動旗子，獵獵作響。

「即日起真定一切軍務復由曲玄將軍處理，保護百姓，驅除韃靼！好男兒當戰死殺場，以馬革裹屍還，顧我生死而不殺敵者，與叛國同罪！……」

梨雋如聞驚雷，怔怔地看著慕容雲寫，見完顏穆倉皇塞住他的嘴。

一時城樓上弓箭如雨，飛石如蝗，打得韃靼措手不及。

「停！再不停就殺了他！」一個韃靼將領將刀架在雲寫的脖子上，「停！」

慕容雲寫傲然而立，瘦削的身子一派巍峨，目光卻那麼溫柔悲傷地看著她，繾綣欲訴。

城樓上曲玄有條不紊地指揮防守，士卒往來繁密卻井井有條。然所有人都沒有發出一點聲音，連受傷的人都死死咬著牙，神情肅穆，那是對勇者最崇高的敬意！

梨雋心裏震顫，微微仰首。忽見一支箭射向完顏穆，他順手一撥，箭勢一偏，直向慕容雲寫射去，她欲揮劍遮擋，忽然看到張達，生生按住出鞘的劍。

「嘶！」血肉撕裂的聲音清清楚楚地傳入她心底。

「唔！」慕容雲寫的痛呼幾乎低不可聞，鮮血像朱砂般在胸口渲染開來。

一時萬籟俱靜，唯餘血肉撕裂的聲音在耳邊不斷地迴響，「嘶！嘶！嘶！」每一聲都痛徹心扉！

風捲著他單薄的囚衣零亂飛舞，一角白色從他懷中滑落，她不由自主地接過，原是一方素帕，題了闕歌詞〈訣別詩〉：

出鞘劍，殺氣蕩，風起無月的戰場。
千軍萬馬獨身闖，一身是膽好兒郎。
兒女情，前世帳，你的笑活著怎麼忘？
美人淚，斷人腸，這能取人性命是胭脂燙。
訣別詩，兩三行，寫在三月春雨的路上，
若還能打著傘，走在你的身旁。
訣別詩，兩三行，誰來為我黃泉路上唱。
若我能死在你身旁，也不枉來人生走這一趟。

她忽然就明白了方才他要說難言的話：「雋兒，我能死在你身旁，也不枉來人世走這一趟。」

一時，似被萬箭穿心！

不知誰叫了一聲「撤退」，韃靼軍紛紛退後，箭雨漸漸減少。

真定城上忽然傳來陣陣歌聲：「狼煙起，鳴金戈。……兒郎們，舉起劍，保山河……看我妻兒多嬌，豈容奴人騷擾？看我山河多好，豈容胡騎踏破？兒郎們，飲盡血，莫悲號。人孰無死，馬革裹屍，英雄驕傲。埋骨他鄉，英雄無淚，縱劍長歌……」

完顏穆來到梨雋帳中，她正在燈下看《左傳》，走到她書案前，彎下腰：「那一箭射在心室附近，只有一半的機率能活，救還是不救？」

梨雋半天沒翻動書頁，索性放下，與他對視：「拿他去撞大名府，再不濟可換些糧草，你說呢？」

完顏穆勾勾嘴角：「妳的君后似乎沒有留他之意。」粟色的眼瞳泛出幽黑之色，別有深意地看著她，「救或不救？」

梨雋眼神冷漠，定定地看著他。完顏穆忽然一伸手，勾住她的下顎，有些兇狠地啃咬上她的唇，瘋狂的吮吸侵占，似要發洩怒火，可越是如此越是積怒難消。此刻梨雋就在她懷裏，可任他唇舌怎麼挑撥，她半點情趣也無，反而全身僵硬！

完顏穆惱恨地推開她：「妳到底還是愛著他！以往說句話也不屑，今日就任我吻了。既然想救他何不乾脆一點，跟了我就放他回去！」

梨雋揄袖擦嘴角，冷誚道：「自取其辱！」

完顏穆臉色一白，眼睛血紅，忽然撲過來摟住她抵在書案上，吻咬她的唇。梨雋身形一展，「啪！」一個耳光響徹軍帳！

完顏穆從小到大何曾被人打過耳光，一時愣怔。

梨雋眼光狠戾瞪向他，喝斥：「滾出去！」

完顏穆眼裏布滿陰霾，恨道：「別忘了，他的性命捏在本將手裏！」摔袖而去，「離昧，總有一天我要妳哭著求我寵幸！」

梨雋冷然一笑：「我等著。」

好在天黑，完顏穆臉上釘著五個指印也沒人看到。

軍醫來問救不救慕容雲寫，再拖延下去就要失血過多而亡了。

完顏穆眼中戾氣與怒火交織，半晌，沉聲道：「救！」

有慕容雲寫在手，他就不信離昧不就範！

軍醫方離開，張達就進來：「太子殿下，為何要救慕容雲寫？」

完顏穆竭力壓下怒氣：「留著他自有用途。」

張達冷笑：「冒昧請問太子殿下，是因為離昧道長才肯救他嗎？他們兩人倒還真是舊情未了呢！留著他，太子殿下就只能看著美味被別人品嚐了！」

完顏穆哈哈大笑：「我聽說你們的皇帝身體不好，如果聽到自己最愛的兒子死了，一定傷心得要死。七皇子還那麼小，爭得過他的兩位哥哥嗎？」

張大人略一思索，隨即脇肩諂笑道：「本官不過玩笑一句罷了。太子如此明理，與你合作甚是愉快。叫不開真定城門就去大名府，叫不開大名府的，還可以去關陝，慕容雲繹若不救便是不悌。」

不恭不悌之人哪有資格做皇帝？

「張大人與本將不謀而合。哈哈……」

兩人相視而笑，卻各懷心思。

韃靼連攻幾次真定皆未攻破，這日在帳中商議。

完顏穆忽問：「定王怎麼樣？」

軍醫道：「箭已成功取出，但因失血過多，一直昏迷不醒。」

完顏穆不耐煩：「快點讓他醒來！」

真定一時拿不下，要轉戰大名府。出師以來未有大勝，他威信大減。

軍醫為難：「下官盡力而為。只是他體弱多病，求生意志薄弱，要他醒來，需要親人在耳邊呼喚。」

完顏穆若有深意地看了眼梨雋她一派淡然地坐著，怒斥：「軍中豈會有他的親人？你就是用鞭子抽也要把他抽醒！」

軍醫諾諾而退：「是！」

完顏穆對梨雋道：「妳不去看看他？」

梨雋白了他一眼：「若無事，我告辭了。」

出帳後徘徊良久，忽見一處燈火通明，隱有歌舞，問隨從：「那是何處？」

隨從答道：「是軍妓營。」

梨雋皺了皺眉：「可有會唱歌的女子？」

隨從道：「有個漢族女人，唱歌很好聽！」

梨雋點頭，女子便被帶到帳中。十七八歲的姑娘，衣衫破碎，滿身傷痕。見梨雋是漢人，傾山倒柱般拜來：「救我！救我！」

梨雋又痛又怒，深深閉了眼：「妳起來。」

見女子滿眼哀戚地看著她，柔聲問：「妳叫什麼名字？」

「沈音。」女子聲音嬌弱沙啞，想是哭多了

「妳會唱《詩》嗎？」怯怯搖頭。

梨雋又問：「認字嗎？」

「勉強認得些。」

梨雋將寫好的紙張給她看，唱了一遍問她：「學得會嗎？」

女子不明所以地點點頭。梨雋讓她洗澡換了衣服，洗去污垢的臉竟也貌美如花。梨雋心底悲歎，教她唱歌。她很聰明，學了幾遍就會了。

梨雋道：「一會兒有人帶妳去戰俘營。那位病重的是天朝的四皇子，妳好好照顧他，唱這首歌，直到他醒來，會有人救妳們出去的。」

女子感激涕零，忽然鼓起勇氣問：「妳也是漢人，為什麼要幫外族欺負國人？」

梨雋心頭一痛，緊緊攥住那方素帕，再睜開時已一派清明：「很多時候，我們都身不由己，妳明白嗎？」

女子用力點頭：「我相信妳是好人！」

梨雋張口結舌。好人嗎？自己還能算是好人嗎？看著自己的雙手，白淨如昔，可她卻看到兩手血腥！不是好人！自己早已不是好人！

慕容雲寫做了一個很長的夢，夢到：小時候母妃終日憂鬱的容顏；陪讀童兒吃了自己的燕窩後，七竅流血的樣子；母妃的血一次次染紅了床榻，不能替自己生下一個弟弟、妹妹，以及去世時難瞑的雙目……

好冷！好黑！

直到那個孩子出現，他有一雙明亮乾淨的眼睛，笑起來像陽光一般燦爛。好喜歡！好喜歡！他說他叫青要，他叫自己阿寫。他教自己爬樹、掏鳥窩、抓知了。還有一個黑瘦的，掛著兩條鼻涕的孩子，他不喜歡說話，總是跟在他們後面，黑黑的眼睛，殷切渴慕地看著他們，自己給他取外號「鼻涕蟲」。

有一回掏鳥窩，不小心踩滑了從樹上掉下來。樹很高，以為會摔得很痛，卻落到一個柔柔軟軟的東西上。低頭一看，「鼻涕蟲」躺在身下，雙手做著承接的姿勢，緊閉著雙眼，有血從頭髮裏滲出。

此後再未相見，只記得他叫青要，卻從未問過黑孩子叫什麼名字，找也無從找。

倏忽五六年過去，秦淮河上，那個道士清絕出塵，像一彎清流注入他幾將腐朽的生命。抓住她！怎麼忍心抓她一同沉淪？唯敬一茶。

又三年，黔西重見。「是你。」說出這一句時，心像枯木逢春。她忍寒贈鞋、耐心勸藥、調理飲食，像母親的手撫開他陰霾的心。

想留下她，以銅鏡為理由。

可怎麼會傷害她？掐得她半死，她卻用那種眼神看著他，回首的那一滴淚，像柄劍，刺破他堅寨般的殼。

想親近她，以斷袖為藉口。

擁抱她，親吻她，像罌粟，漸漸上癮。卻陷她於危險之中，君后的設計，牢獄的刑罰。一直欺騙自己蕭灑會對她手下留情，可看到她血淋淋的指甲時，心痛得無法呼吸。她親吻他，將一粒蠟丸渡給他，決然自裁。

忍受那樣的痛苦，只為告訴他夾竹桃有毒。

愛，像決堤洪水！

可是南宮楚撞牆，父皇逼婚，件件都說明不能愛。終於鼓起勇氣找她，她卻去找謝堆雪了。她會懷疑戒備自己，卻能毫無保留地信任他。在她心裏，自己遠不及謝堆雪。成親就成親吧，反正也得不到。這一輩子都沒有權利擁有她。卻意外地得到，那種喜悅用他一生的語言都無法表達，那個牢獄是他的天堂。

愛她！好好地愛她！狠狠地愛她！

可是南宮死了，佩姨死了，她對自己隱瞞越多，她和完顏穆……她和謝堆雪……瘋了！在看到那一刻，就瘋了！

她有帝王之相，遲早有一天會徹底離開自己，那麼，就殺了她！殺了她和謝堆雪的孩子，在她徹底離開之前，永遠地留住她！

殺了！

一杯牽機，兩人斷腸！

「不！不要喝！不！」夢魘一重重加深，嘶聲吶喊，「不！不要喝！青要！孩子！」手撲騰著想要打掉藥碗，渾然不知胸口傷疤開裂。

「爺！爺！你醒醒！爺！」

唐證急切地叫喊，卻不能將他喚醒。忙對沈音叫：「快唱歌！快唱！」

沈音愣了一下，唱道：「瞻彼淇奧，綠竹猗猗，有匪君子……」

夢境回轉，彷彿又回到那個雨夜，她深情吟哦：「是桃花浸入了酒？釀成你未醒時的風流。這一生，要如何才能飲得夠？」

唐證見他驚恐的臉漸漸浮上柔情，手也放下，深深低喚著：「雋兒……」悲喜交集。

沈音的嗓子早已唱啞了，卻沒有停下。心想：「雋兒，是叫她過來的那位將軍嗎？這樣的兩個人，有怎樣的糾纏呢？」

又唱了幾遍，慕容雲寫幽幽轉醒，唐證兩眼血紅，喜極而泣。

聽他低聲叫喚：「青要……」

唐證哽咽半晌：「……爺！」

雲寫又問：「……青要呢？」

「她……不在。」愣是將「沒來過」三字噎回去。

他殷殷道：「……她在唱歌……一直唱……」

沈音見唐證別過頭去，寬厚的肩膀不住地顫抖。

雲寫艱難四顧，目光落在她身上：「……妳是？」

她福了福身子：「我叫沈音。」聲音沙啞低婉。

「……原來……是妳。」

忽然明白唱歌的並不是梨雋，原本滿含希翼的眼眸一時灰敗如死，絕望地闔上。

雋兒啊雋兒，連死在妳身旁的機會妳都不給我了嗎？

沈音心中一痛，急急道：「是她教我這曲讓我唱給你聽的，她是身不由己！」

慕容雲寫又睜開眼，有微光小心翼翼地閃爍：「是嗎？」

沈音鄭重地點頭：「是的！」

慕容雲寫笑了，蒼白無血色的臉像一朵白梨花，瞬間綻放。沈音一時看得癡了。

完顏穆久攻不下真定，轉戰大名府。慕容雲寫能夠醒來，傷已無大礙，被抬到大名府。大名府城高糧足、戒備森嚴。完顏穆故伎重施，將慕容雲寫綁在囚車上撞門：「城上的將士聽著，你們的王爺要進城，還不快快開門。」

城樓微有躁動。半晌，聽一個雄渾的聲音道：「天色已晚，城門上鎖，不敢開啟！」

完顏穆怒：「讓你們何留守來回答！」

大名府留守何博作戰機智，屢出奇謀，有他守護大名府，韃靼攻打不下，才轉戰關陝。本來戰況順利，卻不想出了個慕容雲繹，導致他們蕩平中原的計畫一再受挫。

軍士答道：「何留守回京敘職去了！」

完顏穆氣得吹鬍子瞪眼，問梨雋：「現今如何？」

見她神遊天外，完顏穆更加怒髮衝冠。

一旁的張達冷笑道：「既然無用，一刀殺了，省得留著吃閒飯。」

梨雋眼波動了動，指著城樓防守道：「如果沒猜錯，何博確實不在。」

「難道我們真要等他回來？」完顏穆沒好氣道。

「不！」梨雋果決道，「坐鎮大名府的，是平王慕容雲繹！」

慕容雲寫不可置信地盯著梨雋，她怎麼會知道？

完顏穆哈哈大笑：「真如妳所說，倒是釣了條大魚啊！」

轉身對著城樓高喊：「平王殿下，別來無恙啊！多年不見，你怎麼變成縮頭烏龜了？……」

喊了幾聲不見有回應，叫上士卒輪番叫罵。

張達悄聲問梨雋：「妳確定慕容雲繹在？」

梨雋淡淡道：「我曾與他研究布陣，對他有所瞭解，看真定防守就知是他的手筆，錯不了。」

張達想：「慕容雲繹果然來到大名府，京中君后勢力勝過太子，正是好時機，現在要做的就是拖住慕容雲繹！」

來河北已經兩年了，慕容雲寫還是不能適應這裏的寒冷，刺骨冷冽，割面如刀。更何況只穿著單薄的囚衣，蓋著一床薄得像鐵的棉被。

一個月車馬顛簸，他的胸口的傷好了，手足、耳朵都長了凍瘡，又癢又痛，連熱水都沒得用。梨雋的點穴手法十分奇妙，怎樣也解不開。每晚唐證用他的胸膛替他焐腳，可他的胸膛比自己的暖和不了多少。

倒是沈音，時常會偷帶一點熱飯過來。

每當看到這個深陷苦難的女子對自己露出笑容時，他都會想到梨雋，受那樣重的刑罰時，她還能笑得那樣乾淨。

可現在……從被縛到現在，她沒有來看過他一眼。以前能那麼笑，是因為傷得不夠狠吧！再善良的人又怎麼能沒有恨？

她沒來看他，他一點也不怨。曾經自己怎麼對她，現在她就怎麼對他。欠下的，終歸要還的。

「爺，穿上吧！」唐證將唯一的棉衣脫給他。

「你自己穿。」這樣的夜晚沒有棉衣會凍死人。

「我不怕冷！」唐證固執地道。

將棉衣裹在他身上，抱起他冰冷的腳放在懷裏。

慕容雲寫悲涼道：「唐證，你跟錯了人。」

唐證神色一凝，恭敬道：「屬下和阿楚沒跟錯人！由來帝王，都是踏著百姓的屍骨登上寶座。爺皇子之尊，卻不肯讓百姓因你而受難，在屬下心中遠勝於帝王！」

慕容雲寫聲音艱澀：「我為情被縛，怎能讓別人為此流血？」

唐證忽然伏跪在前，懇切道：「爺，您聽屬下一句勸，忘了她吧！她已經不是當年那個人，離先生怎麼會忍心看生靈塗炭？」

慕容雲寫沉默。永遠忘不了她為黔西百姓求稻種的眼神。可她燃起的戰火就在眼前，無數百姓死了，血流如河，白骨成霜。

善也是她！惡也是她！

帳門掀開，寒風更激烈地吹進來，一個剽悍男子進來。慕容雲寫認得他是完顏穆的副將完顏弼。被他猥瑣的目光打量，慕容雲寫禁不住一陣惡寒，唐證戒備地擋在他前面。

「太子讓我來看望王爺，王爺的傷勢怎麼樣了？」聲音輕佻噁心。

「本王很好。」慕容雲寫冷冷道。

他嘴裏只差沒留出口水來：「本將不放心，要親自查看一下傷口。」做了個手勢，立時有兩個人上來擒唐證。

唐證內力雖被封住，招式仍在，順勢一翻，一招小擒拿扣住那人的手。只聽「咔」的一聲，竟將那人手腕生生擰斷！猛力一推，那人狼狽摔出帳外。

另一人見了大怒：「看刀！」

抽出彎刀一刀劈來，唐證側身一閃，雙手扣住他手腕，一招「天山折梅手」，彎刀落地。手肘猛撞他腋下，那人「吱呀」一呼，摔了出去！

唐證撿起刀護在慕容雲寫身前。

屬下連連吃虧，完顏弼大怒：「好！倒真有兩下子！」

抽刀便向唐證劈去。唐證只覺一股大力泰山壓頂般襲來，舉刀格擋，只聽「叮、叮」兩聲，手中彎刀竟斷為兩截！刀勢未煞，又向他頭砍來。他忙一躲，然內力全無，身形不如往日，竟被一刀砍在肩頭，深嵌入骨！

「住手！」慕容雲寫一掌逼開完顏弼，分開二人，冷冷道，「完顏將軍來此就是為了殺人？」

完顏弼傲慢下流：「天朝的王爺，乖乖把你的衣裳脫了躺在床上，我就饒他不死！」

慕容雲寫眼中殺意頓現：「立刻離開，我留你項上狗頭！」

完顏弼一拍手，四面通風的帳篷一時湧進四五個虎背熊腰的大漢，指著唐證：「拖出去殺了！」然後一步一步逼進慕容雲寫……

梨雋正在燈下看書，張達忽然進來：「冰魄已經準備好了，只待你捉了慕容雲繹，便送過來。」

梨雋看了他一眼，淡淡道：「有勞君后了。」

張達催道：「為免夜長夢多，你儘快動手。」

梨雋眼神未從書上離開，自負道：「我自有計較，你等著好消息就是了。」

張達冷笑：「如此最好。」

忽然帳外有人叫喊：「將軍！將軍救命！救命啊！」

梨雋聽出聲音是沈音的，揮揮手讓帶她進來。

沈音撲身便跪：「將軍，你救救定王吧，他被……他被……」

梨雋聲音依舊冷淡：「怎麼？」

沈音看了眼張達，又是遲疑又是焦急。

梨雋道：「妳儘管說。」

沈音一咬牙：「完顏弼到他帳中……」

完顏弼好男風，軍中眾所周知，慕容雲寫長得那樣，他去他帳中的目的可想而知。張達眼神犀利地盯著她，但凡她對慕容雲寫還有一點舊情，就斷不能忍受此事！

梨雋依然看著書，漫不經心地「哦」一聲，好像沈音說的是「慕容雲寫正在吃飯」。

沈音急切跪走到她面前，拉著她的衣袖乞求：「將軍，妳去救救他吧！受了這等折辱他一定會死的！」

梨雋拂開她的手：「完顏副將是奉太子之命去探望定王，怎會是折辱？妳下去吧！」

沈音緊緊抓著她的衣袖：「不!唐證已經被砍了一條手臂，完顏弼將王爺逼到……將軍，妳救救他!王爺每天盼著妳去看他一眼，妳救救他吧!……」

梨雋眼中悲愴一閃而逝，快得張達都抓不住，一揮手摔開沈音，對守衛道：「將這胡言亂語的女人帶下去!」

沈音聞言忽然聲音淒厲叫：「救救他!救救他!妳不能這麼絕情!他會死的，求妳救救他!……」

聲音越來越遠，卻越來越淒慘。

張達忽然笑道：「完顏弼找定王做什麼，我倒真想知道呢，不如一起去看看?」

梨雋拿起書：「你若有興趣自己去便可。」

「妳是怕見了他會忍不住出手相救?」

梨雋抬眼，目光冷冽如冰：「你設計這一齣就是為了看這個嗎?」

張達被他盯得渾身一寒，卻見她揮袖率先向慕容雲寫帳篷走去，心裏暗恨：「梨雋，我倒要看看你能囂張到幾時!」

梨雋到時整個營帳已支離破碎，唐證一條手臂已斷，滿身血腥，被幾個大漢制住。慕容雲寫被完顏弼壓在床上，蒼白的臉、血染的唇、烏黑的頭髮、白皙如玉的肌膚，多麼絕美的一幅畫面!

「將軍好興致啊!」張達道。

「滾出去!」被破壞好事，完顏弼怒吼，忽然看到梨雋，忌諱她是完顏穆身邊紅人，「原來是軍師啊!」卻沒有放開慕容雲寫的意思。

張達意味深長地看著她，梨雋冷笑：「完顏副將，定王可是王上的貴客，還等著釣大魚呢！你要玩兒也注意一點！」

完顏弼淫笑道：「軍師放心，我知道輕重，不會將他玩兒死！將天朝的皇子壓在身下就是刺激！」

梨雋眼中陰戾突閃，生生壓住：「……如此便好！」拂袖而去。

忽聽一聲呼喚：「梨青要！」

似乎有一雙手，生生地將梨雋心肺撕裂！

那麼絕望！那麼屈辱！纏綿入骨、死也不熄的愛戀，這一刻，都支離破碎！

她看著自己被辱卻轉身而去！她竟然轉身而去！寧願她不知道！寧願她不來！可她來了，卻轉身而去！

所有的美好變化成骯髒！所有的留戀都變成痛恨！

愛有多深！恨有多深！

「放開他！」忽然一個女子的尖叫聲傳來。

刀光撲向床頭，完顏弼一閃，順手一掌揮去，女子被打開，斷了的彎刀錚然落地。唐證奮力掙開擒拿，撿起刀，兔起鶻落間一刀擲出，正中完顏弼胸口！然他畢竟傷勢太重，刺得並不深，完顏弼捂著胸口起身，女子忽然撲身過去，用頭狠狠地撞在刀上！

完顏弼雙目圓睜，眼珠幾乎爆出眼眶！

唐證站起身，身子瞬間又被洞穿了無數個孔，他雙膝一軟，跪在慕容雲寫面前：「爺，屬下先走……」

「轟！轟！轟！」

三具屍體同時倒下，完顏弼、唐證、沈音……

完顏穆一連三天叫陣，大名府緊緊關閉，韃靼將士在寒風中凍了一日。日暮撤軍，忽聽一陣戰鼓喧天，一隊人馬像箭一般衝來，捲得黃塵翻飛，如龍捲風一般襲來！

梨雋舉劍，長聲一喝：「列陣！」

她聲音宿昔低啞溫和，這一聲喝卻凌厲渾厚，氣韻十足。

只聽「唰」的一聲，軍士四散分開，按排旗手指揮，動作迅速，有條不紊地列陣布兵。

梨雋於戰車上觀望，見大名府西門騎兵如潮水般湧出，呈扇形迅速擴散開來，黑雲壓城城欲摧！一人一馬當先，燕尾螯弧上大大的「斌」字獵獵招展，一把烏鐵長槍冷凜逼人，銀鎧熠熠生輝，胯下駿馬四蹄如飛，如閃電衝刺而來，正是慕容雲繹！

梨雋不由想到那日他拊掌歎息：「可惜先生不會功夫，否則與君縱馬揚鞭、馳騁沙場，何等快意！」

今日終能馳騁沙場，卻是生死較量，不過這樣更加快意！

指彈斂刃劍，龍吟陣陣，揚眉一笑，壯懷激烈：「斂刃！斂刃！今日讓你瞧瞧，誰更配得上你！」長劍一揮，「金光陣，啟！」

「喝！」

千軍一聲低喝，沉悶如山，盾牌齊轉，一時間萬道金光逼射而出，甲光向日金鱗開！疾馳的戰馬眼睛被強光一射，止不住勢頭，翻倒在地，後馬踩著前馬紛亂一團。

「眼罩！」

後至的戰馬遮住眼睛，一躍跳過，策馬疾奔，馬蹄一滑，竟掉入兩米深的陷坑，坑內插滿尖硬的竹籤！

慕容雲繹手一揮，後軍迅速分開兩支，呈左右兩翼追擊。見他長槍一揮，風聲凌厲，百米之內冰凍的黃沙，竟像地毯一般被捲了起來，所有的陷阱都暴露在外。他忽然手挽長弓，鷲翎金僕姑破風而至，異常迅疾冷厲，如黑色的流星般劃破長空。

梨雋在百丈開外，覺殺意撲面，斂刃一揮，「唰」地格開，金光迸濺，勢猶未歇，刺入大地，鷲翎震顫。

慕容雲繹策馬挽弓，一支又一支長箭接踵而至。梨雋拿過戰車上的雕漆長弓，三箭連發。只見半空中三道火光如流星幻滅，竟將慕容雲繹的來箭射落！

在如雨的箭矢中，她舉止沉著優雅，落日射在她一身銀鎧上，金光閃閃。她挽弓射日，竟有帝王問鼎天下的霸氣！

慕容雲繹一時失神，見她旗幟一揮：「長蛇陣，啟！」

韃靼軍兵立時纏住近處敵人兵馬。

夕陽沒入地平線，四野黑沉下來。北方最難熬的便是晝夜交替之時，寒露驟降，立刻就會凝結成霜。凜冽的寒風像鞭子抽打在臉上，寒意鑽透鎧甲棉衣，侵入骨髓。

西風獵獵，角聲呼號，長槍刺穿鎧甲，戰馬風中哀鳴，殺喊響徹天際，血與火染成新的夕陽，奪魂攝魄，一直綿延，沒有盡頭。

忽然一處火把通明起來，後面是一方山壁，山壁木柱上縛著一個白色囚衣的男子，北方的風似要將他瘦削的身子捲走。

那人赫然就是慕容雲寫！

梨雋的聲音透過滔天殺喊傳來：「平王，慕容雲寫就在那裏，兩刻鐘內，你若不能破陣救他，就帶著他的骨灰回去吧！」

她長劍一揮，軍士即刻燃起火。

山壁下木柴堆得極為巧妙，梨雋最精於機關計算，火一層層一燒上去，能將時間掐得半分不差！

擒賊先賊王！

慕容雲繹忽然足踩馬鞍，一躍而起，一槍刺落一個韃靼將領，借勢一衝十米，韃靼軍舉槍格擋。見他長槍如蛇，挑、刺、掃、打，一連串動作如羚羊掛角，無跡可尋，轉眼數十人已斃命！復又落在戰馬上，雙腿一夾，一手執韁，長槍不住揮動，挑開迎面而來的士兵，所向披靡！然不是衝向山壁救慕容雲寫，而衝著梨雋的戰車而來！

越到梨雋車前，韃靼越多，彎刀層層砍來。他往後一仰，右手執槍，左手上箭拉弦，左腳挽弓，「嗖！嗖！嗖！」連發三箭，立時就有韃靼士兵應聲落馬！趁起身取箭之時，右手長槍又一掃，勁風捲起地上韃靼士兵散落的刀箭，一時又傳來數聲慘呼。脊背復仰，左手、左腳間不容歇，一蹬一拉，五箭連發，勢如破竹！

梨雋在戰車上看到他一系列動作，幾乎忍不住喝彩。轉瞬他已奔至，足踩馬鞍，長身一躍，如鷹擊長空，一槍擊向梨雋！

梨儁揚眉長笑，順手拿起長槍，雙臂一展，身輕如燕落在戰場上，手臂一抖，紅纓抖動，銀光爍爍，迎候慕容雲繹。

戰馬嘶鳴，風聲蕭然。腳下的土地被血染遍，塞上胭脂凝夜紫。

兩人長槍相對，也無言語，殺意如海浪洶湧！慕容雲繹看了眼山壁上的火光，眼如鷹眸，握槍的手骨骼突起，紅纓一抖，灑落無數血珠，落在地上化成血冰。

慕容雲寫在山壁上，遙遙只見兩人奔躍逼近。慕容雲繹長槍一出，猶如長龍飛騰，凌厲無匹。以往他偷看過慕容雲繹練功，知他內力雄厚，加上長年戰場浸淫的殺氣，等閒人誰敢掠其鋒芒？

然梨儁竟毫不畏懼，長槍一刺，竟針鋒相對；內力相擊，一時間方圓十里的韃靼士兵都被震得後退。偌大的場地竟只剩兩人各引長龍，鬥得難捨難分！

如此激烈的爭鬥，若是以往，慕容雲寫定是看得胸懷激蕩，此時卻無比悲涼。

怎麼才發現呢？這個人根本不是離昧！他的離昧怎麼會功夫？他的離昧怎麼看著他被辱無動於衷？他的離昧怎麼會親自下令燒死他？

不是她！不是她！她早被自己一杯牽機毒死了！

火啊，你快點燒吧！早點將我燒死，也便可以去陰間向她道歉，去看看我和她的孩子！那孩子快一歲多了吧？肯定會走了。是兒子還是女兒呢？無論是兒子、女兒都好！

周身越來越溫暖，火中光，他似乎看到她抱著孩子一步步走來，一身道袍，兩袖清風，一如往年。懷裏的孩子紮著兩個小鬏鬏，粉團也似的，手指伸在嘴裏吮吸，憨態可掬。

她說：「寶寶，叫爹爹。」

孩子向他張開雙臂，奶聲奶氣地喚：「爹爹……爹爹……抱抱……」

一行清淚順著眼角滑下，瞬間被熱浪蒸發。

「青要啊青要，愛妳真是一種……生不如死的快樂！」

第十六章　堆雪長逝，愛恨情絕

雪欲來的時候，又燙一壺酒，將寂寞綿長入口。

茅簷下，爐存火正紅。爐上汾酒初熟，發出微微「哧哧」的聲音，幾朵紅梅在清碧的酒液中翻滾。臘風忽至，梅香浸冷，酒香清逸，醉了風月份，亦醉了煮酒之人。

謝堆雪淺斟一杯，入口柔和，餘味醇厚，禁不住喟然淺歎。

「叩叩！」寂靜的夜忽有敲門聲傳來。

他酒盞一傾，拉開柴扉。

柴扉下立著一個人，透過熹微的爐火，可見其身姿窈窕，一雙眼映著爐火，清亮無比。

「雪滿山中高士臥，月明林下美人來。」

謝堆雪嘴角露出一抹久違的淺笑，如冰澌雪融：「風雪夜歸人。」

梨儁到簷下，傾觴自斟了杯酒，眉眼彎彎地看著他，頗有狡黠之色：「如此夜色，煮如此美酒，堆雪你就不怕引來女妖嗎？」

謝堆雪莞爾：「不是已經引來了嗎？」

梨雋拊掌長笑：「哈哈，我這女妖不光好男色，還好美酒，你這誘餌好極了！」

說罷一飲而盡，極其享受地閉上眼睛：「清持博雅，柔和爽淨，用謝堆雪佐杏花村汾酒。嘖嘖，世間幾人有此等眼福、口福？哈哈……」再次一仰而盡。

謝堆雪苦笑，端來幾樣小點心：「慢點喝，先墊墊肚子。」

梨雋笑笑地看著他：「你是否早知道我今夜回來？」

酒意上臉，她臉上泛起一層紅暈，似紅梅漫山焚皓雪。

謝堆雪撥弄著爐火不語。

「投我以木瓜，報之以瓊瑤。贈我美酒，我便……還舞一支。」

她起身，素白道衣飛揚，使得酒香浮動，院裏紅梅悄然綻放。

她抽下綰髮之物，三千青絲瀑流而下。

「短笛無腔信口吟。」擲給謝堆雪。

原來她用來綰髮的是一支短笛。

謝堆雪信口一吹，無拘腔調，音質清越悠揚，是支好笛。梨雋隨曲而舞，意態閒適，眉目清好，起舞、流轉，恍恍然似袂染雲霞，袖攬風月。環佩叮噹，和著短笛，別饒清韻。下腰、抬臂、回眸，其姿翩翩，如回風流雪。

這是〈霓裳舞〉，唐時楊貴妃一舞驚天下，馬嵬之後便已失傳，竟不想今日得見。

不知何時，雪開始下了，一片片如同春日陌上飛舞的梨花瓣。地上一層薄薄的雪屑在她腳下融化，或是腳尖的一點，或是水袖的一抹，如畫家筆下的水墨畫卷緩緩暈染開來。

忽見她纖影一躍，揮舞水袖，一若遊龍，一若驚鳳，須臾收袖，輕巧落在他身邊，側首而笑。

謝堆雪被這笑灼得眼角微燙。雪地裏那幅畫已然完成，是一株寒梅，盤曲虯然的枝幹，粗糙嶙峋的樹皮，綴著梅花點點。只一眼，那種老梅著春的喜意便直透心底。

右角邊是她用水袖寫的詩句：

疏影橫斜水清淺，暗香浮動月黃昏。

筆意優柔婉妙，又不失灑脫疏朗。她的字是他當年手把手教的。謝堆雪只覺像飲了十鐔、八鐔的酒。

聽她似喜似悲地道：「堆雪，我終於拿到冰魄。」

一夜北風緊，開門時雪已停了，偶爾一縷風過，吹落樹枝幾片雪瓣。山頂俯望，四野皆覆了一層淺白的薄雪，唯山下湖水碧如翡翠，漣漪縈迴。

正看得入神，忽聞：「堆雪，用早膳了！」

聲音清脆歡脫，如出谷黃鶯。

謝堆雪回頭，只見雪壓得竹林盡皆彎曲，竹下一素白衣裳女子嬌然而立，容若素雪，姿如初荷，以竹為簪，綰起潑墨長髮，手裏拿著碗筷。

他這才意識到昨晚並非一夢，她真的回來了。

見她嫺熟地將碗筷放在竹下石桌上，關懷道：「感覺怎麼樣？身子有無不適？」

當日她中牽機之毒，謝堆雪將一身修為傳與她，刺激她體內的蛻蠱，終於保住一命，卻未能留下孩子。他因此耗盡真元，一身功夫盡失，牽機透過內力傳到他體內，雖不致立時斃命，也大大地破壞了他身體機能。

長雲道長告知，冰魄能調息內力，化解體內毒素，對他大有裨益。冰魄在君后手裏，梨雋向她求取，君后的條件是讓她拖住慕容雲寫、慕容雲繹回京的時間。

梨雋極力壓抑心裏的情緒，擺放著小菜，小蔥拌豆腐、鹹醬菜、素炒青菜，幾個三丁包子，沙鍋裏剛熬好的白米粥散出陣陣米香。

謝堆雪見她兩手老繭，忽道：「算了吧。」

梨雋知道他說的是什麼，斬釘截鐵道：「不！冰魄都已經拿到了，還怕這一個月嗎？」接連一個月，祭起冰魄，用內力替他調息，體內的毒素就能化解。

謝堆雪眼眸沉寂如水：「生何歡？死何苦？」

梨雋斷然道：「我不許你這麼說！」

山下，時有一陣陣霧氣從山巒劃過湖面，戀戀不捨地飄走，像初生的嬰兒的清瞳。只被這眼瞳一掃，靈魂便似回到初生的純淨美好，世間煩惱憂愁全消。

梨雋低歎：「是真好景自別樣，迤邐螺黛繞碧簪。」

灑然一放碗筷，含笑道：「此時不去賞雪，更待何時？」

抱了兩件披風出來，將竹青色的遞與他：「今日的雪太薄了，要趁早，否則還沒踏雪尋梅就化了，不划算！」

他繫著披風，隨口問：「昨兒一夜雪，不知梅花又開了多少？」

梨雋忽將自己的披風往他懷裏一塞，率先推開柴扉：「哇……」

謝堆雪跟過去，頓覺呼吸一窒。

滿院梅花一夜間幾乎開了大半，豔麗的花瓣，蛾黃的花蕊，覆了一層冰雪，冰肌玉骨，冷豔清傲。暗香恍如一線，細細沁入心底，令人著了魔般禁不住深嗅。

忽見她一個旋身，裙裾抖落一地寒梅，纖姿輕盈，折了一束梅花，明眸皓齒，嫣然一笑，將紅梅噙入口中，乘興起舞。

梅上雪晶瑩剔透，雪下梅紅薄清致，像……像梅下起舞少女玉顏上的朱唇……

「堆雪，採些梅花放在書卷裏吧？等哪日梅花謝了，你打開書，還能聞到暗香浮動，還能想起如斯美景。」

謝堆雪倚著梅樹，靜眼看她在花間穿梭、採擷，纖細的指尖凍得泛紅，卻愛不釋手捧著一朵朵梅花。

一時間，不知是她唇上的胭脂染就了梅花，還是雪與梅，化成了她玉顏朱唇。

「多採些梅花，去換些茶喝。」他含笑道。

「要去訪與願嗎？」笑得像個饞嘴的貓，「與願是『茶聖』陸羽前輩的傳人，茶藝爐火純青，他的茶可不是隨便能討到的，看來我要多摘幾束梅花才是。」

他們到此之後，才發現竟然和與願和尚做了鄰居。

摘了兩束抱於懷中，又嘀咕：「可別讓他聽到了，否則他馬上就飄飄然飛升了。」

謝堆雪莞爾：「他見這梅花，除了喜之外，便是恨。」

將披風遞與她，兩人便沿著山間小路向與願和尚的草廬走去。

梨雋突然狐疑地看著他：「堆雪，你種那麼多梅花，不會是和他鬥氣吧？」

與願和尚最喜歡茶和梅花，但從來種不活梅花，深以為恨。

梨雋見他微有汗然，覺得有些好笑，謝堆雪竟也有如此孩子氣的時候。興致盎然地盯著他，見他窘迫地轉過頭，以手掩唇作勢咳了兩聲，加快腳步。擦身而過時，敏銳地發現他耳根竟然紅了，心裏一悸，忽然哈哈大笑起來。

謝堆雪懊惱地蹙眉，一襲青衣磊落，佇立在白雪覆蓋的青石階上，背影頎長孤拔，瀟灑中又隱含寂寥。

他已經不年輕了，大抵快四十歲了吧？只是塵俗的喧嘩似被林泉隔絕，是非黑白，都入不了這人的眼，因此，歲月雖在他身邊流過，卻改不了他眉宇的清雋，越發風骨峭拔、卓爾不群。

這樣的人，如何能不敬？如何能……

路邊時有青松，於寒冬中傲然而立，風骨肅然，望之生敬。青階忽轉，一彎清水入眼簾，晶瑩如玉。泉邊結一草廬，就是與願的住處。

梨雋笑道：「老和尚，煮茶待客了！」

半晌沒聽到應聲，果斷地推開門，只見一個光頭和尚正急匆匆地收拾桌上的茶具，看到她一臉懊惱：「臭道士，妳懂不懂禮儀？」

梨雋徑直在茶桌前坐了，大言不慚道：「你若大方些，別每次藏著、掖著喝獨茶，我便正正經經地敲門而入。」

與願大師無奈道：「阿彌陀佛，妳前世一定是隻狗，鼻子才會如此靈！」

梨雋哈哈一笑，有樣學樣：「阿彌陀佛，你前世定然不是狗，所以才聞不到這梅花香。」

與願大師寶相端莊，慈眉善目，但與他相處久了就知道他其實是個花和尚。他看到梅花眼睛一亮：「阿彌陀佛，我必是被妳給氣昏頭了！」

接過梅花，取水插在瓷瓶裏。

梨雋已老實不客氣地斟了兩杯茶，準備遞給謝堆雪時被與願和尚擋住了。

「老規矩！」她指指梅花，「換來！換來！」

與願道：「這梅花是老謝種的，與妳何干？妳二人分別以『梅』和『雪』作詩，但不能含有此二字。」

謝堆雪含笑地看著二人耍貧嘴。

梨雋忽然靈思一動：「杏醪能飲否？胭脂也涼薄。」

與願讚道：「『胭脂涼薄』形容紅梅，倒是貼切別致。」

謝堆雪鼻子嗅了嗅，悄聲對她道：「這和尚還藏了好酒，且讓他都拿出來。」

問與願：「今日是來向和尚請教『夏日可畏時』下句是什麼？」

與願詫異，前朝鮑溶別韓越的這首詩他向來深喜，怎麼反不記得？順口答道：「望山易遲久。」

梨雋撫掌大笑：「既然宜吃酒（易遲久），且把酒拿來共用吧！」

與願沮喪：「快把詩作來！」

「筆墨何在？」

與願取來筆墨，猶不甘心道：「作得不好連茶都別想喝！」

見謝堆雪提筆作詩一首〈雪〉：

搗碎明月天地新，梨花滿地未忍行。
莫待斷橋殘色盡，便執籬傘話初晴。

草書筆意清拔，宛然風骨溢其間；其詩風格淡遠、峭特澄浹，此詩此字俱絕俗。尚未落款梨雋便道：「堆雪，這詩送我吧？」

與願急道：「這詩是我的！」

「堆雪，你看他連一壺酒都捨不得給你喝，我給你買酒做飯。我會做的菜可多了，像西湖醋魚、龍井蝦仁、蓴菜羹、鱸魚膾……」

未等她說完，與願已從桌下抱出酒罈，重重地放在他們面前。三人相視一笑，傾盞痛飲。

從與願那裏出來，日已漸斜，薄雪易化。

從山上向南眺望，湖面半著銀裝，湖堤橫亙雪柳、霜桃。苔蘚斑駁的古石橋上，雪殘未消，有些殘山剩水的荒澀感，兩端仍有白雪皚皚。依稀可辨的石橋似隱似現，涵洞中白雪熠熠生光，襯著灰褐色的橋面，似斷非斷。

梨雋語聲低沉悲悵：「這景倒像是傳說中的斷橋殘雪。」

猶記得那年慕容雲寫說：「若有一日淡卻功名，與你到西湖邊築一間草廬，春看蘇堤春曉，夏看映日荷花，秋看鶴舞秋水，冬看斷橋殘雪，雋兒，妳可會喜歡？」

喜歡，當然是喜歡的，只是都是曾經。

有些話，猶如耳邊清風；有些情，已成過眼雲煙。

現在的慕容雲寫，恨她，一如兩年前她恨他。

她沒有看過斷橋殘雪，想也不過如此。

解下披風，藕臂一揮，雪白的水袖瀟灑飄出。她足踏殘雪，且舞且歌，聲音清婉，像春盡黃鶯祭離辭。

「瞻彼淇奧，綠竹猗猗。有匪君子，如切如磋，如琢如磨。瑟兮僩兮，赫兮咺兮，有匪君子……終、是、可、諼、兮！」

最後五個字，她唱得尤為緩慢，一字一頓，篤定堅決。

謝堆雪怔忡，此曲為〈淇奧〉，最後一句原是「終不可諼兮」，而她唱的是「終是可諼兮」。「諼」者，忘記。那位文雅的君子，我終於可以忘記你了。

她決心忘記慕容雲寫了嗎？

梨雋輕然一抖水袖，流雲回風般從他臉側撫過，他能聞到水袖上素雪的清新，與寒梅的幽冷。

她且舞且歎：「今夕何夕？煙雲過眼。錯過的，昨日之日不可留。而今日之日，我空為誰嫵媚，不過是緣來緣散，緣如水。」

想到那時她對蕭灑說：「你們都很好，偏偏不是我愛的。」現在卻忽然明白：他是她最愛的，偏偏不是最適合她的。於是註定會成為一場錯誤。

這一場舞是祭奠。祭奠她，豆蔻年華的愛戀。

化雪尤比下雪冷，冷水從湖上吹來，寒涼入骨。

「回家吧。」謝堆雪看著她臉凍得通紅，低聲道。

「好！回家！」

她釋然一笑，猶如冰澌雪融，牽起他的手，緊緊握住。

「汪汪汪……」

與願的狗忽然叫起來，積雪覆蓋的樹後一個白色身影倏忽消失。

淡月良宵，梅影横斜，一爐榴火酒香浮。

「梅鶴為鄰、酒墨相伴、良人攜遊，瀟灑人生也！」梨雋笑著向謝堆雪舉杯，「堆雪，我敬你此杯。」

謝堆雪清致的眼喜悅而興奮，寒星一般閃爍。

梨雋將一朵朵紅梅夾在泛了黃的紙卷裏，一枝清瘦的梅從半掩的窗扉伸入，在墨香氤氳的詩意裏，傲然綻放。

她歎道：「猶記得當年你教我習字，依稀與此景相似。」

退後一步，有模有樣地行了個學子禮：「先生，請您教我做學問吧！我也想像先生這般詩酒閒暇。」

謝堆雪莞爾，很配合地扶了扶她的頭，像撫摸當年那個小女孩。

梨雋嫣然一笑，轉到他身邊，咳了聲，學著他的嗓音動作：「學問也者，不光要聽師長的論說，還一定要瞭解他們治學的方法；不光要瞭解方法，還要實踐師長所教誨的事。這其中，既能向師長請教，又能跟朋友探討，是求學的人最實在的事情。因為學習是為了學習做人的道理，提問是為了弄清學習中的疑難。既然作為一個人就不能不學習，既然學習了就當然不能不提問。」

轉個身扮回自己，若有所思：「嗯，授之以魚，不如授之以漁。我只知求魚，而不知求漁。」

謝堆雪指了指椅子：「今日我要教妳這二字。」提筆臨卷。

「取捨？」梨雋不解，「堆雪呀，你果然是年紀大了，三年前你就教過我這兩個字了吧？」

謝堆雪很認真地道：「山捨低，故可凌雲。海捨高，故納百川。人只有一腦，不能容納世間百物，故取其一技，獨得其長。」

前面的話她聽過，後面的謝堆雪倒是第一次對她說。

「小離，妳是個極癡的人。比如妳對機關設計，像酒鬼有酒癮一樣，一旦少了，便覺少了整個世界。每個人都該有這麼一癡的，否則一世又有何歡可言？」

她點頭喟歎：「少君一日即傾城。」

「既然如此，就要學會為它取捨一些別的，專心致志。心若太浮華，裝得太多了，又怎麼會獨俱一格？」

她恍然：「你肯捨功名，故獨得逍遙。而我……」一時滿臉悲愴，「我……我想要的太多了……」

要守護的太多，好累！好累！真想就這麼和他永遠隱居，再也不管那些戰爭殺戮！

濃濃的悲哀泛出來，她忽然警覺，強顏歡笑。

不能讓他知道！即便滿身血腥地歸來，也要裝出如稚子般乾淨！

堆雪啊，這世界已骯髒至斯，怎能讓你也沾染污垢？

「妳有許多喜歡也無不可，只是在興致漸減的時候，別勉強自己就行了。妳癡於機簧，如我癡於琴樂，我敬的是肯『捨爾浮華，獨有一癡』的情懷，並非在某方面造詣有多高。」

梨雋訝然地看著他，她一直知道他是個純粹的人，竟沒想到他能純粹成這樣。也是！若非他這樣的人，怎能因朋友一諾忍受二十年孤寂？

謝堆雪真的令人又敬又愛！

他溫潤地看著她：「這世間並無多少煩惱，抬頭看看天，一切都雲淡風清了。很喜歡，很喜歡，就好好地喜歡。」

梨雋疑問：「可如果很努力了，還是得不到自己喜歡的，那不會很絕望嗎？」

「那就把它放在自己生命的祭壇上，虔誠地仰望。這，依然美好。」

這話她也對蕭灑說過，那時她涉世未深，眼睛看到的皆是美好，所以輕易說教。如今遭遇大變，重又聽到這句話，才明白能夠做到如此多麼難。

「生命的祭壇啊……」那時向蕭灑說這話，像個童子感歎逝者如斯。

謝堆雪的聲音忽轉沉重肅穆：「是。我們每個人的都應該有這樣一個祭壇，祭奠那些年少時最純真的美好與想像。生活往往不如我們的意，但生命卻能如意，只要你保持一顆初心。」

「生命？生活？有區別嗎？」

「生命如淨手剪指甲，生活是做鞋泥裏踏。」

她怔立難言。方才唱歌時，心裏多少還有不甘，被謝堆雪一說，像一束陽光突射到心底，真正放下怨恨。

半夜子時，寒意最濃時。謝堆雪與離昧對坐，她將內力導入冰魄，再注入謝堆雪體內，緩慢循環。

梨雋的內力本是他轉給她的，與他十分契合。他漸覺丹田充沛，氣息暢通，封閉的五蘊六識都通靈起來。這種感覺真好！

梨雋按長雲道長所說，將內息在他體內遊走三個小周天，見謝堆雪蒼白的肌膚漸漸泛起紅潮，浸出汗，霧氣蒸騰，緩緩收回內力，扶他到早已準備好的藥桶裏泡澡。

第二天，謝堆雪睡到晌午才起床。可能是療傷消耗太大，他臉色越發蒼白下來，眼瞼下一片烏青。

開門見梨雋在鶴籠邊向他招手，疑惑過去，見她抱著鶴籠，籠裏放著一窩圓圓的蛋。小白、小黑一左一右站在她肩膀上。

她仰首一笑。謝堆雪忽然明白什麼叫「回眸一笑百媚生，六宮粉黛無顏色」。不！不對！是「萬丈紅塵無顏色」。

她那一笑，使他這一生繁華俱謝，唯她獨成絕色！

她頭髮上沾著稻草，臉也未洗，怎麼看都有些落拓，然明亮的眼彎成月牙兒，露出兩顆尖尖的小虎牙……眉目間沒有憂傷，戰場歸來的殺意與血腥消除，只剩一片孩提樣的純真，空谷落雪般乾淨。

最動人心是純真。

天晴了，將昨日換下的衣服拿到湖邊洗，遠遠地便聽她喚：「堆雪！堆雪！」見她一襲素青道袍踏風而來，兩隻白鶴伴著她飛舞，驚覺世間如此和諧。

「堆雪，我想到辦法把它們孵成小鶴了！到時我們種一大片梅，養一大群鶴，真的成了神仙眷侶了！」

小白、小黑停在她肩膀上，羽翅雪白，長腿細頸，優雅無比。

「好啊！」

她樂不可支地奪過他手裏的棒槌：「衣服我洗，你別受凍了！」

謝堆雪想她替自己療傷甚是辛苦，不忍讓她再勞累。

梨雋將他推到岸上：「你看！柳樹快要發芽了！桃花也要開了，等桃花開時小鶴也孵出來了。」

「堆雪，吹一曲吧？等你吹完我便洗好了。」

謝堆雪取來短笛信口而吹，目光所及乃湖中碧波、起舞的白鶴，以及正替自己洗衣的女子，笛聲徐柔如水。

梨雋覺察到他曲調突變，不禁轉過頭來。只見碧水之畔，黑白衣衫男子長身玉立，涼風捲起他衣襟、髮絲，笛聲引得白鶴上下飛舞，他的優雅比之於鶴，有過之而無不及。

他的眼睛深深地看著她，一如她深深地看著他。這一刻，他的眼裏沒有了寂寥，只是一種深情。

她忽然就癡了，如果能和他過一生，便不會再有傷痛，只有永遠的舒心靜好了吧？

一聲鶴鳴喚回他們的神志，竟是小白捉到了一條小魚，向他們炫耀呢！

她招手：「小白，過來，晚上做給你吃！」

小白搧著翅膀飛來。小黑不甘落後，搧著翅膀尋找目標，不一刻也捉到了一條。兩人、兩鶴回到草廬。

她將衣服晾在竹竿上，見衣襟破了一道口子，心想：「剛才洗衣時似鉤到什麼東西，難道是那時弄破的？這下糟糕了，以後他不讓我洗衣服了如何是好？」

環顧左右沒他身影，剛想悄悄藏起來，轉身正撞到他，忙將衣服掩於身後。

「怎麼了？」忽聽謝堆雪問。

她嚇了一跳：「沒什麼！我去做飯了！小白、小黑還等著魚呢！」

側身從他身邊走過，手忽然被他抓住。

「衣服我來晾吧！」

「不用不用！我晾就好了，我晾！」

小心翼翼地遮住破處，卻見他以手支頷，饒有興味地淺笑。

她臉騰地紅了，支支吾吾道：「堆……堆雪，我……我把你的衣服……洗破了……」

「是嗎？」

她第一次見謝堆雪如此笑，心裏七上八下的：「我……我賠你一件？」

謝堆雪看了看：「賠一朵花吧。正好可以繡朵梅花，但妳會嗎？」

原來他早就來了，那麼自己剛才賊頭鼠腦的樣子他也看到了？還故意戲弄自己，不禁又窘又氣：「謝堆雪，你太不厚道了！」

「哈哈……」他朗然一笑，揮袖而去。

梨雋看著他的身影怔住了，以往的謝堆雪如月華般令人敬慕，而今這月亮彷彿落在紅塵，不是那麼可望而不可及了。

晚上，梨雋照舊運功為謝堆雪療傷，內視而七竅通，真氣源源湧出。

窗外，慕容雲寫靜靜地看著二人，面色沉靜如水。

他不知道自己為何會來到這裏，看到梨雋傾慕地望著謝堆雪，他的心已不再如當初那般撕心裂肺的痛。或許是痛到深處就不覺得痛了，或許是因為哀莫大於心死。

欠她的，都還了。經歷這一場生死，什麼都看破了。

那日被他綁在山壁上，眼見火光越來越大，慕容雲繹一時無法擒住梨雋，只能捨之來救他。她在山壁下設了陣法，就等著雲繹進去。

他不懂陣法，只見其變化萬端，雲繹左衝右突，卻被死死地困住，如一隻飛蛾陷入蛛網裏。

她袖手高居，語氣倨傲自負：「平王，你可破得了此陣？」

慕容雲繹神情冷冽，滿身血腥，猶如羅剎！

「此為何陣？」

梨雋道：「此陣才是真正的武侯八卦陣，當年諸葛武侯憑此一陣，擋住江東陸遜十萬兵馬，今日平王困於此陣，也不辱你一世英名。」

雲繹冷道：「原來妳竟留了一招！」

梨雋長笑：「平王可聽說過，『貓教老虎，留一招』這話？」

雲繹一槍揮開擋路的鐵甲：「未嘗聞也！」

「據說最初老虎並不會撲殺之技，常被其他動物欺負，貓看不過去，於是就教牠功夫，撲、咬、剪、撕……老虎學會了這些後再沒動物敢欺負牠，變得威風八面，就想：世間沒有什麼動物能打得過我，除了貓，如果牠把這些撲殺之技傳給別的動物，我豈不被比下去？於是暗生殺心，撲向貓，貓『嗖』的一聲竄上樹，老虎拿牠沒輒，問：『師父，你為什麼不教我上樹？』貓說：『如果我把一切都教給你了，你還容得下我嗎？做什麼事情，都要給自己留一條後路。』」

「原來妳早替自己想好了後路。」

他聽梨雋說：「哈哈……我從來都給自己留著後路。」

忽然想到那時自己命令她：「愛我，就沒有退路！」

她到底還是給自己留了退路，而自己卻沒留。

她得意而笑：「平王，你可要加把勁了！」一揚鞭，策馬而去。

火燒到面前的時候，慕容雲繹還是沒能破陣，他以為自己必死，忽然一股洪流沖來，澆滅大火。原來山壁後有一條暗河，嚴冬冰與土結成河堤，被火一燒，冰融化土就得鬆軟，水沖破河堤流澆滅火。

謀事在人，成事在天。

水澆滅了火，也沖散了陣形，然天寒地凍，地面上的水很快結成冰，馬不能行，他們好不容易踏到地面，卻發現梨雋在陣外又設了陣！

好在慕容雲繹行軍數年，對陣法也有所瞭解，終於破陣突圍出來，但慕容雲繹所部幾乎全軍覆滅！

慕容雲繹替他解了穴道，手腳上的凍傷也好了，在大名府無所事事，看到一個人影鬼鬼祟祟，不由自主地跟到這裏來。

原來她和謝堆雪一直都往在這裏。天涯海角都找遍，卻不想她就在自己身邊，真是可笑！

不過，現在知道也晚了，他轉身要走。忽覺後腦一涼，腦子恍惚，手不由自主地推開門。他們正值運功關鍵時刻，驚慌地看著他，卻不能動彈。

他的手像是有自己的意識，抬起，封住梨雋的穴位，忽然一轉，直點向謝堆雪的膻中穴！膻中穴是人體大穴，點到此處，輕者重傷，重者死亡！

「不行！」他在心裏急喝。

以往是恨極了謝堆雪，可並沒有置他於死地的念頭，更何況如今已對梨雋死心。可手全不由自己控制，眼見它一點一點地逼近他，指尖閃著死亡的光芒！

梨雋動彈不得，死死地盯著他，眼裏乞求、恐懼、絕望，一一閃過，最後歸於一片死寂，因為他的手指已狠狠地點在謝堆雪的膻中穴上！

「唔！」

一口血噴灑在手上，後腦涼意突減，他終於能控制住自己的手了，腦子裏靈光一閃，撲身出門。梅林裏黑影一閃，他一劍揮去，只聽「叮」的一聲，待逼進已全無人影，地上一塊銅鏡幽然生光！

梨雋也曾有過同樣的銅鏡，苗疆趕屍匠用此來趕屍，具有攝人心魄的作用，難道剛才是被這東西攝了魂？那麼上次她殺佩姨也是……

一時五味翻湧，再進屋，只見梨雋抱著謝堆雪，兩眼空茫。

「小離。」

謝堆雪氣若游絲，卻喚回了梨雋的神志。即使慕容雲寫已經不愛她了，在對上她眼裏絕望悲痛時，心仍不由得抽緊，幾乎不能呼吸。

她緊緊地抱著他，使出渾身的力氣，似乎這樣就能抱住他的生命，嘴唇不停地抖動，卻說不出一句話來。

「小離，……我一生未成親，彌留之際想……想……」

梨雋終於找回聲音，急切道：「我們成親吧！我嫁給你！做你的妻子！」淚一滴一滴滑落在他臉龐。

謝堆雪笑了，他這一生都像孤獨開放的花，這一刻，終於在等候的人面前綻放極致的華燦。可笑過之後他卻正色道：「映宇是我的兄弟，他曾說……曾說他的孩子便是……我的孩子，我要……收妳為……義女！」

梨雋似聽不明白他的話，連慕容雲寫都腦中一片空白。義女？在臨死之前，將自己心愛的女子收做義女？

「……妳還不……快磕頭？」

他滿嘴血腥，可神色淡然，彷彿對生死渾不在意，高蹈紅塵，不食人間煙火。

「你說什麼？」梨雋愣愣地問。

謝堆雪摸了摸她的頭：「磕了頭就入了謝氏族譜。」

「不！我不要做你的義女！」忽然激憤而起，又緊緊地抱住他，「我不能做你的義女，我要嫁給你！」

謝堆雪勉強笑道：「傻女子，我一向待妳如子，怎能娶妳？」

可他的眼神卻那麼痛楚絕望。

梨雋淚如泉湧，歇斯底里的吼：「不！我不要！我不要！」

那個可望而不可及的人啊，好不容易拉近了些，卻又這樣將她生生推開！

忽然深情地執起他的手：「堆雪，我們成親吧？尋一個與世隔絕的地方，閒雲野鶴，笑傲林泉，和那些年一樣，好不好？」

「妳連我的話都不聽了？」謝堆雪語氣異常嚴厲，只有出的氣，沒有進的氣。「跪下！磕頭！」

梨雋艱澀低泣：「……聽……我聽……」

全身一僵，踉蹌跪在他面前，單薄的雙肩似承受著泰山般的壓力，一點一點彎曲。

她跪在謝堆雪面前，深深地磕頭。

「咚！」「咚！」「咚！」

三下磕完，額上鮮血淋漓。伏跪在地，單薄的身子顫抖如篩糠，每一個字都似要撕破心肺、割斷喉嚨，淒厲猶如杜鵑啼血！

「……義……父……」

謝堆雪心頭一顫，比刺中膻中穴還要痛！

閒雲野鶴，笑傲林泉，有妳相伴，當然好啊！這一生如此孤寂，若沒妳不知要怎麼度過。

可是，我已將死，怎麼能將痛苦加在妳身上？

小離啊，縱然萬分不願，我還是要收妳做義女。這樣妳就不能再對我抱有幻想，我死之後，妳還能再找一個好男子，好好地嫁了，相夫教子，白頭偕老……

第十七章　埋骨他鄉，英雄無淚

慕容雲寫失魂落魄地回去，肩膀被人拍了一下，回神，對上慕容雲繹冷峻的眼。

「發生了什麼事？」

他張口結舌，半晌只喚：「三哥。」

慕容雲繹被這「三哥」喊得愣了一下，這種平民的稱呼倒讓他消除了皇家的冷漠算計，不由放緩聲調：「怎麼了？」

慕容雲寫面上不知是什麼表情：「謝堆雪死了，她原是想嫁給他，卻死了。」

慕容雲繹雖不常在京，但京中沒有什麼事他不知道。按說情敵死，雲寫應該高興，怎麼反倒矛盾成這樣？

只聽他道：「是我……殺了他。」

「殺便殺了。」上慣戰場的人豈會因一個人的死亡而動容？「你到底歷練太少。」

慕容雲寫搖頭：「他死前收她做了義女。」神色迷茫地問，「三哥，我是不是錯了？以愛為名那樣傷害她，是不是錯了？」

慕容雲繹詞窮，半晌：「這個……我真不知道。」

「謝堆雪也很愛她，他的愛那麼寬容，我卻太自私。也難怪她……」不愛上謝堆雪的人才是傻子。

「到現在你還放不下？」慕容雲繹憂心問。

「原本對她又愛又恨，現在只有虧欠，毀了她以前的幸福，又毀了她現在的幸福，我原是想成全他們的。……更虧欠……」痛不欲生地捂住胸口，「我的孩子！」

慕容雲繹是做父親的人，自然明白這種痛，拍了拍他的肩膀：「放下了她，就能接受別的女人，孩子還會再有。」

慕容雲寫悲笑：「三哥，再過幾個月，我就滿十八歲了。」

當日梨雋中鉤吻之毒，他將最後一粒藥丸給了她，沒有什麼能替他續命。就算他現在寵幸別的女人受孕，也見不到那孩子。

慕容雲繹胸口悶悶的，只能不住地拍著他的肩膀：「老四……」

除此之外，其他什麼話也說不出來了。想到兩年前他還是病弱得風一吹就要倒似的，到如今卻三軍敬服、威聲赫赫，但無論怎麼變，他眉間總是籠著一抹情愁。

再幾個月，這個弟弟真的要歿了嗎？真是情深不壽嗎？

他比慕容雲寫大十一歲，雲寫小的時候他很喜歡抱他，軟軟地帶著奶香，很喜歡。十五歲時他上了戰場，一去數年，回來時鍾妃已死，軟軟香香的幼童一下子就長大了，沉默寡言，疏離戒備。而他在鐵與血的錘鍊下，已不如兒時喜歡柔軟的東西，兄弟情誼冷落了下來。

他一直未防備過慕容雲寫，一是因為那句「活不過十八歲」的斷言，一是因為不屑與太弱的人較量。然當日君后給秦韓下毒，他派殺手刺殺秦韓後，驚覺這個弟弟並不簡單，一個無權無勢的皇子，在君后處處設計為難之下，還能活下來豈是易事？

再次回京，慕容雲寫還是一副病弱的樣子，偶然相視，暗斂深沉的目光讓他興起，殺南宮楚時雖是尋常一擲劍，如此乾淨俐落也是少見。後來他仔細察看打鬥的地方，才發現原來他也會功夫。

兄弟幾個，潛藏得最深的原來是他，堪配做對手。

兩年來他經營河北，雖沒有幽雲十六州，卻給中原修了一道屏障，是一個好的對手。只是一碰到感情怎麼就狼狽成這樣呢？

「喝酒去。」

「好！一醉解千愁。」

兩人相對長飲，他早已不再一杯酒就醉了，終於可以像即墨拊一樣與她把酒清談，笑舞逍遙遊，她卻再不會回到他身邊。酒入愁腸，化作相思淚。慕容雲寫伏案悲號，泣不成聲。

把酒祝東風，且共從容。垂楊紫陌洛城東，總是當時攜手處，遊遍芳叢。
聚散苦匆匆，此恨無窮。今年花勝去年紅，可惜明年花更好，知與誰同？

次日，慕容雲繹接到何博密信，完顏察粘攻破長安，關陝形勢危急。完顏察粘乃百戰名將，心思縝密，作戰悍勇，遠勝於養尊處優的完顏穆，何博雖也是將才，畢竟年少。關陝若失，天下不保。而河北失了幽雲十六州，若再失真定、河間、中山，韃靼飲馬黃河，直逼帝都，形勢亦不容樂觀。

且京中暗線傳來消息，君上身子一日不如一日，蕭李掌管樞密院，太子孤身在京中周旋。完顏穆此時毀約，不能不疑心其與君后勾結。倘若真如此，一旦韃靼過了黃河，帝都留守劉充不能敵，蕭李必然擁立慕容雲育為王。雲育年少，外戚專權，則慕容氏江山危矣！

這時貼身侍衛道：「爺，京中來密信。」

慕容雲繹接過，竟是太子慕容雲書的信，觀信動容，沉吟不語。

帳外又有人道：「將軍，四王爺求見。」

「進！」

言罷見慕容雲寫掀帳而入，將一封信交給他，他略一看也將自己袖裏的信遞給雲寫。

原來太子一信書二份，分別寄給二人，信上開門見山，書道：

外敵當前，百姓為重，兄弟齊心，攘外安內，勿使國家陷入內憂外患之地，待四夷平定，有德者居天下。

兄弟倆對視一眼，心照不宣。當此境地，實在不該為王位勾心鬥角，白白便宜了蕭氏和韃靼。他們都是聰明人，豈會為他人作嫁？

「三哥，我回真定！」慕容雲寫堅定道。

慕容雲繹怕重蹈上次覆轍。

雲寫豪邁一笑，揚聲道：「男兒當戰死殺場，以馬革裹屍還，豈能耽於兒女小情，病死於床榻？」

慕容雲繹眼睛一亮，重新打量他。昨晚一醉後，他像變了一個人，一改往日消沉黯淡，英姿勃發，豪情萬丈。稍稍放心，將關陝的戰報給他看。

二人沉思了一陣，指著地圖無聲商議。

當日，慕容雲寫帶輕騎回到真定。真定為河北要塞，戰略位置十分重要。次日深夜，慕容雲繹帶一千輕騎直奔關陝。待他走後，又有一行百騎，一路南下，直抵黃河。

完顏穆軍帳內，完顏穆聽聞慕容雲寫已回真定，勃然大怒。他與君后密約，他起兵拖住慕容雲寫、慕容雲繹，她將梨雋送到他身邊。

他不知道梨雋與君后有什麼協議，自她來後，一舉抓了慕容雲寫，軍心大振，後又將慕容雲繹困在陣中。

梨雋從張達那裏拿了一物便要離開，他本不放心，又想慕容雲繹只有數十騎，且被困在陣中，插翅也難飛，便許了，卻不料天降洪流，慕容雲繹竟破了陣帶走了慕容雲寫！

以為是梨雋故意放水，和張達仔細檢查那座山，卻半點蛛絲馬跡也找不到，難道真是老天不讓他們死？

「伏擊！」冷冷地吩咐。

夜風呼嘯，捲起凍土塵沙刀一般割打著人的臉。山道上樹枝搖擺，如惡鬼張牙舞爪，時有「咔嚓」聲入耳。慕容雲寫一行百人，在夜色掩護下前行，被茅草毛裹的馬蹄踏在地上，只發出沉悶短促的聲響。

忽然，為首之人一拉馬韁，胯下駿馬前蹄一揚，直立而起，身後百騎亦停下，沒有發出一點聲音。

夜色下，慕容雲寫目如寒星，冷冷凝視著前方。沉沉暮色下，前方的山谷猶如一匹惡狼張著血盆大口！

狼牙谷乃是前往真定必經之路，最好的伏擊之地！

他打了個手勢，軍士訓練有素地牽出數十匹馬，馬身上坐著一人，一抽鞭馬疾馳進入狼牙谷。忽聽一聲號角，狼牙谷兩側火把驟起，緊接著山石轟轟作響，駿馬嘶鳴。又過片刻，一通鼓聲驟起，狼牙谷兩側殺喊震天！

慕容雲寫薄唇一勾：「出發！」

向著狼牙谷奔去，駿馬躍過阻擋的山石和死去的馬匹，以及馬背上的稻草人。

到達真定城下，曲玄親自迎接：「末將見過王爺！」

慕容雲寫下馬：「將軍辛苦了！」直奔府衙。

原來他早料到完顏穆會於狼牙谷伏擊，飛鴿傳信與曲玄，派人於狼牙谷下埋伏，待火把一起便鳴鼓為號。螳螂捕蟬，黃雀在後。

完顏穆伏擊失敗，怒不可遏，第二日帶兵叫戰：「慕容雲寫，沒想到你命還真大！」

慕容雲寫道：「本王有聖上龍氣護佑，自然福大命大，你如何比得？」

完顏穆譏嘲：「可惜卻是個沒種的人，只敢躲在牆上做縮頭烏龜，也只有你們斌朝的皇帝才能生出你這樣的窩囊廢！」

慕容雲寫大怒，劈手奪了曲玄的箭，拉弓、上弦，「嗖」的一箭射在完顏穆馬鞍上。

「那就射掉你的種！」

又是兩箭「唰、唰」射來！

完顏穆臉「唰」的變了：「卑鄙小人！」

城上城下一時箭落如雨，完顏穆躲得甚是狼狽，不由火起：「慕容雲寫，你要做縮頭烏龜也不打緊，只要你脫了褲子，如服侍完顏弼一樣讓本王舒服舒服，本王就不再攻打真定……」

慕容雲寫臉上血色頓無：「出城！迎戰！」

曲玄急呼：「王爺，不可！」

慕容雲寫在韃靼軍中的遭遇他自然知道，看向他的目光不由帶上痛惜，這更讓慕容雲寫覺得恥辱。

「掩護！」

「王爺……」

曲玄再要說什麼，被城外一陣疊一陣的謾罵蓋過去。罵的內容更加下流，不堪入耳。慕容雲寫臉色鐵青，額頭青筋跳動，眼睛血紅。曲玄一時只覺他再不是那個風流雅致的王爺，而是一匹惡狼，或是來自地獄的修羅！

眼見他提槍而去，手握韁繩，一馬當先，忙指揮掩護。一時箭矢如蝗，七梢炮、撒星炮牽連不斷地發送，擊毀樓下攻城器械。

慕容雲寫上次被擒，軍士對其多有懷疑，然其陣前一呼，萬千兒郎敬佩。剛才韃靼辱罵令群情激憤，人人叫戰。又見他悍勇猶勝昔日，一柄鐵槍如有神助，比往日更勇猛數倍！

曲玄指揮之際一邊留意慕容雲寫，方才那些話是慕容雲寫的痛處，倘若他失去理智，再度被擒該如何是好？然見他指揮有度，進退合宜，顯然並未失去理智，不由得放下心來。

又過了半個時辰，忽然聽見完顏穆大喝一聲：「撤退！」

一騎如電，迅速撤去，慕容雲寫策馬追擊。

曲玄怕他中伏，忙下令鳴金收兵，然慕容雲寫頭也未回一下，率軍窮追不捨。他又憂又惱，要是尋常將軍，膽敢不聽軍令一頓棒子打下去也就罷了，偏偏不聽軍令的是皇子，倘若再有閃失，自己闔家性命只怕真不保了！

此時天色已晚，天際一抹夕陽紅豔如血，城外城上屍橫遍野，血染凍土。傷患被抬下城去，未受傷的戰士重新守護城樓，臉上俱是悲肅之色。

等到半夜依然不見慕容雲寫回來，曲玄心憂：「羅龍，調集軍馬，前去接應！」

副將羅龍應聲而去。

到第二天早上依然沒有人回來，曲玄心急如焚，正在帳中議事，羅龍的親兵送來血書，上書：「情況有變，王爺可能遭遇不測！韃靼得知安王返回關陝，集結大軍攻打大名府！」

曲玄神色一變，眾將忙問：「如何？」

卻見他哈哈一笑，將信塞入袖中。

「殿下英勇，打得完顏穆帶著十數騎狼狽逃竄，待取了完顏穆狗頭，揚我國威！」

眾將狐疑對視，言不由衷地恭維：「王爺英武……」

真定城守衛越發森嚴。當日傍晚羅龍返回，遞給曲玄一封密信，眾將疑心不已。忽然聽到帳內一聲哭號，奔進去，只見曲玄跪在地上，痛哭失聲：「天妒英才，王爺你怎能先老夫而去！……」

眾將驚愕，驀地悲泣失聲，舉城縞白。

完顏穆再來叫戰時抬著慕容雲寫的屍體，然雲寫雖死，真定城的防護絲毫不弱，將士們化哀怨為仇恨，還擊越發兇狠。完顏穆見一時半刻拿不下真定，直接繞過真定圍攻大名府。

然慕容雲繹雖不在大名府，大名府卻不像想像中的那麼易攻。完顏穆攻了半月不下，丟了大名府，一路南下，連破五城，飲馬黃河！

完顏穆曾做議和使者，對中原風貌頗有瞭解，看過城郭守衛，稱偌大的斌朝只有一個將軍——慕容雲繹，兩個會打仗的——何博、曲玄。

而今慕容雲繹、何博被完顏察粘拖在關陝，曲玄在真定，慕容雲寫已勉強會打仗，但已死掉了。黃河南岸彷彿無兵無防守，只須渡過黃河，便可直逼開封府，擒了那老皇帝、書生太子易如反掌。

想到此不由心懷激蕩，一日疾馳八百里，彷彿滿城黃金在等著他！

果然如他所料，除了河北、關陝，斌朝再無軍隊，黃河南岸守將一見韃靼鐵騎到來，紛紛棄甲逃竄。完顏穆命人筏木做舟，渡黃河。

此時黃河已結冰，但並不足以承受一個人的重量，只能破冰渡河。

然正渡到一半，忽然一聲號角，四野旗幟如林，甲光映日，一位將軍橫槍立馬，面容冷峻，竟是慕容雲繹！

原來，當日他和雲寫商議，假意回關陝讓完顏穆放鬆警惕，再讓雲寫詐死，完顏穆好大喜功，見河北無將，必然會孤軍深入。

完顏穆突然意識到中計了，慕容雲繹一揮手，箭如雨落，正渡河的士兵紛紛落水，被黃河巨流捲走！

完顏穆向北逃去，卻接到消息，原來慕容雲寫並沒有死，趁完顏穆南下之際起兵北上，不過半月已將燕京城圍個水泄不通！

幽雲十六州是中原的門戶，韃靼之所以屢犯中原，皆因此門戶未關，而燕京在幽雲具有極重要的戰略意義。

完顏穆急救燕京，卻在相州遇上曲玄，被當頭一棒打得幾乎命歸黃泉。

北風捲地百草折，燕京城下，刀甲如林。

帳篷裏，慕容雲寫聲音冷峻威嚴：「傳令下去，全軍戒備，明日五更攻城！」

完顏穆已突破重圍，馬上就要到燕京了。

「是！」眾將領命退下。

慕容雲寫巡營，忽聽有人驚呼，順聲望去，暮色漸起，空中一隻白影飛來，初如白鳥，漸似飛箏，越來越近，越來越大，漸漸可辨是一個人。

「有刺客！保護王爺！」韓子奇忽然叫道。

軍士一愣，才戒備起來。

人影越飛越低，衣袖一揮，如白蓮乍放。天空忽然下起了雪，片片如梨花，她在飛雪中緩緩落下，姿態輕盈，猶如雪仙子。

是梨雋！

「天外飛仙……」

不知誰癡癡地叫了一聲，一時千軍震撼。

慕容雲寫癡癡凝望，地上已積了一層薄雪，她赤足踏在雪地上，粉嫩的指甲，圓潤的腳趾，玲瓏突兀的足踝，這麼美的腳他曾經很喜歡把玩。

是在作夢嗎？她怎麼可能肯再出現在自己面前？不！是真的。千軍萬馬中，她赤腳走來，一身素衣，如染白雪。

「雲寫。」風裹著她的聲音，細細幽幽入耳，如能蝕骨，「我來了。」

雲寫悲苦：「妳來做什麼呢？」

她在寒風中微一瑟縮：「好冷。」

他俯身，將她打橫抱起，步入帳中，攏了爐火，尋來裘衣給她披上，一瞬不瞬地看著她。

她仰首凝視著他，只是微笑，如水溫柔，彷彿幾生幾世沒有看過他。忽然欠身，攬住他的脖子，眼神幽若柔靡，癡癡地、癡癡地對著他的眸子，唇緩緩地覆上他的唇，舌尖描繪著他的唇形，探入口腔。

慕容雲寫以為經歷那麼多，他已心如止水，這時卻忍不住顫慄，矛盾而興奮：「我已經快要死了，還記著那些恥辱仇恨做什麼呢？如果在死前，還有機會再抱著她，還有機會再與她融為一體，哪怕她身上帶著毒藥，又能如何呢？這一生，最快意的事情，莫過於醒握生殺權，醉臥美人膝。可是這樣對她，我死後，她該怎麼辦呢？」

一吻深長，兩人都氣息不勻。雲寫推開她，靜眼相望。

梨雋抬手抽下束髮的木簪，水髮如墨傾流而下，雪白的臉泛著紅暈，像是朱砂在生宣上渲染開來，眉目輪廓似蘸了江南的清酒，婉約清致，別有一番醉人之意。

慕容雲寫心頭一窒，接著見她解開衣帶，素衣無聲滑落，脖頸秀挺、腰腹細嫩、長腿修直……他嚥了口口水，轉過身，艱澀道：「妳……不恨我？」

梨雋忽然抱住他，她的肌膚細緻，像最好的玉，觸手只覺溫潤，身上的味道乾淨清爽，似最清冽的酒，卻帶著寂寥，讓人忍不住一仰而盡，卻又怕辜負了美味。

纏綿而深情地親吻著他的唇畔，隔著厚重的鎧甲從他身上汲取溫暖，卻被鎧甲冰得渾身顫抖，不耐地解開扔在地上。

「她還是恨自己的！」慕容雲寫暗想，「可這樣是為什麼呢？她不想為謝堆雪報仇嗎？還是……」

見眼瞼半垂，吻得很忘情，很癡迷，像半醉的酒徒不知醉地喝酒。

「妳是為燕京……」一時聲音比鎧甲還要冷。

梨雋渾然未聽，手探進他的衣服，順著腰腹往下，覆上一物揉搓。

「嗯啊……」他要說的話變成一聲呻吟。

兩年了，梨雋對他的身體一點也不陌生，知道如何取悅他——親吻、撫摸，每一個動作都令他欲仙欲死，所有的理智與矜持都飛到九霄雲外，只想陪她沉淪、沉淪，再沉淪！

「王爺！」

帳外忽有人叫，拉回他的神智，按住梨雋惹火的手。

「……什麼……嗯……啊……」

一句話說得支離破碎，聲音沙啞蕩漾。低首，見她伏在他腰間，唇舌包裹著他，溫柔舔舐。

她竟然用口！

慕容雲寫心神激蕩，早將帳外人忘得一乾二淨。

梨雋瞭解他，在他最快樂的時候放慢速度，等稍平息又忽地加快。慕容雲寫只覺陷入欲望的漩渦，不停地喘息、呻吟、嘶吼，哪還聽得到帳外人說些什麼？

終於清醒，才聽帳外人急呼：

「王爺，大事不好了！」聲音都沙啞了，顯然叫了很久。

「怎麼？」

慕容雲寫起身穿衣，見梨雋抬起頭來，雪頰潮紅，明眸半睜盈滿水氣，紅唇如桃，唇角掛著一抹白濁，那樣地媚惑，他心一瞬間窒息了。

她幽怨地道：「我滿足了你，你……」一手抱著他的脖子，一手惹火，在他耳邊低吟，「……你也要滿足我……」

燈光迷離裏，她的臉清雋暈紅，像硯臺裏磨盡千紅之後斟酌出的一首好詩。

慕容雲寫費了十二分勁拉回理智：「我馬上回來！」

梨雋不依不饒，在他懷裏磨蹭：「……我現在就要……」

一翻身，將他壓倒在床上，手撫住他的腰，猛然坐了下去。

慕容雲寫被刺激得倒抽了口冷氣，最後一個念頭是：「難怪唐帝『只戀春宵不早朝』，自己也如他一般昏聵！」

兩年的壓抑都在這一刻傾瀉。像一個餓了一生的乞丐，在死前忽然能吃到山珍海味，撐死又何妨？

戰士軍前半死生，美人帳下猶歌舞。

號角齊鳴，殺喊震天，慕容雲寫才從美人懷中醒來。

韓子奇衝進來，拿了衣服給他披上：「爺，快逃！」

「怎麼回事？」慕容雲寫急問。

「我軍被包圍了，爺快走！」

已有韃靼騎兵衝到帥帳，韓子奇一刀砍了。

「爺，快走！」

慕容雲寫反而回到後帳，梨雋已經醒了，情潮未退的臉上卻有一雙極清醒冷酷的眼。

「雲寫，你可還滿意？」

雲寫俯身吻了吻她眉心：「雋兒，忘了我。」

梨雋一愣，而後大笑：「這還用你說！」

雲寫癡癡地望著她，眼神溫柔如水，也淒涼如水：「記住妳是斌朝的子民。」

韓子奇急了：「爺，快走！」

梨雋譏笑：「走？」指著帳中地圖，「南方有完顏穆三千騎兵，北方燕京城有完顏齊五千將士，完顏宗德三萬大軍從東西包抄而來，你怎麼走？」

雲寫垂了垂眼瞼，這才回答她剛才的問題：「我很滿意。在死之前還能與妳融為一體，便是我這一生，最極致的幸福。」

掀簾出帳，下令：「向東突圍！」

他策馬向東，銀甲紅袍，手執長槍，風神俊秀不可諦視。

韃靼士兵叫道：「那是他們的王爺，抓住他！抓住他！」

慕容雲寫回首，最後看了眼梨雋所在軍帳，回頭疾馳，眼神瞬間由淒柔轉為狠絕。

「三哥，望你能殲滅韃靼，望我能死得其所！」

梨雋站在帳篷頂上，見慕容雲寫白馬、銀甲、紅袍，在千軍萬馬中異常刺眼，忽覺有什麼不對，一時又抓不住。完顏穆、完顏齊緊隨其後，戰馬捲起黃沙飛雪，模糊一片。

殺喊驟增，原來慕容雲寫又遇到完顏宗德的第二支軍。前有追兵，後有堵截，這一回，他又要做俘虜了嗎？

不忍觀看。回目環視燕京城，防守並不森嚴，為何慕容雲寫圍城一個月也未攻下？忍不住放眼看向東邊，忽然一驚，身子瑟瑟發抖起來！

「來人！傳令下去，鳴金收兵！鳴金！快阻止他們東進！鳴金收兵！」

然，正當時此，寒空一聲雷鳴，東邊山谷似被天雷擊中，一時間火星迸濺，如颶風捲起黃沙，烏濁濁直沖雲霄，山石飛射，山峰轟然倒塌！

梨雋氣血翻湧，目眥欲裂。

他久圍燕京，是想將韃靼大軍聚於此，以己為餌，將其引入山谷，山峰頂上早埋好了炮藥，與之同歸於盡！

死一般的沉寂之後，士兵忽然大噪，東方一隊軍馬如一條巨龍，呼嘯而來，看那旗幟赫然就是慕容雲繹！

不一刻，便和完顏宗德的大軍廝殺起來！

梨雋跳下帳篷，雙腿一張落在一匹馬上。沒有鞭子，一掌拍在馬股上，駿馬慘嘶一聲飛奔而出，雪像幾數個薄刃割在她臉上。她猶覺不夠快，不停地拍打馬股，駿馬且奔且嘶，聲音越來越淒厲。終於奔到山谷時四蹄一軟，喘氣如牛。

落石已停，整個山谷幾乎被半填，屍橫滿谷。忽然，一塊山石落下來砸在屍體上，鮮血濺了她一臉！

恐懼加上絕望一時湧上心頭，腦中一片空白。

「雲寫！雲寫！」她嘶聲吶喊，聲音淒厲，帶著哭腔，「慕容雲寫！」

然，山谷裏除了石頭下落的聲音，再無別的聲音！

灰塵飛揚，令人幾乎睜不開眼睛。她匍匐在地上，用內息感受生者的氣息。腳下有氣息！

「雲寫！雲寫！」

沒有回音，氣息微弱。刨開土，抬開石頭，兩手磨出血，人在兩塊石頭縫裏，但不是他！

又發現氣息，刨開土——也不是他！

……還不是他！

……都不是他！

山石不斷地滑落，她渾然不顧危險，不知推開多少石頭，不知刨開多少土，可都沒有他！

雪越下越大，頑石腐土、殘肢斷臂都被掩埋，白茫茫一片好生乾淨，彷彿從未有過殺戮，從未染過血腥！

那一刻，她忽升希翼，會不會他逃出去了？沒有被山石掩埋！

忽見山石之後有暗紅的一角，她心一提，撲身過去一扯，果然是斌朝大旗！旗幟是韓子奇扛著的，他一定跟在慕容雲寫身邊！

她屏息聽著聲音，唯有雪落簌簌之聲。

「……雲……雲寫……」

絕望如潮水一波一波襲來，不知過了多久，一陣輕微的敲打聲傳來。她在一瞬間恍如起死回生，急急搬開石頭，終於看到那張臉！

雲寫！

忽然間，天地都變得飄忽了，只因再次看到這張臉！

仇恨算什麼？權力算什麼？責任算什麼？國家算什麼？都及不上他！愛他！生死之際，才知有多麼地愛他！

「……雲寫……」

想要抱著他，可那麼虛弱的人，觸一下就會碎了！

身上全是血，半人高的石頭壓住他的腿，腿邊是一個人頭，梨雋認出是韓子奇的，他整個身子已被石頭壓住，血水濺得四處都是！

「……你忍著……我推開這個石頭……」

她內力緩緩送出，推開石頭，聽聞一聲大喝：「危險！」抬頭，無數石頭兜頭兜腦地砸來。

雲寫，這回我們要一起死了！索性一發力，將石頭推開撲身抱住慕容雲寫。驀地，身子被人一提一拋，扔了出去。

「小心！」

她回頭看，原來是慕容雲繹，猛然雙目圓睜，言語盡失。忽然，眼前一支箭挾著疾風射去。

慕容雲繹送出二人，正待提力閃開，箭矢刺破鎧甲，從背後洞穿胸口，身形一滯，磨盤大的石頭從天而降！

剎那間，時間被定格了！

梨雋甚至能看到那石頭掉落的痕跡，冰冷而沉重。

轟！

一時，風蕭、馬嘶全都靜止。

慕容雲寫睜開眼，見雲繹身姿一個踉蹌，幾欲倒地又穩穩地立著。血從砸扁的頭盔裏流出，甚至帶著白花花的腦漿，接著鼻子、嘴裏不停地有血湧出，比戰袍還要紅，一滴一滴落在白雪上，腥紅刺目！

烏鐵長槍插在地上，如一根血紅的拐杖，支撐著他魁梧矯健的身子，傲然而立，宛如天神！

「男兒當戰死沙場，以馬革裏屍還！慕容家的兒郎，不做榻上死。驅除韃靼，保我斌朝大好山河！」

即使已奄奄一息，他聲音依然鏗鏘，有千軍萬馬奔騰的氣概。

慕容雲寫拖著受傷的腿一步一步走過去。

七歲時，便聽到雲繹說這話，豪邁之氣，令稚子震撼。喜歡聽他縱馬揚鞭的快意，也喜歡他身上鐵與血的味道。夢想著有一天能與他一起並轡沙場，驅除韃靼！但自己卻是拖著一個病軀。

一直以來景仰著他，卻怕自己的懦弱讓他瞧不起，只能遠遠地觀望。可是不甘心，那便與他爭奪皇位吧？讓他也來瞧瞧！

在成親當日他沒落井下石，反而打醒自己；在南宮楚遇難，心生退意的時候，激起自己的鬥志；終於來到戰場，想要和他一樣威震四方，卻狼狽被縛，受盡恥辱，連最愛的人都拋棄了自己，只有他不顧生死，衝入火海……

都說最是無情帝王家，為什麼他要救自己？已是將死之人，怎麼值得他如此相救？這一戰的目的就是為了將韃靼主力吸引到此，一舉殲滅，成就他不世功勳，怎麼反是他戰死沙場？

自古名將如紅顏，不教人間見白頭。

「……三哥！」一聲呼喊，撕心裂肺，痛不欲生！

梨雋聽聞，忍不住落淚。

雪越下越大，紙片層層落下，漫山遍野，皆是縞白。

慕容雲寫曲膝在雲繹身前重重三叩首，聲聲如敲擊鼓膜般沉重低喑。猛然抬起頭來，兩眼染血，臉容扭曲！

梨雋倏然心驚。

慕容雲繹身後，完顏穆手握弓箭，目光陰戾。

慕容雲寫忽然長身而起，脊背挺立如松，右手緊緊握著含碧，向完顏穆逼進，每一步都在雪地上烙下一個血腳印。

畢生仰慕，被一瞬間摧毀，那便毀了他！

殺意凜凜，谷風席捲著飛雪，時有山石落下，轟然作響。梨雋緊抿著嘴角，目光悲愴，不應該有這一場決鬥，可她阻止不了！

「呀！」慕容雲寫忽然疾奔而起，比風更快，瞬間逼近完顏穆，當胸刺去。完顏穆一躍而起，長劍於半空中交擊，「叮！」火光迸射，聲音尖嘯刺耳，響徹山谷，震得山石不斷滑落。

慕容雲寫鋌而走險，迎向落石，一掌擊出，借力折身一躍，身如兀鷹，直刺完顏穆咽喉。這一劍挾恨而至，隱約有石破天驚之勢。

完顏穆冷汗一炸，倉皇躲開，手中劍順勢一揮，慕容雲寫竟是拚死般，也不閃，含碧忽然脫手而出，一劍刺中完顏穆肚子，勢猶未歇，連人帶劍釘在山壁上！而他自己也未好到哪裏去，被完顏穆一劍由左肩劃到右肋下，銀鎧破碎，血流如柱！

忽然，一陣馬蹄聲疾馳而至，風雪中隱隱可見完顏宗德的帥旗。慕容雲寫連提兩口氣，拔出含碧，想要割下完顏穆的頭顱，被梨雋按住了手。他怒火四起，不趁此殺了完顏穆報仇，更待何時？卻對上梨雋若有深意的眸子，一怔，明白她的意思。

梨雋眼見完顏宗德越來越近，冷喝道：「快走！你逞一時意氣，生死決鬥，置三軍於何地？」指著慕容雲繹的屍體，「你要讓你三哥辛苦訓練的將士也埋骨他鄉？如此輕賤他用命換回來的生命？」

慕容雲寫想要抱起慕容雲繹卻沒一點勁，梨雋吹哨叫來馬，將慕容雲繹抱上馬，屍體已將僵硬，似有千斤重。

「跟我走！」慕容雲寫忽然道。

梨雋一愣，一匹馬如何載得了三人？況且，她現在不能回去！

她神色一冷，口中苦澀：「你我早就恩斷義絕，你走你的陽關道，我過我的獨木橋。」

慕容雲寫看了看韓子奇的屍體，明白無法帶走，喟然翻身上馬，背影蕭然，再沒回看她一眼，一拍馬股，在完顏宗德進谷之前，駿馬疾馳而去。

梨雋站在山峰上，看他與接應的人馬會合，進入燕京城。

原來慕容雲寫早就攻下了燕京城，卻偽造戰報，讓韃靼以為燕京未失，派兵回救，他以逸待勞，聚而殲之。

城樓上韃靼的旗幟已被斌朝的取代，黑紅交織的顏色，猶如鐵與血。

這插在旗幟的哪一寸土地，不是被血染紅的？即使此刻漫天飛雪，掩蓋了所有的屍體，但風中，依然帶著濃濃的血腥味。

今日這一戰，有多少白髮人送黑髮人？有多少稚子無父，有多少猶是春閨夢裏人？

一將功成萬骨枯！興，百姓苦；亡，百姓苦。

第十八章 鴛鴦相殘，殺夫墮子

五代十國時，後晉皇帝石敬瑭割讓幽雲十六州，兩百年來，中原門戶一直大開，胡人鐵騎不時侵略，百姓苦不堪言。如今雖未奪回幽雲，但占領了極具戰略意義的燕京，是一大捷。卻沒有一人為此高興。

這是一場慘勝，雖重創韃靼太子完顏穆，滅金軍鐵騎近一萬，亦折了慕容雲繹，良將卻難求，傷敵一萬，自損八千。

燕京城內，舉城縞白，號角長鳴，時有壓抑不住的低泣。

慕容雲繹的屍體停在柴禾上，頭臉上的血已經擦乾淨了，只剩下烏青的顏色，剛毅的唇緊抿著，似還能隨時發號施令。

慕容雲寫無聲地清理著他的戰袍，烏黑的鐵甲上盡是刀痕，鐵腥刺鼻。他的身子魁梧矯健，手掌粗大，掌心全是老繭，還殘留著血跡，不知是他的還是敵人的。慕容雲寫一遍一遍地擦著，卻怎麼也擦不乾淨。

這一雙手，也曾寫過錦繡文章，最終卻投筆從戎，挑起萬里山河。

他想起小時候，雲繹曾手把手地教他寫字，十四五歲的少年，有一雙極其修長白皙的手，身子也和他一般，頎長秀挺。

十四年，北地的風沙與血腥，將一個長在皇室裏的、溫文爾雅的皇子，變成一個鐵血戰士。男兒當戰死沙場，以馬革裹屍還！如此豪氣，也如此慘烈！

慕容雲寫眼中一澀，忍不住要落淚，卻生生逼回。

不能哭！男兒流血不流淚！

舉起火把，湊近柴堆，「轟」的一聲，火苗騰起，三軍伏跪，寂靜如死，唯有火苗「劈哩啪啦」燃燒的聲音，鮮紅的火舌一點點吞噬著慕容雲繹。

「嗚……」

不知誰忍不住低泣了一聲，壓抑的洪流被捅出一個缺口，接著兩聲、三聲……一時間三軍悲號，哭聲震天！

慕容雲寫眼看著大火吞噬了雲繹的手、腳，甚至頭顱，他最敬愛的哥哥，馬上就要化為灰燼，他還有父母未盡孝，還有妻子未告別，還有剛出生的兒子未見過面，就把一生葬送在戰場上了！

三哥啊三哥！

眼淚在眼眶裏打轉，可是不能哭啊！悲憤一旦發洩完了，拿什麼來轉化成力量？拿什麼來報仇，拿什麼來驅除韃靼、復我河山？

「不許哭！不許哭！」

他提聲高喝，頓時一股鑽心的痛襲來。完顏穆那一劍劃得極深，這一喊又撕裂了，血沿著胸腹下滑。

可哭號聲並未因此停止，這裏有三成是慕容雲繹的親軍，出生入死，情義非凡。其他的河北戰士提到平王無不敬慕有加，慕容雲繹就是斌朝的軍魂。

而這個軍魂忽然倒了，如大廈沒了橫樑，人心惶惶，悲不可抑。

慕容雲寫深明此理，深吸一口氣，猛然躍到戰鼓前，狠狠敲擊，一聲聲響遏行雲、震懾九霄。

「男兒當戰死沙場，以馬革裹屍還！大斌朝的兒郎，不做榻上死。驅除韃靼，復我河山！」

哭聲微滯，慕容雲繹的屍體已被大火完全吞沒。

任你英雄好漢，也不過是一抔黃土。

他長嘯一聲，猶如龍吟，壯懷激烈，卻又如此悲愴。擊鼓長歌：「狼煙起，嗚金戈。……兒郎們，舉起劍，保山河……」

將士們被感染，一抹眼淚，隨之唱和：「……看我妻兒多嬌，豈容胡人騷擾？看我山河多好，豈容胡騎踏破？兒郎們，飲盡血，莫悲號。人孰無死，馬革裹屍，英雄驕傲。埋骨他鄉，英雄無淚，縱劍長歌……」

天空不知何時，飄起了大雪。積雪未消，又覆新雪，天地一片縞白。許是老天爺在替不能哭的將士們哭泣。

灰雲沉沉，一層一層壓下來，幾乎透不過氣。慕容雲寫感到胸口血越流越快，好在有戰甲，看不出來。

火終於燃盡，他用手將雲繹的骨灰一點點掃起來，骨灰很燙，捧起時他聞到自己手被燙焦的味道，卻沒有感覺到痛，默默裝在罈子裏。

丈二英雄，也只這麼一小罈了。

升帳議事，宣布接手慕容雲繹手中的兵權。

忽然，有人怒聲問道：「王爺，你為什麼不砍了完顏穆的狗頭為將軍報仇！」

慕容雲寫看去，原來是慕容雲繹的副將劉倫，十分驍勇善戰，可堪重用——，但顯然這些人並不服他。他目光沉了沉。

又有人質問：「韃靼軍至時，王爺在幹什麼？竟讓人火燒了大營！」

更有人直接挑明說：「王爺為個女人被抓做俘虜，丟盡我斌朝的臉，不配統領我們！」

「我們在陣前出生入死，你卻在玩女人，老子不替你打仗！」

「……」

「……」

慕容雲寫靜靜地聽他們說完，沉聲問：「韃靼有哪些將領？」

劉倫聽他此問，心道：「連敵人有哪些將領都不知道，如何統領三軍？」更是不服，言語更輕慢了：「韃靼雖然強悍，然將領只有三個——完顏鄂罕、完顏察粘、完顏宗德，其中最善戰的要數完顏鄂罕。」

慕容雲寫頷首，又問：「河北戰場，韃靼號令由誰？」

「完顏穆。」

又問：「倘若完顏穆死，號令由誰？」眾將無語。

慕容雲寫道：「我豈能不想殺他替三哥報仇！完顏穆好大喜功，卻不善用兵，由他帶兵反可削弱敵軍戰鬥力，大利我軍。我若圖一時痛快，殺了他，完顏宗德掌兵，會死傷更多戰士。」

胸肺絞一般的痛，深吸一口氣，沉聲道：「完顏穆有一弟完顏圖，為人深沉多智，完顏鄂罕、完顏宗德皆是其黨羽，倘若完顏穆死，完顏圖做太子，更不好對付，留著他鷸蚌相爭，我們得利。」

帳中一片沉寂。

半晌，眾將才道：「王爺深思熟慮，我等不及。」

慕容雲寫又道：「我領兵日短，爾等質疑也是應當。我已上報朝廷，一個月後，爾等若不服我，朝廷自會派人接替我！」目光一掃，威聲赫赫，「但你們要記住，你們不是為我慕容家打仗，而是為你們的父母妻兒打仗！」

眾將垂目，他冷聲下令：「傳令下去，全軍戒備，隨時準備出戰！」

「是！」

眾將退出，慕容雲寫無力倒在椅子上。軍醫急至，解開戰甲，血又染紅了衣袍。

「王爺，你要好生休養，這樣下去……」

想不通這麼孱弱的身子怎能受得了這樣的傷。

慕容雲寫唯有苦笑：「我知道了。」

若要收服這些軍隊，光憑言語是不夠的，還須拿出點戰功來。

三日後，斌軍趁完顏穆重傷、韃靼軍無人領導之際發動攻擊，一個月內，一舉攻下燕京以北的昌平、義順等地。河北戰場，形勢一片大好，再沒有人質疑他領兵的能力。

開春之時，慕容雲寫接到聖旨，將河北一切事務交由曲玄掌理，帶上慕容雲繹的骨灰，回京述職。

回到帝都，尚未回府，宮裏便傳話，即刻進宮晉見。他帶著雲繹的骨灰進宮，忽然一聲號響，四周湧出無數兵馬將他團團圍住。

內侍尖細的嗓音叫道：「定王接旨。」

慕容雲寫心知有詐，卻不得不跪下：「兒臣接旨。」

「奉天承運，皇帝詔曰：皇四子慕容雲寫，不孝不悌，陷害兄長，荒淫無道，延誤軍機，與敵國勾結，意圖謀反……」

他每聽一句，臉色白一分，直到最後一句：

「……革除皇籍，打入天牢。欽此！」

立時有武衛上來將他捆了。雲寫腦海裏只有一個念頭：「父皇怎麼了？是太子控制了帝都，還是君后？」

鳳藻宮。燭光暗沉，金蟾齧齒，瑞腦飄香。

「啪！」一聲輕響，燭花倏然一爆，楠木纏絲雕鳳的大床後緩緩出現一道門，明黃鳳繡的女子進去，門又悄然闔上。

「姑母。」

隨著這一聲喚，燈火亮了。屋內立著一個人，一身黑色道袍，眉目溫和，眼神卻極其清亮銳利，竟是梨雋。

「妳來了。」君后開門見山問，「河北戰事如何？」

梨雋答道：「完顏穆傷已無大礙，兩軍相持，互無勝敗。」

君后冷冷地問：「當日為何不殺了慕容雲寫？」

「慕容雲繹已死，若慕容雲寫再死，軍中必亂。河北一旦失守，完顏宗德率軍南下，國家危矣。表弟縱坐上皇位，又有何用？」

君后又問：「那場洪流果然不在妳的意料之中？」

梨雋知她疑心，淡淡道：「謀事由人，成事在天。我縱神機妙算，又豈知天意？」

君后將一張羊皮卷扔在她面前，她打開，原來是她在黔西時所畫的水利圖。

君后冷笑道：「妳對地理水利如此瞭解，會不知道那裏有地底暗流？為救他，妳可真花了不少心思啊！」

梨雋也不分辯，冷笑道：「將死之人而已，何足掛慮？慕容雲繹已死，姑母可將招魂鈴和《黃泉譜》給我了吧？」語聲急切，「堆雪已死了三個月了，再不招魂就回天乏術了！」

「真是個癡兒。」君后聲音也平緩下來，倒帶著憐惜，「唉，雲寫這孩子真是命苦，瞧他病成這樣，我這個做母后的也不忍，左右要死了，妳去送他一程，也省得他再痛苦幾個月。」

梨雋心一震，臉上卻不動聲色。

聽她又道：「妳和他相愛一場，讓妳出手也難為妳，算了吧，我派別人去。」

「我殺了他，妳就把招魂鈴和《黃泉譜》給我！」

「去吧！」

梨雋閃身而去，回到住處，胃裏難受，忍不住乾嘔起來。她懷孕已有兩個月，因長期奔波，胎氣不穩，只能喝安胎藥。懷這一胎反應很大，卻不能讓任何人知曉。

打開抽屜，取藥煎熬。端了藥回房，忽然想起藥渣沒有處理，返回廚房竟見一人背對著她查看藥渣！她心下一驚，只覺背影十分熟悉，卻辨不出是誰！

不能讓他走了！

殺意一湧，忽見那人脊背一僵，片刻轉過頭來，梨雋一時張口結舌。

那人三兩步奔過來：「公子！妳懷孕了！妳懷……」原來是子塵！

這一聲叫得十分大聲，梨雋捂他嘴竟捂不住，反被他一把抱住：「公子，妳是要生小師弟了？我又要有小師弟了？」

「住口！」梨雋厲喝，滿腔怒火。

子塵手一僵，眼裏一時有陰暗閃出，卻瞬息即逝，換上純真無辜的笑：「公子，我終於找到妳了！」

十五六歲的少年，俊朗高挑，難怪她一時沒有認出。

「子塵，你長大了，我差點都認不出你了。」

梨雋推開他，想摸摸他的頭，卻發現他比自己都高了，默然收回手。

「……公子……」子塵一笑，靦腆中帶著陽光。

梨雋心中的疑慮頓消，怎麼能懷疑自己帶大的孩子？

「你怎麼會來這裏？」梨雋帶他到房裏。

子塵咬了咬唇：「公子這兩年都不回去，我特意出來找妳的，找了好久，終於找到了。」

「我最近事兒多。」

子塵低聲咕噥道：「我知道。」語氣裏竟帶著委屈。

梨雋苦笑：「師父還好吧？祁兒和屹兒也長大了吧？」

「他們都很想念妳。」忍不住又問，「……妳……妳懷的是……是慕容雲寫的孩子？」

說到「慕容雲寫」時，他眼中有暗光一閃而逝，馬上又一片清澈。

梨雋怔了怔，以為自己眼花，冷聲道：「不許和任何人說！」

「可剛才……」

梨雋臉沉了下來，若真有探子，她也只能聽天由命了。手不由自主地撫上肚子：「孩兒，望老天保佑你，能平安來到世上。」

「公子，妳……妳還愛他？」

子塵手緊緊地抓著她的衣袂，試探地問。

梨雋覺得有些奇怪，可能是兩年沒見，出現了溝壑吧？不由一歎：「愛與恨，又怎麼能說得清楚呢？」

她與雲寫之間，有太多的恩怨，剪不斷，理還亂。

梨雋才走不久，鳳藻宮密室內又出現一個黑衣人：「主子，屬下剛探得一條消息。」

垂著頭，看不清樣貌。

「說。」

「她懷孕了，半夜偷偷煎安胎藥。」

君后嘴角噙著一縷莫測高深的笑：「哦？真是一條好消息，告訴慕容雲寫吧？他死也瞑目了。」

「是。」

君后疑慮道：「煎安胎藥？上次她自願喝下牽機，這一次想保住孩子？」忽然覺得不對，「她那樣的人竟能狠心毒害自己的孩子？長雲老道跟她說了什麼？速去查明！」

「是！」黑衣人飛掠而去。

慕容雲寫被關在天牢裏已經三天了。牢裏的一切他無比熟悉，在這裏，他第一次擁有了所愛的女子，得到了人生中最極致的快樂。現在看著這一切，卻只剩極致的痛苦。

好好的一份愛，怎麼就變成這樣了？

他躺在草堆上，心痛得什麼也無法想，眼神直直地望著房頂，連腳步聲都沒有聽到，直到牢門鎖被打開才回過神。見一個十五六歲的少年站在身前，錦衣玉冠，氣度高華。

聽他對獄卒道：「你們都下去。」

然後很認真地向他行個禮：「四皇兄。」

「原來是七皇弟。」雲寫淡淡道，「兩年不見，你長大了。」

「皇兄也和兩年前大不相同，身上有了鐵與血的味道。」略一頓，「皇兄向來喜潔，住在這裏竟能安然自若？」

雲寫不置可否地笑了笑。他已不再是以前的慕容雲寫，在河北穿過死人的衣服，睡過死屍堆，有一次被圍在山谷，甚至靠吃死人存活……

雲寫指指身邊：「若坐得下就請坐。」

沒想到雲育踢開死老鼠，一撩衣襬坐下。

「皇兄可否與我說說河北的情況？」

雲寫狐疑地看著他：「戰報上寫得很清楚。」

既然朝政被蕭家把持著，雲育多少也應該知道一些。見他目光坦然地與自己對視少年的眼睛明亮清澈，沒有絲毫陰暗略一想，明白他是告訴自己君后並沒有讓他知道太多事情。

出語試探：「等你長大了，父皇就會讓你知曉政事。」

雲育沮喪道：「我雖沒有皇兄能幹，也想替父皇分擔一些，母后也總說我太小……」

他將「父皇」兩字咬得很清楚，潛在意思有三：一，君上還活著；二，君上被君后控制住了；三，他還站在慕容家這邊。

雲寫放心下來，卻故意冷淡著臉：「大人的事，小孩子還是不要插手。」

「我來是想要告訴你一個好消息的。」

雲寫漫不經心問：「什麼？」

雲育認真道：「離先生懷孕了！」

見他一時反應不過來，愣愣地睜著眼睛，雲育又大聲叫道：「你有孩子了！要當父親了！」

「……」

雲育見他仍回不過神來，手在他眼前揮揮：「四哥？你不會高興傻了吧？」

慕容雲寫猛然蹦起來，一把抓著他的雙肩：「你說什麼？再說一遍？再說一遍！」

雲育骨頭都要被他捏碎了，見他臉漲得通紅，眼中似有火苗閃動，雙唇不停地顫抖。

「離先生懷了你的孩子，你要做父親了……」

「哈哈……」

慕容雲寫忽然仰天大笑，笑容把整個牢房都照亮了。

「哈哈……我有孩子了！我有孩子了！哈哈……」

聲聲響徹牢房，震得灰塵簌簌落下，老鼠四處逃竄。

長笑未歇，他脊背一彎，蹲跪在草堆上，蜷成一坨：「嗚嗚……她有我的孩子……哈哈……」

又哭又笑，臉上一半悲一半喜，形容扭曲。

梨問接到梨雋的口信趕到她住處時，見她心神不安地來回走動，一臉愁容。

「怎麼了？」他還從未見過梨雋神色如此。

梨雋頓了頓，低聲道：「我有孕了。」

梨問一驚：「誰的？」

「雲寫的。」

梨問恨鐵不成鋼地罵：「豬！他那樣對妳，妳還不受教訓？活該！真想一掌拍死妳，妳腦子怎麼想的？」

梨雋悲聲道：「我只是想拖住他的軍隊，哪想到會懷孕？這個孩子我要保下來，可是……」

梨問猛然想起自己剛才去找陸忠未遇，見其桌案上已然翻開的《上古祕術》書頁上，用紅線標注了的一句話。此時，他臉色倏然一變，沉重地搖頭：

「來不及了。」

「為什麼？」

梨問憐惜地看著她，在她掌心一字一頓地寫下那句話：「陸忠不在，想是去找君后了。」

梨雋臉色瞬間蒼白如死，腳一軟，暈了過去。

梨問抱起她，只覺她輕得像片羽毛，又是搖晃又是拍臉，絲毫未有轉醒的跡象。他身子抖如篩糠，深吸了口氣定住心神，猛掐她人中。見她眼皮跳了跳，狠下心一巴掌揮過去。

梨雋「哇」的一聲吐出一口血來，幽幽轉醒。

他以為她會大哭，卻只見她眼珠像被人挖去，黑洞洞一片空茫死寂。

「雋兒，想哭就哭吧！哥陪著妳。」

可是，現在不是哭的時候啊！君后得知消息會馬上派人來，若不先下手……

「哥，替我抓一副墮胎藥……」語氣平平，沒半點感情。

「雋兒！」

「哥，我不痛的。師父說，把自己當成死人，就不會感覺到痛。」

她神情麻木，梨問猛然將她摟在懷中，淚如泉湧。

「叩叩叩！」敲門聲急促，見沒人開門索性一把推開。

「公子……」來者見到梨問愣了一下。

梨雋看著他手中端著碗：「是師父讓你送的？」

子塵垂首，嚅嚅道：「是的。師父還有一個盒子給妳。」

「端過來吧。」梨雋聲音疏離，「倒省了我去抓藥。」

子塵端著藥碗彷彿有千斤重，眼睛被藥汁映得黑漆漆一片，影子投映在碗裏，隨著藥汁波動而不斷扭曲。

梨雋欲接過藥碗，手忽然被梨問按住。

「雋兒！」眼中的痛意那麼明顯。

梨雋拂開他緊蹙的眉：「哥，我們賭不起。」

她不能拿天下來做賭，不能！雲寫，我只能再度對不起你！

「先看看盒子裏面是什麼。」

梨問感覺自己的骨頭像生了鏽，每鬆一點都可聽到「咔嚓」聲。

梨雋無所謂地打開盒子，裏面是一把短劍，一封信。拆開信隨意掃了一眼，猛然神色大變，手不住地顫抖。

「怎麼了？」梨問疑惑。

梨雋將信一捲，扔在火盆裏，火苗一撲化成一撮灰燼。她拿出短劍，以手觸刃，寬大的道袍遮掩，梨問和子塵看不清短劍，只覺寒光爍爍，梨雋已歸劍入鞘。

她仰首長嘯，龍吟當空。嘯聲未歇忽又拊掌大笑，掌聲清脆有如擊節。可那笑裏殊無半分喜意，只覺蒼涼如水，悲沉如暮。

她半笑半歌：「我本死人……何言傷痛……」

端過藥碗，一仰而盡。烏漆漆的藥汁，順著她蒼白的嘴角一路滑下，像一條條毒蛇，陰毒可怖！

忽然一人衝進來，急喝：「不許喝！」

藥碗隨之碎成百十片，然，藥已入口。

「誰許妳喝藥的！」

來人面容扭曲，眸裏含火，竟然是君后！

「誰許妳喝藥的！」

彷彿辛苦謀劃的東西，一朝化為烏有！

梨雋淡淡道：「我不想替他生孩子。」

君后大怒，一個耳光摔來。梨雋只覺嘴角火辣辣的，有血浸出，卻只是一副委屈無知的樣子。

「姑母……」

「叫太醫！」君后哪裏管她。

梨雋腹內忽然絞一般的痛，低頭一看，血染紅了道袍……

太醫急忙替她把脈，半晌，搖頭：「孩子保不住了！」

盛怒之下，君后一掌揮出，太醫瞬間斃命。

她猶不解恨，惡毒地瞪了梨雋一眼：「去殺了慕容雲寫！現在就去！否則就等著謝堆雪魂飛魄散！」

「她這樣怎麼去？」梨問急道，「先請大夫！」

君后面如羅剎：「自作孽，不可活！立刻！馬上！殺了他！」

梨問霍然起身，冷冷逼視，全沒了平日的恭敬：「她若死了……」

話未說完，忽然被梨雋打斷：「我去！立刻就去！」

字字皆有碎玉斷金的鏗鏘。

「皇弟，我要見她！」

慕容雲寫哭笑罷，拉著雲育的手，臉上竟帶著乞求之色。

「我會幫你。」很好奇是什麼樣的女子，能令涼薄的四皇兄如此喜歡，「過兩日我再帶她來看皇兄。」

牢裏忽然又傳來腳步聲，竟有四五人。慕容雲育望去，為首的是……母后？尋常那麼慈愛高貴的母后，眼睛怎麼會變得那麼可怕？她身後是一對雙生兄妹，男的神情複雜，女的嘴角掛血，形容慘澹，目光絕望。

慕容雲育心頭微窒，見慣了慕容雲寫這樣的絕色，竟然還有人能奪他眼球，想必她就是「離昧道長」吧？見她臉色蒼白如紙，似輕輕一捅就破了，眼睛純黑如玉，摳出來一定很好玩……

忽然泛起一股破壞欲。毀壞一件美好的事物，也是一種快樂。

「該死！」他趕忙揮走邪惡的念頭，「兒臣見過母后。」

「你先回去！」君后冷冷地吩咐。

「母后是來看四皇兄嗎？」既然撞上了他可不想走。

「出去！」君后忽然喝斥。

獄卒恭恭敬敬地「請」他出去。他不甘心地看看慕容雲寫，見他殷殷地看著女道士，手不停地絞著衣袖，臉漲得通紅，張著口無語凝噎。雲育歎息著離開後，君后冷笑道：「四皇子，你孩子的媽帶著孩子來看你，怎麼你半點喜色也無？」

雲寫幾乎沒將衣袖絞破，小心翼翼上前，試探著叫：「……雋……雋兒……」竟不知如何開口。

見她神情疲憊，雲寫忙說：「……妳……妳快歇著……」

可是沒有坐的地方，地上這麼涼，稻草又骯髒。

「……等等！」

想脫衣服給她墊著，手卻顫抖得怎麼也解不開衣帶。用力撕破，急急地鋪在稻草上。

「來……來坐……慢點……」

想伸手扶她，看到自己黑漆漆的手又怯怯地縮回，滿臉不知所措。

他瘦了，下巴尖尖的長滿了鬍鬚，頭髮亂得像稻長，臉上看不出顏色，只有一雙眼睛，亮得像星子，璀璨奪目。

「他竟能高興成這樣？如果知道孩子……」想到此，梨雋五內俱焚，只能一遍一遍地告訴自己：「我是死人！我是死人！感覺不到痛！」

「雋兒，這裏很髒，妳有沒有感覺不舒服？」他搓著手問，「雋兒，孩子有兩個月了，妳害喜嗎？會不會吃不下東西？」

「雋兒，妳身子不好，注意多休息……」

「雋兒，我……我可以……抱抱妳嗎？」

「雋兒……」

「夠了！」

每問一句都像在她胸口捅了一刀，不痛！怎能不痛？比死還難受！

「雋兒，妳別氣，妳嗓子不好，生氣對胎兒也不好……」

她一把揪住慕容雲寫的衣領：「慕容雲寫，你聽好了，我是來殺你的！我要殺了你！你別問了！」

他愣了愣，忽然又柔情萬種地叫：「雋兒，雋兒，讓我摸摸……孩子……」

半蹲在她身前，手輕輕地撫摸上她的肚子，目光熾熱狂喜，彷彿觸碰的是皇位、是金山。

他抱著她的腰，埋首在她腹上，輕輕摩擦、親吻，彷彿與孩子親暱。

然後將臉輕輕地熨貼上去：「雋兒，孩子，我們的孩子！」

「雋兒，謝謝妳，謝謝妳懷上我們的孩子，我死也瞑目了。」

幸福的光芒，照得整個牢房都明亮起來。

蕭滿眼被刺痛，忽然覺得值了！能打破他那該死的幸福，不走那捷徑也值了！

「四兒，再沒招魂鈴和《黃泉譜》，謝堆雪可就魂飛魄散了。」

她眼裏是貓戲老鼠的神思，越是殘忍的遊戲，她越喜歡。

梨雋深吸一口氣，推開慕容雲寫：「……我是來殺你的！」

慕容雲寫仰首看著她，目光無怨無恨：「我不怪妳。」

蕭滿冷笑道：「謝堆雪是你殺的，用你的命換他的命，你自然無從怪起。」

「原來她是要用我的命換謝堆雪的命？在她心裏，我永遠也及不上謝堆雪！罷了罷了！反正她不殺我，我也是要死的，索性成全她，報答她替我育子的恩情。」

慕容雲寫暗思。見梨雋手裏不知何時已握了一把短劍，清寒奪目，被刺中想必不會太痛。他最後深深地看了眼梨雋：「祝你們……幸福！」奪過她手中劍，猛然刺向自己心口。

「嘶！」刀刺破血肉的聲音，響徹牢裏各個角落！

自己動手，她就不必對我的死心懷愧疚，就能好好地活下去。

寂靜！死一般的寂靜！連老鼠都不敢再發出聲音。

「啪！」一滴血掉在地上。

「啪！」又一滴血掉在地上。

……

幾隻膽大的老鼠聞到血腥味，爬過去舔食，「吱吱吱……」忽然四腳抽搐，身子一翻，口吐白沫，死了。

短劍上有毒！

思緒一點一點抽空，慕容雲寫雙膝一屈，跪在梨雋身前，流著黑血的唇不停地親吻著她的趾尖，強留著最後一點力氣，低聲下氣地乞求：「雋兒，雋兒，我以一命還他一命，求妳……求妳……生下……我們的孩子，好好……撫養他……」

「……」梨雋五臟六腑如被巨石碾壓、烈火焚燒，生不如死！

「哈哈……孩子？你的孩子早被她一碗紅花墮了！」

蕭滿忽然狂笑。看到慕容雲寫臉上幸福之色瞬間支離破碎，心頭大快，笑聲越發倡狂。

「哈哈……」指著梨雋，「是這個女人自己喝的，我想阻止都阻止不了！哈哈……鍾子矜，妳們鍾家註定要斷子絕孫！」

原來打破一個人的幸福，這麼痛快！

「哈哈……鍾子矜，妳鬥不過我，妳兒子也鬥不過我！我不光要毀了妳，還要毀了妳的兒子、妳的孫子！」

雲寫似乎聽不到她的狂笑，目光緊緊地盯著梨雋：「告訴我，是真是假？」

他的目光彷彿沾了辣椒水的鞭子，一下一下抽打著她：「……孩子……在不在？」

腹內如絞，又一股血流出，生命也似隨之一起流失，只剩下一具行屍走肉。

「……不在……」

慕容雲寫還跪在她身前，身子僵硬如石雕，嘴裏的血不停地湧出，似乎永遠也流不盡！

忽然他仰天長笑，如陰冥號角、黃泉悲歌，淒厲欲絕。

「哈哈……哈哈……哈哈……」

一聲接著一聲。每笑一聲，都有血光四濺。驀然轉首瞪著梨雋！

她倒退一步，只見他嘴巴、鼻子、眼睛都滲出烏血來，猶如厲鬼；眼神比鬼還要惡毒怨恨，死死地盯著她；聲音尖嘯刺耳，猶如兩塊鐵片狠狠地刮動。

「哈哈……梨青要，我以魂魄為祭，詛咒妳……生生世世，斷、子、絕、孫！」

言罷氣絕，血目圓睜，仇恨如紅蓮烈火，猶自燃燒！

結束了！

一切都結束了！

所有的愛恨情仇，都在那雙不能再轉的眼眸裏，結束了！

浮生一夢，夢醒，什麼都沒了。

功名、皇權、情愛，爭來了又如何？到頭來，不過是一場空！生生不息的，只有仇恨！刻入骨髓、烙進靈魂般的仇恨！

君后冷笑著探了探他的鼻息：「慕容雲寫，憑你是九命貓，這回也該死絕了吧？」仰天大笑出門去。

梨雋站在慕容雲寫旁，他的七竅流出烏黑的血，她身上流出殷紅的血。對著他死不瞑目的眼，沒有一絲表情。

痛，深入骨髓，已無法用人世間的任何表情來表達！

獄卒抬著他的屍體來到亂葬崗。暮色四合，不多時便有成群成群的野狼過來，兩人也不敢掩埋，匆匆離去。

梨問要替雲寫收屍，卻被梨雋拉住了手。見亂葬崗上一人一騎飛奔而至，來的女子是邱浣。向他們這裏看了眼，用大氅裹著慕容雲寫，抱上馬，飛奔離去。

「雋兒……」

「我哪有資格替他收屍呢？」梨雋喃喃自語道，「人生，真是一個可怕的輪迴。當年，他看著堆雪抱著我的屍體離開；現在，我看著邱浣抱著他的屍體離開。……可怕的輪迴。」

「雲寫啊，那時我說，不想到了黃泉，還要看見你；今日你說：以魂魄為祭，詛咒我，生生世世，斷子絕孫。我們是有多恨彼此？都說有多愛，就有多恨。可我們愛得淺，卻恨得深。好似這一生的情感，都用來恨了。」

悲傷如潮水洶湧奔襲，梨問握住她的肩，只觸到瘦硬的骨骼。

「雋兒，妳……想哭就哭吧！」

「哥，我不能哭啊！路還沒有走到盡頭，痛苦還沒有結束，我不能哭啊！哭過了，怨恨洩了，我拿什麼支撐到最後呢？」

「不能哭……不能累……不能痛……不能悲……更不能哭啊！」

望著那一騎越走越遠，最終消失在茫茫暮色中。

「在他墳前哭，會髒了他的輪迴路。」

忽然埋首荒壟，披髮跣足，拊掌長歌。聲音如清簧裂悲筑，低沉喑啞，招魂不至，先已自傷。

「……半城煙沙，兵臨池下。金戈鐵馬，替誰爭天下？一將成，萬骨枯，多少白髮送走黑髮？」

「……半城煙沙，兵臨池下。手中還握，一縷牽掛，只盼歸田卸甲，還能捧杯你沏的茶……」

煙火人間慟拊掌，故國荒壟伴放歌。

第十九章 煙火人間，拊掌悲歌

定陶帝十九年二月二日，梨雋集淮國舊部，執鉤吻神匕，在廣東稱帝，定年號順泰，響應者雲集，廣東、廣西皆歸附淮國。北有韃靼鐵騎，南有淮國軍隊，斌朝朝局動盪，危如累卵。

梨雋端坐在赤金九龍金寶璀璨的寶座上，看堂下淮國舊臣俯首拜謁。

「眾卿平身。」

她身著明黃龍袍，頭戴通天冠，憑添了幾分威嚴之氣。身邊雪涯祭司一身月白長袍，飄逸出塵。

淮國原在苗疆一代，苗疆擅蠱，擅使蠱術的祭司在朝中地位相當於國師。

「陛下，韃靼派使臣來見。」

「宣。」

見禮罷，韃靼使節道：「淮國陛下，我國太子殿下久慕陛下風姿，以幽雲十六州和《黃泉譜》為聘，與陛下結秦晉之好。」

眾臣喧嘩。聘禮雖重，目前卻是看得到摸不到。便算將來全部取代斌朝，韃靼又豈會真的奉上幽雲？然若不應，憑淮國一力也不足以對抗斌朝。

梨雋含笑道：「得貴國太子青目，乃朕的榮幸，容朕與禮部商議一番。」

使節告退，梨雋看朝臣爭論半晌，也無結果，宣布退朝。

回到御書房，煩躁地摘了通天冠。這麼重，壓得她脖子都要斷了，手支著書案，無力地揉著脖頸。

她沒想到完顏穆竟會提出這個條件。當日殺了雲寫後，蕭滿由於燕京決鬥時，她沒有幫完顏穆，以致完顏穆發怒，為平息其怒火，遂將《黃泉譜》送給了他，她得到的只有招魂鈴。

她恨不得將蕭滿碎屍萬段，卻只能忍氣吞聲。

完顏穆必是知道《黃泉譜》對她的重要，燕京決鬥，他恨絕了她，真與他聯姻，等待她的只有無盡的報復與羞辱！

可是不答應也不行。只要得到《黃泉譜》，一切苦厄都結束了！

「傳雪涯祭司。」

不一刻雪涯便至，梨雋揮退眾人。

「看看朕的攝魂術練得怎麼樣了？」

眼睛對上雪涯的眼睛，幽幽沉沉如黑洞般，吸得靈魂都要陷進去。

雪涯神思一迷，立時清醒：「很不錯了。」

她那眼睛原有蠱惑人心的力量，再加上攝魂術，連他差點都被迷惑。

梨雋滿意，想到什麼，臉忽地沉下來：「世間有幾人會攝魂術？」

「最多不過四人，會操縱術的卻不少。」

「兩者有何異？」

雪涯解釋：「趕屍匠所用的就是操縱術，中攝魂術的人神智不清，中操縱術的神志清醒，但身不由己。」

梨雋想殺佩姨時她中的應該是操縱術。

「施操縱術需要什麼條件？」

那人能操縱自己，是否也能操縱別人？如果是蕭滿的手下，何不直接操縱了君上，傳位與慕容雲育？

「操縱者要與被操縱者八字相合，這是要機緣的，只有被操縱者精神力疲憊的情況下才能施法成功。」

梨雋稍稍放心。待雪涯走了又招梨屑過來。

「二姐，妳還有沒有鵝梨香、依蘭香？給我一些。」

梨屑訝然：「自然是有，只是妳要做什麼？」

梨雋俯首湊過來，對梨屑低語了幾句。梨屑出了御書房。

至她廣東起兵以來，斌朝不斷派兵來鎮壓。那些將領皆是保皇一黨，領兵前來，要麼糧草不繼戰歿，要麼被安上通同謀反罪名，推出城外，萬箭穿心。蕭滿、蕭李想趁機排除異己，如今最危險的要數慕容雲書了。只是，既然君上在他們的控制中，為何不直接讓他下詔傳位與雲育？他們還有什麼顧忌呢？

不管有什麼顧忌，早點拿到《黃泉譜》總歸沒有錯！寫了詔書頒下禮部，準備國王大婚。

兩日後，梨屑過來，密語之後，梨雋笑了起來。果然不出所料，在蕭滿控制君上之前，君上派慕容雲書出使西夏，傳國玉璽在雲書走後就失蹤了。沒有玉璽，慕容雲育就不是正統，得不到天下認可。

她將淮國大事交由梨問和雪涯祭司，與梨屑一起乘舟沿海北上，好與完顏穆成親。沒想到在軍中見到了完顏圖，不由暗歎：「天助我也！」

軍中婚禮一切從簡。

當晚，梨雋開門見山對完顏穆道：「《黃泉譜》在哪？」

完顏穆笑容神祕莫測：「洞房之後，《黃泉譜》我自會給妳。」

梨雋淡然一笑：「你如此作為不過是想報復朕當日未助你，讓你敗在慕容雲寫手裏。朕幫你除了完顏圖這個眼中釘、肉中刺，如何？」

完顏穆神色一黯，眼中痛色忽閃，瞬間淡定，言詞犀利：「妳們中原有一句話：『鷸蚌相爭，漁翁得利。』妳是想坐收漁翁之利？」

「哈哈……朕都已經嫁給你了，來日這萬里山河都是我們子孫的，誰為漁翁？」

完顏穆自嘲道：「梨雋，妳當真要嫁給我？在妳心裏我一直就是個卑鄙小人，趁人之危，妳從來都看不起我吧？」

梨雋剔眉而視，不置一詞。

完顏穆神情頹然，沮喪低語：「妳怎會明白，在妳閉著眼任他咬上妳脖子的時候，我就愛上了妳？」

梨雋沒聽到，或者是不想聽到，傲然道：「完顏太子也算是馬背上的英雄，若被完顏圖那小子打倒，朕倒是真看不起你。」

完顏穆問：「妳到底是站在慕容家那邊，還是蕭滿那邊？」

梨雋大笑：「哈哈……朕站在朕這邊。任何一方獨大，有淮國何事？」

完顏穆心道：「我可不想做妳的墊腳石。如今的梨雋豈是當年那個好欺負的離味道長？」

梨雋拍拍他的肩膀：「你放心，朕已經親手殺了慕容雲寫，朕既嫁你，又豈會加害於你？你若不信，可請薩滿巫師結契立誓，淮國與韃靼，一榮俱榮，一枯俱枯。」

「好！」

他不相信梨雋不愛權力，就像不相信她不愛慕容雲寫一樣。追逐權力是人的本能，她敢拿國運相賭，他還怕什麼？

請薩滿巫師結了契，梨雋並沒有急著找他要《黃泉譜》：「夜深了，早點休息。」

點起一爐香，一掀被子，躺在他的床上。

完顏穆摸不清她的意思，侷促地站在床前。

梨雋等了半晌不見他上床，問：「你不睡？」

完顏穆心跳加速，掌心出汗。他也有過不少女人，此時地卻緊張得像初識情味的毛頭小子，只覺甜香入鼻，渾身血液都沸騰起來，低吼一聲壓住身旁的女人。

第二日，完顏穆神清氣爽地起來，見帳榻狼藉，身旁人雪白的肌膚上滿是情事過後的痕跡。心想：「任妳是淮國帝王，天之驕子，不是一樣要躺在我身下呻吟？」

心懷激蕩忍不住哈哈大笑。當晚纏綿過後就將《黃泉譜》給了她，她人都是自己的了，還在乎一張圖嗎？

半個月之後，燕京傳來消息，完顏宗德被曲玄擒獲，誓死不降，被斬首。

完顏穆聽到消息後憤怒：「完顏宗德乃百戰名將，收為己用便可，何必殺他？我們要對付的是完顏圖！」

梨雋道：「拔樹不斬根鬚，如何能將樹拔起？貿然殺了完顏圖，其黨羽必亂，禍害更大！

韃靼馬背上的兒郎，還怕沒有將才嗎？」

完顏穆無法反駁，抱怨：「完顏宗德祖孫三代皆為大將，父皇得知必責怪於我！」

梨雋道：「等你坐擁天下了，誰敢責怪你？」

見完顏穆精神一振，又道：「完顏宗德既死，必會派完顏鄂罕來守河北，完顏圖在京中勢力大減，於我們大有益處。」

果然，一個月後，完顏鄂罕到河北，完顏圖回京，完顏穆亦帶著梨雋回黃龍府。韃靼皇帝設宴為兩位皇子接風，席間完顏圖獻劍舞，忽然一劍刺向皇帝，被當場格殺，皇帝亦因年老流血過多而死，太子完顏穆登基。

然龍椅還沒有焐熱，河北忽傳急報，幽雲十六州一夜之間被斌軍攻占，曲玄率大軍長驅直入，對敵軍布防竟然瞭若指掌！

完顏穆疑心布防圖被盜，殺了不少人，更換布防，卻半點作用也沒有，曲玄大將勢如破竹。舉朝震驚，似乎有一雙眼睛從天俯視，任何變化都逃不過這雙眼睛！

完顏穆疑慮：「莫不是梨雋得知布防圖？可我分明處處防備著她，她怎麼會得知？」急著去找她，她正在品茶，身邊坐兩個女子，一個是梨屑，另一個看了他一眼，笑容曖昧羞澀。

「這是上好的西湖龍井，你也嚐嚐。」

梨雋優雅地斟了杯茶，遞給他。

「妳還有閒心喝茶？」完顏穆將杯子一奪放在桌上，「斌軍都要打到家門口了！」

梨雋淡淡地「哦」了一聲，拿了巾帕擦乾手上水漬。

完顏穆恨恨地一拍桌子：「見鬼！他們似對布防圖瞭若指掌，內奸到底是誰？」

說完，一瞬不瞬地觀察著她的神色。

梨雋將手指擦得半點水漬也無：「你自己引狼入室，反而不知？」

完顏穆倏地起身：「果然是妳！」

梨雋淡眼一掃，冷笑：「到如今你還以為只是布防圖被盜嗎？」

完顏穆殺氣逼人：「妳到底是如何得知？」

梨雋以手指天：「蒼天有眼，何須我知？完顏穆啊，舉頭三尺有神明，任何侵掠殺戮都是會有報應的！蒼生何辜？韃靼鐵騎踏破的每一寸土地，都會收回來。回到長城以北吧，那裏才是你們的故鄉！」

完顏穆憤然：「叛國者何言蒼生？妳莫忘了兩國已結契，黃龍府破，妳淮國也不會有好下場！」

梨雋哈哈一笑：「你到如今還執迷不悟，可笑，甚是可笑！」

完顏穆悲憤：「做我的妻子，來日共擁天下，有何不好？」

梨雋指指身邊那個女子：「與你做夫妻的是她，不是我。」

見她衣袖在臉上一拂，拿開時已變成梨雋的樣子，笑中帶嗔：「阿穆……」

熟悉的稱呼、熟悉的笑容、熟悉的身體……可不是自己愛的人！連每晚的歡愉都是騙他的！欺騙到如此境地，可恨！可恨！

完顏穆腦中一黑，幾乎沒氣得吐出血來：「妳還有什麼騙我？」

梨雋以手支頤想了想：「沒有別的了，除了讓完顏圖殺老皇帝，助你登上這九五之尊。用你的金印抄了完顏鄂罕的家，下令讓完顏察粘班師回朝……」

完顏穆面色青紫：「來人！」

侍衛盡出，將三人團團圍住。

「抓……」

梨雋優雅起身，眼睛對上完顏穆的眼睛，像一個無底的漩渦將他吸入其中，只見她薄唇開合，竟跟著她的唇語說：「送、王、后、出、城……」

說完，神情木然地解下腰中權杖。

梨雋拿了權杖徑直走了。

「大王，不好了！不好了！斌軍打來了！」

完顏穆昏昏沉沉不知多久，被軍士叫醒。

「什麼？」

「斌軍來了！」

完顏穆忽然想起梨雋：「王后呢？」

軍士回話：「王后拿著你的權杖早已出城！」

完顏穆聞言急怒攻心，一口血吐出。

梨雋，算妳狠！

一抹嘴角趕到城樓上，見斌軍如潮湧來，空中一隻巨形大鳥掠過，發出「轟轟」的聲音。黑色的翅膀，閃閃發光的爪子，血紅的眼睛，如同妖魔！士兵嚇得面如土色，哪裏還能戰鬥？

完顏穆強自鎮定下來：「難道是這東西探知布防？這是什麼怪物？」

疾步奔向城樓，見一人白馬紅袍，英姿颯然，臉色驀地一變：「你……你竟沒死？」

那人冷冷一笑：「沒有踏破韃靼，直搗黃龍，我怎能死？」

一揮手，千萬箭矢齊發，如雨如蝗。

定陶帝二十年秋，斌軍大破韃靼，直搗黃龍，將其趕到長城以北，一年半的浴血拚殺，終於驅除韃靼，復我河山！

黃龍府告破的消息傳到帝都，君后憂心如焚：「韃靼騎兵竟如此不堪一擊，那個大鳥到底是什麼怪物？」

慕容雲書手握玉璽，下令曲玄出兵。蕭滿不發糧草，慕容雲書直接下旨令各州縣供應軍餉。一向死板的曲玄竟將她的為難巧妙化解，不像是久在沙戰，倒似在朝堂周旋數十年似的，難道他背後還有人？

君后心下不安，對蕭李道：「玉璽不在手終歸不妥，你親自去西夏，無論他們提出什麼條件，務必要殺了慕容雲書，奪回玉璽！」

「是！」

看著天外明月：「還有半年就到冬至了！」

一切，就在冬至日！

斌軍直搗黃龍後，士氣大增。梨雋自起兵以來，趁斌朝尚未反應過來，迅速占領了廣東、廣西、雲南等地。此後戰事便開始膠著，原因有二：一，受河北戰場的影響；二，就地形而言，南方一馬平川，北方多山地，越往北地勢越險要，因此，自古以來由北往南打易，由南往北打難。

斌朝王庭接到蓋著玉璽的文書後，知玉璽在太子手裏，他才是正統，保太子黨勢力死灰復燃，原本依附君后的勢力又紛紛向太子投誠，對樞密院下發的文書也多有不執行。

蕭李暗使西夏，西夏王告知太子早已前往河北。與此同時，慕容雲書發檄文，以「清君側」之名率兵回京，討伐蕭氏一黨。蕭滿見形勢不妙，只能催促梨雋進攻，將不依附的軍隊盡數消滅，控制大局，然當此緊要關頭，梨雋竟然重病臥床！

她小產以來未得休息，四處奔波，又傷心過度，積勞成疾，心神俱損。上不得戰場，只能派淮國大將蕭旋、蕭昆分東西兩路向帝都進發。

蕭旋、蕭昆分別是蕭滿的堂弟、侄子，淮國兵權多是掌握在二人手中，由他們帶兵蕭滿放心。

然三個月裏，先後傳來消息：蕭旋、蕭昆戰死，而慕容雲書率大軍一路南下。長年駐守邊關、與韃靼鐵騎交戰的軍隊自非尋常守軍可比，且又是正義之師，一路幾乎無任何阻擋，直逼帝都。

蕭滿意識到情況脫離了她的掌控，但她並沒有慌神，還有最後一招沒有使出來！

定陶帝二十年十二月，曲玄大軍將帝都圍個水泄不通，請求君上廢除君后，誅殺蕭氏一門。然兵臨城下，卻未見著君上的影子。朝臣請見皆被擋在宮外，顯然君上被控制住了。曲玄投鼠忌器，蕭滿等待時機，兩軍對陣，僵而不發。

梨雋在廣東揭竿，加高城牆，防護甚嚴。

農曆十二月，沿海地區氣候依舊溫暖。夜晚，隊長張忠巡邏，見海邊一線銀浪緩緩移近。他在沿海生活了幾十年，冬天並未有過海潮，也未在意。巡察了別處回到城樓，再一看海面，頓時炸出一身白毛汗！

只見風平浪靜的海面忽然出現一米多的水浪，層層撲疊而來，以人眼可見的速度越升越高，直如一道水牆！

「這……這……」海上無半點風，怎麼會有如此高的海浪？難道水下有大魚？再大的魚也不能掀起這麼大的浪！腦中無數個念頭在翻轉，驚駭叫道：「海潮來了！海潮來了……」

沉睡的士兵被驚醒，看向海面，迷茫的眼頓時睜得老大。

「天！那是什麼？」

只見一個水柱沖天而起，竟看不出有多高多粗，隨著水柱有什麼東西從水底浮起，像船又像魚，周身漆黑，越來越高，越來越大，十分可怖！

「怪物！有水怪！」

不知有誰叫了一聲，守城士兵嚇得兩腿發軟，竟忘了攻擊！

怪物逐漸長大，向海岸靠來，與此同時有炮石從它身上激射過來，城門著砲頓時塌陷一方。人對陌生的東西總是心生恐懼，不過一炷香時間，守城人竟逃得乾乾淨淨。「怪物」靠了過來，有黑點從它身體內走出來，迅速占領城池。

這個「怪物」與木鳶一樣，原是梨雋手上的圖紙，現有一個名字，叫「沉浮艇」。

斌朝軍隊借助沉浮艇繞海出擊，一舉攻下廣東，淮國形勢越發危急。

如此千鈞一髮的形勢一直拖到冬天，蕭滿從祕道出宮，帶著蕭李、蕭灑、七夜繭直奔苗疆十萬大山。到達時梨家五兄妹和雪涯祭司已經候著了。

梨雋仔細觀察七夜繭，他們都穿一身黑衣，帶著面具，唯一的區別是面具的顏色，分赤、橙、黃、綠、青、藍、紫七色，蕭滿只帶了他們七個，想必這七人各懷絕技。

蕭滿手裏拿著的，就是當日梨問從佩姨那兒得來的地圖。若沒有這地圖，在十萬大山尋找一個山洞，猶如大海撈針。

他們一行除了梨膠都會功夫，饒是如此也走了三天。在山洞前休整了一個時辰，開始進洞。青繭、梨雋在前開路，赤繭、紫繭壓陣，其餘四繭有意無意地跟在梨屑等人身旁。梨雋暗忖：「蕭滿老狐狸，既想保存她自己的實力，又防止他們退縮，青繭想必是擅長暗器的。」

洞裏黑漆漆一片，連火把都照不亮。恍如邪惡的溫床，吞沒一切良知與理智，讓人沉淪、墮落，然後被邪惡湮滅。

他們在黑暗中摸索前進，蒼苔放肆地生長，老鼠、蝙蝠在黑暗中蟄伏叫嘯，洞底沉積了一尺多深的糞便，腳踩在上面讓人忍不住嘔吐。

洞很深，似乎永遠沒有盡頭。就在他們將要迷失的時候，黑暗中一對幽冷的光傳來，他們精神一振。

然這光卻並不是曙光。漆黑的洞，那兩道光如同幽靈鬼火，帶著說不出的魅惑，引人沉淪。體內似乎有什麼在甦醒，梨雋怔怔地看著那一雙眼睛，似乎守望了億萬年。冥冥之中似乎有人在輕輕呼喚：「來吧！來吧！螻蟻般的生命……我將給你力量……給你永生……」

「是誰？誰在呼喚？」

她使勁搖了搖頭，想驅散那魅惑的聲音，卻適得其反。

黑暗中，她似乎看見一名玄衣帝王立在巍峨的山巔之上，披髮長歌，舉劍對蒼穹，身姿遺世而雋永。

「哈！哈！來吧！來吧！所有的血腥與背叛，將我吞噬，將我湮滅。而我將在死亡之後復活！世間萬物為芻狗。滄桑之後，我將以億萬人的血為墨，繪製一面死亡的旌旗！」

英雄的末路，帶著捨我其誰的狂肆與不屑。

忽然，一道劍影劃過，天空一瞬間變得血紅！山巔之上，血汩汩流下，染紅了那一片楓林。

「烽火！狼煙！要這世界在我的手心裏！」

她腦子倏然一清，回頭見所有人都呆怔著，每雙眼睛都好似狼眼一般，貪婪與血腥！戾氣！這裏封印的，真是天地間的戾氣！它已經甦醒了！

蕭滿是想借助這些戾氣恢復淮國？這無異於與虎謀皮！難怪母親會拚死阻止。梨雋憂心，越往裏戾氣越深，越容易蠱惑人心，到時這些人如何能控制得住他們自己？

她用刀劃過石壁，尖銳的聲響拉回眾人的神志，她警告道：「小心！不要被牠蠱惑！」

一行人繼續向前走，約莫一炷香後，眼前忽然一片光亮。梨雋猛地捂住眼睛，適應片刻後才慢慢睜開。

光亮來得毫無徵兆，前一刻還黑漆漆的，伸手不見五指，下一刻便踏出了洞，黑與白彷彿沒有交界，卻又真實地相連著。

然睜開眼後，更多的刺激等著他們。

眼前竟是一座無比豪華的宮殿，蕭滿也算見慣榮華富貴的，以為天下之富莫過於斌皇宮，然拿斌皇宮與此宮相比，如沙礫比之於泰山，螢火之於太陽！

所有人皆愕然，這裏怎麼會有這麼一座宮殿？忍不住好奇靠近。

參天的黃金柱子上雕刻著栩栩如生的蒼龍；墨金的狼圖騰眼睛幽暗深邃如夜空；白玉鋪就

的地面華美聖潔；藍水晶房頂如同夢幻；紫檀木門檻高貴典雅……似乎六合所有的寶物都聚集在此。

每一座城堡都宣告著帝王不朽的業績。然則千百萬年後，留給後人的也不過是一堆廢墟而已！這座宮殿，又在為誰訴說著功績？

淮國？據史料記載，淮國並未建過如此規模的宮殿，且淮國建國以來，國力相對於中原王朝一直比較落後，也無力建造這麼大的宮殿。

梨雋招呼他們繼續走，見他們目光呆滯而貪婪，連雪涯那淡漠的眼睛都紅了起來！

「別忘了我們是來幹什麼的！」她冷肅地喝道。

壓抑下心裏的貪欲，繼續走。

琥珀鋪就的地面豪華而不奢侈，參天白玉柱子，朱紅的門檻，破碎的琉璃門窗，祖母綠的桌子，紫檀木坐椅……這些都不算什麼，關鍵是宮殿中心，竟堆放著如小山般的一堆珠寶、黃金！燦燦發光，熠熠生輝，似無聲地告訴人們，來拿吧！來拿吧！有了我就有了一切！

未容她反應過來，身邊的人竟都撲了過去，撿起珠寶往自己口袋裏裝、脖子上戴。梨雋只看見他們撿一個丟一個，丟一個再撿一個……

人對黃金、珠寶的貪婪彷彿是本能，梨雋知道阻止也無用，打量著四周，看能否找到宮殿的來歷。然整個殿中沒有任何文字，彷彿憑空出現一般。

梨雋心知不妙，來這裏已有一個時辰了，他們撿了一個時辰，不停地丟揀、揀丟，彷彿永遠也沒有盡頭！

怎麼回事？

她拍拍梨問：「二哥！撿夠了！」

梨問眼睛血紅：「雋兒，妳看這個好不好？」

「好。」

「我就要這個。」忽然指著珠寶堆，「那個更好！」丟了手頭的撿起另一個，「這個是不是更好？」

梨雋疑惑道：「是的。」

見他又撿起一個：「這個比那個還要好！」

梨雋突然明白了，這是一個障！用人的貪欲在人心結成的一個障！永遠不滿足，便永遠解不了這個障，他們會一直丟撿下去，直到耗盡精力，死在這裏！

趁此機會，殺了七夜繭，消除君后身邊的勢力！

梨雋腦海裏猛然閃現出這個念頭，殺意洶湧，一發而不可收拾！她執起劍，不由分說地向黃繭刺去，「噝！」劍刺入他胸膛，「噗！」血噴湧而出。

「好美妙的聲音！」她忽然想，「再來聽聽！」舉起劍再次刺去。

「殺了蕭滿，替我的孩子報仇！」

才想著，眼前突然就出現兩個孩子，手牽著手向她奔來，粉嫩的小嘴奶聲奶氣地喚：「娘親，替我們報仇。娘親，我不想在黑暗裏，娘親，替我們報仇……」

「噝！」「噗！」

「噝！」「噗！」

不知道刺了多少刀，不知道殺了多少人，梨雋聽到這聲音就忍不住興奮，全身的血液都似在叫喧著：「殺人！殺人！殺人！」她的手不停地揮舞，不停地砍殺……

忽然，頸後被人狠狠一擊，腦子一頓，身體裏激湧的血液猛然便靜止了。

黃金堆裏東放著一個頭顱，西丟著一個斷臂，他們這一群人莫不是滿身血腥，黃繭的屍體被她砍成一塊一塊……

那些人相互砍殺，赤繭削去青繭的手臂，青繭劍刺入赤繭腹中。梨問劍光凜冽刺向梨屑，梨屑的鋤頭兇悍無比地向他揮來，俱是你死我活的搏法！

忽然數道銀光閃現，梨雋尚未反應過來，銀針便沒入梨問等人身上，激烈搏殺的人忽然靜止下來！

梨雋看向射針的人，竟是邱浣。而她身邊的是……

「……你……你是人……是鬼……」蕭滿方才清醒，驀然看到那人，神志立時大亂，「是人是鬼？」臉色蒼白如死，驚駭得躲在蕭李身後！

「你說呢？」那人身影未動，倏忽到蕭滿身後，額間朱砂像著了火般，「我是人還是鬼？」

「啊！」蕭滿慘叫一聲，目光呆滯，神智已錯亂。

那人忽然轉首，逼近梨雋：「要麼你說，」眼裏的怨毒，比貪婪更可怕，「我是人是鬼？」

梨雋嘴唇哆嗦，半晌吐出兩個字：「……雲寫。」

站在邱浣身邊的，就是慕容雲寫。被她一匕首下去，毒得七竅流血的慕容雲寫！

「你……你竟然還活著？」蕭李顫聲道。

便是沒有梨雋那一刀，他也活不過十八歲，怎麼現在還活著？

慕容雲寫嘴角一抿，冷笑。

長雲道長讓子塵送去的信上說：「慕容雲寫原本沒病，當年鍾子矜無權無勢，怕保不住他，讓長雲道長配了一副藥，雲寫吃後如患肺癆，活不過十八歲。」

梨雋那匕首上就是解藥。本來要一步一步醫好，但情勢緊急，長雲道長只能下重劑。雲寫食藥日久，毒深入體內，七竅流血，差點便救不回了，也因此瞞過了蕭滿。

兩年來，慕容雲寫一直隱姓易容，和邱浣奔赴河北戰場，暗中替曲玄謀劃，大破韃靼，直搗黃龍！又以「清君側」之名圍住帝都，以沉浮艇繞海攻擊廣東，大破淮軍！

西辭見情形詭異，道：「這裏沒什麼機關，倒不少陣法迷障，人最難過的是心裏這一關，但凡心有執念，必死無疑。好生了得！」

他們是跟著梨雋等人的身後進來的，若非看到他們的情形，怕也要中迷障。

「這裏不宜久留，我們快進去。」

看了眼七夜藺，以眼神向邱浣詢問，要不要趁機殺了他們，削弱君后的勢力。邱浣以眼神回答：「先別，留著他們踩機關也行。」

一座大山擋在前面，全是黑礁堆砌。這種石頭長在瀛海軒轅之丘，堅硬無比，比黃金還貴。此山方圓十里，高百仞，僅此一山便可敵國。

繞過此山少說也須一日，梨雋憂鬱地伸出手敲一下黑礁石，忽然被人一拉，西辭正緊張地看著她的手，指尖紅得似要燃燒起來！

她才感覺到痛，連連揮手，再一看黑礁石已變得通紅通紅，如燃燒的炭！

「快閃開！」

她急呼，拉起梨醪飛身向後退去。背後一聲巨響貫徹雲霄，她護著梨醪臥倒在地上，無數燃燒的黑礁石落下，撞擊著地面，融化琥珀，燃燒得更旺！

突然一聲吼，震得大地都在顫抖，烈火熊熊燃燒，映紅一片天空！她一抬頭，便見一座「火山」聳立身前。瑩瑩的兩道綠光從「火山」中射來，帶著一朝逃脫樊籠的喜悅和見到美味的貪婪。

「……旱魃！……」梨雋驚呼，全身頓時戒備起來。

《志怪》記載：「洪荒原野，有獸名曰旱魃。烈火所化，齒尖，食人，口吞紅蓮烈火，焚燒萬物。面如蛇，身似象，尾長而粗，用以攻擊萬物。所到之處必出旱災！」

這裏封印著天地戾氣，又將旱魃封印於此，是用以維持陰陽平衡？

梨雋禁不住憂心，旱魃封印已解，那些戾氣是否也被觸動了？這等洪荒野獸是非人所能戰勝的，他們如何才能全身而退？

琥珀地面燃燒起來，火迅速蔓延，將他們包圍。

西辭對邱涜道：「阿涜，妳跟在妹夫身後，小心肚子！」

梨雋看去，邱涜一手與慕容雲寫緊緊相叩，另一隻手覆著攏起的肚子。

她懷孕時，手也不自覺地就會覆在肚子上。那是母親天生的、對孩子的保護欲。

薛印兒忽然走到慕容雲寫面前：「妹夫？什麼意思？你又娶了她？」指著邱涜。

「不錯！」慕容雲寫毫不遲疑地道。

薛印兒指著邱涜的肚子：「她懷了你的孩子？」

慕容雲寫看著她的肚子，眼神一瞬間變得無比溫柔慈愛。梨儁從未看過他這樣的眼神，聽他驕傲滿足地道：「是的，我的孩子！」

一瞬間，她所有的力量都被抽盡，只剩下「我的孩子」一句在耳邊不停地迴蕩！

他又成親了！他有孩子了！他又成親了！他有孩子了……

旱魃一步步逼近，燃燒的琥珀被牠踩得四散飛起，如同漫天流火。眾人被熱氣逼得步步後退，猛然發現梨儁竟站著一動不動，在偌大的火山面前猶如白色的沙礫！

「快閃開！閃開！」

眾人呼喊，然她渾然未覺，木樁般站著。眼見旱魃一步步向她走來，衣袂已經被火燃著。

「儁兒！」

梨問心膽俱裂，要去攔她，卻被熾氣逼得半步也進不了。忽見她長劍一抖，劍刃如碧流，劃破層層火焰，直擊旱魃三寸之處。牠雖身形龐大，但動作並不慢，張口一道烈火沖出將她包圍。

梨問心驀地一驚，臉色蒼白如紙！

梨儁被火龍緊緊纏繞，來自地獄的紅蓮烈火灼燒著一切！她不停地揮舞長劍，一道道劍光如同水流將她緊緊環繞，目光如電，盯著旱魃三寸之處，狠狠刺去！旱魃負痛，一口火沒接上來，她顧不得抽劍，借力一躍跳到牠頭頂！

「吼！」旱魃震怒，狠狠地搖頭，想要把她摔下去。她緊緊地抓住牠的犄角，全身都似貼在烙鐵上，甚至可以聞到血肉焦臭的味道！

「小心！」

西辭要衝上去，卻被旱魃熾怒的火焰纏住身軀。

雪涯按住欲衝上去的梨問：「把銅鏡拿出來！」

他劈手扯了梨問的銅鏡，薛印兒等人的也紛紛扔了過來。眾人見他接過銅鏡，口中唸唸有詞，四塊銅鏡驀然爆發出一陣明晃晃的光芒，拼湊起來，然還差一角！

「把銅鏡扔來！」雪涯對梨雋叫道。

旱魃被激怒，長尾一掃，宮殿坍塌。牠摔不下梨雋，乾脆一頭撞向石柱。梨雋不得已一躍躲開，急切間解下銅鏡扔給雪涯，卻不料旱魃忽然仰頭，用力一吸，如颶風飆起，她身子搖擺如蝶，一下便被旱魃吸入口中！

梨雋不知道被捲了多少個跟頭摔下來，胸肺都要絞起來了，頭昏昏地想要嘔吐。然未等她稍歇，又是一陣震動，火紅的東西撲天蓋地地捲來，帶著腥臭的黏液，噁心不已！

她知道這是旱魃的舌，幾個翻滾躲開，就見巨大的牙齒如一個個火紅的山脈，上下叩來，來不及喘上一口氣，她從牙縫裏竄出，然下一刻，旱魃舌頭又一捲，舌上倒刺裹著她再次回到牙齒上！

來來回回，梨雋覺得自己像隻猴子，得一直不停地跳、不停地跳，直到跳不動被牙齒生生咬斷，然後被這腥臭的液體腐爛！

她忽然就絕望了！死就死吧！反正也沒有什麼好留戀！做了這麼多有什麼用呢？都是為他人做嫁衣！

「不！」心底有個聲音疾呼出來！

「不甘心！我兩個孩子的命就是要換回那個孩子？不！我做了這麼多，到頭來他卻娶了別人，和別的女人生孩子！不甘心！不甘心！不甘心……」

戾氣一層一層襲來，她奮力一躍躲過又一輪咬噬，旱魃舌尖一捲，她無立足之地順著黏液滾下去，不知滾了多久，頭昏腦脹，再無力氣起身。

這裏卻安靜了下來，只是一陣陣腥臭讓她難以喘息。

「咯咯……」忽然，一陣陰鷙的聲音傳來。

「誰？」她已精疲力歇，但大腦瞬間又警覺起來。

「咯咯咯咯……」笑聲越發低，惡毒而欣喜，「來吧！螻蟻般的生命，我將賜予妳永生，賜予妳孩子，賜予妳愛人，以及妳所憎惡、痛恨之人的血，讓他們在妳手心裏毀滅吧！用妳的手掌捏碎他們的心臟，聽，那聲音，多麼美妙……」

孩子？愛人？梨雋愣住。

「對！和妳的愛人一起永生，看兒孫繞膝，永遠永遠地活下去！來吧！打開那個盒子，妳就會擁有一切……」

四周皆是漆黑，那個盒子比一切都黑，靜靜地懸在半空，閃爍著幽暗的光芒，誘惑著她去打開。

「來吧！來吧！所有的痛苦都將消失，所有想要的都會出現，妳將擁有一切，而不必被負，來吧！來吧！」

她不由自主地走向那個盒子，伸出手……

雪涯接住銅鏡，口中唸唸有詞，銅鏡合為一體。

「閉眼！」

喊罷，一道光芒猶如盛夏嬌陽，刺痛旱魃雙眼。

「吼！」旱魃搖頭，雪涯身子懸於半空。任旱魃如何搖頭，銅鏡依然緊緊地照著牠的眼睛。半晌，牠陰碧的眼漸漸轉紅，最後竟冒起煙來！

「吼！」旱魃張口長吼，忽然一道身影如電，竟直竄入牠口中！

是蕭滿！她竟然主動進入旱魃口中？

梨雋指尖觸到盒子，猛然驚醒！不對！這個盒子裏封印的，是天地戾氣！

猛然驚了一聲冷汗！原來牠竟是被封印在旱魃的體內！難怪千百年來沒有人能解開。她是來封印戾氣的，倘若放出了豈不是荼毒天下！

她拔出鉤吻，祭起冰魄、《黃泉譜》、招魂鈴，以血為引封印戾氣。盒子不停地震動，似乎有什麼急欲掙扎而出，誘惑的聲音越來越清晰，如毒蛇爬入她心裏：

「看呀！妳愛的人娶了別的女人！他詛咒妳斷子絕孫，卻和別的女人生了孩子！他們的孩子會在光陽下幸福地生長，而妳的孩子卻在黑暗中腐爛！聽，他們在叫妳！」

「哇哇哇……」

耳邊頓時傳來嬰孩的哭叫聲，淒厲不安，聽得她心像揪起來一般。

她知道這是誘惑，是幻覺，忙封閉五蘊六識，專心唸咒。然哭聲越來越大，越擋越傳到心裏去。

「哇哇……娘親……娘親……」

「不！滾開！」梨雋大喝驅走幻聽，「臨、兵、鬥、者……」

「看！妳的愛人抱著別的女人，他們在親吻！他們在歡好！」

腦子裏不由自主地浮現出慕容雲寫和邱浣在一起的畫面。像擁抱她一樣擁抱邱浣，像親吻她一樣親吻邱浣，甚至赤裸著身子，在床上抵死纏綿……

咒語瞬間被攻破！慕容雲寫，屬於她的慕容雲寫已不再屬於她！他和邱浣在一起了，他們孩子都有了，她這麼做是為什麼？為什麼？

剎那間，怨恨、嫉妒噴湧而出。

「慕容雲寫，我恨你！」

「哈哈……恨吧！恨吧！殺了她！殺了那個女人和她的孩子！用鮮血來祭妳的孩子！來吧！我將給妳力量！殺了他們……」

梨雋目光血紅，對著盒子伸出手，鉤吻刺入盒子正中，猶如鑰匙，只須輕輕一扭……

忽然，腦後一陣振痛，瞬間清醒，身子已被擊出。

見蕭滿握住鉤吻：「把力量，給我！」

蕭滿手一扭，黑光一爍！

「不！」

不能讓她得到力量！梨雋撲身而起，兔起鶻落間抱住盒子。蕭滿大怒，一掌劈去。梨雋早已精疲力竭，被一掌擊中，整個人撲倒在盒子上，鉤吻倒刺插入胸口，心頭血沿血槽滑落在盒子上……

一滴、兩滴、三滴！

蕭滿提起她欲扔出去，驀見紅光大震，一股黑氣從盒子裏竄出，如箭一般沒入她腦海裏！

竟讓她得了天地戾氣？不行！趁力量未傳承之前，殺了她！

歹念一起，一掌向梨雋天靈蓋打去！

旱魃眼被銅鏡照射竟燃起火來。

雪涯道：「封印就在旱魃體內，我們必須進去！快！」

趁旱魃張口呼叫之際，他們縱身欲入，忽見一道黑光從牠口中射出，帶著陰煞之氣。

雪涯疾呼：「快閃開！」

緊接著見旱魃七竅都有黑光射出，牠整個身子像被架空了，透光的地方越來越多，越來越多，像撐到極致的氣球，「轟」的一聲爆破！

鮮血如海，漫天流火，似要焚燒一切！

火光中，一個人周身似籠罩著無盡的黑暗，雖然只是靜靜地立著，凶戾煞氣卻源源不斷地流出。

「是誰？」所有人腦海都浮出這個疑問。

那人隨手一丟，一個東西落在眾人面前。

「咯咯……」笑聲說不出的陰惡，「蕭滿，我賜妳百年的壽命，妳給我好好地活著。」

「姑母？她在哪？」蕭灑驚問，見腳邊的東西，沒有手、沒有腿、沒有眼睛、沒有舌頭，渾身是血，不是蕭滿卻是誰？

「妳……妳……妳是誰？」

「咯咯……」那人低垂的頭緩緩抬起。一字的眉，含霧的眼，桃色的唇……那絕美的容顏不是梨雋是誰？可渾身上下都透著一種殺戾之氣，讓人禁不住膽寒！

雪涯驚駭：「不好！她傳承了戾氣！」

一行人被這突如其來的變故嚇著了，他們寧可蕭滿得了戾氣，那樣還下得了手。而梨雋，她為封印戾氣付出了那麼多，怎麼反而被戾氣所附？

「怎麼辦？」梨問道。

雪涯沉吟，事到如今他也不知如何是好。

「爪牙，當誅！」她冷冷道。

鉤吻緋紅的劍刃捲起一個個劍花，如同無數個流星四散而去，其迅捷肉眼幾不可見！七夜藺皆是一等一的殺手，然還未握住武器，就被劍花生生洞穿咽喉，瞬息斃命。

她手指輕彈鉤吻，喟然一歎，長劍飲了血般滿足，幽深暗紅的眸子轉向蕭李：「蕭氏，當誅！」

鉤吻一揮，劍光蓬射而出，如半彎血月，層層疊疊催殺而來！

蕭李嚇得半身癱軟，全然無法閃躲。蕭灑眼見父親有危，手中簫一揮，擋住劍氣。「叮叮……」瓷簫瞬間爆作幾段，他亦被震得氣血翻湧，忍了幾下終究忍不住，一口血吐了出來。

蕭李這才驚醒過來，扶住他：「阿蕭！我兒……」老淚縱橫。

梨雋冷誚一笑：「螳臂擋車！」

蕭灑將蕭李拉到身後，眼見她又要揮劍，急切道：「阿離，妳還記不記得骨瓷簫？」見梨雋一怔，但也僅是一怔，手繼續抬起，準備發出致命的一擊。

「謝堆雪在看著妳！」情急之下，蕭灑顧不得什麼了，大呼：「謝堆雪在看著妳！」手忽然就怔住了，抬起又落下，落下又抬起，似乎有兩個靈魂相爭著控制這一具身體。她面目時而萬般悲傷，時而怨毒暴戾，以致扭曲！

雪涯急喝：「趁此機會，封印它！」

她的意志尚未被戾氣完全侵蝕，再遲怕沒有人能制住她！

「大家齊心協力！」

梨問等人遲疑，怎麼下得了手？

只一閃念，已經遲了！梨雋目光直直落在邱浣和慕容雲寫相牽的手上，順著那手移到她肚子上，腦中一個聲音不停地叫：「用她的孩子血祭我的孩子！殺！殺！殺！」

「呀！」她暴喝一聲，眼睛血紅，身影如驚電交錯，瞬間逼到邱浣身前，鉤吻狠戾決絕地刺向邱浣的肚子！

「住手！」

慕容雲寫大驚，含碧毫不含糊地使出，格擋鉤吻。西辭亦躍起，直攻她背後必救之處，逼她捨棄邱浣回救。未料梨雋竟是不要命的打法，背後殺氣逼人，她依然劍不改勢，直取邱浣肚子！

西辭一時又驚又怕又矛盾，驚她不回救，怕她那一劍下去邱浣一屍兩命，亦怕自己這一劍不得不刺入她命門！

「叮！」慕容雲寫一劍未格住，再起一劍，兩劍相交，火光迸濺，響徹殿宇！梨雋剛傳承了天地戾氣，並未與之融合，況方才與旱魃博鬥消耗太過，竟被格住！

西辭見邱浣無事欲撤劍，然劍意已如離弦之矢，豈容收回？瞬間刺入她命門！血肉刺破的聲音，猶如萬千條毒蛇吐信！

「啊！」梨雋一聲痛呼，如百鬼夜哭，慘不可聞，雙眼瞬間血紅，痛楚與憤恨侵蝕了腦子，竟越發凶戾，一劍一劍接連不斷地使出。

「殺了她！殺了她的孩子！殺！殺！殺！」

慕容雲寫被她步步緊逼，眼見她殺到邱浣面前，閃身護擋，鉤吻狠狠刺入他肩頭。他竟不顧，拚著一臂被廢，握住鉤吻，右手下意識地反擊，「哧！」碧含刺入她腹中！

梨雋吃痛，目眥欲裂，紅光瞬間消失，她渾身力氣似被抽盡，身如匹練般軟軟垂下，卻被含碧洞穿腹部，跌不倒。

「雋兒！」「四妹！」「阿離！」「……」

梨雋聽不到這些呼喚，目光從自己腹部移到含碧劍上，再順著含碧移到慕容雲寫臉上，對著他的眼睛忽然一笑。蒼白如雪的臉上，薄彩的唇微微一勾，眼瞼半垂，淡極、清極的一笑。

那一年，他捏啞她的嗓子，是這樣的笑。

那一日，她受刑自裁，也是這樣的笑。

那一次，他端牽機毒死他們的孩子，還是這樣的笑。

這一刻，他的劍刺入她腹部，她依然是這樣的笑。

永遠都是這樣的笑。蒼白如梨花，飄忽如片羽，似乎一陣風過，便會消失在紅塵之中，再也難覓蹤跡。

一笑過後，她閉上眼睛。極疲倦，又極安然地閉上眼睛。彷彿一個垂垂老者，用畢生精力完成了一件作品，雖然不盡滿意，可到底是完成了，終於可以閉上眼睛，長久地休眠。

第二十章 君臨天下，孤絕之道

「……雋兒……」

時隔兩年，再一次喚出她的名字，以為這一生都不會再見到她，卻不知甫一相見，她又死在自己手上！

恨她！恨毒了她！兩年來，時時刻刻詛咒著她，恨不得將她千刀萬剮。可這一刻，真的拔出劍，真的刺入她的腹中，看她如匹練般軟倒在自己面前，為何這麼痛苦？

身子被推開，所有人都圍上來，查看著她的傷勢，唯他被隔絕在外。

「阿離！」

西辭緊緊地抱著她，悔恨交集；蕭灑握著她的手，泣不成聲；雪涯查看她的傷口，手足無措……

他在人群之外，看她心不甘地睜開眼，眼中的渴盼，哪怕墓木已拱，也要伸出一隻手來，緊緊握住！

「把我和堆雪，合葬一處。」

他們相約百年之後，歸於其室；亦相約來生來世，攜手同遊。

無論今生，還是來世，她的身邊，都不會再有他！

「不！雋兒！雋兒！……」

他猛然推開西辭，搶她在懷，然她兩眼一闔，斂下萬千風華，紅塵黯然。

「為什麼妳心裏只有他？他是妳義父！是妳義父！妳有沒有愛過我？有沒有愛過我？」瘋了一般地搖晃著她的身子，彷彿這樣她就會睜開眼睛！

「啪！」臉上忽然被人狠狠地甩了一個耳光。

梨問憤恨兇狠地斥罵：「她不愛你會和你在一起？」

他被打得滿口是血，卻死死地抱她在懷，似怕一鬆手她就消失了！

「啪！啪！」又是兩個耳光甩過來。

「她不愛你會懷你的孩子？她不愛你會處心積慮救你？」

他卻笑了起來，滿嘴的血腥笑起來猙獰恐怖，可眼裏卻是幸福與滿足，溫柔地望著她。

「妳愛我對不對？妳是愛我的！」

「可你卻殺了她！」

又是一掌挾著雷霆之怒打下來，不是打臉，而是天靈蓋！

「我要殺了你！」

他任那一掌兜頂打來，渾然未覺，只是抱著她，癡癡地笑：「妳愛我，妳也愛我，哪怕比不上愛謝堆雪，哪怕只有一點點，也是愛，對不對？妳愛我！雋兒，妳也愛我，對不對？」

世間怎有如此愚笨之人？殺了他！為雋兒報仇！殺了！梨問掌風變厲，看他腦花迸濺吧！看他血流如河！殺！

手掌蘊含著內力，狠狠壓下去！

「住手！」手掌忽然被接住，「都讓開！」

一股突然的力量湧來，將他們推搡出去，連慕容雲寫都摔到了一尺開外。眾人定眼一看，竟是長雲道長！

「救她！」眾人異口同聲。

「都閉嘴！」長雲道長疾喝。

只見他嘴裏唸唸有詞，明黃的符咒泛出耀眼的光芒，貼在梨雋頭上。他手一揮，地上赫然出現一個太極八卦陣。見他抱著梨雋足踩卦位，三兩下到八卦中心，兩人在陰陽兩極坐下。又對雪涯道：「將鉤吻、冰魄、《黃泉譜》、招魂鈴分別放在她東、西、南、北四個放位！」

雪涯應聲而動，擺好後長雲道長復唸咒。只見梨雋身上驀地射出一道陰黑的光芒，怨戾而惡毒；與此同時，一道雪白的光驀地騰起，將黑氣團團圍住。黑氣如一條龍，在結界裏撲騰撕撞，亟欲逃脫。眼見白光越來越弱，長雲道長臉色也越來越蒼白。

「五子血，封印！」

梨問四人聞言立時上前，割破手腕將血灑入結界。雪白的結界瞬間變成緋紅色，黑氣一弱，向梨雋體內縮去。

長雲道長深吸一口氣，太極八卦圖消失，梨雋倒在地上。

「怎麼樣？」雪涯急切地問。

長雲道長哪有時間回答，呵斥道：「我要替她療傷，都出去！」

說話間十幾根銀針沒入，封住血管止血。但眾人皆憂心梨雋的傷勢，哪裏肯走？

梨屑解開她的衣衫，所有人倒抽了口冷氣！

前面一個窟窿，後面一個窟窿，血如湧泉，腸子都翻捲出來！

「針線！酒！」長雲道長急道。

薛印兒拆了自己的衣服，扯出幾條線來，穿在銀針上遞給他。然這裏哪裏找酒？眾人急得如熱鍋上的螞蟻。

這時，蕭李卻嚅嚅道：「我……我有酒……」

蕭灑一愣，接過酒囊喝一點，確認不會有事，遞過去。

長雲道長邊將針線團於掌心，邊吩咐：「倒酒！」

梨屑將酒傾倒入他掌心，瞬間化作團團酒氣，縈繞在他手掌之內。他一掌置於梨雋腹前，一掌置於背後，酒氣源源不斷地送到她體內，似乎將她內腑都洗個乾淨。

酒氣一消，針線如靈蛇般活動起來，刺破的腸子、血肉很快被縫合起來，若非有血，渾然看不出曾經受過傷！

長雲道長將她緩緩放置於地上，嚴肅的臉也一瞬間鬆弛下來，滿是蒼老的疲態。

「怎麼樣？」眾人急問。

長雲道長搖頭：「只是暫時將戾氣困回她體內，並非長遠之計。戾氣會一步步侵蝕她的大腦，漸漸……」

他話沒說完，硬是將「失去人性」四個字給吞了回去。

他沒想到只是來遲了一步，事情會變成這樣。原本有此四物，加上五個人的血能將戾氣再次封印，怎麼會反而傳承到梨雋身上了？

「……她的傷……」

梨屑小心翼翼地問，似乎小聲些就不會聽到噩耗。

「性命無礙，但……」眼裏滿是沉痛，心一瞬間被提到嗓眼，「卵巢被刺中，她以後都不能生孩子了。」

沉寂，死一般的沉寂！

梨翏張嘴難言，眼裏全是痛惜。梨屑將她的頭放在懷裏，似乎這樣就能分擔她的痛苦。薛印兒跪在她面前，全是悔恨。

「呵呵……」笑聲在這沉寂裏異常突兀，「呵呵……」梨問連聲苦笑，指著慕容雲寫，「呵呵，你的詛咒實現了，她斷子絕孫了。」

慕容雲寫在看到梨雋傷那一刻，已兩眼空洞，神情如死，對他的話無半分感觸。

梨問一把提住他的衣襟，歇斯底里地暴吼：「她不能生孩子了！她斷子絕孫了！你如願了！你如願了！你這個畜生！畜生！……」

揮拳要打他，卻在落到他面孔時止住，似乎耗盡最後的力氣，整個人攤倒如泥。

「老天！她做錯了什麼，為什麼會這樣？做錯了什麼？……」

向天詰問，到最後已化成哽咽，姐妹四人飲泣不已。為梨雋，也為自己。

他們生下來便背負著責任，為了這個責任走到如今。被侮辱了，不能反擊；被傷害了，不能喊痛；被背叛了，還要成全！

得到的，失去了；得不到的，依舊得不到。

「妳為何不願替我生孩子？」慕容雲寫看著梨雋，喃喃低語。

梨問不想理會他，曾經看著梨雋受苦時，很想告訴他真相，讓他為自己的所做所為痛悔一輩子。可有什麼用？再痛悔，梨雋變不回當初的樣子。

長雲道長哀歎：「因為，一切以血為媒的蠱術迷障，一旦碰到雙龍之精，皆可破解。你們兩人都是人中之龍，生下的便是『雙龍之精』，只要他的一滴血，便可解開封印，放出天地戾氣，到時生靈塗炭……」

蒼天啊，我到底負她多深？她到底承受了多少痛苦？

慕容雲寫身子一晃，所有的意識都被抽離。

事情的來龍去脈是這樣的——

當年淮國被梨合逼入十萬大山，走投無路，想借助十萬大山裏的神祕力量，然並未成功。淮國最後被滅，對梨合的怨恨變成詛咒。

淮國王室並未被斬草除根，淮王留有一女蕭豈。淮王的兄長留有蕭李、蕭滿，其他旁支亦有不少人。淮國被滅，王室神器鉤吻失蹤，蕭豈為尋神器接近梨映宇，兩人日久生情。

蕭豈拿到鉤吻，回到拜月教。雪涯祭司告訴她，十萬大山裏埋葬的不是什麼金銀珠寶，而是天地的戾氣。

而此時謝堆雪發現了蕭豈的異常，告知梨映宇。梨映宇也發現蕭豈的身分，不想謝堆雪被連累，假意不信，藉此決鬥，將謝堆雪困在黛眉山二十年。

蕭豈不願冒險放出天地戾氣，蕭滿等人卻被利欲薰心，強行闖入，詛咒的力量越強。蕭豈不得已，以生魂祭怨恨、鉤吻鎮戾氣，梨家數百口人一夜間被攝去魂魄。

然一個母親可以對任何人下手，卻不能對自己的子女下手。因此，設下蠱術，非要她五個孩子的血才能打開封印。這也是為何梨家滅門，而他們五個卻活下來的原因。

她用趕屍術將梨家百十口趕到孵屍洞，以鉤吻神匕加強封印。留下《豈曰》一書，告知後人，力盡而亡。

她的一舉一動，都未逃過白衣宰相謝聞的眼睛，謝聞向來善觀天象，預測到二十年後的大變，退出朝堂，以長雲道長之名，收養了梨雋。

蕭滿並未死心，一直控制利用五個孩子，妄圖打開封印，控制天下。

梨雋背後狼圖騰顯現的時候，長雲道長便知道時機已到，而她肚子裏的孩子則是最大的威脅，若蕭滿也知道《上古祕術》裏的那一句話，一切都將毀於一旦。恰此時，慕容雲寫端來牽機……

五人背後皆有鉤吻印記，在銅鏡照射下印記上的字就會顯現出來，再結合《豈曰》書，便是這樣一句話：「聚冰魄、鉤吻、《黃泉譜》、招魂鈴才能徹底封印戾氣。」

然此三物都在蕭滿手裏，她不得不假借謝堆雪之名找此三物。在淮國起兵，將所有謀逆之人聚集在一起，又將畢生研製的木鳶、沉浮艇送給慕容雲寫，一統天下。

他們出十萬大山時，廣東、廣西叛亂已平，君上被營救出，蕭氏一門被誅九族。經過這一場宮變，君上幾乎油盡燈枯。

太子仍在西夏，當初蕭李出使西夏的時候，為拉攏西夏王，他與之訂了協議，將秦、晉之地劃歸西夏。西夏王怕將來反悔，不許其歸國，慕容雲書只得將玉璽偷偷送與慕容雲寫。

現今斌朝叛亂已平，西夏以太子交換討秦、晉之地，君上自是不肯，怒斥太子出賣國家，改詔廢黜太子，立慕容雲寫為太子。

梨雋一睡十數日，似乎要將這一生所欠的睡眠債都補回來。眾人憂心如焚地等著，半個月後，她終於醒來。

睜開眼時，看到正要回京的慕容雲寫，緊緊握著他的手，那一刻，她目光清如似水，彷彿依舊是那年，她在竹筏上洗手做槐花飯。

「雲寫，我做了個夢，夢到我們的孩子，她們在叫娘親，叫爹爹。」

淚一瞬間湧了出來，哽咽難言。

「都說酸兒辣女，懷第一胎我想吃辣的，第二胎想吃酸的，定然是一兒一女了。雲寫，名字我都想好了，男孩叫慕容清晏，願天下河晏海清。女孩子叫慕容桃約，你曾說，若你累了，我在桃花樹下為你置一几一榻……」

慕容雲寫將她抱在懷中，抱緊了，怕弄痛了她，抱不緊，怕她又走丟了，如此難以措置。

「雲兒，你別哭啊！」她傾傾身，想要舔去他眼角的淚，卻半點力氣也無。「別哭，別哭，你從來都是流血不流淚的啊！」

以前他不流淚，她沒有機會替他舐淚，如今他流淚了，她卻再沒力氣替他舐淚。

雲寫只是抱著她，不停地流淚。母妃死時，他以為他已經沒淚了，原來是把所有的淚都蓄集著，只為這一刻，替她哭。

這個女子，是那麼讓他心痛啊！痛入骨髓！該如何償還？欠了這麼多，一輩子，也還不清了！

「妹夫！……」

門被推開，西辭輕聲卻焦急地喚。看到她醒了，臉色瞬間複雜無比，話哽咽在喉。

「西兄。」梨雋對他一笑，隱隱有灑脫的意味。

「……阿……阿離……妳醒了。」

西辭的聲音都顫抖起來，她是忘了嗎？忘了自己那一劍？忘了吧？忘了該多好！

「你找雲寫有事？」她問。

西辭才想起來意，臉色一變，欲言又止，只是做手勢要雲寫出去。雲寫哪肯，只是抱著她，從未有過的憐惜與小心。

「姑爺，小姐要生了！小姐要生了！……」

小丫鬟看著表情僵硬扭曲的三個人，嚇得呆住，半晌，低低道：「小姐快要生了……」

「轟！轟！」驚雷打破三更夢。竹筏上蒸的槐花飯、秦淮河兩側的蘆葦，以及竹筏上那個縱劍清歌的女子，都被擊得粉碎！

清澈如水的瞳越來越暗，越來越黑，黑到極致竟泛出紅光來，暴戾之氣如潮水湧出，撫摸在慕容雲寫臉上的手猛然繃直如爪，指甲如一片片鋼刀，狠狠插向慕容雲寫心臟，竟似要將心生生挖出來！

「不要！」

西辭身如鬼魅，擒住她的手。梨雋另一隻手揮來，直取他眼睛。西辭一閃，她趁機掙脫，飛身而起，一爪抓向那小丫鬟，竟將她脖子生生扭斷！

她衝出門去，未等二人有所反應，接連幾聲慘呼，又有幾個人不是被扭斷了脖子，就是被挖去了心臟！而她手中正握著一個尚在跳動的心臟，狠狠一捏，血光四濺。

「咯咯……」她極其滿足地笑起來。

慕容雲寫忽然升起一個殘忍的念頭：「殺了那個孩子，和她一起斷子絕孫，她就不痛不恨了！」

「公子，妳醒了！」

迴廊一側，子塵端著藥來，見她已起床，疾步過去。

「小心！」

西辭疾呼，已經來不及了。她猛然回首，五指如鉤抓向子塵脖子！

好在子塵反應迅速，饒是如此，頸間已是血淋，被生生撕去一塊皮！慕容雲寫將他護在身後，眼裏滿滿當當都是絕望！

「公子！」子塵又驚又痛，「我是子塵啊！」

西辭悲愴道：「她不認得。」

慘叫聲引來長雲道長他們，看著滿地血腥神色皆是一沉。封印不住！她會越來越強大，殺戮之氣也越來越重！

「咯咯……都來了，新帳舊帳一起算！」

她眼裏紅光閃閃爍爍，似急不可耐，指著子塵：「你故意告訴蕭滿我有孕了！」

「……」子塵臉色一白，愧疚地低下頭。

慕容雲寫殺意凜凜，一把提住他：「為什麼？」

若是蕭滿不知，第二個孩子不會流掉！

子塵狠狠地摔開他的手：「你不配！你不配讓她替你生孩子！你自私自利、涼薄寡義，天底下再沒比你爛的人了，你沒資格！」

慕容雲寫腳下一踉蹌：「是的，我不配！我沒資格！」

子塵忽然不顧一切地衝上去：「公子，妳說過，我就是妳的孩子，可妳為什麼要拋下我們！妳不要我們了是嗎？妳也要像生我的那些人一樣拋棄我是不是？」

梨雋眼睛一幽：「乖孩子，我不會拋棄你，不會！」出手如電，一把掐住子塵的脖子，「來和我一起吧！咯咯……」

「住手！」雪涯疾喝，「謝堆雪來了！」

梨雋手一頓。

「妳在要謝堆雪靈前大開殺戒嗎？」

雪涯猛然將一個東西扔了過來，她接在懷裏。一看之下，眼裏紅光一瞬間退去，腿一軟，跪倒在地上。

「堆雪……堆雪……」

手觸到他的臉，比冰還要寒冷！

被冰封的人面容恬淡，逸然閒適，彷彿只是睡著了。

「堆雪，你醒來！你醒來！」

她低聲乞求，像一個迷路的小孩。

慕容雲寫想：「原來謝堆雪才是她的劍鞘，能封住這把無鞘的劍。」

長雲道長趁機在她身上畫了無數個符咒，像鋼箍一樣層層壓疊下來。黑氣不甘，與之相抗衝突，一時間她的皮下似有無數個魔鬼掙扎叫囂，面容扭曲，身體扭曲！

而她只是緊緊地抱著謝堆雪的屍體。

「……堆雪……救我……啊……救我……」

每一聲都痛不欲生，聞者落淚。

以她的身體為網羅，將戾氣封印住，每時每刻，都要忍受萬鬼噬心之痛！

「堆雪！殺了我！我不想殺人！殺了我！……」

冰封的屍體聽不到她的乞求，她忽然轉向身邊的人：「求你們殺了我！殺了我吧！殺了我！師父，殺了我！哥，殺了我！我不想殺人，我不想殺人！二姐，殺了我！求你們！求你們！……」

忽然跪在慕容雲寫身上，卑微地磕著頭：「殺了我！雲寫，殺了我！我再不恨你，再不怨你，只求你殺了我！殺了我吧！我祝你們兒孫繞膝，白頭偕老……」

慕容雲寫在這一瞬間崩潰！

鬚髮盡白，眼睛血紅。舉劍便砍，也不管身邊是誰！

「我們一起，你成魔，我也成魔！殺光所有人！殺光所有人！……」

慕容雲寫不知那一場血腥是如何終結的，他醒來的時候，梨雋在沉睡。他們已做出了決定。

雪涯說：「我要帶她離開，當年在孵屍洞，我沒打贏謝堆雪，他讓我傾盡全力護她周全，我便傾後半生，尋找解決的方法。」

「帶她去何處？」長雲道長問。

雪涯道：「或是深山，或在海邊，可能在道觀，也可能在寺廟，偌大的天地，總有一處風景毓秀，能淨化她心中戾氣。」

「倘若再犯？」

雪涯看向謝堆雪：「不會的，他就是她的劍鞘，有他在，她能控制的住自己。」

謝堆雪的屍體已被他用蠱術處理，不會腐爛。

「我也去。」慕容雲寫急切道。

沒有人說話，但每個人的目光都是拒絕與厭惡。看到他，她永遠控制不住自己的戾氣。而君上已經下詔書，由他繼承大統，立丞相千金邱浣為后，他們的兒子為太子。

那時，他對梨雋徹底死心，邱浣救了他。當年她送的三份聘禮，保全基業、封王河北、君臨天下。前兩份皆已實現，他豈能拒絕第三份？於是娶了邱浣。

此後邱浣陪他一起上戰場，衝鋒陷陣，救他於危難，巾幗不讓鬚眉，三軍讚服。

他對邱浣也是敬服的，既然娶了，就好好待她。很快，她就懷孕了。那時，他快意地想：「梨青要，妳不替我生孩子自然有人替我生！再見面，我要抱著兒子讓妳好好看看！」

可為何，他現在對那個孩子卻心生恐懼？

他對薛印兒說：「妳若願意，我依然會按約立你為后，保薛家一世繁華；若不願，我會給妳一封休書。」

薛印兒冷誚道：「哼！我們梨家的女兒，還怕嫁不出去嗎？」

說完，拿著休書揚長而去。

他看她身影多麼瀟灑啊！她是他明媒正娶的，依然能這樣走，何況梨雋？他們之間什麼也沒有，她要走時，連聲招呼都不用打。

走的那一天，梨雋醒了，目光空谷落雪般地乾淨。

他們在渡口送別，天下起了大雪，千山鳥飛絕，萬徑人蹤滅。渡口一株綠萼梅悄然綻放，陣陣清香撲鼻。

她採了一朵梅花，花蕊細長，蕊尖帶著點點鵝黃，花瓣雪白薄透，正是「沁梅香可嚼」，花萼上染著點點綠色，像偷來春姑娘的半點衣裳。

這樣清新雅致，脆弱又堅強的綠萼梅，像極了她。

雪突然小了，她仰頭看見一方青竹紙傘。他無言地將她護在傘下。

煮一壺茶，作一幅畫，撐一把青傘，泠泠雪落下，若還能與妳，並肩看梅花……

曾經的夢，近在眼前，卻再難觸及。

她指著萬里江山：「雲寫，你看，這天下終於河晏海清了。」

「卻不是妳陪我一起看。」他悲傷地想。

梨雋忽然想起還有一事未告知：「還記得佩姨盒子裏的那封血書嗎？」

慕容雲寫頷首。

「那上面寫著你我的身世。」靠他近一些，用兩個人才聽得到的聲音說，「你的父親其實是慕容雲書。」

她當時不能告訴他自己的身分，也不能將他的身分洩露出去。

慕容雲寫一點也不驚訝，鍾子矜的曖昧，太子對他的態度，他早已有所察覺。皇室之中，亂倫從來都不是新鮮的事。以後鍾子矜懷的孩子，或夭折或流產，一半是君后的毒手，另一半是鍾子矜的放任。她不想讓慕容雲寫為稱呼以後的孩子而為難。

世間如此齷齪，她是唯一的清新，如今也要離開了！

不甘心得想要抓住：「妳曾說，無論潮流如何，在路的終點，妳會一直等我，如今……」

她笑了，如梅乍放：「我一直在等。」他心一喜握住她的手，她抽了回去，「一直在等啊！慕容雲寫，我們等到黃泉再相見吧！」

他深吸數口氣，壓下喉中腥癢：「我不願……」離昧嘆道：「你穿你的金縷玉甲，我著我的布衣袈裟。你在你的朝堂，問鼎天下；我在我的江湖，浪跡天涯。這一生，就此作罷！」

揮手上了畫舸，慕容雲寫一把抓住她的手：「我不願！」似要抓住些什麼，急切地問，「如果戾氣消了，妳會不會回到我身邊來？」

她緩緩地笑了：「如果還能像正常人一樣，我會找一個人嫁了，蓋一間草房，養一群雞，幾隻牛，再收養幾個孩子，和他一起慢慢變老。那個人，不必比你好，也不必比你差，只要我不是太愛他，就好。」

他心被撕裂：「為什麼？」

「因為愛一個人，他的一點點傷害，都會讓我痛徹心扉；不愛一個人，他再大的傷害，於我都不是傷痛。」

他苦澀地問：「謝堆雪呢？」

梨雋看向石雕，目光清澈得如青要山的溪水：「這世間，有一種感情，比愛情更堅貞，它叫——友情！」

錯了！原來自己錯得如此離譜！

她掙開他的手，瀟灑上船：「你說愛我，是一種生不如死的快樂；愛你，又何嘗不是呢！生不如死的快樂。所以，雲寫啊，最好我們，不到黃泉，永不相見！」

梨問拿著竹篙輕輕一撐，畫舸滑水而去，漸行漸遠。

梨雋負手而立，抬眼，四野蒼白。

「結束了。」她長呼一口氣，「一切，都結束了！」

「雋兒……」

梨問憂心地喚，以為她哭了，卻見她回眸一笑，江山著色。

「哥啊，每次痛極了的時候，我總告訴自己：忍一忍，忍一忍。等一切都結束了，等真相大白了，他會抱著我，容我狠狠地哭一場。……到如今，一切都結束了，卻發現，哭也無淚，只剩笑了。」

「哥，雪涯，我笑得還不算難看吧？」笑意越發深了。

雪涯無言。

梨問眼睛閉了閉：「不難看。」睜開時，眼眶已經紅了，「雋兒，別笑了，別笑了！……」

那笑容，那樣好看，卻是那樣空洞哀傷。

無窮官柳，無情畫舸，無根行客！

慕容雲寫看著畫舸越行越遠，直到變成小小的一點，馬上就要消失在江面上了。忽有一陣簫聲，縹縹緲緲傳來，是她在吹簫嗎？

他無心聽她吹的是什麼，只有一個念頭，將他拉入痛苦的深淵！

這一次，她是徹徹底底地離開了！從此，生命裏，再也不會有她！再不會有！傾盡一生的愛戀，卻只換來，不到黃泉，永不相見！

回看一眼渡口，梨雋手握骨瓷簫，繼續吹奏著〈越人歌〉：

今夕何夕兮，搴舟中流。
今日何日兮，得與王子同舟。
蒙羞被好兮，不訾詬恥。
心幾煩而不絕兮，得知王子。
山有木兮木有枝，心悅君兮君不知。

很多年來，她一直想對他吹這一首歌，感謝秦淮河那一場竹筏上的相逢，告訴他，自己一直愛他；可真正吹出來的時候，卻是別離時。

他一直不知道自己有多愛他，就如他從來就聽不懂這首歌。

山有木兮木有枝，心悅君兮，君不知！

雪滿行道，皎月西沉，有多愛他，到結束時，他終歸，還是不知。所以，既非知心人，何必做鴛鴦！

跋 一墨生涯

十七歲那年，我為寫小說輟學，極度自負的對阻止我的爸爸說：你放心，一年以後，我要帶一本我寫的書給你看。一年之後，爸爸去世，而我的出書夢依舊遙不可及。

從此，寫小說不僅是我的愛好，更是一種執念。我給自己戴了個緊箍咒，不斷的鞭策自己，寫！寫！寫！寫！為之痛過、哭過、笑過，直到今天文字已經成為一個習慣，成為生命中不可或缺的一部分。

所以，一直認為，能堅持一個人孤獨的走過這幾年，是因為對爸爸承諾的執念。直到前日被朋友點開，對爸爸的承諾，不過是我給自己找得一個堅持寫的動力和理由而已。到如今，諾言已經實現，終可以在父親墳前坦然叩首。

以後的日子，我還願以文字為伴，慢慢的走，淡淡的寫，何妨吟嘯且徐行，是一種悠然的幸福。一直覺得自己是個很笨的人，但只要一直走下去，就會不很笨吧？

而人的一生，總要有一個特別喜歡的事情，就像煙鬼癮著煙，酒鬼癮著酒一樣。文字對於我，就是這麼一種「癮著」。

閒庭當信步，杯酒數舊痾。
知己已旦暮，猶有一癡渴。

古寺聞沉鐘，煙雨憶青蓑。
憑懷但由心，投筆攬長篙。

要冒險01　PG1024

要有光 FIAT LUX　獵帝

作　　者　詩　念
責任編輯　林泰宏
圖文排版　詹凱倫
封面設計　王嵩賀

出版策劃　要有光
製作發行　秀威資訊科技股份有限公司
114 台北市內湖區瑞光路76巷65號1樓
電話：+886-2-2796-3638　傳真：+886-2-2796-1377
服務信箱：service@showwe.com.tw
http://www.showwe.com.tw
郵政劃撥　19563868　戶名：秀威資訊科技股份有限公司
展售門市　國家書店【松江門市】
104 台北市中山區松江路209號1樓
電話：+886-2-2518-0207　傳真：+886-2-2518-0778
網路訂購　秀威網路書店：http://www.bodbooks.com.tw
國家網路書店：http://www.govbooks.com.tw
法律顧問　毛國樑　律師
總 經 銷　易可數位行銷股份有限公司
地址：231新北市新店區寶橋路235巷6弄3號5樓
電話：+886-2-8911-0825　傳真：+886-2-8911-0801
e-mail：book-info@ecorebooks.com
易可部落格：http://ecorebooks.pixnet.net/blog

出版日期　2013年9月　BOD一版
定　　價　550元

Printed in Taiwan

國家圖書館出版品預行編目

獵帝 / 詩念著. -- 一版. -- 臺北市 : 要有光, 2013. 09
面； 公分
BOD版
ISBN 978-986-89852-4-7 (平裝)

857.9　　102016057

讀者回函卡

感謝您購買本書，為提升服務品質，請填妥以下資料，將讀者回函卡直接寄回或傳真本公司，收到您的寶貴意見後，我們會收藏記錄及檢討，謝謝！如您需要了解本公司最新出版書目、購書優惠或企劃活動，歡迎您上網查詢或下載相關資料：http:// www.showwe.com.tw

您購買的書名：________________________________

出生日期：________年________月________日

學歷：□高中（含）以下　□大專　□研究所（含）以上

職業：□製造業　□金融業　□資訊業　□軍警　□傳播業　□自由業
　　　□服務業　□公務員　□教職　□學生　□家管　□其它____

購書地點：□網路書店　□實體書店　□書展　□郵購　□贈閱　□其他

您從何得知本書的消息？

□網路書店　□實體書店　□網路搜尋　□電子報　□書訊　□雜誌
□傳播媒體　□親友推薦　□網站推薦　□部落格　□其他________

您對本書的評價：（請填代號　1.非常滿意　2.滿意　3.尚可　4.再改進）

封面設計____　版面編排____　內容____　文／譯筆____　價格____

讀完書後您覺得：

□很有收穫　□有收穫　□收穫不多　□沒收穫

對我們的建議：________________________________

____

____

____

請貼
郵票

11466
台北市內湖區瑞光路 76 巷 65 號 1 樓
秀威資訊科技股份有限公司 收
BOD 數位出版事業部

（請沿線對折寄回，謝謝！）

姓　名：＿＿＿＿＿＿＿＿　年齡：＿＿＿＿　性別：□女　□男

郵遞區號：□□□□□

地　址：＿＿＿＿＿＿＿＿＿＿＿＿＿＿＿＿

聯絡電話：(日)＿＿＿＿＿＿＿＿　(夜)＿＿＿＿＿＿＿＿

E-mail：＿＿＿＿＿＿＿＿＿＿＿＿＿＿＿＿